UN ANGE POUR AMANDA

LES ANGES GARDIENS
TOME 2

SUSAN STOKER

DU MÊME AUTEUR

<u>Autres livres de Susan Stoker</u>

<u>Les Anges Gardiens</u>

Un ange pour Laryn

Un ange pour Amanda

Un ange pour Zita (10 Feb)

Un ange pour Penny

Un ange pour Kara

Un ange pour Jennifer

<u>*Le Refuge*</u>

Un soutien pour Alaska

Un soutien pour Henley

Un soutien pour Reese

Un soutien pour Cora

Un soutien pour Lara

Un soutien pour Maisy

Un soutien pour Ryleigh

<u>*Le Fruit du Hasard*</u>

Le Protecteur

L'Aristocrate

Le Héros

Le Bûcheron

<u>**Forces Très Spéciales : Alliance**</u>

Un protecteur pour Remi

Un protecteur pour Wren

Un protecteur pour Josie

Un protecteur pour Maggie

Un protecteur pour Addison

Un protecteur pour Kelli

Un protecteur pour Bree (6 Jan)

<u>**Sauvetage à Eagle Point**</u>

Un sauveteur pour Lilly

Un sauveteur pour Elsie

Un sauveteur pour Bristol

Un sauveteur pour Caryn

Un sauveteur pour Finley

Un sauveteur pour Heather

Un sauveteur pour Khloe

<u>**Silverstone**</u>

Pour la confiance de Skylar

Pour la confiance de Taylor

Pour la confiance de Molly

Pour la confiance de Cassidy

<u>**Delta Force Deux**</u>

Un refuge pour Gillian

Un refuge pour Kinley

Un refuge pour Aspen

Au Secours de Felicity

Au Secours de Sarah

Forces Très Spéciales Series

Un Protecteur Pour Caroline

Un Protecteur Pour Alabama

Un Protecteur Pour Fiona

Un Mari Pour Caroline

Un Protecteur Pour Summer

Un Protecteur Pour Cheyenne

Un Protecteur Pour Jessyka

Un Protecteur Pour Julie

Un Protecteur Pour Melody

Un Protecteur pour l'avenir

Un Protecteur Pour Les Enfants de Alabama

Un Protecteur Pour Kiera

Un Protecteur Pour Dakota

Un protecteur pour Tex

Forces Très Spéciales : L'Héritage

Un Sanctuaire pour Caite

Un Sanctuaire pour Brenae

Un Sanctuaire pour Sidney

Un Sanctuaire pour Piper

Un Sanctuaire pour Zoey

Un Sanctuaire pour Avery

Un Sanctuaire pour Kalee

Un Sanctuaire pour Jane

1

Amanda Rush avait peur, et pas qu'un peu. Elle était *terrifiée*. D'après ses calculs, cela faisait deux semaines, à un jour près, qu'elle avait été enlevée avec vingt-trois enfants dans leur école au Guyana, entassés dans un camion qui avait franchi la frontière vénézuélienne, puis forcés à marcher jour après jour plus profondément dans la forêt amazonienne.

Elle était épuisée, sale, morte de faim, et terrifiée en imaginant ce que les hommes qui les retenaient prisonniers pouvaient bien vouloir. Ils ne parlaient pas beaucoup, et se contentaient de les pousser avec leurs fusils quand ils n'avançaient pas assez vite. Ils ne leur avaient pas dit où ils allaient, ni pourquoi ils avaient été enlevés.

Même si elle aurait souhaité être n'importe où ailleurs, Amanda ne regrettait pas ce qu'elle avait fait. Si elle n'était pas restée avec les enfants, si elle avait fui dans la direction opposée comme les autres adultes quand les hommes avaient fait irruption dans la salle de classe, les enfants se seraient retrouvés seuls ici.

Et même si elle ne se considérait pas comme quelqu'un de

spécial, Amanda était fière d'être restée avec eux, bien que cela signifie sûrement qu'elle allait mourir.

Mais elle n'était pas encore morte, et malgré la gravité de la situation, cela pouvait toujours être pire. Jusqu'ici, aucun des soldats brutaux et endurcis qui les surveillaient n'avait tenté quoi que ce soit envers elle. Ils ne l'avaient pas frappée, ni elle, ni aucun des enfants. Ils ressemblaient plutôt à des robots... silencieux, impassibles... insensibles aux pleurs des enfants, aux supplications d'Amanda qui leur demandait de quoi manger, de l'eau, ou même quelques minutes de repos.

Alors, ils continuaient à marcher.

Il pleuvait, comme cela avait été le cas depuis deux semaines, sans interruption... ou presque. Mais chaque fois qu'elle pensait avoir une chance de sécher un peu, la pluie reprenait de plus belle.

Toutefois, ce jour-là, quelque chose avait changé. Ils étaient arrivés dans une sorte de camp de fortune. Plusieurs tentes en toile usée se dressaient dans une petite clairière. Un grand feu brûlait dans un coin du camp, et même la pluie ne parvenait pas à éteindre les flammes. Amanda n'avait vu personne à leur arrivée, mais il y avait forcément quelqu'un dans les parages, puisque le feu était déjà allumé.

L'homme qui semblait être le chef, car les autres soldats obéissaient sans hésiter à ses ordres, leur fit signe de se diriger vers les tentes.

— Les garçons, par-là, cinq par tente. Les filles, là-bas, dans la tente la plus éloignée, ajouta-t-il en désignant l'autre côté du campement.

En suivant du regard la direction qu'il indiquait, Amanda se rendit compte qu'il serait difficile de faire tenir les huit filles dans la petite tente, mais elle ne protesta pas. De fait, elle préférait qu'elles restent toutes ensemble. Les filles avaient entre quatre et onze ans, et les garçons entre trois et treize.

Elle adressa un petit sourire à Michael pour lui faire comprendre qu'elle allait bien, que tout irait bien. Le jeune garçon ne l'avait presque pas quittée pendant les deux dernières semaines, et essayait de la protéger comme il pouvait. C'était à la fois touchant et déchirant, car elle savait pertinemment que si les soldats voulaient lui faire du mal, il ne pourrait rien faire pour la défendre.

— On veut rester avec les filles, lança Michael au chef.

Ce dernier l'ignora, tournant le dos au groupe pour se diriger vers une tente plus grande à la lisière des arbres.

— Hé ! On veut rester avec les filles, répéta Michael d'un air plus déterminé.

L'homme s'arrêta, et Amanda sentit son cœur s'arrêter. Quelque chose de grave allait se passer, elle en était certaine.

Il se retourna, regarda fixement Michael pendant un long moment, puis s'approcha lentement de lui, pas à pas.

Michael redressa les épaules et la tête. Son courage face à cet homme était impressionnant... et extrêmement imprudent.

Avant qu'Amanda ne puisse dire un mot pour expliquer que Michael était juste épuisé, inquiet, mort de faim, et qu'il n'avait pas voulu lui manquer de respect, l'homme leva le bras et frappa le garçon d'un revers si violent qu'il fut projeté à plusieurs mètres, atterrissant dans la boue.

Le chef hocha la tête en direction d'un autre soldat, qui se pencha pour relever Michael avant de le pousser vers les arbres.

Amanda avait le souffle coupé.

— Je vous en supplie, non ! implora-t-elle.

Elle ne savait pas ce que le soldat comptait faire à Michael, mais cela ne présageait rien de bon.

Le chef posa sur elle un regard glacial, et pour la première fois depuis son enlèvement, Amanda eut l'impression qu'il la voyait. *Vraiment*. Il la regarda de la tête aux pieds, mais elle ne parvenait pas à deviner ce qu'il avait en tête.

Elle ne s'était jamais considérée comme attirante. Elle était... mignonne ? Du haut de son mètre cinquante, on l'avait souvent prise pour une adolescente, alors qu'elle avait presque trente ans. En Virginie, dans l'école où elle enseignait, elle était plus petite que la plupart de ses élèves de cinquième. Ses cheveux, d'un mélange de blond et de châtain clair, étaient coupés court pour des raisons pratiques, ce qui ici, au cœur de la forêt tropicale, lui convenait parfaitement. Elle avait les yeux bleus, et une silhouette normale. Ni maigre, ni en surpoids. En résumé, elle était banale. Sauf en termes de taille.

Mais quand le chef posa son regard sur Amanda, elle eut la chair de poule.

— Tu veux le rejoindre ? demanda-t-il d'une voix calme, dénuée d'émotion.

Son pantalon et sa chemise kaki étaient tachés de sueur et de boue, tout comme les vêtements d'Amanda et des enfants. Il avait les cheveux noirs et une mâchoire carrée couverte d'une barbe épaisse. Le fusil qu'il portait en bandoulière sur la poitrine lui rappelait cruellement la réalité... et combien il valait mieux ne pas l'énerver.

— Non, monsieur, répondit-elle aussi respectueusement que possible. Michael est simplement inquiet pour les filles. Il a toujours fait de son mieux pour veiller sur elles.

— Ce n'est plus son problème. Il a une nouvelle mission : devenir soldat.

Amanda sentit son ventre se nouer. Elle s'en doutait, mais entendre cet homme le dire aussi froidement était un choc.

— C'est ce que vous deviendrez tous ! ajouta-t-il, plus fort, en s'adressant aux garçons regroupés, serrés les uns contre les autres. Vous apprendrez tout ce qu'il faut ici. Vous serez entraînés, et tant que vous coopérerez, vous gagnerez le droit de dormir sous une tente et de manger. Sinon...

Il n'eut pas besoin de finir sa phrase. Tout le monde avait compris ce qui se passerait s'ils refusaient. Au loin, les cris de Michael déchiraient le silence de la clairière.

Il avait été emmené loin dans les bois. Amanda ne pouvait pas voir ce qu'on lui faisait, mais chacune de ses plaintes lui brisait le cœur.

— Et vous, vous serez chargées de cuisiner et de nettoyer, du moins pour le moment, poursuivit le chef en regardant les filles, comme s'il n'entendait pas les pleurs du garçon résonner dans la forêt. Vos maris ont déjà été choisis, ils viendront vous chercher dans quelques jours. Votre rôle sera de les servir et de faire des enfants pour faire avancer notre cause.

Si Amanda était déjà horrifiée auparavant, elle l'était encore plus maintenant. Bibi n'avait que quatre ans. Et Natasha, la plus âgée, avait onze ans. Rien que d'imaginer qu'on leur fasse du mal lui donnait la nausée.

— Et Mandy, alors ? demanda Sharon.

Elle avait été extrêmement collante tout au long du périple dans la forêt tropicale, et même si Amanda voulait aussi savoir ce qu'on allait lui faire, elle aurait préféré que la fillette se taise.

Le chef sourit – un sourire cruel qui hérissa les poils de la nuque d'Amanda.

— Ah oui, la courageuse maîtresse qui a refusé d'abandonner ses élèves. On a des projets pour elle, c'est certain. Mais pour l'instant, qu'elle continue à faire ce qu'elle faisait jusqu'à présent... vous garder sur le droit chemin.

Sur ce, il tourna les talons et reprit sa route.

Un frisson parcourut Amanda de la tête aux pieds. De toute évidence, elle n'allait pas s'en sortir. On se servait d'elle pour que les enfants restent calmes et dociles, mais dès que les filles seraient entre les mains des hommes censés venir les chercher, et que les garçons seraient épuisés par les sévices qu'on leur faisait subir, elle ne serait plus d'aucune utilité.

Et les regards que lui lançaient les autres soldats étaient soudain trop enthousiastes. Comme s'ils se demandaient ce que le chef allait faire d'elle, et qu'elle n'était plus qu'un jouet dont ils allaient pouvoir disposer à leur guise jusqu'à sa mort.

— Mandy ? geignit Sharon.

Amanda chassa ses pensées les plus sombres, puis se redressa et regarda les filles.

— Allez, allons nous installer dans notre tente, leur dit-elle.

Elle se tourna vers Joseph, le plus âgé des garçons.

— Joe, veille sur Richard, James et Mark. Répartis-les dans les autres tentes.

Les trois garçons qu'elle venait de désigner étaient les plus jeunes, et ils allaient avoir besoin de soutien pour survivre.

Joseph acquiesça, et Amanda fut soulagée de voir les garçons s'organiser entre eux, mélangeant petits et grands dans chaque tente.

Natasha, la plus âgée, prit Bibi dans ses bras et la porta jusqu'à la tente qu'on leur avait assignée. Les autres filles l'imitèrent, les plus grandes prenant la main des plus jeunes pour se diriger péniblement vers leur nouveau foyer.

Amanda aurait voulu demander de quoi manger, de l'eau, et s'ils pourraient laver leurs vêtements. Après deux semaines de marche, ils étaient tous dans un état épouvantable. Mais elle ne voulait pas attirer davantage l'attention sur eux. Elle aurait aimé réfléchir à une stratégie pour s'échapper, s'enfuir dans la jungle... mais c'était impossible.

Elle ignorait complètement où ils étaient. Elle ne survivrait pas seule dans la forêt, encore moins avec vingt-trois enfants. Et jamais elle ne les abandonnerait, pas plus qu'elle ne laisserait un chiot blessé sur le bord de la route.

Non, elle resterait ici jusqu'à sa mort. Peu importe comment cela finirait.

Elle n'avait aucun espoir qu'un miracle se produise, qu'on les relâche, ou que quelqu'un vienne les sauver. Ce genre de chose n'arrivait que dans les films ou les livres. En réalité, les garçons allaient devenir des soldats, et les filles...

Elle ne voulait pas y penser.

Amanda refusa de pleurer – ça ne servirait à rien –, rassembla les filles et les guida vers leur tente.

Une minute à la fois. C'était tout ce qu'elle pouvait gérer mentalement. Quoi qu'il arrive, quand le moment viendrait, elle se battrait jusqu'au bout. Elle ne leur faciliterait pas la tâche, peu importe ce qu'ils lui réservaient.

* * *

Nash *Buck* Chaney serra les poings sous la table, essayant de garder son calme. Lui et son copilote, Obi-Wan, se trouvaient actuellement au Guyana, où ils se préparaient pour une mission de sauvetage. Vingt-trois enfants et une enseignante américaine avaient été enlevés dans leur école, près de la frontière vénézuélienne, puis emmenés dans la forêt tropicale. Ils venaient tout juste d'être briefés par la directrice de l'école sur ce qui s'était passé deux semaines plus tôt, et rien de ce qu'ils avaient entendu ne le réjouissait.

Même s'ils n'étaient pas en plein cœur d'une zone de guerre, savoir que des enfants innocents vivaient actuellement l'horreur le rendait plus qu'impatient de commencer cette mission.

Pour l'instant, on ignorait où se trouvaient les victimes de l'enlèvement, mais le gouvernement guyanais avait une idée de la direction qu'elles avaient prise. Plusieurs camps d'entraînement étaient dissimulés au cœur de la forêt tropicale, près de la frontière, et faisaient l'objet d'une étroite surveillance. Les tensions avec le pays voisin s'étaient intensifiées ces dernières années, et personne ne voulait se faire surprendre par une invasion via la forêt.

Les hostilités avaient encore augmenté récemment, depuis que le Venezuela avait annoncé l'annexion des territoires de l'ouest dans le cadre de ce qu'il appelait le référendum vénézuélien. En réponse, le Guyana avait renforcé son partenariat militaire avec les États-Unis afin de protéger son peuple et son territoire contre son puissant voisin.

Malgré tout, l'enlèvement les avait pris de court. Tout s'était passé très vite. Les hommes avaient franchi la frontière sans être repérés, s'étaient rendus directement à l'école, avaient embarqué les enfants et leur enseignante, puis étaient retournés au Venezuela, le tout en moins de dix minutes. Une enseignante avait été abattue – ce qui prouvait que les ravisseurs n'hésitaient pas à employer la force létale.

Si Buck et Obi-Wan étaient là, c'était parce que le vice-président des États-Unis avait un lien avec ce petit pays sud-américain, et avait insisté auprès du président pour intervenir. Ce dernier avait autorisé l'envoi des *Night Stalkers* pour tenter de sauver les enfants.

Officiellement, l'intervention de cette unité spéciale de l'armée était motivée par l'enlèvement d'une citoyenne américaine avec les enfants. C'était leur *prétexte*, pour ainsi dire. L'envoi d'un message clair : l'enlèvement de ressortissants américains ne serait pas toléré.

C'était une excuse fragile, tout au plus. Amanda Rush n'avait aucun lien avec l'armée, ni avec le gouvernement. Elle ne détenait aucune information susceptible d'intéresser une puissance étrangère. C'était une simple bénévole qui passait du temps au Guyana au sein d'une organisation qui aidait à scolariser des orphelins.

Mais plus Buck écoutait les renseignements sur le groupe responsable de l'enlèvement, plus son malaise grandissait. Ce n'était pas un groupe désorganisé de miliciens amateurs. Il s'agissait de terroristes, ni plus ni moins. Les rapports sur leurs exactions passées le faisaient bouillonner. Ils étaient impitoyables, et se moquaient bien que les soldats qu'ils *recrutaient* aient neuf ou dix-neuf ans.

Ces enfants seraient contraints de commettre des actes odieux, qu'ils le veuillent ou non.

Le sort réservé aux femmes et aux filles était pire encore. Elles étaient considérées comme jetables. Des citoyennes de seconde zone, seulement bonnes à enfanter. C'était une vision barbare et archaïque, et Buck s'inquiétait sincèrement pour Amanda Rush et les huit filles enlevées avec elle.

Ce que Buck ne comprenait pas, c'était pourquoi cette école avait été visée. Ce n'était pas un établissement huppé rempli d'enfants riches. C'était une école pour orphelins, des enfants sans famille, sans argent. Buck supposait que si les rebelles voulaient simplement de la chair à canon, cela pouvait se tenir. Mais il y avait d'autres écoles plus proches de la frontière. Alors pourquoi celle-ci en particulier ? Pourquoi contourner deux écoles bien plus grandes, avec beaucoup plus d'élèves ? Ils avaient même dépassé un internat réservé aux garçons âgés de treize à dix-huit ans pour atteindre ce petit orphelinat.

Peut-être avaient-ils visé l'école la plus petite pour avoir moins d'adultes à gérer... mais cela aurait-il vraiment été un obstacle s'ils avaient voulu rafler un grand nombre d'enfants ?

Finalement, Buck se dit que c'était peut-être sans importance. Tout ce qui comptait, c'était de retrouver les enfants et leur enseignante avant qu'ils ne disparaissent à jamais.

C'était là qu'Obi-Wan et lui entraient en scène.

Ils allaient pénétrer dans la jungle, sauver les enfants, et les ramener sains et saufs au Guyana. Ils partiraient avec six soldats guyanais – l'hélicoptère ne pourrait pas en transporter plus une fois les enfants à bord. Obi-Wan et Buck avaient été rassurés : les six hommes étaient capables de neutraliser la douzaine de rebelles cachés dans la jungle.

Ça semblait risqué, mais Buck devait faire confiance à l'armée quant aux capacités des forces spéciales... et la réelle menace que représentaient les rebelles. Sa priorité, c'étaient les enfants... et Amanda.

Il ne savait pas exactement ce qui le fascinait chez cette femme. Elle avait quitté son emploi en Virginie – ironie du sort, à Norfolk, où il était affecté – pour venir en Amérique du Sud et dédier son temps et ses compétences aux orphelins de cette petite école. Il ne connaissait pas beaucoup de personnes prêtes à sacrifier leur vie pour faire ce genre de choses. Certes, il y avait des gens qui rejoignaient le *Peace Corps*, mais ils étaient souvent plus jeunes, et n'avaient pas encore de carrière bien établie. Ce n'était pas totalement inédit, mais malgré tout, Amanda l'impressionnait.

Ce qui le préoccupait, c'était qu'Amanda avait vingt-neuf ans, qu'elle était célibataire, sans parents, ni frères et sœurs... Personne ne semblait s'inquiéter de sa disparition. Il ne savait même pas si quelqu'un était au courant qu'elle avait été kidnappée.

Les parents de Buck vivaient au Kansas, et même s'il ne leur parlait pas tous les jours, il restait proche d'eux. Il les appelait une ou deux fois par mois pour prendre de leurs nouvelles. Sa sœur était mariée, avait deux enfants, et vivait dans l'État de Washington. Mais s'il lui arrivait quelque chose, il savait qu'elle accourrait immédiatement en Virginie pour lui venir en aide.

Sans parler des *Night Stalkers*, ses collègues pilotes avec qui il travaillait tous les jours. Ils formaient une vraie famille, et ils le soutenaient sur terre comme dans les airs. Il donnerait sa vie pour eux, et il savait qu'ils feraient de même pour lui.

Il avait du mal à supporter l'idée qu'Amanda n'ait personne pour se soucier d'elle et tout faire pour la retrouver.

Tous ses collègues de l'école, ici au Guyana, la décrivaient comme une personne travailleuse, attentionnée, compatissante et gentille. Il lui semblait tout à fait injuste qu'elle soit mêlée à cette horrible histoire.

Buck aurait aimé que le reste de son équipe – Casper, Pyro, Chaos et Edge – soit avec eux pour les épauler. Mais ils étaient au Mexique, où ils participaient aux opérations de secours après le passage d'un ouragan. Leurs compétences en matière de sauvetage étaient nécessaires pour aider à secourir les victimes bloquées, et pour acheminer des vivres à ceux qui étaient coupés du monde par les inondations. Obi-Wan et Buck s'étaient portés volontaires pour la mission au Guyana, et rejoindraient leurs collègues *Night Stalkers* ensuite.

— Vous êtes prêts pour la mission ? demanda le colonel Samuel Khan.

Il dirigeait la mission de sauvetage, et superviserait le déroulement des opérations depuis une petite base proche de la frontière vénézuélienne.

Autour de la table, il y avait d'autres responsables militaires, notamment le capitaine à la tête des forces spéciales chargées d'affronter les rebelles, Blair Gaffney, la directrice de l'école, et Desmond Williams, son assistant.

Blair et Desmond étaient tendus depuis le début de la réunion, et avaient apporté un dossier contenant les noms et les photos de tous les enfants enlevés. En les regardant, Buck sentit son cœur se serrer à nouveau. Ils étaient si jeunes, si innocents. Il ne supportait pas ce qui leur était arrivé, et ce qu'ils enduraient. Ils devaient être morts de peur. Il déplorait également le fait que leur enseignante ait été enlevée, elle aussi, mais il savait que sans Amanda Rush, les enfants seraient encore plus mal en point.

— Buck ? Ça va ? demanda Obi-Wan.

Il reprit ses esprits et ferma le dossier. Les visages de ces enfants étaient gravés dans sa mémoire... mais c'était celui de leur enseignante qui le hantait le plus. Sur la photo du personnel incluse dans le dossier transmis par Blair et Desmond, elle avait l'air enthousiaste et heureuse.

— Quel est le plan B ? demanda-t-il.

Il avait déjà approuvé le plan initial : survoler la jungle, repérer les sources de chaleur grâce à la technologie de l'hélicoptère, s'assurer qu'il s'agissait bien des bonnes cibles, puis foncer pour exfiltrer les otages au beau milieu de la nuit. Mais même les meilleurs plans ne se déroulaient pas toujours comme prévu. Les enfants pouvaient être séparés, l'hélicoptère pouvait tomber en panne – c'était peu probable, mais ça pouvait arriver – ou beaucoup d'autres choses pouvaient mal tourner.

Il voulait savoir ce qui était prévu si la première tentative échouait. Car une fois que les rebelles se rendraient compte que leur position avait été découverte, ils se disperseraient. Ils emmèneraient peut-être les enfants avec eux, ou les tueraient sans hésiter.

C'était cette idée qui empêchait Buck de clore la réunion pour enfin lancer l'opération.

— La situation est délicate, déclara le colonel.

— Sans blague, murmura Obi-Wan.

Buck fit de son mieux pour rester impassible en regardant fixement le responsable des opérations.

— Si cette mission échoue... je ne suis pas sûr que nous puissions lancer une autre tentative avant un certain temps, expliqua le colonel. Les rebelles connaissent cette jungle mieux que nous, ils pourront se cacher dans des endroits inaccessibles. Et si jamais ils séparent les enfants...

— Il ne faut pas que ça arrive ! s'écria Blair, l'interrompant. S'ils séparent les enfants, on ne les reverra jamais.

— Ils les ont peut-être déjà séparés, fit remarquer l'un des membres des forces spéciales d'un ton neutre. Ça fait seize jours qu'ils ont été enlevés. Pour ce qu'on en sait, ils pourraient déjà être à Caracas.

Buck ne le contredit pas, mais il espérait sincèrement que ce n'était pas le cas.

— Je ne comprends pas pourquoi ils ont enlevé les filles, sanglota Blair en s'essuyant les yeux avec un mouchoir.

Selon Buck, elle devait avoir environ soixante-dix ans, et semblait bien trop fragile pour diriger un orphelinat dans ce petit pays d'Amérique du Sud. Originaire du Texas, elle avait apparemment décidé de changer de vie après le décès soudain de son mari, dix ans auparavant. Ce changement l'avait conduite au Guyana, où elle avait fondé une école pour les orphelins.

Desmond, un Guyanais né et élevé sur place, avait été engagé comme intermédiaire entre Blair et les autres habitants.

Avec le temps, l'école avait gagné en popularité, et la population locale avait appris à faire confiance à Blair. L'établissement était devenu un orphelinat à plein temps, et désormais, les enfants y étaient placés par les habitants, le gouvernement, ou venaient d'eux-mêmes.

— Si on ne ramène pas les enfants, c'en est fini de tout ça, ajouta Blair, en larmes.

Buck ne put s'empêcher de grimacer avec mépris. Elle s'inquiétait pour la réputation de son école ? Et les enfants, alors ? Et Amanda Rush ? Et les enfants qui *n'avaient pas* été enlevés ? Il lui semblait que cette femme aurait dû se soucier d'autres choses en priorité.

Desmond lui tapota la main.

— Ils vont les retrouver, Blair. J'en suis sûr.

— Ces enfants sont innocents. Ils ne méritent pas ça, bredouilla-t-elle entre deux sanglots.

— Oui, madame. Nous ferons tout notre possible pour vous les ramener sains et saufs, lui assura le capitaine.

— Quant au plan de secours, il n'y en a pas, déclara le colonel d'un ton sévère. Vous devez réussir à ramener les enfants dès la première tentative. Sinon...

Il laissa sa phrase en suspens.

Buck comprenait très bien ce qu'il ne voulait pas dire devant les civils. Il était fort probable que les rebelles exécute-raient tout simplement les plus jeunes enfants, les jugeant trop encombrants. Ils garderaient peut-être les garçons plus âgés... mais c'était tout.

Et Amanda Rush ? Elle serait condamnée, elle aussi.

Ils devaient miser sur l'effet de surprise et sauver les otages. Sinon...

Buck savait que ça ne servait à rien d'aller au bout de cette pensée, tout comme le colonel n'avait pas fini sa phrase. Il avait parfaitement conscience du poids qui reposait sur ses épaules, et sur celles d'Obi-Wan. La même responsabilité qu'il ressentait chaque fois qu'ils chargeaient un hélicoptère de Navy SEALs ou d'agents de la Delta Force avant de se rendre en territoire hostile.

C'était un Night Stalker. L'un des meilleurs pilotes au monde. Qu'il faille survoler la jungle ou les montagnes, il savait manœuvrer son hélico et gérer le terrain... mais c'étaient les facteurs imprévus qui détermineraient le succès ou l'échec de la mission.

Et Buck refusait d'échouer. Pas aujourd'hui. Pas avec des enjeux aussi importants, alors que tant de vies innocentes dépendaient de lui, d'Obi-Wan et des soldats qu'ils allaient transporter dans la jungle. Il leur faudrait non seulement retrouver les enfants et leur enseignante pour les ramener sains et saufs au Guyana, mais aussi neutraliser toute menace en chemin.

Il restait encore quelques détails à régler, mais au bout de vingt minutes supplémentaires, la réunion prit fin. Buck et Obi-Wan se levèrent. Il leur restait deux heures avant de partir dans la jungle pour leur mission de recherche et de sauvetage.

Blair les arrêta avant qu'ils sortent. Elle posa une main sur le bras de Buck, et déclara d'une voix basse et tremblante :

— Il y a une petite fille, Bibi. C'est la plus jeune. Elle n'a que quatre ans. Elle est comme ma fille. Je veux que tous les enfants reviennent sains et saufs, mais elle, c'est...

Des larmes se mirent à couler sur ses joues tandis qu'elle luttait contre ses émotions.

Ses cheveux blancs étaient en bataille, et son maquillage avait disparu depuis longtemps. Elle avait des poches sous les yeux, et ne semblait pas avoir beaucoup dormi ces derniers temps. Buck se sentait désolé pour elle... et un peu coupable d'avoir eu ces pensées plus tôt. L'univers de cette femme venait de basculer, et elle avait l'air à bout.

— On va les ramener, lui promit-il impulsivement. On les ramènera tous.

C'était une promesse insensée, car il n'avait aucune certitude de pouvoir retrouver les enfants, mais il ne pouvait pas rester devant cette femme sans essayer de la rassurer d'une manière ou d'une autre.

— Merci, murmura-t-elle.

Desmond passa le bras autour de ses épaules et l'emmena dans le couloir, dans la direction opposée à celle de Buck et Obi-Wan.

— C'était intense, observa son copilote.

— Oui.

— Les missions civiles sont difficiles. Je crois que je préfère servir de taxi pour les SEALs.

Buck comprenait le point de vue de son collègue. Au moins, quand ils transportaient du personnel militaire dans des zones dangereuses, tout le monde savait à quoi s'attendre, et dans quoi ils s'engageaient. Il n'y avait aucune garantie qu'ils reviennent vivants de ce genre de missions.

Mais quand il s'agissait d'enfants... c'était une autre affaire. Ils étaient innocents, imprévisibles, inestimables.

Alors qu'il se dirigeait avec Obi-Wan vers le hangar voisin pour vérifier une dernière fois leur hélicoptère et s'assurer que tout était en ordre, Buck ne put s'empêcher de penser encore une fois à Amanda Buck. Tout le monde se concentrait sur les enfants, à juste titre. Mais il se demandait si elle était encore en vie, et si elle tenait le coup.

Si les rebelles avaient décidé de se servir d'elle pour assouvir leurs pulsions les plus viles.

Cette pensée insupportable lui fit froncer les sourcils. Aucune femme ne devait subir cela. Jamais. C'était la pire des humiliations.

Et même si l'enseignante avait réussi à échapper à ce sort, elle devait être dans un état de stress extrême. Elle était responsable de plus de vingt enfants qu'elle considérait sans doute comme les siens, d'une certaine manière. Elle se trouvait dans une situation inextricable, et Buck n'aimait pas ça du tout.

Il prit un moment, et pria pour qu'ils réussissent. Pour que les renseignements sur la direction prise par les rebelles, et l'emplacement présumé de leur campement, soient corrects. Si ce n'était pas le cas...

Il était fort probable qu'Amanda Rush et les enfants qu'elle protégeait soient perdus à jamais.

Buck serra les dents, rempli de détermination. Il allait faire tout ce qu'il fallait pour les retrouver. Il ne savait pas pourquoi cette mission le touchait à ce point, bien plus que les précédentes... Était-ce parce qu'il s'agissait d'enfants ? De civils ? De ces orphelins qui n'avaient déjà plus grand-chose dans la vie ?

Il n'en était pas sûr. Mais s'ils parvenaient à les retrouver, il ferait tout pour les sortir de la jungle sains et saufs.

2

Amanda était épuisée. Ce n'était pas facile d'être une mère pour huit petites filles en détresse tout en essayant de rassurer et réconforter les quinze garçons qui se trouvaient dans d'autres tentes, à l'autre bout du camp.

D'ailleurs, elle n'avait pas beaucoup de temps pour jouer les mères. Pendant la journée, tandis que les garçons étaient contraints de courir à travers des parcours d'obstacles rudimentaires et de tirer sur des cibles accrochées aux arbres avec des armes trop lourdes et trop puissantes pour eux, Amanda et les filles cuisinaient, nettoyaient, et faisaient la lessive de leurs ravisseurs.

Tout le monde était fatigué, effrayé, et à cran. Amanda veillait à ce que les plus jeunes filles se voient attribuer les tâches les plus faciles, et à prendre elle-même en charge la majeure partie des corvées. Mais en conséquence, elle était au bord de l'effondrement au bout de deux jours seulement.

Jusqu'ici, aucun homme n'était venu chercher l'une des filles, mais la tension restait palpable. Surtout pour elle. Chaque fois qu'elle se retournait, elle voyait l'un des rebelles en train de l'observer, et elle n'aimait pas les regards qu'ils lui lançaient. Elle ne savait pas ce qu'ils attendaient, mais elle avait le sentiment que son répit allait bientôt prendre fin.

Les deux derniers jours depuis leur arrivée au camp lui avaient semblé une éternité. Elle avait mal au dos. Elle avait mal aux pieds. Elle avait le cœur brisé en voyant la douleur et l'épuisement des enfants. Elle n'était pas à l'école depuis long-temps, mais même durant cette courte période, elle avait réussi à changer un tant soit peu la vie de ces enfants. Du moins, elle le pensait.

Ils semblaient prendre les choses avec plus de légèreté. Ils riaient plus facilement, et plus souvent. Ils avaient commencé à lui montrer ouvertement leur affection, en particulier les plus jeunes. Elle s'efforçait de les prendre dans ses bras autant que possible, de les complimenter pour chaque petite chose. La confiance qu'ils avaient acquise était remarquable, et cela donnait à Amanda l'impression qu'elle apportait enfin quelque chose de bénéfique au monde.

Et maintenant... ils s'étaient refermés émotionnellement, et physiquement. Ils évitaient son regard, et leurs petites épaules étaient constamment voûtées. Amanda avait l'impression d'avoir échoué, même si elle n'y était pour rien.

Elle aurait tellement voulu s'enfuir avec les enfants en pleine nuit, mais c'était impossible. D'abord, elle ne pouvait pas s'éclipser avec vingt-trois enfants, et elle ne voulait pas en abandonner un seul. Ensuite, c'était de la folie de s'enfoncer dans la jungle. Elle n'y survivrait même pas un jour. Certains des plus grands, comme Joseph, Michael, Andrew et Natasha, en savaient sûrement plus qu'elle sur la survie dans la jungle, mais elle n'était pas prête à risquer la vie de tout le monde pour autant.

Enfin, les rebelles étaient trop nombreux pour pouvoir

envisager la moindre rébellion. Et ils étaient tous armés. Il y avait une douzaine d'homme autour d'eux en permanence.

Mais ce jour-là... quelque chose s'était passé. Toute la matinée, leurs gardes avaient été particulièrement bavards. Amanda, grâce aux quelques notions d'espagnol qu'elle possédait, avait pu comprendre quelques mots. Le lendemain, des renforts allaient arriver ; du ravitaillement ; des *maris* pour les filles.

Amanda était presque folle d'inquiétude. Elle ne savait pas quoi faire, mais elle garda le silence. C'était inutile d'inquiéter les enfants davantage. Être séparés de leurs amis serait déjà assez traumatisant. Et Amanda redoutait plus que tout le lever du jour.

Elle avait tellement mal au ventre à cause du stress qu'elle n'avait réussi à avaler que quelques bouchées du ragoût infect qu'elle avait préparé avec les filles pour le dîner. Pendant le repas, elle avait croisé le regard de Michael, de l'autre côté du camp en terre battue. Il lui avait adressé un petit sourire qui lui avait donné envie de pleurer. Il avait un œil au beurre noir et des ecchymoses sur les bras et les jambes. Tous les garçons étaient dans le même état. Ils étaient maltraités pendant leur *entraînement*... et pourtant, avec ce sourire, Michael faisait de son mieux pour la rassurer.

Apparemment, lorsqu'on l'avait emmené dans la jungle le premier jour, il avait été passé à tabac pratiquement jusqu'à en perdre connaissance. Mais il ne se laissait pas abattre. Il avait aussi boité pendant un moment après cela, mais soit sa jambe n'était pas gravement blessée, soit il refusait de donner à leurs ravisseurs la satisfaction de constater sa douleur.

Amanda ne s'était jamais sentie aussi impuissante. Elle aurait voulu aller les prendre dans ses bras, lui et les autres garçons, pour leur dire combien elle les aimait. Mais elle savait que dès qu'elle se lèverait, l'un des rebelles se précipiterait vers elle, la menacerait avec son fusil, et lui ordonnerait de se rasseoir.

Elle était maintenant de retour dans la tente des filles, Sharon sous un bras, et Patricia sous l'autre. Michelle tenait Bibi endormie dans ses bras, et les autres filles étaient couchées côte à côte, dormant tant bien que mal sur le sol ferme. On ne leur avait pas donné de couvertures, mais elles n'en avaient pas besoin, car la chaleur était étouffante, même la nuit. Cependant, un minimum de confort aurait rendu leur situation un peu plus supportable.

Amanda, elle, n'arrivait pas à dormir. Trop de pensées se bousculaient dans sa tête. Elle se demandait ce que l'avenir leur réservait, aux enfants *et* à elle-même.

Cette absence de sommeil lui permit d'entendre un bruit étrange... Quelque chose d'inhabituel, qu'elle n'avait jamais entendu dans la jungle auparavant. Elle dut tendre l'oreille pendant un moment pour comprendre ce qu'elle croyait entendre.

Un hélicoptère !

Suivant son instinct, elle réveilla rapidement et discrètement les filles, leur demandant de ne faire aucun bruit. Heureusement, elles obéirent sans discuter, toutes assises dans le noir, les yeux grands ouverts, à écouter en priant pour que l'hélicoptère soit venu les chercher.

Même si c'était peu probable, Amanda ne pouvait s'empêcher d'espérer un sauvetage. Mais il pouvait tout aussi bien s'agir d'autres rebelles rejoignant leurs ravisseurs.

Quoiqu'il en soit, Amanda voulait être prête. Elle ignorait l'heure qu'il était. Elle savait seulement qu'il faisait nuit, et que seule la lune éclairait les environs. Elle n'entendait aucun bruit, et espérait que les hommes dormaient encore, trop habitués aux sons nocturnes de la forêt tropicale pour remarquer l'intrus aérien.

Amanda pensa aux garçons. L'avaient-ils entendu, eux aussi, ou étaient-ils trop épuisés par toutes les activités physiques imposées ces derniers jours ? L'envie de se précipiter vers leurs tentes pour vérifier était presque irrésistible, mais elle resta où elle était afin d'éviter la colère – ou le désir de luxure – des ravisseurs s'ils la surprenaient dehors au milieu de la nuit.

Alors elle attendit en retenant son souffle, et pria contre toute logique que l'hélicoptère soit là pour eux.

Un instant, le bruit semblait encore lointain. L'instant d'après, on aurait dit que l'hélicoptère était juste au-dessus. Les parois de la tente furent secouées par le souffle des rotors.

Évidemment, leurs ravisseurs l'entendirent aussi. Des cris retentirent à l'extérieur de la tente, et Amanda retint son souffle de plus belle. Il ne s'agissait pas de cris de joie, comme s'ils accueillaient des compagnons, mais de hurlements de surprise, de colère.

Mais ce furent les coups de feu qui firent réagir Amanda.

Elle ne voulait pas rester là, comme une cible facile, à attendre qu'une balle perdue transperce la toile ; ou que les rebelles décident qu'il valait mieux tuer leurs otages plutôt que de les laisser être secourus. L'autre chose qu'elle refusait absolument, c'était de rester passive. Si cela pouvait assurer leur liberté à tous, elle ferait ce qu'il fallait.

— Vite, les filles, par ici ! murmura-t-elle d'une voix pressante en désignant l'arrière de la tente.

Elle avait découvert ce passage deux jours plus tôt, réalisant que la base n'était pas fixée au sol. Elle souleva la toile et s'allongea pour jeter un œil dans l'obscurité. Elle ne vit que des arbres. Tout semblait se passer dans la clairière, de l'autre côté de la tente.

Elle fit signe à Natasha et Patricia d'avancer.

— Glissez-vous dehors, mais restez près de la tente, leur ordonna-t-elle.

Natasha acquiesça, et prit la main de Patricia. Michelle et Jennifer suivirent. Puis Karen et Sharon. Sandra tendit la main à Bibi, mais la fillette de quatre ans refusa de la prendre, levant plutôt les bras vers Amanda.

Même si cela lui brisait le cœur, Amanda secoua la tête.

— Va avec Sandra, ordonna-t-elle à Bibi aussi fermement que possible. Je suis juste derrière toi.

Elle aimait cette petite fille. Elle était adorable, douce, affectueuse. Elle était orpheline depuis peu, ses parents ayant été tués dans un accident de moto. À son arrivée à l'école, elle était perdue et désorientée, mais avant l'enlèvement, elle avait commencé à s'ouvrir peu à peu, et s'était particulièrement attachée à Amanda.

Le cœur serré à l'idée de la voir traverser une telle épreuve, comme tous les autres enfants, Amanda se glissa immédiatement derrière les filles, et rampa hors de la tente pour les rejoindre. Elle se précipita vers Michelle, qui l'attendait au coin de la tente, puis jeta un regard au-delà.

Elle écarquilla les yeux en découvrant ce qui se passait : des hommes qu'elle ne reconnaissait pas, qui semblaient porter des uniformes – et pas des shorts et des T-shirts comme la plupart des rebelles – se cachaient derrière des arbres et tiraient sur leurs ravisseurs. Elle vit plusieurs rebelles gisant au sol, immobiles, tandis que les autres ripostaient presque désespérément.

— Par ici !

Amanda laissa échapper un cri strident et sursauta en entendant la voix rauque derrière elle. En se retournant, elle vit que c'était l'un des nouveaux venus. Un homme en uniforme militaire.

— Il y a une clairière à environ cinq cents mètres dans cette direction, aboya-t-il. Prenez les enfants et partez !

Les filles n'eurent aucun besoin de se faire prier. Natasha et Michelle prirent les choses en main, et guidèrent le reste du groupe dans la direction indiquée. Amanda ne voulait pas les laisser partir seules, mais elle devait s'assurer que les garçons soient secourus également.

— Et les autres enfants ? demanda-t-elle à l'homme.

— On s'en charge.

Elle aurait dû lui faire confiance, mais elle ne pouvait pas quitter le camp sans être sûre que les garçons s'en sortiraient aussi. Elle regarda l'homme courir vers les autres tentes. Elle fut soulagée d'apercevoir Michael et les autres s'en échapper.

Mais un rebelle, voyant ce qui se passait, hurla de rage et fonça tout droit sur Richard et Leon.

Michael se jeta délibérément en travers de son chemin, et se retrouva projeté en arrière lorsque l'homme le percuta de plein fouet. Ils tombèrent au sol, les membres enchevêtrés. Heureusement, le soldat qui avait parlé à Amanda était là. Il échangea des coups avec le rebelle, les deux hommes se frappant aussi fort qu'ils le pouvaient.

Pendant ce temps, Michael hurlait à ses camarades orphelins de courir aussi vite que possible vers la forêt. Mais ils ne suivaient pas ses ordres. Ils se dispersaient comme des feuilles au vent, et Amanda avait du mal à compter les têtes pour s'assurer que tout le monde s'échappait. Avec l'obscurité et le chaos de la bataille qui faisait rage autour d'eux, elle ignorait totalement s'ils savaient dans quelle direction se trouvait l'hélicoptère.

Elle fut submergée par la panique.

— Courez ! *Maintenant !* lança un autre soldat en saisissant le bras d'Amanda, la projetant presque dans la direction où les filles étaient parties. On va récupérer tous les enfants !

C'était la meilleure solution pour l'instant. Amanda le savait. Elle se retourna et se précipita vers les arbres à la suite des filles. À la seconde où elle quitta la clairière, la lueur de la lune disparut. C'était comme avancer à l'aveugle. Amanda dut ralentir et se résoudre à marcher aussi vite que possible, les bras tendus devant elle pour ne pas heurter un arbre.

L'adrénaline la faisait trembler, mais elle continuait d'avancer. La liberté était proche. Si proche qu'elle pouvait la sentir. Ou peut-être était-ce juste la peur.

Le bruit de l'hélicoptère devenait de plus en plus fort. C'était le seul repère qui lui indiquait qu'elle allait dans la bonne direction. Quand elle émergea enfin dans une autre clairière, elle put voir à nouveau grâce à la lueur de la lune, absente sous la canopée de la jungle. Un gigantesque hélicoptère était posé au sol, les rotors encore en rotation. Un homme se tenait près de la porte ouverte et aidait les enfants à grimper dans l'immense espace de chargement.

Amanda fut envahie par l'excitation. Elle se précipita vers l'hélicoptère, sachant qu'une fois à l'intérieur, elle serait enfin en sécurité, et que cette épreuve serait terminée.

Mais avant qu'elle n'ait fait plus de quelques pas, Michael apparut à ses côtés comme par magie.

— Mandy ! Je ne trouve pas James !

— Quoi ? cria Amanda pour couvrir le bruit de l'hélicoptère.

— James ! Il était avec Patrick, mais il s'est perdu dans la jungle en venant ici !

— Merde, marmonna Amanda. Et les autres ?

— Je crois qu'ils sont tous là. J'ai essayé de rester derrière et de compter tout le monde en courant. On a suivi le bruit de l'hélicoptère en voyant les filles partir dans cette direction. Il était près des tentes, mais en arrivant, je ne le voyais plus !

— Bon, pas de panique, je vais le trouver ! cria Amanda. Va à l'hélicoptère ! On n'a pas besoin de vous perdre tous les deux. Dis aux soldats que je reviens avec lui. D'accord ?

— D'accord ! répondit Michael en hochant la tête.

Il se précipita vers l'hélicoptère pour rejoindre ses amis.

Reconnaissante envers lui pour avoir veillé sur tous les enfants, en particulier les plus jeunes – à cinq ans à peine, James avait beaucoup de mal avec les activités physiques qu'on lui imposait au camp – Amanda regarda longuement l'hélicoptère synonyme de liberté, puis se retourna et s'enfonça dans la jungle.

* * *

— Mais qu'est-ce qu'elle fout ? demanda Buck, plus pour lui-même que pour quelqu'un d'autre.

En voyant celle qui ne pouvait être qu'Amanda Rush courir vers eux, le soulagement qu'il ressentit fut immense. Elle avait l'air saine et sauve. Fatiguée et sale, certes, mais sur ses deux jambes, et se déplaçant sans trop de difficulté.

Puis elle s'était arrêtée pour parler à l'un des garçons plus âgés… avant de faire demi-tour et de repartir dans la jungle.

— Il faut qu'on se tire d'ici ! lança l'un des soldats des forces spéciales dans l'oreille de Buck.

Ils étaient tous équipés de radios pour pouvoir communiquer. Une fois que les soldats des forces spéciales étaient descendus en rappel de l'hélicoptère, Buck et Obi-Wan avaient atterri dans la clairière pour attendre l'exfiltration des enfants. Dès qu'ils avaient surgi de la jungle, Buck était sorti du cockpit pour les aider à monter à bord.

Quand les filles avaient commencé à arriver, Buck et Obi-Wan étaient soulagés.

— Renforts en approche, annonça un autre soldat. On a neutralisé la menace immédiate, mais des camions arrivent par l'ouest. Ils seront là dans deux minutes. Plus de trois douzaines d'hommes. Ils sont trop nombreux pour qu'on les tienne à distance. On fonce vers l'hélico. Faites monter les enfants à bord et préparez-vous à décoller !

Tous les muscles de Buck se contractèrent. Amanda. Où était-elle ?

— On a combien d'enfants ? demanda Buck à Obi-Wan par radio.

— Vingt-deux.

— Vingt-trois avec ce dernier garçon, répliqua Buck d'un ton grave.

Un garçon grand et mince, couvert de plus de bleus qu'aucun enfant ne devrait jamais avoir, courait vers l'hélicoptère, les yeux écarquillés.

— Amanda ! s'écria-t-il dès qu'il fut à portée de voix. Elle est partie chercher James !

— James ? s'enquit Buck.

— Oui ! Il a cinq ans. Il s'est perdu en venant ici !

— Non, ce n'est pas possible. Il y a quatorze garçons et huit filles à l'intérieur. Avec toi, ça fait vingt-trois. Tout le monde est là.

À moins qu'ils aient fait erreur dans le comptage des enfants, et que vingt-quatre aient été enlevés.

Le garçon fronça aussitôt les sourcils, l'air confus.

Buck n'hésita pas une seconde : il le souleva et le déposa à l'arrière de l'hélicoptère.

L'enfant resta un moment à l'entrée, balayant du regard les autres enfants avant de se retourner, l'air complètement dévasté.

— Je ne l'ai pas vu ! Je croyais qu'il s'était perdu ! sanglota-t-il.

Buck se retourna vers les arbres et pria pour voir Amanda revenir vers lui. Mais il n'aperçut que les silhouettes des soldats des forces spéciales qui couraient, manifestement poursuivis.

Ça sentait mauvais. Mais enfin, pourquoi était-elle partie

toute seule ? Pourquoi n'avait-elle pas vérifié que tous les enfants étaient là avant d'agir ? Bon sang, elle aurait dû venir directement le voir pour lui demander de l'aide, au lieu de s'enfoncer dans la jungle comme une idiote.

Buck prit une décision en une fraction de seconde.

Il ne l'abandonnerait pas.

Il allait se faire passer un savon pour avoir quitté l'appareil. Un Night Stalker ne quittait jamais, *jamais* son hélicoptère. Récemment, Casper avait commis cette erreur en laissant Laryn sans protection, ce qui avait permis son enlèvement en Turquie. Et maintenant, Buck faisait la même chose.

Mais il ne pouvait pas abandonner Amanda Rush dans cette jungle, sachant que des dizaines de rebelles allaient déferler dans cette zone, et qu'elle avait sacrifié sa propre sécurité pour un gamin de cinq ans.

— Vas-y, dit-il à Obi-Wan en se tournant vers lui. Je ne peux pas la laisser, et tu dois emmener ces gosses en lieu sûr.

— Buck, je ne pense pas que...

— Je vais la trouver, et on contournera vers l'est. Si ce n'est pas possible, on ira vers le sud. Je la ferai passer la frontière, et on vous rejoindra au Guyana.

Sur ces mots, Buck arracha son casque et le lança à l'arrière de l'hélicoptère au moment où les soldats revenaient. Sans hésiter, il s'élança à travers la clairière, en direction de l'endroit où Amanda avait disparu. Il devait dégager avant l'arrivée des renforts ennemis. S'ils s'apercevaient qu'il était toujours au sol, ou qu'Amanda l'était, ils seraient traqués comme des bêtes. Il était possible qu'ils se rendent compte qu'elle était restée sur place, mais avec un peu de chance – beaucoup de chance – l'institutrice et lui pourraient se faufiler dans l'obscurité et le chaos de la nuit.

Il sentit le souffle des rotors, et entendit le moteur vrombir tandis qu'Obi-Wan faisait décoller l'appareil avec maîtrise. Des cris éclatèrent, et Buck plongea à travers les arbres juste avant que six hommes ne surgissent dans la clairière à une dizaine de mètres, fusils à la main. Ils s'arrêtèrent, les regards rivés sur le ciel, visant l'hélicoptère qui s'élevait rapidement et commençait déjà à s'éloigner.

Tandis que des coups de feu retentissaient, Buck aperçut quelque chose du coin de l'œil. Instinctivement, il se retourna et tendit la main vers une silhouette qui passait près de lui. Il reconnut immédiatement Amanda, même s'ils tombèrent lourdement au sol.

Il plaqua la main sur sa bouche, l'empêchant de dire quoi que ce soit qui trahirait leur position aux rebelles désormais furieux.

Elle avait les yeux écarquillés par la peur, et il pouvait sentir sa respiration rapide, allongé sur elle, essayant désespérément de lui faire comprendre sans un mot qu'il était essentiel de rester absolument immobile et silencieuse.

Elle ne se débattit pas, se contentant de le fixer du regard, les narines évasées à chaque souffle laborieux. Buck sentait les battements de son cœur résonner contre sa poitrine pendant que les rebelles continuaient de tirer sur l'hélicoptère, désormais hors de portée.

Une immense vague de soulagement le submergea. Les enfants étaient sains et saufs. Les soldats aussi. Obi-Wan aussi. La mission était accomplie. Même si Amanda et lui étaient foutus, il était heureux du résultat.

Mais ils ne pouvaient pas rester ici. Ils étaient bien trop près du camp des rebelles. Et ces hommes dans la clairière étaient furieux. Peu importe qui ils étaient exactement par rapport aux rebelles : leur implication dans l'enlèvement de vingt-trois enfants n'était pas bon signe. Soit ils étaient là pour les filles, soit ils étaient là pour forcer les garçons à tuer ou à mourir pour la cause.

Ces hommes étaient des ordures, et Buck voulait à tout prix éviter d'être repéré.

D'autant qu'il n'avait pas d'arme, pas de vivres, pas d'eau. Rien. Seulement son couteau KA-BAR, qu'il gardait toujours sur lui, et une vieille boussole à l'ancienne. Son père la lui avait offerte pour son diplôme de lycée, avant qu'il parte au camp d'entraînement. Depuis qu'il était devenu Night Stalker, il l'emportait à chaque mission. Ce serait peut-être leur seule chance de salut, à Amanda et lui.

Il se pencha, les lèvres tout près de son oreille. D'un souffle à peine audible, il murmura :

— On doit mettre de la distance entre eux et nous.

Elle hocha la tête, et Buck prit le risque de retirer sa main de sa bouche. Elle approcha immédiatement ses lèvres de son oreille.

Il tourna la tête pour qu'elle puisse lui parler plus facilement, sans avoir besoin d'élever la voix.

— Il manque un enfant, lâcha-t-elle d'un ton torturé.

Buck secoua la tête.

— Non. Ils étaient tous dans l'hélicoptère.

L'air confuse, elle secoua la tête à son tour.

— James. Il a cinq ans.

— Il était là. Ils étaient tous là.

Buck perçut le moment où l'information fit son chemin. Le moment précis où elle comprit que sa course désespérée pour retrouver un enfant avait été vaine. Il vit le désespoir dans ses yeux. Elle avait raté l'hélicoptère pour rien.

Il aurait voulu la réconforter, lui dire que tout allait bien. Mais c'était loin d'être le cas. Ils étaient dans une situation désespérée, et seul le temps dirait s'ils parviendraient à quitter la zone sans être repérés.

Il aurait dû être en colère contre elle, furieux qu'elle soit partie toute seule. Et il l'était. Mais il comprenait aussi qu'il fallait parfois prendre des décisions instantanées sur la base d'informations partielles.

Après tout, n'avait-il pas fait la même chose moins d'une minute auparavant ?

— Restez baissée, ne faites pas de bruit, et suivez-moi, lui ordonna-t-il.

Il attendit qu'elle acquiesce, puis glissa lentement de son corps et fit un signe de tête vers l'ouest. Ils allaient devoir contourner le camp. Ils ne pouvaient pas se permettre de s'en approcher trop près.

Enfin... pas elle. Buck, lui, comptait bien infiltrer la base pour voir ce qu'il pourrait récupérer.

Mais d'abord, il devait mettre Amanda à l'abri, trouver un endroit où se cacher. Ensuite, il verrait ce qu'il pourrait dérober aux rebelles, puis ils se dirigeraient vers l'est, si possible.

Obi-Wan connaissait son plan. Buck conduirait Amanda à la frontière d'une manière ou d'une autre. La jungle n'avait jamais été son environnement préféré, mais c'était mieux que le désert. Il détestait le sable, et préférait être mouillé plutôt que brûlé vif dans la chaleur du désert.

Très lentement, il commença à ramper ventre à terre, en gardant la tête baissée, et en vérifiant régulièrement qu'Amanda allait bien. Il leur faudrait du temps pour sortir de la zone, mais il ne voulait surtout pas risquer d'être capturé. Car il savait, sans l'ombre d'un doute, que les rebelles ne laisseraient jamais qui que ce soit tenter une deuxième opération de sauvetage.

Leur *seule* chance de s'en sortir vivants était de rester invisibles, et de faire croire aux rebelles que tout le monde était parti dans l'hélicoptère.

3

Amanda se sentait mal. Elle n'avait pas hésité à retourner dans la jungle pour chercher le petit James... alors qu'il n'y avait aucune raison de le faire. Il était déjà dans l'hélicoptère. Elle ne blâmait pas Michael pour cette erreur. Il y avait beaucoup de petits enfants, il faisait noir, et ils avaient été réveillés en pleine nuit pour plonger dans la terreur absolue.

Mais à cause de cette décision impulsive, elle avait loupé sa chance de s'échapper.

L'hélicoptère était parti sans elle.

Ça faisait mal. Très mal. Mais elle n'en voulait pas non plus au pilote. Elle était même contente qu'il ait choisi les enfants plutôt qu'elle.

Elle ignorait totalement l'identité de l'homme qui l'avait pratiquement plaquée au sol avant qu'elle ne puisse courir vers la clairière et crier à l'hélicoptère de revenir. Il était américain, elle le devinait à son accent. Et elle n'arrivait pas à croire qu'il ne soit pas parti avec le reste de l'équipe de sauvetage.

Pourquoi était-il resté ? Pour *elle* ? C'était impossible.

Peut-être qu'il cherchait James, et qu'on l'avait laissé sur place, lui aussi.

Mais non... Il savait que James était déjà dans l'hélicoptère.

Elle n'arrivait pas à réfléchir clairement. Son esprit tournait à toute vitesse. L'adrénaline la faisait trembler, et l'empêchait de penser rationnellement. Mais pour l'instant, tout ce qu'elle avait à faire, c'était obéir aux ordres... et tant mieux, car Amanda doutait de pouvoir prendre la moindre décision à ce moment-là. En tout cas, pas de bonne décision.

Elle fit de son mieux pour imiter l'inconnu, et rampa sur le sol humide de la jungle. Elle refusait de penser aux bestioles qui se trouvaient sous les feuilles, la terre et la boue, et qu'elle dérangeait en glissant sur leurs cachettes. Elle était un peu sonnée... Soulagée que les enfants soient en sécurité hors de cette fichue jungle, mais terrifiée pour son propre sort.

Elle ne savait pas depuis combien de temps ils s'éloignaient de la clairière où l'hélicoptère s'était posé, mais quand l'homme s'arrêta, Amanda n'avait jamais été aussi soulagée.

Elle se laissa tomber sur le ventre, et s'efforça d'ignorer les tremblements de ses muscles. Ramper en restant le plus proche du sol et le plus discret possible était un vrai travail de forçat, beaucoup plus difficile qu'il n'y paraissait.

Amanda posa le front sur le dos de ses mains et ferma les yeux. Elle était épuisée, éreintée jusqu'à la moelle. L'adrénaline qui l'avait portée jusque-là était retombée, et il ne restait plus que la fatigue.

— On va se reposer un peu ici, lui dit l'homme.

À ces mots, Amanda releva la tête. Il s'était tourné vers elle, et parlait un peu plus fort que le murmure à peine audible qu'il avait utilisé jusque-là... mais à peine.

— On ne devrait pas s'éloigner le plus possible ? demanda-t-elle d'une voix similaire.

Son sauveur la regarda fixement pendant un long moment, sans rien dire.

— Certainement. On devrait s'éloigner le plus possible des salauds qui vous ont enlevés, les enfants et vous. Mais le problème, c'est que... on a aucune provision, soupira-t-il. Je n'avais pas prévu de quitter mon hélicoptère, et je n'ai rien sur moi. Rien à manger, aucun récipient pour l'eau, aucun moyen d'allumer un feu. Si on veut rentrer au Guyana, on aura besoin de tout ça.

Il n'avait pas tort, mais l'idée de devoir reprendre le chemin qu'elle avait été forcée de faire pour arriver ici la décourageait au plus haut point.

— L'hélicoptère ne peut pas revenir nous chercher ? demanda-t-elle spontanément, tout en connaissant déjà la réponse.

— On les a surpris une fois. On ne pourra pas le faire une deuxième. Et je n'ai aucun moyen de communiquer avec mon partenaire, ni avec le reste de l'équipe. Je ne peux pas leur dire où on est. Mon ami copilote pourrait tenter de nous repérer avec un radar thermique, mais ça alerterait les rebelles, et ça leur révèlerait notre position exacte. En résumé, il y a de fortes chances qu'on doive marcher jusqu'à la frontière.

Amanda aurait voulu protester, lui dire qu'elle ne pouvait pas, qu'elle était trop fatiguée, trop sale, trop morte de faim, de soif, trop... faible. Mais aucun mot ne sortit de sa bouche. Elle était submergée, apeurée. Elle avait aussi le sentiment qu'en parlant, elle ferait voler en éclats le peu de maîtrise qui lui restait.

Elle se contenta donc de hocher la tête.

Mais l'homme sembla comprendre à quel point elle était au bord de la rupture. Il se rapprocha jusqu'à ce que leurs têtes soient presque l'une contre l'autre.

— Vous vous en sortez bien. Tenez bon.

Ses mots étaient doux et encourageants... et n'aidèrent en rien à retenir les larmes qu'Amanda s'efforçait de contenir. Elle hocha encore la tête, puis déglutit. Au bout d'une dizaine de secondes, elle pensa pouvoir parler sans s'effondrer.

— Alors, qu'est-ce qu'on fait pour les provisions ?

— Restez ici. Moi, je vais partir en reconnaissance sur le camp, et voir ce que je peux ramener. Je prendrai ce dont on a besoin pendant qu'il fait encore nuit. Ensuite, je vous retrouve ici pour partir.

Ce plan mettait Amanda très mal à l'aise, mais il avait raison : c'était maintenant, dans le noir, qu'il fallait essayer. Elle n'avait aucune envie de traîner toute une journée à attendre la nuit suivante.

Comme s'il percevait sa réticence, il ajouta :

— On ne sait pas ce qu'ils feront demain matin. Ils pourraient très bien plier bagage et emmener avec eux tout ce qu'il nous faut. Je dois y aller maintenant, pendant qu'ils se demandent encore comment les gosses ont pu leur filer sous le nez.

— Mais ils ne vont pas être furieux, et donc plus dangereux ?

— Si, répondit l'homme. Mais je vais être prudent.

Amanda appréciait qu'il ne cherche pas à minimiser le danger.

— Je devrais venir avec vous, lâcha-t-elle, regrettant déjà sa décision.

Il secoua la tête, catégorique.

— Non. Restez ici, où je sais que vous êtes en sécurité.

Amanda laissa échapper un petit rire ironique.

— Chut ! la réprimanda-t-il.

— Désolée, murmura-t-elle. Mais je crois qu'il n'y a pas

vraiment d'endroit sûr en ce moment. Je pourrais me faire mordre par une tarentule Suntiger, ou un rebelle en quête d'un coin pour faire pipi pourrait me tomber dessus. Et puis, je connais le camp. Vous, non. Je sais où on a le plus de chances de trouver ce qui nous sera utile.

Elle ne comprenait pas pourquoi elle se battait pour retourner dans cet endroit, où elle était terrifiée et malheureuse, mais l'idée de rester seule au milieu de la jungle l'effrayait encore plus. Et si quelque chose lui arrivait, et qu'il ne revenait pas ? Elle mourrait sûrement ici.

Il la fixa du regard avec la même expression.

— Je suis désolée d'avoir agi sans réfléchir, dit-elle d'un ton presque désespéré. C'était ridicule, et irresponsable. Je le sais. Mais quand Michael m'a dit que James avait disparu, j'ai paniqué. Je ne pouvais pas abandonner un enfant. J'aurais dû vérifier par moi-même, compter les têtes avant de me précipiter dans la jungle. C'est à cause de moi que vous êtes là. Je suis désolée. Tellement désolée.

— C'était courageux de votre part, répondit-il sans hésiter. Peut-être impulsif, mais extrêmement altruiste. C'est rare de nos jours.

Amanda le regarda fixement.

— Je suis quand même désolée.

— Moi aussi. J'aimerais que vous ne soyez pas dans cette situation, et que le sauvetage se soit mieux passé. Mais c'est comme ça, et il faut faire avec. Vos infos sur le camp me suffiront pour entrer et sortir sans être repéré.

— Ce serait plus simple si je pouvais vous montrer sur place, insista-t-elle.

— Je m'appelle Nash. Nash Chaney. Mon surnom de pilote, c'est Buck.

Amanda cligna des yeux. Elle ne s'attendait pas à des

présentations en pleine conversation tendue. Mais elle joua le jeu.

— Amanda Rush. On m'appelle Mandy.

— Enchanté. Et pour que vous ne soyez pas fâchée par la suite... je sais déjà beaucoup de choses sur vous. J'ai lu le dossier qu'on nous a remis pour la mission.

— Il y a un dossier sur moi ?

— Oui.

Amanda ne savait pas trop quoi en penser. Finalement, elle se dit que ça n'avait pas d'importance. Si ceux qui venaient la sauver avaient besoin de connaître chaque détail de sa vie pour y parvenir, grand bien leur fasse. Elle n'avait rien à cacher.

— D'accord.

— D'accord ? C'est tout ?

Elle haussa les épaules autant que sa position au sol le permettait.

— Les enfants sont en sécurité, c'est ce qui compte. Je me fiche de ce qu'on a écrit sur moi dans un dossier. Je n'ai rien fait d'illégal ou de honteux. C'est comme les caméras de surveillance. Ça ne me dérange pas, puisque je ne fais rien de mal.

Nash laissa échapper un petit rire.

— Rien de... mal ?

— Comme le vol à l'étalage, des excès de vitesse, pousser des gens innocents hors de la route... ce genre de trucs.

— D'accord.

— Alors... pour ce qui est de venir avec vous... je promets de ne rien faire sur un coup de tête. Je ferai tout ce que vous dites, dès que vous le dites. Je ne suis pas idiote, je ne veux pas me faire prendre. Je veux juste aider. C'est moi qui nous ai mis dans cette galère, et je veux aider à en sortir.

— Ce n'est pas votre faute. C'est à cause des salauds qui vous ont enlevée, vous et les enfants.

— Oui, mais j'ai couru dans la mauvaise direction au lieu de rejoindre l'hélico.

— D'accord, mais il faut tenir votre promesse de m'obéir, même si vous ne comprenez pas pourquoi. J'ai été formé pour gérer si ça tourne mal, mais je ne pourrai pas supporter de vous voir retomber entre leurs mains. Compris ?

— Compris, répondit-elle aussitôt. Je crois que les autres types qui sont venus au camp étaient là pour emmener les filles pour en faire leurs épouses... ou leurs esclaves.

Elle frissonna.

— Merci d'avoir risqué votre vie pour elles.

— Et pour vous, répondit Nash. On est venus pour vous aussi.

Mandy secoua la tête.

— Ce sont les enfants qui comptent. Pas moi.

— Ne vous sous-estimez pas. Vous êtes la raison pour laquelle on nous a envoyés. Parce que vous êtes Américaine. Si vous n'aviez pas été avec ces enfants...

Il laissa sa phrase en suspens.

Amanda se réjouit d'être le prétexte qui avait poussé le gouvernement américain à sauver les enfants.

— Bon, fit Nash. Il va bientôt faire jour. Si on veut y aller, c'est maintenant.

Amanda acquiesça. En pensant à ce qui les attendait, son ventre se noua aussitôt. Mais Nash avait raison : il leur fallait des provisions pour le trajet, et le meilleur endroit où les trouver, c'était ce camp dont elle venait de s'échapper.

Nash pencha la tête, comme pour mieux entendre si quelqu'un approchait. Amanda n'entendait que les grillons, les oiseaux, et l'eau qui s'écoulait des feuilles après une accalmie dans la pluie.

— Suivez-moi, ordonna Nash en se relevant lentement.

Soulagée de ne pas avoir à ramper jusqu'au camp, Amanda

se leva… et faillit s'écrouler. Si Nash ne lui avait pas saisi le bras pour la retenir, elle se serait effondrée au sol.

Il fronça les sourcils.

— Ce n'est peut-être pas une bonne idée.

— Ça va, le rassura aussitôt Amanda. Tout va bien. Je me suis juste levée trop vite.

Elle resterait debout, quitte à en mourir. Tout valait mieux que d'être abandonnée. Elle devait simplement ignorer son besoin de sommeil, de manger, de boire. Un jeu d'enfant.

Elle ne fut pas étonnée par le regard sceptique que Nash lui lança. Amanda fit de son mieux pour lui rendre son sourire.

À sa grande surprise, après avoir lâché son bras, il lui prit la main. Il la serra fermement en se dirigeant vers le campement. De toute évidence, il lui tenait la main pour l'empêcher de tomber, mais à cet instant, la chaleur et le réconfort que lui procurait ce petit geste étaient tout ce qui comptait pour elle.

Elle était seule responsable de vingt-trois enfants depuis tellement longtemps, et le stress lié à cette responsabilité était immense. Le simple fait d'avoir un autre adulte pour l'aider à prendre des décisions était incroyable, tout comme savoir que les enfants étaient en sécurité. En partie grâce à Nash.

Elle se promit de ne rien faire qui puisse lui causer du souci. Enfin… pas plus qu'elle ne le faisait déjà. Ici, elle n'était tellement pas dans son élément qu'elle n'avait pas d'autre choix que de compter sur lui pour à peu près tout. Mais elle ferait de son mieux pour éviter le stéréotype de *la fille de la ville* qui se retrouve dans la jungle. Si cela lui permettait de retourner au Guyana en toute sécurité, elle se sentait capable de serrer les dents et de surmonter toutes les épreuves.

Certes, la vie lui avait réservé des surprises ces deux dernières semaines, et il semblait que son expérience inattendue n'était pas encore terminée. Tout ce qu'elle pouvait faire, c'était s'accrocher, et espérer que personne ne soit blessé à cause d'elle. C'était littéralement son pire cauchemar.

Amanda chassa les pensées négatives de son esprit et suivit Nash d'un pas lourd, concentrée sur la marche afin de ne pas faire autant de bruit qu'un éléphant avançant dans la forêt. La discrétion était leur alliée. Les rebelles ignoraient qu'ils n'étaient pas dans l'hélicoptère, ce qui constituait un énorme avantage. Elle était prête à tout pour ne pas le compromettre.

4

Buck devait admettre qu'il était agacé par Mandy, qui avait fait l'erreur de s'éloigner de l'hélicoptère, le forçant à la rattraper et à louper leur seul moyen de quitter les lieux.

Mais ce sentiment ne dura pas longtemps. Parce qu'honnêtement... n'avait-il pas fait la même chose ?

Il n'avait ni arme, ni provisions, mais il avait quitté la sécurité de son hélicoptère pour se précipiter dans la jungle à sa poursuite. Comment pouvait-il en vouloir à Mandy alors qu'il avait lui-même agi de manière imprudente ? De plus, elle pensait sauver un enfant. S'il y avait une bonne raison d'agir de la sorte, c'était bien celle-là.

Alors non, il n'était plus agacé. À vrai dire, plus il passait de temps avec elle, plus il était impressionné. Elle avait clairement peur, mais elle n'était pas hystérique. Il pouvait s'en accommoder. D'après son dossier, il savait déjà qu'elle était compatissante. Le fait qu'elle n'ait pas résisté à l'envie d'aller chercher le garçon prétendument disparu n'était pas inhabituel chez elle. C'était juste dommage qu'elle se soit basée sur de mauvaises informations.

Buck n'était pas du genre à ressasser sans cesse les erreurs. Cela ne servait à rien. Tout ce qu'il pouvait faire, c'était changer de stratégie et élaborer un nouveau plan. Soit Mandy et lui retournaient au Guyana par leurs propres moyens, si tout se passait bien pendant leur marche vers l'est, soit Obi-Wan réussirait à convaincre le colonel et ses forces spéciales de survoler la jungle pour les retrouver.

D'une manière ou d'une autre, Buck comptait bien sortir de la jungle vivant, avec Mandy. Mais la première étape était de trouver des provisions. Et le seul endroit où il pouvait le faire, c'était le camp où Mandy et les enfants avaient été retenus prisonniers. Emmener Mandy avec lui n'était pas idéal, mais cela leur permettrait de quitter les lieux plus rapidement, ce qui était une bonne chose.

Tandis qu'ils progressaient silencieusement dans la jungle, Buck regarda le ciel et fronça les sourcils. Il ne leur restait plus beaucoup de temps avant le lever du jour. Il fallait absolument être loin du camp avant. Il pouvait déjà entendre les hommes là-bas, ce qui était à la fois un soulagement et une source de stress supplémentaire dans une situation déjà tendue.

Quelques mètres plus loin, il s'arrêta et s'accroupit derrière un grand arbre, entraînant Mandy avec lui. Buck ne savait pas pourquoi il ne lui avait pas encore lâché la main. Il l'avait saisie pour l'empêcher de trébucher et de trahir leur présence, mais maintenant qu'ils avaient trouvé leur rythme, il aurait pu la lâcher.

En réalité, c'était pour la réconforter d'une manière ou d'une autre. Elle avait vécu deux semaines infernales, et les choses n'allaient pas s'arranger. Ils avaient un long chemin à parcourir, et manifestement, elle était en difficulté. Pourtant, il était impressionné par ses efforts pour garder la tête haute et faire semblant de ne pas être déjà au bout du rouleau. Lui tenir la main était une façon de l'aider à tenir, et peut-être de lui transmettre un peu de sa force.

— Qu'est-ce qui ne va pas ? murmura-t-elle d'un air anxieux lorsqu'ils s'arrêtèrent.

Elle était accroupie à côté de lui, les yeux écarquillés. Ses cheveux courts étaient gras et en bataille. Elle avait de la crasse sur le visage et sous les ongles. Ses vêtements étaient également couverts de boue et de saleté depuis qu'ils avaient rampé pour s'éloigner de la clairière.

Et pourtant... aux yeux de Buck, il y avait quelque chose en elle d'une immense beauté. La beauté physique lui importait peu, mais la force intérieure et la gentillesse étaient deux qualités qui l'avaient toujours séduit. Et Amanda Rush possédait ces deux qualités à profusion.

— Rien, lui répondit-il. J'ai juste besoin que vous me disiez rapidement tout ce que vous savez sur l'aménagement du camp.

Elle obéit sans hésiter. Elle lui parla des quatre tentes des garçons, de l'endroit où se trouvait le parcours d'obstacles, de la tente des filles, et surtout de celle que les ravisseurs utilisaient en tant que cuisine, sa position par rapport aux autres, ainsi que son agencement.

Elle décrivit si bien les lieux que Buck pouvait se les représenter clairement. Il lui posa encore quelques questions – surtout sur les provisions et sur les armes – mais il fut rapidement prêt à partir.

— Je veux que vous restiez ici, ordonna-t-il en s'attendant à ce qu'elle proteste encore.

Il fut ravi lorsqu'elle se contenta d'acquiescer.

— Je peux faire quelque chose pour vous aider ?

— Restez discrète. Quoi qu'il arrive, quoi que vous entendiez, ne vous montrez pas. Compris ?

— Je ne veux pas que vous soyez blessé, murmura-t-elle en fronçant les sourcils.

— Moi non plus. Mais si jamais ça arrive, si je me fais repérer, vous précipiter pour m'aider ne servira à rien d'autre qu'à leur livrer une victime de plus. Vous comprenez ?

Elle acquiesça, les sourcils toujours froncés.

— On pourrait leur voler un pick-up ? demanda-t-elle.

Buck y avait pensé, mais il avait décidé que la discrétion était préférable. Certes, un véhicule leur permettrait d'atteindre la frontière plus rapidement, mais les rebelles les poursuivraient, et il n'avait aucune envie d'une course poursuite en pleine jungle. Les rebelles connaissaient ce terrain comme leur poche, et le risque était de finir dans un fossé ou dans une rivière. Mieux valait voler ce dont ils avaient besoin et filer à pas feutrés. Au moins, avec un peu de chance, les rebelles ne se rendraient même pas compte de leur présence.

— Ce n'est pas une bonne idée, répondit-il. Ils sauraient immédiatement qu'on est là.

Elle hocha la tête.

— D'accord. Je vais me planquer ici, près de cet arbre, et je vous attends. Mais je peux vous aider à porter ce que vous trouverez.

Buck acquiesça, impressionné une fois de plus. Mais pas question de la laisser porter quoi que ce soit. Elle aurait déjà assez de mal à marcher jusqu'à la frontière. Il espérait trouver un sac de voyage, ou quelque chose pour transporter les provisions.

Bizarrement, il avait quand-même du mal à la laisser là. Il devait y aller. Le jour allait bientôt se lever. Mais l'idée de laisser Mandy le pesait.

— Je reviens, se força-t-il à dire.

— J'y compte bien, répondit-elle calmement. Parce que sinon, je vais tourner en rond dans cette foutue jungle jusqu'à ne plus pouvoir faire un pas, et je finirai par m'allonger et mourir sur place. Je ne dramatise pas. Je n'ai aucun sens de l'orientation, et je ne connais rien à la survie. Désolée.

— Ne vous excusez pas. Je n'y connais rien en matière d'enseignement. On a tous nos forces et nos faiblesses.

Elle lui adressa un léger sourire.

Buck se força à lui faire un signe de tête, puis il se retourna et prit la direction du camp. À chaque pas, il avait l'impression de faire une erreur... mais il devait le faire. Il devait trouver de quoi survivre.

Arrivé aux abords du camp, il se calma peu à peu et se concentra sur la mission qui l'attendait. Les rebelles avaient installé des lumières dans la clairière, ce qui jouait en sa faveur. Il pouvait voir ce qu'ils faisaient, mais tout ce qui se trouvait en dehors du cercle de lumière était plus sombre. Leur vision était légèrement réduite, peut-être suffisamment pour lui permettre de faire ce qu'il avait à faire, puis de s'enfuir sans être repéré.

Le camp était exactement comme Mandy l'avait décrit. Il aperçut le parcours d'obstacles où l'on avait forcé les garçons à courir inlassablement, les tentes où ils avaient dormi, et la tente qui servait de cuisine, à l'endroit prévu. À l'autre bout, il y avait un grand feu. Apparemment, la plupart des hommes étaient assis autour, en train de pester contre l'opération de sauvetage, et surtout contre le fait que les filles, en particulier, leur avaient filé entre les doigts.

C'était dégueulasse, mais Buck s'efforça de mettre de côté toute envie de vengeance, et de se concentrer sur sa mission.

Alors qu'il s'apprêtait à se diriger vers la tente-cuisine, quelque chose attira son attention.

Un chien.

Du moins, ça en avait l'air. L'animal était couché en bordure du groupe d'hommes. Chaque fois que l'un d'eux portait la main à sa bouche, le chien suivait son mouvement du regard. Il était effroyablement maigre, et d'après ce que Buck pouvait voir de là où il se trouvait, son pelage était plein de nœuds et couvert de boue séchée. Il avait l'air pitoyable... et ça faisait mal au cœur de le voir ainsi. Impossible de savoir s'il était arrivé avec les hommes, ou s'il s'agissait d'un chien errant. Cette deuxième hypothèse semblait peu probable, étant donné qu'ils étaient loin de toute civilisation.

Buck se faufila vers la tente-cuisine en faisant de son mieux pour maîtriser sa colère. Son travail ne lui permettait pas d'en avoir un, mais il avait toujours eu un faible pour les animaux. Il ne comprenait pas qu'on puisse avoir un animal de compagnie sans s'en occuper. Pourquoi les rebelles gardaient-ils un chien, si c'était pour le laisser mourir de faim ?

Il chassa cette pensée de son esprit pour rester concentré, et se rappela ce que Mandy lui avait dit : inutile d'espérer trouver quoi que ce soit dans les tentes des enfants ; leurs geôliers ne leur avaient même pas donné de couvertures, ni de vêtements de rechange. Tout se trouvait dans la cuisine, où les femmes étaient obligées de préparer les repas.

Buck se mit à plat ventre et souleva lentement le bord de la toile de la tente, aux aguets du moindre bruit ou mouvement à l'intérieur. Soulagé de constater qu'elle était vide, il n'oublia pas pour autant que quelqu'un pouvait entrer d'une seconde à l'autre. Il fallait faire vite. Il aurait été plus simple de découper la toile plutôt que de se glisser en-dessous, mais cela indique-rait automatiquement la présence de quelqu'un, et chaque seconde dont il disposait avant que les ravisseurs ne se rendent compte de son intrusion était précieuse. Plus ils mettraient de temps à s'en apercevoir, plus Mandy et lui pourraient prendre de l'avance.

Avec un peu de chance, ils ne remarqueraient même pas qu'on leur avait dérobé quelque chose.

Mais cet espoir s'évanouit dès qu'il fut à l'intérieur de la tente. Mandy l'avait prévenu, il n'y avait pas grand-chose pour cuisiner : une grande marmite impossible à emporter, deux petites casseroles, quelques cuillères, une pince, une fourchette, et deux couteaux émoussés. Les rebelles remarqueraient très vite l'absence de tout ce qu'il prendrait.

Cependant, il aperçut un vieux sac à dos dans un coin. Il était en mauvais état, les coutures étaient prêtes à céder, mais c'était toujours bon à prendre.

Buck s'empressa d'y glisser une petite casserole, la fourchette, et un couteau. Il rembourra le tout avec des chiffons sales trouvés sur place pour éviter de faire du bruit en marchant.

Même s'il n'y avait pas beaucoup d'ustensiles de cuisine, Buck fut extrêmement satisfait de la quantité de nourriture. Il y avait surtout des conserves, ce qui n'était pas l'idéal, mais une fois vides, les boîtes pourraient servir à stocker de l'eau, ou en tant qu'ustensile de cuisson. Il évita donc de prendre les deux casseroles. Les boîtes feraient l'affaire en cas de besoin.

Mieux encore, plusieurs boîtes d'allumettes étaient éparpillées sur le sol.

Mais la meilleure trouvaille fut un paquet de pastilles de purification d'eau. Ça donnait à l'eau un goût infect, mais ça éliminait les bactéries qui pouvaient les rendre gravement malades.

Des voix à l'extérieur avertirent Buck que sa mission touchait à sa fin. Il devait être parti avant que quiconque entre dans la tente. Il fit glisser le sac par-dessous la toile à l'arrière, puis rampa de l'autre côté.

Juste à temps.

Immobile, soucieux de ne faire aucun bruit, Buck retint son souffle tandis que deux hommes entraient dans la tente.

Sans surprise, ils parlaient en espagnol, et se plaignaient de devoir préparer le petit déjeuner pour tout le monde. Heureusement, ils ne semblaient pas avoir remarqué les objets manquants ; manifestement, ils ne passaient pas beaucoup de temps en cuisine, et ignoraient ce qu'il y avait d'ordinaire à l'intérieur.

Avec une extrême prudence, Buck mit le sac sur son dos et s'éloigna de la tente. Il aurait voulu prendre d'autres objets, mais il devait se contenter de ce qu'il avait.

Aussi discrètement que possible, Buck retraversa la jungle jusqu'à l'endroit où il avait laissé Mandy. Un instant, il fut pris de panique : elle n'était pas accroupie derrière l'arbre. Mais en entendant un léger bruit, il se retourna, et tous ses muscles se relâchèrent. Elle s'était allongée un peu plus loin, en position fœtale, et ronflait légèrement.

Le fait qu'elle se soit sentie suffisamment en sécurité pour s'endormir ne lui échappa pas. Ou peut-être était-ce simplement l'épuisement. Quoi qu'il en soit, il se sentait terriblement coupable de devoir la réveiller, mais il fallait qu'ils s'éloignent le plus possible du camp rebelle avant de pouvoir vraiment se reposer.

Il posa une main sur son épaule et la secoua doucement.

Elle se réveilla d'un bond, les yeux écarquillés par la panique, et s'éloigna de lui.

Même si ça lui faisait mal au cœur de devoir la retenir pour éviter qu'elle fasse du bruit, Buck se jeta sur elle et mit une main sur sa bouche avant qu'elle puisse émettre le moindre son.

— Désolé ! s'excusa-t-il aussitôt. Je suis vraiment désolé. Ça va ? Vous êtes réveillée ?

Quand elle hocha la tête, il retira rapidement sa main.

— Je vous ai fait mal ?

— Non. Pardon, je ne voulais pas m'endormir. Vous avez trouvé ce dont on a besoin ?

Buck acquiesça.

— On a de quoi tenir. Mais il faut filer. Tout de suite.

Avant même qu'il ait fini sa phrase, elle était debout, manifestement impatiente de quitter cet endroit qui lui rappelait de terribles souvenirs.

— Je passe devant. Restez juste derrière moi. Accrochez-vous au sac à dos si besoin. Mettez vos pieds exactement où je mets les miens. Et pas un bruit. Compris ?

Il parlait d'un ton sec, mais les poils de sa nuque se hérissaient. Il faisait désormais trop clair dehors, même sous les arbres. Il fallait disparaître.

La réponse d'Amanda fut brève et concise :

— Oui.

Buck la prit au mot et se mit en route vers le nord. Ils iraient dans cette direction, puis reviendraient vers l'est. Il valait mieux jouer la sécurité, et faire un détour pour contourner le camp.

Juste au moment où il pensait qu'ils s'étaient échappés sans que personne ne se rende compte que quelqu'un était resté sur place et n'était pas monté à bord de l'hélicoptère, un cri retentit en provenance du camp.

— Quelqu'un est venu ici. Il manque de la bouffe !

— *Merde*, fit Buck. Il faut qu'on se tire. Vous pouvez courir ?

— Oui !

Sans hésiter, il s'élança au trot. Ils étaient encore trop près du campement. Et en entendant les cris, Buck devina que les rebelles étaient à la fois furieux et excités.

L'idée qu'ils puissent mettre la main sur Mandy le poussa à courir encore plus vite. Il l'entendait haleter derrière lui, mais elle ne se plaignait pas, et se contentait de faire de son mieux pour le suivre.

Au moins, les rebelles ignoraient totalement qui ils cherchaient, combien ils étaient, et dans quelle direction ils étaient partis. Ils pensaient sûrement à un ou deux enfants, ce qui jouait en leur faveur.

Néanmoins, plus ils mettraient de distance entre eux et leurs poursuivants, mieux ce serait. Buck savait que les rebelles n'abandonneraient pas facilement, mais il espérait qu'ils finiraient par se poser des questions, qu'ils penseraient que les enfants avaient volé de la nourriture avant d'être secourus, et qu'ils abandonneraient les recherches.

Buck n'avait pas la moindre idée du temps qu'ils avaient passé à courir. Mais quand il réalisa qu'il n'entendait plus la respiration de Mandy, il se retourna.

Son cœur s'arrêta littéralement de battre lorsqu'il ne la vit nulle part.

— Merde, murmura-t-il en revenant sur ses pas.

Il n'eut pas à aller bien loin. Lorsqu'il la trouva, il comprit aussitôt qu'ils ne pourraient pas continuer ainsi bien longtemps. Son visage était rouge vif à cause de l'effort, et des larmes coulaient sur ses joues.

— Je suis désolée ! murmura-t-elle. J'arrive. Je peux faire mieux.

— Chut. C'est moi qui suis désolé, la rassura Buck en passant un bras autour de sa taille pour la soutenir. Je vous tiens.

— Je peux continuer, lui dit-elle. J'avais juste besoin de souffler un peu. Et je ne voulais pas crier pour vous prévenir, au cas où quelqu'un m'entendrait.

Elle avait bien réagi, mais Buck se sentait quand même coupable. Il était tellement concentré sur leur fuite qu'il n'avait pas remarqué qu'elle décrochait. Il se jura de faire mieux, d'être meilleur. Mandy n'était pas un Night Stalker, ni agent des forces spéciales. C'était une civile. Une civile qui avait vécu l'enfer, et qui était à bout. Il ne la laisserait pas tomber.

— Allez, je suis presque sûr qu'on les a semés. Il faut trouver un endroit où se cacher, se reposer, et manger quelque chose.

— Vous êtes sûr ? Et s'ils nous retrouvent ?

— Ils ne nous trouveront pas.

Buck n'en savait rien, mais il était prêt à dire n'importe quoi pour rassurer Mandy.

Tout en gardant son bras autour de sa taille, il reprit la direction qu'ils suivaient avant que Mandy ne se laisse distancer. En avançant, il scrutait les environs à la recherche d'un abri pour la journée. Il était plus risqué de se déplacer la nuit, mais l'obscurité leur offrirait aussi une meilleure couverture.

En réalité, Buck aurait voulu revenir en arrière et abattre ces salauds un par un, jusqu'au dernier. C'était une pensée sanguinaire, mais il sentait Mandy trembler contre lui, et cela réveillait en lui une colère sourde. Ces types leur avaient fait vivre un enfer, à elle et aux enfants. Ils méritaient de payer. Mais sa priorité, pour l'instant, c'était la femme qui se trouvait à ses côtés. Il devait s'assurer qu'elle survive, la mettre en sécurité.

Le fait d'être aussi proche d'une personne qu'il secourait était une expérience nouvelle pour Buck. En tant que pilote d'hélicoptère, son rôle consistait généralement à transporter des personnes d'un endroit à un autre. Généralement, les personnes sauvées étaient accompagnées par une équipe de forces spéciales. Ses collègues pilotes et lui ne leur parlaient presque jamais. Il se sentait complètement dépassé. Il ne savait pas quoi dire pour rassurer Mandy. Il n'était pas doué pour ça. Il était doué pour le pilotage, pas pour réconforter des victimes traumatisées.

— Comment ça va ? demanda-t-il, grimaçant aussitôt après cette question stupide.

— Ça va, répondit-elle à sa grande surprise.

— Il ne faut pas me dire ce que je veux entendre, répliqua Buck. Si ça ne va pas, dites-le. Si vous avez peur, je veux le savoir. La seule façon de s'en sortir, c'est d'être honnêtes l'un envers l'autre.

Il avait l'habitude des missions avec ses frères d'armes, les Night Stalkers. Ils n'avaient aucun mal à exprimer les choses telles qu'elles étaient. Peut-être un peu trop, parfois. Mais une simple faiblesse pouvait coûter la vie à toute l'équipe, si elle n'était pas traitée ou mise en lumière. Ils étaient plus forts ensemble, et à ce moment précis, il avait besoin de Mandy comme coéquipière, qu'ils forment un binôme.

— Et vous, vous tenez le coup ? demanda-t-elle, lui renvoyant la question.

— Je suis en colère. Pas contre vous, précisa-t-il aussitôt. Contre cette situation. Contre les hommes qui ont pensé que c'était normal d'enlever des enfants pour en faire des soldats. Je suis frustré qu'ils aient remarqué aussi vite qu'il manquait de la nourriture. Je m'inquiète pour vous. Vous ne mangez pas assez, et je ne veux pas que vous fassiez un malaise. Je crève de chaud dans cette combinaison de pilote. Et je stresse parce qu'il faut qu'on trouve un abri rapidement, pour que vous puissiez manger et vous reposer.

Elle avait écarquillé les yeux dès le début, et quand il eut terminé, elle le regardait avec une expression indéchiffrable.

— C'est trop franc ? demanda-t-il en la regardant.

Buck n'était pas très grand – environ 1m70 – mais à côté de lui, Mandy paraissait minuscule. Sa tête arrivait au niveau de l'épaule de Buck, et avec son bras autour de sa taille, il sentait à quel point elle était maigre. Il s'inquiétait pour son état physique *et* mental.

— À vrai dire, ça me rassure que vous preniez tout ça en main, lui dit-elle. Vous avez l'air si... Je ne sais pas comment l'expliquer.

— Essayez, l'encouragea Buck.

— Compétent ? Impressionnant ? Vous êtes arrivé à l'improviste, et vous nous avez tous sauvés... Enfin, vous l'auriez fait si je n'avais pas été assez idiote pour repartir dans l'autre sens.

— Vous n'avez pas été idiote, la rassura Buck.

Elle haussa les épaules.

— J'ai peur, murmura Mandy. J'ai faim. J'ai soif. Et j'ai des irritations à des endroits que je ne soupçonnais pas. Les vêtements qui ne sèchent jamais, c'est *l'enfer*. Et je m'inquiète pour les enfants. Comment vont-ils ? Ils doivent être terrorisés. Ils n'ont personne pour les serrer contre eux et leur dire que tout va s'arranger.

— Le personnel de l'école ne va pas le faire ? s'enquit Buck. Blair et Desmond ?

— Si, mais...

Buck attendit qu'elle poursuive. Comme elle ne disait rien, il l'encouragea à continuer.

— Mais ?

— Blair est une bonne directrice, mais elle est un peu vieux jeu. Un peu plus stricte que nécessaire avec certains enfants, à mon avis. Elle adore les petits, Bibi est devenue sa chouchoute. Mais Natasha et Michelle l'agacent. Joseph, Michael et Andrew aussi. Plus les enfants grandissent, plus elle garde ses distances. Desmond est super, mais il a sa propre famille, donc il n'est pas toujours là quand les enfants en ont besoin. Il y a des bénévoles à temps partiel qui se relaient pour rester avec les enfants la nuit, le personnel des cuisines, tout ça, mais ils ne sont pas aussi... investis ? Ce n'est pas vraiment le mot que je cherche, mais mon cerveau rame un peu. Les enfants ont besoin de câlins, d'être rassurés, et je ne suis pas sûre qu'ils aient ça. Surtout les plus grands.

— Vous les aimez, constata Buck.

— Bien sûr que je les aime, confirma Mandy sans hésiter. Si je pouvais tous les adopter, je le ferais. Mais je ne peux pas. Alors le mieux que je puisse faire, c'est leur montrer un amour inconditionnel, et leur prouver que ne pas avoir de parents ne les rend pas moins dignes que les autres.

Buck était impressionné. Certains la trouveraient naïve, et lui diraient qu'elle ne peut pas changer le monde. Mais il admirait son empathie, et l'amour qu'elle portait à des enfants que beaucoup de gens considéreraient comme insignifiants, étant donné leur situation.

Il s'apprêtait à répondre, mais fut distrait par ce qu'il cherchait précisément depuis un moment. Il s'arrêta et inspecta soigneusement les alentours pour s'assurer qu'ils étaient seuls. Il n'avait rien entendu de particulier, mais à force de parler avec Mandy, il aurait pu manquer un bruit suspect.

Rien. Il se tourna vers Mandy.

— Attendez-moi ici une seconde, d'accord ?

Elle hocha la tête sans discuter, ce qu'il apprécia. Si elle le lui demandait, il lui expliquerait les choses en détails, mais il avait besoin qu'elle obéisse sans hésiter – ça pouvait être une question de vie ou de mort.

Il la laissa près d'un groupe d'arbres et se dirigea vers l'amas rocheux qui avait attiré son attention. Ces énormes rochers étaient inhabituels dans la forêt tropicale, il ne pouvait pas se permettre de les ignorer. Il leur fallait un abri sec pour la journée, et avec un peu de chance, cette formation rocheuse pourrait leur offrir exactement cela.

Il devait d'abord s'assurer qu'aucun animal n'occupait déjà les lieux.

Il sortit son couteau KA-BAR, et s'approcha lentement. Il constata rapidement qu'il y avait bel et bien un espace entre deux rochers qui constituerait un endroit parfait pour s'abriter. La mousse, les feuilles et la végétation le camouflaient, et il fut lui-même surpris de l'avoir remarqué. À première vue, ça ressemblait à une butte comme une autre, recouverte de racines et de terre.

La chance était avec eux, car de l'autre côté, il découvrit qu'avec le temps, l'eau avait creusé une sorte de rigole verticale dans la roche ; de quoi récupérer de l'eau de pluie facilement en plaçant une boîte en-dessous.

Pressé de partager la nouvelle, il revint vers Mandy et la trouva figée sur place, comme si elle avait peur de bouger d'un millimètre.

— Tout va bien, dit-il doucement. Allez, j'ai trouvé un endroit où vous allez pouvoir vous reposer.

Il lui prit la main, et une fois de plus, ce geste lui sembla incroyablement naturel. Il l'amena jusqu'aux rochers et lui montra l'ouverture.

— Une fois qu'on aura mangé, vous pourrez vous glisser là-dedans et dormir autant que vous voulez.

— Et vous ?

— Et moi... quoi ?

— Où allez-vous dormir ?

Il fronça les sourcils.

— Ici.

— Non. Pas question.

— Quoi ? Pourquoi ?

— Je ne vais pas prendre le seul abri si vous restez dehors sous la pluie. Et ne me dites pas qu'il ne va pas pleuvoir. Il pleut *tout le temps*. Tous les jours.

— Mandy..., commença-t-il.

Mais elle leva la main, paume en avant.

— Non. Pas question.

Buck ne put s'empêcher de rire.

— Vous venez de me couper la parole ?

— Oui, parce que vous alliez dire une bêtise.

Cette scène était absurde, mais Buck souriait malgré tout.

— Vous êtes à bout. Vous avez besoin de repos, insista-t-il.

— Vous aussi. Encore plus que moi. Parce que sans vous, je

suis morte, et on le sait tous les deux. C'est vous qui portez les provisions. Vous avez la boussole. Vous savez quoi faire. Je ne fais que suivre. Je peux supporter la faim, la fatigue, la soif, peu importe. Tout ce que j'ai à faire, c'est avancer. Vous, vous devez rester vigilant, nous maintenir dans la bonne direction, porter le sac. Je ne suis qu'un poids de plus, Nash. C'est vous qui êtes important.

— Non, rétorqua-t-il fermement. C'est faux. Si je m'inquiète constamment pour vous, je ne pourrai pas me concentrer. Et si vous vous écroulez de fatigue, on ne sortira jamais de cette foutue jungle, parce que je ne vous abandonnerai pas. Alors il faut arrêter de croire que je peux me passer de vous. On est une équipe, et je n'ai pas l'intention de laisser l'un de nous deux en état de faiblesse.

Mandy pinçait les lèvres avec obstination, et Buck fut surpris de constater qu'il adorait cette dispute. Si on pouvait appeler ça une dispute. Mandy était drôlement adorable quand elle se montrait autoritaire.

Elle était dans un état pitoyable : sale, en sueur... elle avait même une piqûre d'insecte au milieu du front. Buck ne pouvait s'empêcher de se poser la question : si elle l'attirait autant dans cet état, qu'est-ce que ça donnerait une fois qu'elle serait reposée, détendue et propre ?

Elle le regarda, se tourna vers le trou entre les rochers, puis le regarda à nouveau.

— Vous n'êtes pas si grand. Si vous mesuriez deux mètres, ce serait différent. Mais là, je pense qu'on peut rentrer tous les deux.

Buck fronça les sourcils de plus belle.

— Non.

— Pourquoi pas ?

Buck n'arrivait pas à trouver un seul argument. En réalité, l'idée lui plaisait bien. Il essaya de se convaincre que c'était seulement parce qu'il pourrait mieux veiller sur elle : écouter sa respiration, vérifier qu'elle se reposait bien. Et si jamais quelqu'un les trouvait, il pourrait communiquer plus facilement avec elle.

— D'accord, poursuivit-t-elle en voyant qu'il ne répondait pas. On mange, on dort un peu, et à la tombée de la nuit, on repart. Mais j'ai une question.

— Laquelle ?

— Vous êtes à l'aise avec les petites bestioles ?

— Quoi ?

— Les bestioles, répéta-t-elle d'un ton neutre. Les insectes, les araignées, les serpents. Parce que si on dort sous des rochers et des feuilles, on va se faire ramper dessus, c'est sûr. Ça nous est arrivé sous la tente, au camp. Alors ici, ça arrivera forcément.

— Pas de problème. Tant qu'ils ne nous piquent pas, tout ira bien.

Elle acquiesça.

— Oui, c'est ce que j'ai dit aux filles. Bon, qu'est-ce qu'on a au menu ? Petit déjeuner ? Déjeuner ? Peu importe.

Cette femme... Plus il passait de temps avec elle, plus elle l'impressionnait. Elle prenait les choses comme elles venaient. Avec n'importe qui d'autre, il aurait certainement eu droit à des crises de nerfs. Mais pas avec Amanda Rush. Elle était unique en son genre, sans même tenir compte du fait qu'elle avait quitté son travail pour aller enseigner à des orphelins dans un pays que la plupart des gens n'arriveraient même pas à situer sur une carte.

Buck se promit sur-le-champ de faire tout son possible pour qu'elle rentre chez elle sans qu'il lui manque ne serait-ce qu'un cheveu. Il était prêt à remuer ciel et terre pour y parvenir.

Et il ne lui avait pas échappé qu'elle vivait dans la même

ville que lui. C'était une énorme coïncidence... même si de toute façon, il ne croyait pas aux coïncidences.

— Je ne suis pas sûr à cent pour cent de ce que j'ai réussi à récupérer. Asseyez-vous, on va vérifier, ajouta-t-il d'un ton un peu bourru, refusant d'admettre qu'il éprouvait toutes sortes d'émotions qu'il n'avait jamais ressenties auparavant... et qu'il était complètement perdu face à chacune d'entre elles.

5

Amanda n'avait qu'une envie : se faufiler dans ce trou entre les rochers, et dormir pendant des jours. Mais elle refusait de jouer le cliché de la citadine complètement perdue dans la jungle, à se plaindre sans arrêt. D'ailleurs, tout ce qu'elle avait dit à Nash était vrai. Elle avait besoin de lui, sinon elle ne s'en sortirait pas. Il devait rester fort, car elle ne l'était certainement pas. Elle n'était qu'un énorme boulet à son pied, qu'il devait traîner à chaque pas.

Sans elle, il serait déjà à mi-chemin du Guyana, elle en était certaine. Elle était donc prête à tout sacrifier pour qu'il reste fort.

Elle n'était pas vraiment altruiste – elle mourrait d'envie de lui arracher une des boîtes de conserve qu'il sortait du sac et de l'avaler à toute vitesse – mais elle essayait d'être pragmatique.

Elle se sentait un peu déconnectée en le regardant sortir les boîtes qu'il avait volées. Heureusement, elles avaient toutes des languettes, et ils n'avaient pas besoin d'ouvre-boîte. Ça aurait été vraiment dommage d'avoir toute cette nourriture sans pouvoir la manger !

59

D'un autre côté... avec son énorme couteau, il aurait sûrement pu ouvrir une pauvre petite boîte sans difficulté.

— Pourquoi vous souriez ? demanda Nash en levant les yeux.

— Pour rien.

— Non, allez, dites-moi, insista-t-il.

Amanda n'était pas sûre d'avoir déjà rencontré un homme qui aimait autant parler que Nash. Un homme qui encourageait tout le temps une femme à lui dire ce qu'elle pensait. Certes, les circonstances actuelles n'étaient pas normales. Chez lui, avec ses amis, il devait être différent.

Maintenant qu'il faisait jour, elle prit le temps de l'observer plus attentivement. Ses yeux étaient d'un bleu-vert inhabituel. Et à en juger par son regard, elle avait l'impression qu'il pouvait lire ses plus sombres secrets. Son nez était légèrement de travers, comme s'il avait déjà été cassé. Il avait les cheveux bruns, courts sur les côtés, plus longs sur le dessus, et une barbe naissante. Même s'il portait une de ces combinaisons de vol zippée de l'entrejambe jusqu'au cou, elle voyait bien qu'il était musclé.

Évidemment, pour l'instant, étant donné qu'il avait rampé sur le sol, sa combinaison était couverte de terre et de boue. Il avait des traces sur le visage, et les mains tout aussi crasseuses. Amanda avait l'impression d'être dix fois plus sale que lui.

— Vous êtes toujours comme ça ? demanda-t-elle spontanément.

— Comme quoi ? s'enquit-il en penchant la tête d'un air adorable.

Non. Non, non. Il ne fallait pas qu'elle commence à le trouver mignon. C'était son sauveur, point final. Une fois de retour au Guyana, elle devrait encore tenir son engagement auprès de l'école quelques mois, avant de rentrer chez elle et de se pencher sur ce qu'elle allait faire ensuite.

— Aussi bavard, répondit-elle simplement.

Nash éclata de rire.

— Oui. Ça rend mes amis complètement fous. Surtout mon copilote, Obi-Wan.

— Obi-Wan ?

— Oui. C'est un grand fan de *Star Wars*, évidemment.

— Je parie qu'il rêvait de piloter un chasseur stellaire quand il était petit.

— Bingo, fit Nash avec un sourire.

— Et pourquoi on vous appelle Buck ?

À sa grande surprise, Amanda crut le voir rougir. Était-il gêné par son surnom ?

— Ce n'est pas très intéressant, répondit-il. Vous voulez des haricots verts ou des pinto ? demanda-t-il en lui montrant deux boîtes de conserve.

— Je veux savoir pourquoi on vous appelle Buck, répondit-elle avec un sourire en coin.

Nash soupira.

— D'accord. Pendant ma formation militaire, j'ai parié avec un camarade que je pourrais nous faire gagner dix minutes de sommeil supplémentaires un matin.

— Laissez-moi deviner : pour un dollar ?

Nash sourit, ce qui le rendit tout de suite plus... accessible que le soldat sérieux qu'il avait été jusqu'à présent.

— Exactement.

— Vous avez gagné ?

— Bien sûr que oui. Je me suis faufilé dans le bureau de l'OP pendant qu'il dormait à poings fermés, et j'ai modifié l'heure de son réveil. Pas de beaucoup, juste dix minutes, mais ça a suffi pour gagner le pari... et mon surnom. Le sergent n'a jamais compris pourquoi tous les soldats se sont mis à m'appeler Buck, mais finalement, lui et les autres sergents ont commencé à m'appeler comme ça aussi. Ça m'est resté.

— *OP...* Qu'est-ce que ça veut dire ?

— *Officier de permanence.* Les sergents instructeurs n'étaient pas censés dormir pendant leur garde de nuit, mais je savais que celui-ci venait d'avoir des jumeaux. Alors en rentrant du boulot, il ne dormait pas beaucoup.

Amanda sourit. L'histoire était ridicule, mais au milieu de la forêt tropicale à essayer d'échapper à des rebelles qui les tueraient sûrement s'ils les trouvaient, elle apportait une bouffée d'air bienvenue.

— Alors, haricots verts ou pinto ?

— Haricots verts. S'il vous plaît.

Amanda essaya de faire durer la boîte de haricots, mais c'était impossible. Dès la première bouchée, elle se mit à les engloutir à une vitesse folle. Elle termina bien trop vite, et se sentit presque ballonnée, même avec cette petite quantité. Une fois rassasiée, elle se sentit soudain épuisée. Tellement fatiguée qu'elle avait du mal à garder les yeux ouverts.

— Allez-y, allongez-vous dans le trou, dit gentiment Nash en lui prenant la boîte vide des mains.

Amanda se rendit compte qu'elle regardait dans le vide depuis un certain temps.

— Vous venez aussi, hein ? demanda-t-elle d'un ton méfiant.

Nash ricana.

— Oui, madame. Dès que j'aurai mis le sac à l'abri pour qu'aucun animal ne puisse entrer dedans, ou s'enfuir avec. Si vous pouvez vous allonger sur le côté, ça me permettra de vous rejoindre plus facilement.

Elle hocha la tête, puis se mit à quatre pattes pour se glisser dans le petit espace entre les rochers.

Amanda regarda Nash caler le sac avec des pierres, non seulement pour tenir les animaux à distance, mais aussi pour le camoufler. Il avait déjà glissé les couvercles dans une poche extérieure, refusant de jeter quoi que ce soit, autant pour ne pas laisser de traces en cas de poursuite que pour les réutiliser plus tard. Enfin, il dissimula les boîtes vides derrière les rochers.

Ensuite, il vint la rejoindre, se faufilant dans le petit espace. Elle se demandait s'ils allaient vraiment pouvoir tenir à deux là-dedans.

Ils y arrivèrent... de justesse.

Nash était recroquevillé derrière elle, un bras autour de sa taille, et l'autre lui servant d'oreiller.

— Ça va ? murmura-t-il. Sinon, je peux dormir dehors, près du sac.

— Ça va, répondit aussitôt Amanda, surprise de voir à quel point c'était vraiment le cas.

Elle n'avait jamais aimé les câlins. Elle avait tendance à avoir trop chaud, et détestait le contact pendant son sommeil. Mais là, même si la chaleur étouffante et moite la faisait suer à grosses gouttes, même si ses vêtements lui collaient à la peau et qu'elle se sentait crasseuse comme jamais... la présence de Nash et ses bras autour d'elle lui donnaient un sentiment de sécurité. Elle se sentait aussi un peu moins seule. Pour la première fois depuis deux semaines, elle put baisser sa garde, et laisser quelqu'un d'autre prendre les choses en main. Pour l'instant.

— Merci d'être venu nous chercher, dit-elle d'une voix à peine audible. Merci de ne pas m'avoir abandonnée, même après cette décision stupide.

— De rien.

Ces deux mots étaient simples mais sincères. C'était exactement ce dont Amanda avait besoin.

Elle s'endormit avec un sentiment positif qu'elle n'avait pas eu depuis longtemps. Elle était toujours dans une foutue galère. Elle avait encore un long chemin à parcourir avant d'être vraiment en sécurité. Mais avec Nash à ses côtés, littéralement, elle avait l'impression que c'était possible.

* * *

Amanda ne savait pas vraiment ce qui l'avait réveillée. Ni même quelle heure il était. Mais plusieurs heures avaient dû s'écouler, car il ne faisait plus aussi clair dehors que lorsqu'elle s'était endormie. L'atmosphère avait pris cette teinte verdâtre et brumeuse qu'on voyait juste avant que le soleil disparaisse.

Elle se sentait en sueur, et oppressée ; puis elle se souvint pourquoi. Le bras massif autour de sa taille lui rappela où elle était, et avec qui. Le léger ronflement dans son oreille était également un indice révélateur. Elle sourit en écoutant la respiration profonde de Nash, soulagée qu'il ait pu dormir un peu, comme elle.

Mais un autre bruit fit disparaître son sourire. Elle leva doucement la tête, car elle ne voulait réveiller Nash qu'en cas d'urgence, et se figea.

À moins de deux mètres de leurs têtes, il y avait un renard. Il était couché sur le sol, ignorant la pluie qui tombait. La tête posée sur ses pattes, il avait les yeux rivés sur eux, sans sourciller. Son pelage était hirsute et sale, et il semblait avoir une blessure à la tête. Amanda crut distinguer du sang près de son oreille.

Mais il ne bougeait pas. Il ne grognait pas. Il ne montrait aucun signe d'agressivité. Il se contentait de les regarder fixement.

L'angle de vue d'Amanda n'était pas idéal. Elle était couchée sur le côté, écrasée contre un rocher.

— Nash, murmura-t-elle pour ne pas exciter l'animal.

S'il décidait d'attaquer, ils étaient fichus. Ils ne pourraient pas vraiment se défendre dans un espace aussi étroit.

Étonnamment, son murmure suffit à réveiller Nash. Son bras se resserra, puis elle sentit chaque muscle de son corps se crisper dans son dos.

64

— Il y a un renard, lui dit-elle pour éviter qu'il croie que les rebelles étaient là, ou autre.

Elle sentit Nash relever la tête pour voir de quoi elle parlait. À sa grande surprise, il murmura :

— Salut, mon gars. Qu'est-ce que tu fais là ?

Amanda fronça les sourcils, perplexe.

Heureusement, Nash continua.

— Ce n'est pas un renard. C'est un chien. Je l'ai vu quand je suis allé chercher des vivres au camp. Je ne sais pas s'il appartient à un rebelle ou pas. Mais il n'avait pas l'air en forme à ce moment-là, et encore moins maintenant.

— Comment il a fait pour nous trouver ? Vous croyez qu'il nous a suivis ? Que les rebelles sont à nos trousses ? demanda Amanda, incapable de dissimuler la panique dans sa voix.

En guise de réponse, Nash se faufila entre les rochers. Même si elle se sentit aussitôt plus au frais, Amanda fut étonnée de se sentir également... perdue.

Le chien recula immédiatement, et se mit hors de portée. Mais il ne prit pas la fuite. Amanda se hissa à son tour hors de l'abri, et s'étira longuement pour détendre ses muscles endoloris. Elle commençait à s'habituer à dormir à même le sol, mais cela ne voulait pas dire qu'elle appréciait.

— Qu'est-ce qu'il fait ? demanda-t-elle. On doit partir ?

— Je ne sais pas, mais je pense que ça ira. D'après ce que j'ai vu, personne ne faisait attention à lui. Ça m'étonnerait qu'ils l'aient dressé à suivre une piste. Hé, mon grand, tu as faim ? Tu as l'air affamé, lâcha Nash d'une voix douce.

Amanda aurait juré sentir ses parties intimes frissonner. Écouter ce pilote expérimenté parler comme à un bébé à ce pauvre chien miteux, c'était attendrissant.

Nash lui jeta un regard.

— La prochaine fois qu'on s'arrêtera, je poserai des pièges pour voir si on peut attraper de la viande fraîche. Mais je préfèrerais qu'on s'éloigne encore un peu de ce camp avant d'allumer un feu.

L'idée de viande fraîche fit saliver Amanda. Elle n'était pas une grande consommatrice de viande, mais là, son corps réclamait de la graisse et des protéines. Elle hocha la tête en signe d'accord.

— Pour l'instant, on va se contenter des conserves pour le petit déjeuner... Peu importe quoi. Et de l'eau.

Nash contourna les rochers, obligeant le chien à reculer un peu plus à chacun de ses mouvements. Puis il revint avec deux boîtes remplies d'eau de pluie.

C'était un peu ridicule de s'enthousiasmer pour quelque chose d'aussi banal que de l'eau, surtout qu'elle tombait sans cesse du ciel, mais en voyant Nash tenir ces boîtes comme s'il s'agissait de verres fragiles, elle fut soulagée de ne pas avoir à boire dans ses mains comme dans le camp rebelle.

En regardant à l'intérieur de sa boîte, elle constata que l'eau avait l'air claire et fraîche, contrairement à celle que les rebelles récoltaient. Ils avaient un système pour récupérer l'eau, mais il était toujours plein de terre et de feuilles. Et ils ne lui permettaient jamais, ni à elle, ni aux enfants, de se servir de boîtes comme gobelets.

Le petit déjeuner du jour était composé d'olives pour elle, et de haricots pour Nash. Ils gardaient le poulet en conserve et le spam pour le moment où leur corps aurait vraiment besoin de nutriments.

Quand ils commencèrent à manger, le chien ne bougea pas de l'endroit où il était couché. Mais il suivait des yeux chacun de leurs gestes.

Amanda ne pouvait pas supporter cela plus longtemps. Elle se pencha et lui tendit une olive.

— Tu en veux, mon grand ?

Le chien se lécha les babines, mais ne fit aucun mouvement pour prendre l'olive.

— Il a sans doute été maltraité par les rebelles, dit doucement Nash.

— Oui, acquiesça Amanda. Vous voulez essayer ?

— Bien sûr.

Mais dès que Nash s'accroupit à côté d'elle et tendit la main, le chien se redressa et recula.

— Merde, il a encore plus peur de moi que de vous. C'est sûrement parce que je suis un homme. Essayez encore.

Sur ce, Nash recula vers les rochers où ils avaient passé la nuit.

— Tout va bien, il ne te fera aucun mal, dit doucement Amanda au chien.

Elle fut soulagée de le voir se recoucher au lieu de s'enfuir dans la jungle.

— Je sais que tu veux cette olive. Elle n'a pas très bon goût, mais quand on a faim, ça n'a pas vraiment d'importance, hein ? Regarde, j'en mange une, et après ce sera ton tour. Mmh, délicieux. Tiens… à toi maintenant.

Le chien en avait envie. C'était clair comme de l'eau de roche. Mais il avait trop peur pour s'approcher. Amanda prit le risque, et lança calmement une olive dans sa direction.

À peine avait-elle rebondi à trente centimètres devant lui qu'il l'attrapa et recula d'un seul mouvement.

— Voilà, dit Amanda en riant légèrement. C'est bon, hein ? Tiens, je vais en manger une autre, et ce sera encore ton tour.

Elle mangea une olive, puis en lança une autre au chien. Une fois de plus, il l'engloutit comme s'il n'avait pas mangé depuis des semaines.

Puis, à sa grande surprise, le chien se traîna vers elle sur le ventre, un peu plus près.

— C'est bien. Allez, viens. Je ne vais pas te faire de mal. On va partager le reste de la boîte. Parce que franchement, les olives ont un goût horrible. Mais pas pour toi, hein ?

Elle poursuivit son monologue, bien consciente que Nash était derrière en train de l'observer et de l'écouter.

Amanda adorait les enfants et les animaux. Surtout les animaux errants. Elle se disait qu'elle pouvait elle-même être considérée comme tel par certaines personnes. Elle n'avait pas de famille et errait sans but, cherchant à comprendre ce qu'elle voulait faire de sa vie. Les enfants de l'école et de l'orphelinat étaient aussi un peu comme ça. Ils faisaient de leur mieux pour survivre dans ce monde injuste.

— Tenez, si vous n'aimez pas les olives, prenez mes haricots. Laissez le chien finir votre petit déjeuner.

Amanda tourna la tête et vit Nash lui tendre sa boîte à moitié pleine.

— Vous devriez manger, lui dit-elle. Vous avez besoin de calories.

— Ça ira. On mangera mieux ce soir, quand j'aurai chassé. Si vous n'aimez pas les olives, il ne faut pas les manger, et on ne peut pas les gaspiller. On les donne au chien, et vous prenez les haricots. De toute façon, je n'ai plus faim.

Il racontait n'importe quoi, mais Amanda avait envie de pleurer devant tant de gentillesse... et ce mensonge. Elle doutait sérieusement qu'il n'ait pas faim du tout. Elle tendit la main et prit la boîte, ses doigts effleurant ceux de Nash. Leurs regards se croisèrent, et le temps sembla s'arrêter. Il se passa quelque chose d'intense entre eux, mais cela prit fin aussitôt.

— Regardez, murmura Nash en désignant quelque chose derrière elle.

En tournant la tête, Amanda retint de justesse un cri de surprise. Le chien s'était encore approché pendant qu'elle parlait à Nash, et se trouvait maintenant juste devant elle, à portée de main.

— Hé, mon grand. Tu aimes les olives, hein ? Eh bien, Nash a eu la gentillesse de dire que tu pouvais finir la boîte.

Amanda prit lentement la boîte d'olives et en versa quelques-unes par terre, devant le chien. Il les mangea à toute vitesse, puis leva les yeux vers elle, le regard plein d'espoir.

Elle rit doucement.

— D'accord, attends une seconde.

Elle mangea les haricots que Nash lui avait si généreusement offerts tout en lançant une olive au chien de temps en temps. Elle préférait ne pas tout lui donner d'un coup, de peur qu'il ait mal au ventre.

Les haricots et les olives disparurent trop vite.

Le chien la regarda encore, les yeux brillants, et elle se sentit terriblement mal de n'avoir rien d'autre à lui donner.

— Je suis désolée, mais il n'y a plus rien. On a tout mangé.

À sa grande surprise, le chien se glissa plus près et se mit à lécher le jus sur ses doigts. Cela aurait pu être attendrissant si ce n'était pas aussi triste. Le chien était tellement mort de faim qu'il en venait à lécher les moindres restes sur ses doigts.

Sur un coup de tête, Amanda versa un peu de l'eau que Nash avait recueillie la veille dans la boîte d'olives, la mélangea avec le jus, puis la tendit au chien pour qu'il puisse boire.

— Que dirais-tu d'un peu d'eau à l'olive ? proposa-t-elle.

Avant même qu'elle ait fini sa phrase, le chien plongea le museau dans la boîte et se mit à laper l'eau avec avidité.

Amanda se tourna vers Nash en souriant.

— Il boit, s'extasia-t-elle.

— Je vois ça, répondit Nash avec un petit sourire.

— Bon chien.

Après avoir fini son eau, le chien s'assit et la fixa du regard.

— Eh bien, c'est vraiment tout ce qu'on avait, lâcha tristement Amanda. Et il faut qu'on y aille. Bonne chance, mon grand. Fais attention à toi.

Comme s'il avait compris, le chien hocha la tête, puis tourna les talons et disparut entre les arbres.

Amanda le suivit du regard pendant un long moment avant de prendre une grande inspiration.

— Bon. J'ai besoin d'aller faire pipi, et ensuite, j'imagine qu'on va commencer notre randonnée, hein ?

Elle s'était levée tout en parlant, et quand elle se retourna, elle vit que Nash avait fait de même. Il la regardait fixement avec une expression qu'elle n'arrivait pas à interpréter.

— Quoi ? s'enquit-elle en passant une main dans ses cheveux, un peu gênée.

Elle savait qu'elle était dans un état pitoyable. Heureusement, elle avait les cheveux courts, ce qui évitait l'effet nid d'oiseau. Mais à force d'être restée assise sous la pluie fine, elle était sale, trempée, et elle sentait mauvais – encore.

— Vous n'êtes pas comme je l'imaginais, lâcha Nash au bout d'un moment. Et avant que vous ne posiez la question, je ne sais pas vraiment à quoi je m'attendais. Peut-être à quelqu'un de plus apeuré. Plus faible. Plus... dépassé.

Amanda ne put s'empêcher d'éclater de rire.

— À vrai dire, je suis terrifiée. Et je suis complètement dépassée. Mais j'ai appris qu'en faisant semblant, je peux réussir à convaincre les autres – surtout mes élèves – et moi-même que je sais ce que je fais.

— Eh bien, vous vous en sortez très bien. J'aime votre optimisme. Et dans votre situation, la plupart des gens n'auraient pas donné une partie de leur maigre repas à un chien errant.

Amanda haussa les épaules.

— Il en avait plus besoin que moi. Quelques olives ne vont pas changer grand-chose de mon côté, mais ça peut faire une énorme différence pour ce chien, et lui donner juste assez d'énergie pour rentrer chez lui. Ou pour échapper à quelque chose de plus gros et de plus fort. Je ne sais pas. Je crois simplement que les bonnes actions sont récompensées au centuple. Et puis... vous avez vu ses yeux ? Comment résister à ça ?

— Pourquoi vous croyez que je vous ai donné mes haricots ? demanda Nash en souriant. Et je vous jure que si ce chien avait pu parler et m'avait demandé d'ouvrir toutes les boîtes pour lui, je l'aurais fait sans hésiter.

Amanda afficha un grand sourire. Elle aimait bien cet homme. Certes, elle ne le connaissait pas depuis longtemps, et il était possible qu'il soit très différent en dehors de ce contexte extrême. Mais elle ne pouvait nier qu'elle était attirée par l'homme qu'il était en ce moment.

Cependant, ce n'était ni lieu ni le moment pour éprouver des sentiments envers Nash. Il faisait son travail – qu'il n'aurait même pas eu à faire si elle n'avait pas pris la décision irréfléchie d'aller chercher James au lieu de s'assurer qu'il avait vraiment disparu.

Elle ne pouvait pas changer le passé. Elle l'avait appris avec le temps. Tout ce qu'elle pouvait faire, c'était aller de l'avant. Pas à pas... même si chaque pas était extrêmement douloureux et solitaire.

Elle prit une grande inspiration, et regarda Nash enfiler le sac à dos contenant leurs maigres provisions. Puis elle tendit la main et attrapa une des sangles avant qu'ils ne reprennent leur marche à travers la jungle.

6

— Pourquoi tu es venue au Guyana ? demanda Buck à Mandy quelques heures plus tard.

Après quelques heures de marche côte à côte, ils avaient décidé de se tutoyer. La pluie s'était mise à tomber plus intensément peu après leur départ, et leurs vêtements étaient trempés. Ils n'avançaient pas très vite à cause de la végétation trop dense. Et Buck ne voulait surtout pas s'aventurer sur les sentiers ou les rares chemins qu'ils croisaient. De toute façon, maintenant, il faisait nuit noire. La lampe torche qu'il avait récupérée dans le camp rebelle n'éclairait presque rien. Au fond, ce n'était pas plus mal : elle ne pouvait pas servir de repère à leurs éventuels poursuivants. Mais cela rendait leur progression encore plus laborieuse.

Il avait déjà pris la décision : après cette nuit, ils marcheraient de jour. Désormais, ils devaient être suffisamment loin du camp pour que ce soit sans danger. C'était trop risqué de continuer à avancer dans le noir. Il avait l'habitude des missions nocturnes ; c'était même la norme chez les Night Stalkers. Elles étaient presque toutes effectuées à la faveur de l'obs-

72

curité. Mais opérer de nuit aux commandes de son MH-60 avec une vision nocturne, un radar et toutes les technologies embarquées était une chose. Progresser à pied dans la jungle avec une civile séquestrée depuis plus de deux semaines, et une lampe torche volée dont les piles pouvaient lâcher à tout moment, c'en était une autre. Sans compter les bestioles nocturnes capables de les tuer d'une seule morsure, plus vite qu'un terroriste armé d'un lance-roquettes.

Mandy ne s'était pas plaint une seule fois. Et même s'il appréciait son endurance, cela l'inquiétait aussi. Elle n'avait pratiquement rien dit depuis une heure, et Buck craignait qu'elle ne lui cache à nouveau son état. Il la soupçonnait d'être du genre à s'écrouler d'épuisement avant de se plaindre.

Elle s'accrochait à l'une des sangles du sac à dos pour ne pas se perdre dans la nuit. À plusieurs reprises, lorsqu'il s'était arrêté brusquement, elle avait buté contre lui et s'était confondue en excuses, alors qu'elle n'y était absolument pour rien.

Buck n'avait qu'une envie : s'arrêter. Mais son instinct lui disait qu'ils n'étaient pas encore assez loin, qu'il fallait continuer, au cas où. Il ne sentait pas de présence ennemie dans les environs immédiats, ils n'avaient donc pas besoin de garder le silence. Mais ils devaient rester vigilants.

C'était aussi pour ça qu'il avait posé la question à Mandy : pourquoi le Guyana ? Il était curieux, et convaincu que beaucoup d'Américains n'auraient même pas su situer ce pays sur une carte.

— Mandy ? insista-t-il.

Il jeta un coup d'œil par-dessus son épaule, et découvrit qu'elle marchait les yeux fermés, comme si elle mettait sa sécurité entre ses mains. Cette confiance l'impressionna presque autant qu'elle le bouleversa. Buck se promit de redoubler d'efforts pour ne jamais la laisser tomber.

— Tu dors ? demanda-t-il avec un petit rire.

— Chut, répondit-elle en souriant, sans ouvrir les yeux. Je fais comme si j'étais à la plage, en train de faire une agréable promenade qui se terminera dans ma chambre d'hôtel, où je me glisserai dans un immense jacuzzi après avoir dévoré le gigantesque repas que j'ai commandé au service d'étage.

Buck se surprit à sourire.

— Avec une grande tasse de café.

— Et une part de tarte au beurre de cacahuète et au chocolat.

— Du pain à l'ail beurré.

— Un steak saignant.

Buck sourit de plus belle. Même si parler de nourriture lui creusait l'estomac, ça avait quelque chose de réconfortant.

— Alors... le Guyana ? relança-t-il, toujours impatient d'entendre sa réponse.

Elle soupira, et quand il se retourna de nouveau, il vit qu'elle avait ouvert les yeux.

— Un soir, après une journée affreuse – on m'avait craché dessus, le parent d'un enfant m'avait passé un savon pour une chose dont je n'étais pas responsable, et mon supérieur m'avait réprimandée – j'étais chez moi, en train de scroller de manière malsaine sur les réseaux sociaux, quand une vidéo a attiré mon attention. Au début, j'ai levé les yeux au ciel ; ça ressemblait à ces pubs pour la SPA, où l'on montre des chiots transis de froid sous la neige pendant qu'une voix grave explique que pour trente-deux centimes par jour, on peut sauver un animal en détresse. Bref, plus je regardais, plus ça m'intriguait. J'ai cliqué sur le site et découvert d'autres images. Pas des images d'enfants tristes assis dans la boue... mais des gamins heureux, qui couraient partout en souriant. Ils n'avaient pas d'écrans, pas de vêtements hors de prix... La plupart n'avaient même pas de chaussures. Mais ils avaient l'air contents. Contrairement à mes élèves, qui passaient leurs journées à râler parce qu'ils devaient ranger leurs téléphones portables en classe. J'ai fait toutes les recherches possibles, puis j'ai contacté Blair. Elle était ravie que je sois intéressée. Elle m'a expliqué que leur petite école-orphelinat ne recevait aucune aide de l'État, et qu'ils vivaient seulement de dons privés. Elle m'a aussi prévenue que si je venais, ce serait bénévolement, donc il fallait que je sois sûre de pouvoir me le permettre.

— Je croyais que les profs ne roulaient pas sur l'or, dit Buck sans méchanceté, mais réellement intrigué.

— C'est vrai, répondit Mandy. Mais mes parents ont été tués dans un accident de voiture quand j'avais dix-sept ans. Un chauffard alcoolisé les a percutés à 110 Km/h sur l'autoroute. Il y a eu un procès, et une cagnotte en ligne pour leur fille unique... Moi. J'ai utilisé une partie de l'argent pour payer mes études, mais j'ai mis le reste de côté, et grâce aux intérêts rapportés depuis, j'avais assez pour quitter mon poste à Norfolk et me lancer dans quelque chose de nouveau, d'excitant. Ce n'était pas définitif, j'avais juste besoin de changement.

— Pour un changement, c'est un changement, commenta Buck d'un ton sec.

Mandy rit doucement derrière lui.

— Oui. Mais le truc, c'est qu'être ici avec ces enfants... ça m'a redonné le goût d'enseigner. Ils ont tellement envie d'apprendre, ils absorbent chaque information, et ils débordent d'amour. Rien ne vaut un énorme câlin et un *bonjour, Mlle Mandy* à la porte de l'école. Au moins, ça m'a permis de réaliser qu'à mon retour, je veux repasser mon certificat pour enseigner aux plus jeunes. Le collège, c'est bien, mais je crois que ma véritable passion, c'est d'enseigner aux petits.

— C'est génial, dit Buck.

— Oui. À ton tour. Parle-moi de toi. De ton copilote fan de

Star Wars. Comment tu t'es retrouvé à piloter un hélicoptère en Amérique du Sud pour sauver un groupe d'enfants ?

— Apparemment, le vice-président a des liens avec le Guyana. Après l'université, il a bossé ici avec le Peace Corps. Quand la Maison Blanche a appris l'enlèvement d'un groupe d'orphelins, il a insisté pour qu'on agisse. Avec Obi-Wan, on s'est portés volontaires, pendant que le reste de l'équipe partait en intervention au Mexique suite à l'ouragan.

— Il y a eu un ouragan ? s'étonna Mandy. Bon sang, j'adore être ici, mais je me sens complètement déconnectée. Ça m'a fait du bien de faire une pause avec les réseaux sociaux, ça ne me manque pas vraiment, mais j'ai l'impression de ne pas être aussi informée que je le devrais. Tu travailles avec combien de pilotes ?

— On est six. Casper et Pyro volent généralement ensemble, tout comme Chaos et Edge.

— J'ai toujours rêvé d'avoir un surnom aussi cool, soupira Mandy.

— Crois-moi, ce n'est pas aussi cool que ça en a l'air. Tu sais déjà comment j'ai eu le mien.

— Je sais, mais ça a quand même l'air impressionnant, et c'est ce qui compte, non ? Après tout, si un chien s'appelle Fluffy, ça donne une impression bien différente que s'il s'appelle Killer, même s'il ne ferait pas de mal à une mouche.

Buck rit.

— C'est vrai. Alors, qu'est-ce que tu choisirais comme surnom ?

— Je ne sais pas. Viper ? Shadow ? Storm ?

— Rebel, lâcha Buck sans réfléchir.

Aussitôt, il réalisa que ça lui allait parfaitement.

— Tu déjoues les attentes, tu te bats contre les obstacles, tu fais ce que tu veux, même si ça va à l'encontre de ce que la société considère comme normal ou convenable.

Quand il se retourna vers Mandy, elle souriait.

— Rebel. J'aime bien. Parle-moi encore de tes amis.

— Casper est notre chef d'équipe. Il a un frère jumeau qui est Navy SEAL. Casper et notre mécanicienne, Laryn, viennent de réaliser qu'ils étaient faits l'un pour l'autre.

— Oh, c'est super.

— Oui. Laryn est géniale. Non seulement c'est la meilleure mécanicienne d'hélicoptère du pays, mais grâce à Casper, elle est maintenant liée à notre unité. Elle ne risque pas de partir.

— Tu te rends compte que ce que tu viens de dire a l'air horrible ? plaisanta Mandy.

— Oui. Mais sérieusement, cette fille a du talent. Et comme Casper a récemment détruit deux hélicoptères, elle n'a pas chômé.

Mandy inspira brusquement.

— Deux ?

Le temps passa vite tandis que Buck lui racontait les circonstances des deux accidents de son chef d'équipe. Ensuite, il enchaîna avec des anecdotes sur ses autres coéquipiers.

Au moment où il parla d'Obi-Wan, il choisit soigneusement ses mots pour décrire sa relation avec l'homme à qui il confiait sa vie au quotidien.

— Quand tu es dans le cockpit, en pleine opération, qu'il fait nuit noire dehors, que seuls les instruments t'indiquent où aller et ce qui se passe, c'est vital de faire confiance à la personne assise à côté de toi. Obi-Wan, c'est... comme un frère. On a accroché dès notre première rencontre, quand on a intégré notre unité. Il n'y a personne en qui j'ai plus confiance.

— Il ne t'en voudra pas d'être resté ici et de ne pas être parti avec lui ? demanda Mandy à voix basse.

Buck hésita, mais il choisit d'être honnête. Après ce qu'elle avait enduré, elle méritait la vérité.

— Voilà le problème : on n'est pas censés quitter l'hélico.

Sous *aucun* prétexte. Casper l'a fait pendant la mission dont je t'ai parlé tout à l'heure, et il s'en voudra toute sa vie, parce que ça a permis aux rebelles d'enlever Laryn.

— Mais il a sauvé les Navy SEALs, non ?

Buck acquiesça.

— Oui. C'est pour ça qu'il l'a fait. Ce n'est pas dans notre ADN de rester les bras croisés à regarder quelqu'un se faire tuer sous nos yeux. Tu m'as demandé si Obi-Wan m'en voudrait d'être venu te chercher. La réponse est non. Il aurait été bien plus en colère si j'étais remonté dans l'hélico en te laissant seule ici. Je savais qu'il était capable de ramener les enfants et les soldats des forces spéciales à la frontière. Et je sais qu'en ce moment même, il fait tout ce qu'il peut pour revenir nous chercher.

— Mais ce n'est pas si simple, supposa Mandy.

— Ce n'est pas si simple, confirma Buck. Mais Obi-Wan ne m'en voudra pas. Je te le garantis. Mon colonel, en revanche... c'est une autre histoire.

Mandy tira sur la sangle son sac à dos, le poussant à s'arrêter et à se tourner vers elle.

— Quoi ? Ça va ?

— Tu vas avoir des ennuis à cause de moi ? souffla-t-elle, horrifiée.

— Non.

— Mais tu as dit que...

— Je peux gérer la situation avec le colonel. J'ai pris une décision instinctive, et je ne la regrette pas une seule seconde. En tant que pilote des Night Stalkers, je dois constamment prendre des décisions cruciales en un clin d'œil. Pratiquement à chaque mission. À chaque instant passé en vol. La vie des hommes et des femmes que je transporte est entre mes mains. Le moindre moment de doute, de ma part ou de celle de mon copilote, et tout le monde peut y rester. J'ai choisi de venir te chercher, et j'assume, parce que c'était la bonne chose à faire. Et puis je doute que le colonel dise grand-chose... Au final, c'est grâce à toi qu'on a pu venir sauver les enfants.

— J'ai encore du mal à y croire, murmura Mandy. Après tout... je ne suis personne. Je ne suis certainement pas assez importante pour mériter un sauvetage.

— Faux. Tu es Américaine. C'est grâce à toi que la mission a été approuvée. C'est grâce à toi que le vice-président a pu signer les documents nécessaires pour qu'on nous envoie ici, Obi-Wan et moi-même. C'était *toi* l'objectif, Rebel. Qu'est-ce que ça aurait donné si on était revenus sans toi ? lança Buck avec un brin d'humour, espérant lui arracher au moins un petit sourire.

Et ça fonctionna. Plus ou moins.

Elle esquissa un léger sourire, mais l'inquiétude reprit vite le dessus.

— Merci, Nash. Vraiment.

— De rien.

Il n'allait pas rejeter son besoin d'exprimer sa reconnaissance. Elle se sentait dépassée, cela ne faisait aucun doute.

— Je pense qu'il est temps qu'on s'arrête, ajouta-t-il pour changer de sujet.

— Mais il fait encore nuit, répondit-elle, perplexe. Je croyais qu'on devait avancer dans le noir pour ne pas être repérés.

— C'est ce qu'on a fait. Du moins, tant qu'on était près du camp. Mais maintenant, je pense qu'on est assez loin pour se reposer et pouvoir repartir à la lumière du jour. On devra rester vigilants, à l'affût de la moindre présence, mais on avancera plus vite quand il fera jour. Je propose qu'on dorme un peu et qu'on reparte demain vers midi, après avoir mangé le gros steak et la tarte au beurre de cacahuète dont tu parlais tout à l'heure.

— Et un café pour toi, ajouta-t-elle avec un clin d'œil malicieux.

— Aussi. Allez, voyons si on peut trouver une planque comme la dernière fois. Même si à mon avis, on n'aura pas autant de chance.

Tout à coup, les souvenirs revinrent à l'esprit de Buck : à quel point il avait bien dormi avec cette femme dans les bras. Ça n'avait aucun sens. Il avait déjà participé à de nombreuses missions périlleuses, aussi périlleuses que celle-ci pour certaines, durant lesquelles il avait dû fuir l'ennemi avec des civils. Mais il n'avait jamais ressenti un tel instinct protecteur qu'avec Mandy. Et il ignorait totalement pourquoi.

Cela le mettait un peu mal à l'aise. Mais ces derniers temps, il avait l'impression de tourner en rond. Voir Casper si heureux avec Laryn l'obligeait à repenser certains aspects de sa vie, notamment le fait qu'il approchait la quarantaine, et qu'il ne voulait pas rester seul pour le restant de ses jours.

Est-ce que ça voulait dire qu'il épouserait la première femme qui lui plairait ? Non. Mais il était plus ouvert à l'idée qu'une nouvelle relation puisse devenir sérieuse. Il ne l'avait jamais envisagé auparavant. À vrai dire, il n'avait pas eu de vraie relation depuis des années.

Était-il heureux de passer ces moments avec Mandy, d'apprendre à la connaître ? Non. Parce que les circonstances étaient déplorables. Il aurait préféré la rencontrer en Virginie, l'inviter à boire un café, à déjeuner, à aller au cinéma. *N'importe quoi.* Mais c'était comme ça. Il avait appris depuis longtemps à prendre la vie comme elle venait. Buck ignorait ce qui allait se passer dans les jours à venir. L'un d'eux pouvait tomber malade ou se blesser. Les rebelles pouvaient les retrouver. Ou alors il ne se passerait rien, et ils arriveraient au Guyana épuisés, sales, mais prêts à se jeter sur les plats dont ils rêvaient.

L'inquiétude ne changerait rien à leur situation actuelle. Tout ce qu'ils pouvaient faire, c'était avancer au jour le jour.

Toujours aussi confus quant à ses sentiments pour la

femme qui marchait derrière lui, Buck se remit en route, scrutant les environs à la recherche d'un coin où se cacher pour le reste de la nuit. Les prochains jours allaient être difficiles, et ils avaient besoin de sommeil, autant qu'ils pourraient en grapiller.

* * *

Amanda était confuse.

Elle devait l'admettre, mais le garder pour elle.

Cette situation était horrible, et elle n'arrêtait pas de se reprocher d'être là. Après tout, c'était sa faute. Si elle avait pris quelques secondes pour vérifier si James était vraiment perdu, elle serait déjà à l'école avec les autres enfants, et Nash n'aurait pas été obligé de se mettre en danger à cause d'elle.

Mais d'un autre côté, même si elle était complètement hors de son élément, morte de faim, fatiguée et crasseuse... elle ne passait pas un si mauvais moment. C'était *complètement* absurde.

La présence de Nash faisait toute la différence. Sans lui, elle serait dans le pétrin. Mais il était là. Et elle avait une confiance absolue en sa capacité à faire ce qu'il fallait. La marche de nuit avait d'ailleurs considérablement renforcé cette confiance. Elle n'y voyait rien, devait s'accrocher à son sac, et se fier à lui pour ne pas finir dans une rivière en crue ou entre les mains des rebelles.

Nash était si différent des autres hommes qu'elle avait connus. Plus rude, plus brut. Mais également drôle et protecteur. Elle l'aimait bien. Beaucoup, même. Et cela la perturbait, parce qu'elle n'était pas certaine que ses sentiments ne soient pas biaisés par la situation, par le fait qu'elle dépende de lui. Elle ne voulait pas croire que c'était le cas... mais elle ne pouvait pas en être tout à fait sûre.

S'ils avaient été chez eux, le fait que Nash prenne les choses en main de cette façon l'aurait sans doute agacée au plus haut point. Mais c'était exactement ce dont elle avait besoin à ce moment-là : de son expérience.

Comme la veille au soir, par exemple. Il lui avait dit de s'asseoir contre un arbre et de se reposer pendant qu'il allait inspecter l'endroit qu'il avait repéré. La Amanda de Virginie aurait protesté, et insisté pour l'aider. Mais la Amanda d'ici s'était contentée d'obéir, heureuse de pouvoir attendre tranquillement son retour.

Cette fois, ce n'était pas une faille entre les rochers, mais un espace entre deux énormes troncs d'arbres, dont les cimes épaisses et denses formaient un toit au-dessus de leurs têtes. Une fois encore, c'était parfait pour une personne, mais un peu étroit pour deux. Et une fois de plus, Amanda avait insisté pour qu'il reste avec elle. Il en allait de sa propre santé mentale. Elle n'aurait pas pu fermer l'œil de la nuit sans sa présence.

Elle ne savait pas l'heure qu'il était quand elle se réveilla, mais le soleil pointait à travers les arbres. Pour une fois, il ne pleuvait pas, et c'était un véritable cadeau du ciel. Étant donné l'humidité, elle ne se faisait aucune illusion quant à la possibilité que ses vêtements sèchent, mais ne pas être complètement trempée, c'était déjà énorme.

Nash était encore collé contre son dos, et cela ne la dérangeait toujours pas. Cet homme était en train de la transformer en adepte des câlins. Elle le sentit bouger et sourit légèrement lorsqu'il murmura *bonjour* avant de sortir de leur cachette exiguë.

Mais c'est en l'entendant dire *merde* qu'Amanda se réveilla complètement. Une seconde plus tôt, elle flottait dans cet état intermédiaire qui précède le moment de se lever, et la suivante, son adrénaline monta en flèche et elle se redressa, prête à... faire quelque chose. Courir, se battre... elle n'en savait rien.

Elle chercha frénétiquement autour d'elle pour voir ce qui avait tant surpris Nash, et cligna des yeux en apercevant le chien avec lequel ils avaient partagé leur repas la veille, assis non loin de là. Il les fixait des yeux avec le même regard implorant.

Ses poils étaient toujours emmêlés, il avait toujours l'air misérable, mais Amanda aurait juré voir une lueur de reconnaissance dans son regard.

— Qu'est-ce qu'il fait ici ?

— Je suppose qu'il nous a suivis ? répondit Nash en haussant les épaules.

— Dans le noir ? À travers la jungle ? répliqua-t-elle, sceptique.

— Il y a eu de nombreux cas de chiens errants qui se sont attachés à des groupes de gens dans la nature. Je me souviens avoir lu un livre sur un chien d'Amérique du Sud – il me semble que c'était en Amérique du Sud – qui avait suivi un groupe pendant une course à pied extrême. Et puis il y a *l'Appel de la Forêt*, *Old Yeller*, *Croc-Blanc*... et des tas d'autres romans dont les titres m'échappent, qui parlent de chiens fidèles.

— Attends, j'ai lu ce livre. Le premier dont tu parlais. Le chien s'appelait Arthur, c'est ça ?

— Aucune idée, mais si tu le dis, je veux bien te croire.

— Ce chien ressemble un peu à celui de cette histoire vraie. Tu crois que c'est une sorte de terrier ?

Nash inclina la tête pour observer le chien errant avec autant d'attention que lui.

— Peut-être. Mais il est plus grand qu'un terrier. Son poids normal doit être d'environ dix-huit ou vingt kilos. Là, il en fait douze à peine. Il a de longues pattes, le poil hirsute, les oreilles courtes... Impossible de dire de quelle race il s'agit. Pour ce qu'on en sait, il pourrait très bien être croisé avec un loup ou un lynx.

— On ne peut pas non plus déterminer sa vraie couleur avec toute cette crasse, souligna Amanda en pouffant de rire. Il est aussi sale que moi. Il lui faut un nom...

— Je ne suis pas sûr que ce soit une bonne idée, l'avertit Nash. De lui donner un nom. Il y a de fortes chances qu'on ne le revoie pas, surtout quand on sera trop loin de l'endroit d'où il vient.

— Tu as dit toi-même que tu pensais que les rebelles l'avaient amené avec eux. Et ils étaient méchants avec lui. Pourquoi voudrait-il retourner là-bas ? Il est sûrement aussi perdu que nous. Enfin, ce n'est pas qu'on est perdus, mais tu vois ce que je veux dire. Je pense qu'on devrait l'appeler Rain. Parce qu'on l'a trouvé – ou plutôt qu'il nous a trouvés – dans la forêt tropicale.

— Ça colle bien.

Amanda fut soulagée que Nash n'ajoute rien à propos de la disparition du chien, ou du fait qu'il ne fallait pas lui donner de nom. Elle était déjà attachée à cette pauvre bête. Elle savait bien que cela ne mènerait à rien, mais tout ce qui se passait était hors norme. Autant se laisser aller.

— Salut, Rain, lança Amanda d'une voix douce. Comment tu as fait pour nous retrouver ? Tu n'as mis personne sur nos traces, j'espère ?

Évidemment, le chien ne répondit pas, et se contenta de l'écouter en inclinant la tête.

— Je vais voir si le piège que j'ai posé cette nuit a fonctionné, déclara Nash. Ça ira si je te laisse toute seule le temps que j'y aille ?

— Je ne serai pas seule, répondit Amanda. Il y a Rain.

— Très bien. S'il se passe quoi que ce soit, n'hésite pas à crier. Je reviendrai en un clin d'œil. D'accord ?

— Merci. C'est promis.

Après le départ de Nash, Amanda se sentit moins angoissée

qu'elle ne l'aurait cru. Elle n'avait pas vraiment l'impression d'être seule. C'était ridicule, le chien ne pourrait rien faire si un rebelle surgissait des arbres, mais pouvoir lui parler et focaliser son attention sur lui plutôt que ressasser ses démangeaisons, son ventre vide et les pensées confuses autour de l'homme qui avait risqué sa vie pour elle l'apaisait.

Pendant l'absence de Nash, Amanda continua à parler à Rain. Elle ne parlait de rien en particulier, mais la façon dont le chien gardait les yeux rivés sur elle en inclinant la tête de temps en temps lui donnait l'impression qu'il pouvait vraiment la comprendre.

Quand Nash revint, Rain fut le premier à alerter Amanda que quelqu'un approchait, juste avant qu'il n'apparaisse. Le chien tourna la tête et regarda dans la direction d'où il venait bien avant qu'elle n'entende ses pas.

Son retour n'avait pas l'air de déranger Rain, et Amanda voulut y voir un signe positif. C'était comme si le chien commençait à s'habituer à Nash. La veille, sa méfiance envers son sauveur ne lui avait pas échappée. Ça lui faisait mal au cœur de penser à la raison de cette méfiance. C'était sans doute parce qu'il avait récemment été maltraité par des hommes.

— Ça a marché ! lança Nash avec un sourire en brandissant un porc-épic.

Amanda était partagée. Voir un animal mort lui brisait le cœur, mais rien qu'en pensant à la viande, son ventre gargouillait. Bruyamment.

Tellement fort que Rain dressa l'oreille.

Nash éclata de rire.

— Je ne mettrai pas trop de temps à la préparer. Tu peux essayer de trouver quelques branches qui ne sont pas mouillées ?

C'était au tour d'Amanda de rire.

— Sérieusement ? *Tout* est mouillé. Même moi.

Elle regretta aussitôt d'avoir prononcé ces mots. Ils semblaient beaucoup trop suggestifs. Mais tout espoir que Nash laisse passer cela s'évanouit lorsqu'il sourit de plus belle en haussant un sourcil.

— Désolée, c'est sorti comme ça, dit-elle en sentant ses joues rougir.

Heureusement, il ne prolongea pas son embarras.

— Regarde sous les feuilles, et sous les autres branches. Tout ce qui est enfoui sous d'autres choses ne sera pas aussi humide. Surveille-la, mon gars, ajouta-t-il en regardant Rain.

Comme s'il avait parfaitement compris ce qu'il lui demandait, le chien se leva et resta debout, l'air d'attendre patiemment qu'Amanda parte chercher du bois pour la surveiller.

— Ne t'éloigne pas, l'avertit Nash.

Il n'avait pas besoin de le lui dire. Amanda n'allait pas s'éloigner de l'homme qui était devenu sa bouée de sauvetage. Elle était bien consciente que ce n'était pas très sain de s'attacher autant à quelqu'un qui allait disparaître dès leur retour au Guyana, mais elle ne pouvait pas s'en empêcher. Non seulement il était gentil et manifestement compétent dans la jungle, mais en plus, il était agréable à regarder.

Elle se sentait affreusement hypocrite de penser de cette manière, même si c'était difficile de faire autrement. Avoir cet homme sous les yeux, avec sa combinaison de vol collée à son corps à cause de la pluie incessante, était loin d'être éprouvant. Mais elle aurait été tout aussi reconnaissante et soulagée de ne pas être seule dans cette... aventure – pouvait-elle appeler cela une aventure, alors qu'elle n'avait pas choisi de la vivre ? – si celui qui l'accompagnait avait eu cinquante kilos en trop, et était tout aussi perdu qu'elle.

Elle se concentra sur la tâche à accomplir, et partit à la recherche de branches et de bâtons suffisamment secs pour allumer un petit feu.

Elle fit plusieurs allers-retours entre les arbres et l'endroit où Nash était en train de vider l'animal. Lorsqu'il eut fini, elle avait réussi à trouver une quantité suffisante de bâtons pour allumer un feu.

Le regard approbateur de Nash réchauffa le cœur d'Amanda. En un rien de temps, il alluma un feu avec les allumettes volées dans la cuisine du camp – ce qui était impressionnant, étant donné l'humidité ambiante – et fit chauffer la petite poêle qu'il avait également subtilisée aux rebelles.

L'odeur de la viande en train de cuire relevait presque de la torture. Amanda sentait littéralement son ventre se contracter. Le porc-épic lui semblait énorme, mais vu la quantité de viande dans la poêle, elle se rendit compte qu'il n'y aurait que quelques bouchées pour chacun.

Même Rain était hypnotisé par le feu, ou plus précisément par ce qui cuisait dessus. Il n'arrêtait pas de se lécher les babines et de baver en attendant patiemment que la viande soit prête.

— Mieux vaut manger lentement, avertit Nash en retirant la poêle du feu. Non seulement la viande est très chaude, mais il ne faut pas se rendre malade et tout vomir, ce serait très mauvais.

Sans quitter la viande des yeux, Amanda hocha la tête. Quelques minutes plus tard, le crépitement s'arrêta, et la viande avait suffisamment refroidi pour que Nash la juge propre à la consommation. Amanda avait hâte de la goûter. Il n'y avait ni épices ni sel, mais dès la première bouchée, ce fut l'un des meilleurs plats qu'elle avait mangés de sa vie.

La faim changeait tout : sa vision de la nourriture, des portions, du monde en général... et balayait d'un coup toute exigence éventuelle.

Tout en mangeant, elle sentait l'attention du chien portée sur elle. Il suivait des yeux ses doigts quand elle les léchait après chaque bouchée, et regardait fixement son visage pendant qu'elle mâchait. Un sentiment de culpabilité l'envahit brusquement. Rain devait avoir faim autant qu'elle, peut-être même davantage.

Même si elle avait très envie d'engloutir le reste de la viande, elle en arracha un petit morceau et le tendit au chien.

— Mandy, l'avertit Nash.

Elle n'y prêta pas attention. Ce n'était sans doute pas très prudent, mais elle ne pouvait pas ignorer la détresse de l'animal, pas plus qu'elle aurait ignoré un enfant de l'école en manque de réconfort après une mauvaise journée.

Rain mourrait d'envie de prendre la viande, mais la peur le retenait. Il ne fit pas les deux pas nécessaires pour prendre la nourriture entre ses doigts.

Amanda aurait pu lui lancer le morceau, mais elle n'avait pas envie qu'il tombe dans la terre. C'était ridicule, le chien ne s'en serait certainement pas offusqué... mais elle en était incapable. Elle posa donc la viande sur un caillou et le fit glisser vers Rain.

Elle recula, et aussitôt, le chien bondit, happa le morceau, et l'avala d'une traite.

Amanda éclata de rire.

— Tu n'as même pas pris le temps de goûter, mon grand ! Allez, il faut savourer.

Elle apprécia le fait que Nash ne dise rien tandis qu'elle continuait à partager son repas avec Rain. Après chaque bouchée, elle en gardait un petit morceau pour le chien.

— Tu as un grand cœur, déclara Nash au bout d'un moment.

Amanda haussa les épaules.

— Il en a autant besoin que moi.

— Il chasse sûrement des rongeurs, ou quelque chose comme ça. Il doit ingurgiter plus de calories que toi.

Mais Amanda s'en moquait. Ça lui faisait du bien de prendre soin d'un être vivant. Elle n'était pas vraiment capable de subvenir seule à ses besoins, et elle dépendait de Nash pour presque tout. En nourrissant le chien, elle se sentait utile.

— Un dernier morceau, et c'est fini, le prévint-elle en lui tendant le bout restant.

Elle avait avalé sa dernière bouchée, et même si elle avait très envie de manger ce qui lui restait dans la main, elle ne pouvait pas priver le chien de ce luxe.

Tandis qu'elle se penchait pour déposer le morceau de viande sur la pierre, Rain s'avança et le saisit délicatement entre les doigts d'Amanda, comme s'il avait été dressé pour ça.

Elle se tourna vers Nash.

— Tu as vu ça ? Il l'a pris directement dans ma main !

— J'ai vu, Rebel, répondit-il en désignant le chien d'un signe de tête.

Amanda tourna la tête, et vit que Rain se tenait presque à côté d'elle.

Lentement ; elle tendit la main vers son poitrail. Elle savait qu'il fallait éviter la tête. Elle caressa le pelage emmêlé de sa patte avant gauche.

— Hé, mon grand. C'était bon ? Tu commences à me faire un peu confiance ?

Elle le sentait trembler, mais il se laissait faire. Il ne cherchait pas à la mordre, ni à s'enfuir. Un instant, il se pencha même contre sa main avant de se raviser et de reculer.

— Tiens. Je me suis dit qu'on pourrait partager une boîte d'olives tous les trois, proposa Nash en lui tendant une conserve déjà ouverte.

Tous les trois... Même s'il n'approuvait pas qu'elle gaspille ainsi leur maigre pitance, il ne le lui reprochait pas. Au contraire, il lui faisait comprendre qu'il savait très bien qu'elle continuerait à partager sa nourriture avec le chien errant.

Curieusement, Amanda se sentit plus heureuse qu'elle ne l'avait été depuis longtemps. C'était insensé : elle était perdue au cœur de la jungle, peut-être traquée par des rebelles en colère, sale, morte de soif, endolorie à force de marcher et de dormir à même le sol... et pourtant, le simple plaisir d'avoir le ventre plein et d'avoir gagné un tant soit peu la confiance du chien errant faisait son bonheur.

Sans parler de l'homme avec qui elle était. Il lui donnait l'impression de pouvoir enfin baisser sa garde, et arrêter de se soucier de chaque minute, de chaque heure, de chaque jour. Quoi qu'il arrive, ils trouveraient une solution ensemble.

Il la ramènerait au Guyana, elle en était certaine.

— Merci, souffla-t-elle. Merci de ne pas m'avoir crié dessus pour avoir donné à manger au chien, d'être si patient avec moi, et de savoir quoi faire quand je n'en ai aucune idée.

— De rien. Mange. Je vais éteindre le feu et effacer les traces de notre passage autant que possible.

Amanda aurait aimé l'aider, mais elle ne voulait pas être dans ses pattes. Alors elle obéit, s'assit, mangea une olive, puis en lança une à Rain – et éclata de rire quand il la rattrapa au vol. Elle en tendit une à Nash.

Elle fut surprise quand il la saisit directement du bout des lèvres.

Il sourit en montrant ses mains couvertes de cendres et de terre.

La sensation de ses lèvres sur ses doigts était d'une intimité déconcertante. Amanda le sentit jusqu'au niveau de son entre-jambe. C'était inattendu, et tellement inapproprié dans cette situation... Pourtant, ça semblait naturel.

Ou presque.

Ce n'était pas comme si elle envisageait sérieusement de coucher avec cet homme.

Enfin... pas tant qu'ils fuyaient à travers la jungle ; et pas avant de pouvoir se débarrasser des couches de crasse accumulées ces deux dernières semaines. Elle avait lu des romans dans lesquels les héros faisaient l'amour à corps perdu sous une cascade en pleine cavale, mais ça l'avait toujours un peu dégoûtée. Comment pouvaient-ils penser à cela dans ces conditions ?

Tout à coup, elle comprit. Le sexe était encore loin d'être sa priorité à ce moment-là, mais l'étincelle qu'elle avait ressenti lorsqu'il avait mangé les olives entre ses doigts lui avait ouvert les yeux.

Nash avait éteint le feu, et une fois la boîte de conserve vide, ils étaient prêts à repartir. Pour une raison quelconque, Amanda avait du mal à quitter cette petite oasis dans la jungle. Il n'y avait rien de particulier, juste quelques mètres carrés de plus au milieu de l'immensité verdoyante... et pourtant, elle avait l'impression que son univers avait basculé.

Les progrès avec Rain, ce désir inattendu et déstabilisant envers Nash, et le souvenir d'avoir dormi dans ses bras... Amanda se sentait perdue, même un peu en colère que toutes ces émotions surgissent ici et maintenant, à des milliers de kilomètres de chez elle, en compagnie d'un homme avec qui toute relation semblait impossible, et en pleine fuite devant ses ravisseurs. C'était injuste.

Mais après tout, la vie n'était pas juste. Il fallait simplement faire avec, du mieux qu'on pouvait.

Amanda poussa un soupir en essayant de chasser de son esprit les sentiments naissants qu'elle éprouvait pour Nash. Il ne faisait que son travail. Elle devait se concentrer pour ne pas s'effondrer de fatigue, et penser à ce qui allait se passer une fois qu'elle serait de retour à l'école. Et surtout, à la joie de retrouver les enfants.

Ils se mirent en route. Cette fois, Amanda n'avait plus besoin de rester si près de Nash, car elle voyait où elle mettait les pieds. Elle n'avait plus besoin de s'accrocher à son sac.

Elle ignora cette légère déception, et jeta un regard en arrière vers leur abri de fortune.

La veille, une fois rassasié, Rain avait disparu. Mais aujourd'hui, il les suivait comme si c'était la chose la plus naturelle au monde.

Tout en marchant, Amanda ne pouvait s'empêcher de sourire. La vie n'était pas parfaite, elle était même parfois très difficile. Mais la présence du chien lui rappelait qu'il y avait de la beauté dans ce monde. Il suffisait d'ouvrir les yeux.

7

Cinq jours plus tard, Buck était satisfait des progrès qu'ils faisaient. Mandy tenait bien mieux le coup qu'il ne l'aurait cru. Elle ne parlait pas beaucoup en marchant, mais ça lui permettait de rester attentif au moindre signe indiquant qu'on les suivait, ou que les rebelles avaient réussi à les devancer avec leurs pick-up.

Il ne fallait pas être un génie pour comprendre que quiconque leur avait échappé essaierait de rejoindre la frontière. Mais Buck n'était toujours pas sûr que les ravisseurs aient compris que quelqu'un n'était pas monté à bord de l'hélicoptère. Il était tout à fait possible que personne ne les recherche, et qu'ils aient simplement supposé que des enfants avaient volé des provisions dans la cuisine. Mandy lui avait expliqué qu'elle était seule sous la tente avec les filles pendant la préparation des repas. Ce serait le scénario idéal, et Buck voulait y croire. Il n'avait vu ni entendu personne d'autre dans la jungle, à part Mandy... et Rain, bien sûr.

Le petit chien était coriace. Il les suivait chaque jour sans faiblir, même après des kilomètres de marche. Il disparaissait de temps en temps, et Buck voyait combien Mandy s'inquiétait pour lui à chaque fois, mais il réapparaissait toujours, la langue pendante, trottinant comme s'il vivait une grande aventure. Buck aurait aimé qu'il puisse parler. Il aurait certainement des histoires incroyables à raconter.

Leurs réserves de boîtes de conserve s'amenuisaient, mais Buck avait réussi à attraper du gibier tous les soirs, ou presque. Des écureuils, un autre porc-épic, et même, incroyable, un pacarana. Buck n'aurait jamais cru qu'il y en avait dans cette partie de la forêt tropicale, mais manifestement, il se trompait.

Le pacarana ressemblait à un cochon d'Inde, avec un pelage noir parsemé de points blancs sur les flancs. Celui qu'il avait piégé était plus petit que la moyenne, c'était sans doute pour cela qu'il s'était fait avoir. Normalement, ils pesaient une quinzaine de kilos, mais celui-ci faisait la moitié à peine. Il leur avait quand-même fourni de la viande à tous les trois, ce qui était bienvenu.

Car oui, Buck considérait désormais Rain comme un membre de l'équipe. Le chien se méfiait toujours de lui, mais au moins, il ne sursautait plus chaque fois que Buck se levait ou bougeait.

Même s'ils n'avaient pas de problème pour se nourrir – et s'hydrater, car il pleuvait sans cesse, et chaque soir, Buck installait un système de récupération avec les boîtes vides – le problème le plus urgent était l'hygiène.

Buck se sentait très sale dans sa combinaison de vol. S'il n'avait pas porté seulement un caleçon et un débardeur en-dessous, il l'aurait retirée depuis longtemps. Il l'ouvrait jusqu'à la taille pour respirer un peu en marchant, mais l'humidité ambiante lui abîmait les pieds dans ses bottes. Il avait des plaies là où il n'aurait jamais dû en avoir, et des irritations sur tout le corps. Depuis le début de leur marche, il avait perdu du poids, et le tissu lui collait à la peau de manière extrêmement inconfortable.

Il savait pertinemment que Mandy souffrait autant que lui. Elle portait des baskets, et quand elle les avait enlevées l'autre soir, elle avait les pieds dans le même état que les siens. Ses vêtements étaient en lambeaux, couverts de boue et de sueur, et la nuit, quand elle s'allongeait, elle se baissait avec précaution, comme pour éviter de grimacer. Elle devait avoir des ecchymoses partout à force de dormir à même le sol.

Il fallait que ça change. Buck ne savait pas combien de temps ils devaient encore tenir. Il avait estimé la distance parcourue chaque jour, et savait à quelle distance se trouvait la frontière, mais comme ils n'avançaient pas en ligne droite, il leur faudrait peut-être encore une semaine pour atteindre le Guyana. Mandy avait dit qu'ils avaient marché pendant deux semaines pour rejoindre le camp des rebelles, mais ils avançaient très lentement. C'était compliqué de marcher plus vite avec vingt-trois enfants.

L'ironie, c'était qu'il y avait de l'eau partout – la pluie, les flaques, et même des étangs – mais qu'ils n'avaient rien pour se laver. Ils devaient se contenter de brèves ablutions le matin avec l'eau de pluie recueillie dans la nuit, et qui n'était pas destinée à être bue.

Alors quand Buck crut entendre de l'eau couler, plus qu'un simple filet, il n'en revenait pas. Il ne put s'empêcher d'afficher un grand sourire lorsqu'il se retrouva face à un ruisseau plutôt large avec un débit rapide. Plus étonnant encore : un peu plus loin, un arbre était tombé et avait détourné l'eau, formant un petit bassin.

— Bon sang, comment on va faire pour contourner ça ? s'exclama Mandy en arrivant à sa hauteur, les yeux écarquillés devant l'obstacle qui leur barrait la route.

Elle ne comprenait pas à quel point ils avaient de la chance.

— On ne va pas le contourner, répondit Buck, toujours le sourire aux lèvres. On va en profiter. Ce n'est pas un jacuzzi, mais c'est ce que j'ai de mieux à proposer pour l'instant.

Il se souvenait que quelques jours plus tôt, elle rêvait d'être à la plage, et dans un hôtel avec un jacuzzi.

Quand elle comprit ce que toute cette eau pouvait leur apporter, elle écarquilla les yeux de plus belle.

— C'est sans danger ?

— C'est moins dangereux que les mares stagnantes qu'on a croisées jusque-là, répondit Buck avant de lui tendre la main. Allez, viens.

Lorsque Mandy glissa sa main dans la sienne, il sourit, et la guida jusqu'au bassin.

Il se débarrassa de son sac à dos, se pencha pour retirer ses bottes et ses chaussettes, sortit son KA-BAR et sa boussole de ses poches, puis s'immergea dans le bassin avec sa combinaison de vol.

— Nash ! s'exclama Mandy en riant.

— Quoi ? demanda-t-il en se retournant vers elle avec le sourire. Mes vêtements ont autant besoin d'être lavés que moi. Mais si tu préfères... je peux me déshabiller complètement. Ne crois pas que je n'ai pas remarqué ta manière de reluquer mes fesses, ma belle.

Il plaisantait, mais le rouge qui monta aux joues de Mandy lui indiqua qu'il ne devait pas être si loin de la vérité. Ce qui n'était pas grave, étant donné qu'il avait aussi passé ces derniers jours à admirer les fesses de la jeune femme.

— Allez, viens, Mandy. L'eau n'est pas trop froide, et c'est divin !

Buck se laissa flotter sur le dos et regarda le petit coin de ciel bleu qu'il pouvait voir entre les feuilles. Pour une fois, il ne pleuvait pas, et à chaque pas qui les éloignait du camp rebelle sans le moindre signe de poursuite, il était encore plus convaincu que les hommes ignoraient qu'ils n'étaient pas montés à bord de l'hélicoptère.

Mandy l'imita, se pencha pour enlever ses chaussures, mais garda ses chaussettes. Puis elle entra dans l'eau à son tour.

— Oh, mon Dieu, c'est *incroyable !* gémit-elle.

Ce son fit immédiatement frémir le sexe de Buck. Heureusement qu'il portait toujours sa combinaison de vol et qu'il était immergé, car la dernière chose qu'il voulait après tout ce temps, c'était la mettre mal à l'aise. Si elle remarquait son érection, elle pourrait ne plus se sentir en sécurité avec lui.

Elle plongea la tête sous l'eau et y resta si longtemps que Buck commença à s'inquiéter. Juste au moment où il s'apprêtait à la ramener vers lui, elle émergea en secouant la tête, projetant des gerbes d'eau partout.

Le sourire qu'elle affichait la transformait complètement. Jusqu'ici, Buck n'avait jamais vu Mandy aussi insouciante. C'était comme observer un papillon sortir de son cocon. Elle leva les bras, ferma les yeux, et pencha la tête en arrière.

C'était une vraie déesse, et Buck n'avait qu'une envie : la vénérer comme elle méritait de l'être. Son short et son T-shirt collaient à son corps d'une manière qu'il n'avait pas remarquée sous la pluie. Il ne pouvait pas la quitter des yeux.

Au bout d'un moment, elle baissa la tête et les bras, et quand leurs regards se croisèrent, Buck aurait juré qu'une étincelle venait de jaillir entre eux.

Il devait absolument se concentrer sur autre chose que la beauté de cette femme. Il s'accroupit et ramassa un peu de sable au fond du bassin.

— Regarde, tu peux t'en servir pour faire un gommage. Ce n'est pas du savon, mais c'est mieux que rien.

Il réalisa qu'il était couvert des poignets aux chevilles. Il devait au moins enlever le haut de sa combinaison pour se laver. Sans réfléchir, il tira sur la fermeture éclair, fit glisser la combinaison de ses épaules, et la laissa flotter autour de lui. Son débardeur était dégoûtant. Il le retira rapidement et laissa échapper un soupir de soulagement en sentant l'eau sur sa peau nue, heureux de pouvoir enfin aérer le haut de son corps.

Il s'accroupit à nouveau dans l'eau, et avec le sable, il se frotta les bras, puis le torse et les aisselles, savourant la rugosité des grains contre sa peau. Il agissait par pur instinct, simplement pour se laver et profiter de ce bain improvisé. Mais quand Mandy émit un léger son, il redressa la tête... et se figea.

Elle le regardait fixement, immobile, les yeux grands ouverts.

— Mandy ? Ça va ?

Son silence inquiéta Buck. Il s'approcha d'elle, l'eau clapotant contre ses hanches, sa combinaison flottant derrière lui. Ce ne fut qu'à un mètre d'elle qu'il comprit l'expression sur son visage.

C'était du désir.

Le fait d'en être témoin décupla aussitôt ce qu'il ressentait déjà. Et maintenant qu'il était si près d'elle, il pouvait voir ce qu'il avait manqué auparavant : ses pupilles étaient dilatées, ses tétons avaient durci sous son T-shirt et son soutien-gorge. Un peu mal à l'aise, elle bougea légèrement, mais ne quitta pas son torse des yeux.

— Mandy ? l'appela-t-il doucement, la désirant plus que tout au monde.

Il l'admirait. Il la respectait. Elle le fascinait. Elle avait tenu bon dans des moments très difficiles, et elle l'avait fait avec un moral extraordinaire. Elle n'avait jamais râlé, et ne lui avait jamais fait regretter sa décision d'aller la chercher pendant qu'Obi-Wan emmenait les enfants en lieu sûr.

Elle se mordilla les lèvres en levant lentement les yeux vers lui. Le désir dans son regard bleuté faisait écho à ce qu'il ressentait au plus profond de son être. Buck fit un pas de plus, et se retrouva si près d'elle que malgré l'eau, il pouvait sentir la chaleur de son corps. Elle était si menue qu'il se sentait plus viril que jamais. Elle lui donnait envie de terrasser tous ses démons, de la protéger de tous ceux qui oseraient lui faire du mal, de la revendiquer comme sienne.

Ce n'était ni le moment ni l'endroit, et elle était extrêmement vulnérable. Il ne voulait pas qu'elle fasse quoi que ce soit par obligation ou par reconnaissance, mais il ne pouvait pas non plus ignorer les sentiments qui l'envahissaient. Ce serait comme tourner le dos à un animal ou un enfant en détresse.

— J'ai envie de t'embrasser, murmura-t-il. Mais seulement si tu en as envie aussi. Pas par obligation, ni pour me remercier, ou parce que tu penses que tu n'as pas le choix.

Il ne savait pas vraiment à quelle réaction s'attendre. Peut-être un hochement de tête. Peut-être qu'elle allait rougir et baisser les yeux. Peut-être qu'elle allait lui dire que ce n'était pas une bonne idée, ce qui était certainement vrai.

Mais ce à quoi il ne s'attendait pas, c'était qu'elle comble la distance entre eux, l'attire contre elle en posant une main derrière sa nuque... et plaque ses lèvres contre les siennes.

Qu'est-ce qu'elle était en train de faire ? Amanda n'en avait aucune idée. Elle savait seulement qu'elle avait besoin de cet homme, encore plus que de respirer. Quand il s'était retourné vers elle en souriant depuis le milieu du bassin, elle l'avait suivi sans hésiter. S'il affirmait que c'était sans danger, alors c'était le cas. Elle avait déjà du mal à le considérer comme un simple guide qui la ramènerait saine et sauve au Guyana, mais quand il avait baissé la fermeture de sa combinaison de pilote comme un strip-teaser en plein numéro, elle n'avait pu le quitter des yeux.

Comme si cela ne suffisait pas, il avait retiré son débardeur, dévoilant son torse sculpté et ses abdominaux. Elle avait l'impression d'être une voyeuse, d'assister à quelque chose qu'elle n'aurait pas dû voir. Lui, pour sa part, semblait totalement insouciant, occupé à se frotter le corps avec le sable du fond du bassin. Puis il s'était redressé, et son corps s'était de nouveau offert à la vue d'Amanda.

La combinaison qui flottait à la surface de l'eau attira son regard – juste au niveau de ses hanches. Il était en érection, le sexe tendu sous son caleçon moulant L'eau était suffisamment claire pour ne laisser que peu de place à son imagination. Nash n'était peut-être pas l'homme le plus grand du monde, mais il avait été gâté par la nature et généreusement servi, cela ne faisait aucun doute.

Amanda ne pouvait que rester plantée là à le regarder, et essayer de maîtriser la vague de désir qui parcourait son corps. Quelques instants plus tôt, n'était-elle pas en train de penser à quel point le sexe dans la jungle serait dégoûtant ? Pourtant, à présent, elle était incapable de penser à autre chose. Avancer vers lui, baisser son caleçon, et toucher son sexe magnifique, le goûter.

Il avait peut-être dit quelque chose, mais ses oreilles bourdonnaient tellement qu'elle n'avait rien entendu. L'instant d'après, il était juste devant elle. Elle leva les yeux vers lui, et inspira en silence devant ce qu'elle lut dans son regard. Le désir qu'elle éprouvait pour lui se reflétait aussi dans ses yeux.

— J'ai envie de t'embrasser, murmura-t-il. Mais seulement si tu en as envie aussi. Pas par obligation, ni pour me remercier, ou parce que tu penses que tu n'as pas le choix.

Sans même s'en rendre compte, Amanda l'attira vers elle et posa ses lèvres sur les siennes.

Elle ne voulait pas lui laisser le temps de changer d'avis, de reprendre ses esprits. Elle était ennuyeuse, les hommes ne regardaient pas Amanda Rush avec un tel désir, comme Nash le faisait. Elle avait l'impression que si elle ne saisissait pas l'occasion de l'embrasser à cet instant précis, elle perdrait sa chance pour toujours. Et elle savait, sans l'ombre d'un doute, qu'elle le regretterait toute sa vie.

À sa grande surprise, Nash ne semblait pas intéressé par un baiser furtif. Il prit aussitôt le contrôle, passa un bras autour de sa taille, et l'attira fermement contre lui. L'eau clapotait autour d'eux, mais Amanda n'y prêta aucune attention, incapable de se concentrer sur autre chose que la sensation des lèvres de Nash contre les siennes. C'était digne d'un conte de fée. Quand il inclina la tête pour explorer sa bouche plus profondément, elle eut aussitôt la chair de poule.

Elle ne pensait ni à l'endroit où ils se trouvaient, ni au danger, ni au fait qu'elle ne s'était pas brossé les dents depuis des jours. Tout ce qui comptait, c'était l'intensité de ce baiser. Tous ses soucis s'étaient envolés, remplacés par le bien-être incroyable que cet homme lui procurait.

Nash rompit le contact en premier, arrachant à Amanda un petit gémissement pathétique.

— Chut... je sais, murmura-t-il pour la réconforter.

Il posa la tête contre son épaule et la serra dans ses bras.

Elle se sentait chez elle. C'était une sensation étrange, qu'elle n'avait jamais éprouvée auparavant. Amanda se dit que c'était peut-être à cause de la situation, mais elle chassa aussitôt cette idée. Nash Chaney représentait tout ce qu'elle avait toujours voulu chez un compagnon : calme, posé, compétent, intelligent, gentil et drôle.

Et maintenant, elle pouvait ajouter son corps de rêve et cet excellent baiser à la liste.

Un grondement attira son attention, et sans vraiment l'entendre, elle constata que Nash était en train de rire. Collée contre son torse nu, elle sentit les vibrations résonner à travers leurs corps. C'était presque aussi intime que le baiser. Presque.

— Rain n'a pas l'air content, déclara Nash. Il doit se demander ce qu'on fabrique.

Amanda tourna la tête et vit le chien, qui s'était attaché à eux de manière inexplicable, assis sur la berge près de leurs chaussures et du sac à dos, les observant d'un air inquiet.

— Tout va bien, mon grand, lui lança Nash.

Tout à coup, le charme qui les enveloppait sembla se rompre. Amanda se sentit soudain gênée. Certes, c'était lui qui avait fait le premier pas en lui demandant s'il pouvait l'embrasser... mais elle s'était jetée sur lui.

Nash prouva à quel point il était perspicace en se penchant légèrement en arrière pour la regarder.

— Eh bien ça, c'était une surprise, hein ?

Elle esquissa un petit sourire et hocha la tête.

— Tu regrettes ? demanda-t-il.

La réponse était simple.

— Non.

— Tant mieux. Moi non plus. Ce n'est vraiment pas le moment, et c'est sans doute la dernière chose à laquelle on devrait penser, mais je n'y peux rien. Tu vis à Norfolk, n'est-ce pas ? Je veux dire... quand tu n'es pas en Amérique du Sud.

— Euh, oui.

— J'aimerais avoir la chance de mieux te connaître quand tu rentreras chez toi. Je suis moi-même en poste là-bas. Soit c'est un heureux hasard... soit c'est le destin. Et je ne crois pas au hasard. J'aimerais découvrir si cette alchimie entre nous est toujours aussi explosive et intense quand on n'est pas en train de fuir à travers la jungle. Quand on ne sera plus poursuivis – ou pas – par des types qui veulent te faire du mal. Je voudrais t'inviter à dîner. Aller au cinéma. Me promener avec toi. Te présenter au reste de mon équipe. Et à Laryn, la fiancée de Casper. Ça te plairait ?

Amanda avait envie de sauter de joie.

Mais son côté rationnel reprit le dessus.

— Il me reste environ trois mois avant la fin de mon contrat ici.

— Je doute fort que le temps puisse atténuer ce que je ressens, ce désir de mieux te connaître.

C'était exactement le genre de chose que dirait l'homme de ses rêves.

— Sauf si tu ne ressens pas la même chose, poursuivit-il. Tu pourrais avoir tous les hommes que tu veux, alors pourquoi choisir un pilote dont les horaires de travail sont imprévisibles ? Je ne peux pas te garantir que je serai toujours là quand tu auras besoin de moi. Je suis obligé de partir où l'armée – et parfois la marine – m'envoie.

L'incertitude de Nash lui faisait mal au cœur. Elle posa une main sur son torse et leva les yeux vers lui, espérant qu'il verrait la sincérité dans son regard, et qu'il l'entendrait dans sa voix.

— Je suis seule depuis longtemps. Ça ne me dérange pas que tu sois obligé de voyager pour ton travail. Ça n'a aucune importance pour moi, tant que tu es en sécurité.

— J'ai le sentiment que si les choses se passent comme je l'espère, je ne ferai plus jamais de choses impulsives comme sauter de mon hélicoptère pendant une opération au lieu de rester à l'intérieur.

Une fois de plus, Amanda eut la chair de poule. Elle réalisa qu'elle n'avait pas répondu à sa question initiale.

— J'aimerais bien te voir quand je reviendrai en Virginie, dit-elle simplement.

— Génial ! s'exclama Nash en souriant. Bon, je vais retourner là-bas, ajouta-t-il en désignant l'autre côté de la mare. Je vais enlever ma combinaison, la nettoyer du mieux que je peux, et faire la même chose avec mes sous-vêtements. Je parie que tu as envie de faire pareil. Je te promets que je ne regarderai pas.

Amanda ajouta *intègre* à la liste des qualités de Nash.

— Merci.

Il lui effleura la joue du bout des doigts.

— Ne me remercie pas. Si tu savais les pensées que j'ai en tête, tu prendrais sûrement la fuite.

— Oh, je sais à quoi tu penses. Je suis presque sûre que ce sont les mêmes pensées que moi quand tu as fait ton petit strip-tease tout à l'heure.

Il rit.

— Honnêtement, pour ma part, je ne pensais qu'à une chose : enlever ce fichu débardeur. D'ailleurs... où est-il passé ? Merde, il a été emporté par le courant ?

— Je crois qu'il est là-bas, dit-elle en désignant la rive, non loin de l'endroit où ils se trouvaient.

— Ouf. Bon, allons-y. Fini de jouer les sirènes, on s'y met pour de vrai. Nos vêtements ne seront pas secs, mais comme pour une fois il ne pleut pas, ils seront peut-être juste un peu humides au coucher du soleil.

— Tu crois que c'est encore loin ? s'enquit Amanda malgré elle.

Ces derniers jours, elle s'était abstenue à maintes reprises de poser cette question. Elle ne voulait surtout pas être agaçante, comme un enfant en voiture qui demande sans cesse : *on est bientôt arrivés ?*

— Tu veux la vérité, ou tu préfères que j'invente quelque chose ? répliqua-t-il avec un sourire en coin.

Nash la tenait toujours dans ses bras pendant qu'ils discutaient, ce qui la réconfortait. Elle se sentait bien.

— La vérité. Toujours.

— Je ne sais pas. Tu as dit qu'il vous avait fallu environ deux semaines pour atteindre le camp ?

— Oui, je pense.

— J'ai l'impression qu'on n'avance pas beaucoup plus vite que toi avec les enfants, tout simplement parce qu'on n'emprunte pas de routes ou de sentiers praticables. On se fraye un chemin à travers la jungle, et on zigzague aussi un peu pour semer les rebelles si besoin.

— Alors tu penses qu'il nous reste au moins une semaine de marche, peut-être plus, déduisit Amanda en sentant ses épaules s'affaisser.

— On va y arriver, la rassura Nash en douceur. Tout va bien.

— On n'a presque plus rien à manger, souligna-t-elle.

— Mais j'attrape de la viande fraîche presque tous les soirs. Et grâce aux boîtes de conserve, on a récupéré beaucoup d'eau. On aura peut-être un peu faim au moment de franchir la frontière, mais on y arrivera d'une manière ou d'une autre.

Il avait raison. Amanda le savait. Mais l'idée de marcher encore une semaine la décourageait. Elle était épuisée.

— D'accord, soupira-t-elle.

— Hé, regarde-moi, Mandy.

Elle redressa la tête en soupirant à nouveau.

— Tu t'en sors très bien. On va y arriver. Il suffit d'avancer, pas à pas.

— À ce rythme, ça ne fera que prolonger l'épreuve, répliqua-t-elle fermement. Je préfère marcher à grandes enjambées, version Nash.

Il sourit.

— C'est bien, ma belle.

Sa formule était un peu condescendante, mais elle choisit de prendre ça comme un encouragement. De plus, le simple fait qu'il l'appelle *ma belle* faisait battre son cœur à tout rompre.

— Si on veut avoir la moindre chance de sécher un peu, il

faudrait finir de se laver et sortir de l'eau, dit-elle d'un ton faussement sévère.

En réalité, elle n'avait aucune envie de sortir de ce bassin naturel. Elle avait peur que tout cela ne soit qu'un rêve, ou que Nash reprenne ses esprits.

— En plus, si on ne revient pas rapidement sur la berge, Rain va faire une crise cardiaque, ajouta-t-elle.

Le chien gémissait de plus en plus, et faisait les cent pas en les observant depuis le rivage.

Nash hocha la tête, puis se pencha et l'embrassa brièvement. Après s'être redressé, il passa la langue sur ses lèvres, et son regard faillit la faire fondre.

Il recula en agitant l'index.

— Ne triche pas, ma belle. Pas un seul coup d'œil.

Elle ricana, convaincue qu'il ne s'en formaliserait absolument pas si elle le faisait. Il avait l'air sûr de sa virilité, et se ficherait sans doute complètement qu'on le surprenne en train de se laver.

Mais comme il avait lui-même promis de ne pas la regarder, il fallait qu'elle respecte la même règle.

Il ne lui fallut pas longtemps pour se frotter le corps avec le sable du fond de la mare, puis faire de même avec ses vêtements. Ils n'étaient pas vraiment propres, mais en se rhabillant, elle avait l'impression d'avoir retiré plusieurs couches de crasse.

— Et toi, Rain ? Tu veux te laver ? Viens ici, mon grand. Laisse-moi te débarrasser de toute cette boue séchée et de ce sang.

Mais le chien ne voulait rien savoir. Quand Amanda essaya de l'attirer au bord de l'eau, il recula. Elle éclata de rire. Pas question de forcer le chien à faire quoi que ce soit, de peur qu'il prenne la fuite. Elle s'était beaucoup trop habituée à sa présence. Il ne marchait pas tout le temps avec eux, mais plusieurs fois par jour, il réapparaissait, comme pour s'assurer qu'ils étaient toujours là, avant de replonger dans les sous-bois de la jungle.

Une idée lui vint alors à l'esprit.

— Nash ? Comment on va faire pour que Rain traverse le ruisseau ? Nous, on est déjà mouillés, ce n'est pas grave... mais lui ?

Elle regarda Nash observer le ruisseau, le regard oscillant entre le chien et le cours d'eau.

— Il faut espérer qu'il comprenne que s'il veut nous suivre, il doit traverser, soupira-t-il.

Amanda eut un pincement au cœur. Même si elle se doutait de la réponse, elle espérait vraiment que Nash trouverait une solution miracle.

— Vu qu'il a réussi à nous suivre jusqu'ici, j'ai confiance en lui, affirma Nash.

Amanda acquiesça. Elle n'avait pas le choix. Tandis qu'ils se préparaient à traverser, elle parla doucement au chien. Elle lui dit que c'était un bon garçon, que ce n'était que de l'eau, et qu'il devait les suivre. Mais Rain se contenta de la fixer des yeux en inclinant la tête.

— Prête ? demanda Nash.

Elle n'était pas prête, mais comme pour la plupart des choses qu'elle avait vécues ces derniers temps, elle n'avait pas le choix. Elle hocha la tête. Après avoir saisi le sac, Nash lui prit la main, et ils commencèrent la traversée. Rain longeait la rive, manifestement aussi angoissé qu'elle.

Évidemment, une fois de l'autre côté, ils étaient trempés. Nash proposa qu'ils se tournent le dos pour essorer leurs vêtements. Amanda accepta. C'était déjà assez pénible de marcher trempée à chaque averse... Inutile d'en rajouter. Elle ne tiendrait plus jamais pour acquis d'avoir des vêtements secs, un matelas, ou des repas réguliers. Une fois rentrée, elle allait devoir sérieusement reconsidérer sa manière de voir la vie.

Une fois rhabillée, Amanda se sentit bien mieux. C'était ridicule, elle n'était guère plus propre qu'avant, mais mentalement, elle se sentait plus légère.

Elle chercha Rain des yeux, sans succès. Sa bonne humeur disparut aussitôt.

— Il va nous retrouver, murmura Nash. J'en suis sûr.

— J'espère.

Amanda s'efforça de chasser sa peine, et se concentra sur autre chose : l'homme qui était à ses côtés.

Entre eux, les choses étaient différentes maintenant, mais pas dans le mauvais sens. La tension sexuelle était encore plus forte qu'avant, mais maintenant qu'ils y avaient cédé, et qu'ils s'étaient promis de se revoir une fois en sécurité, l'atmosphère entre eux semblait plus intime.

Amanda ignorait ce que l'avenir leur réservait, mais pour la première fois depuis son enlèvement, elle était certaine que tout irait bien. Elle ne se sentait plus seule au monde. Nash avait envie de la revoir. C'était une perspective réjouissante. Et il ne faisait aucun doute qu'elle avait hâte d'apprendre à connaître Nash dans un cadre plus équilibré, sur un pied d'égalité.

8

Encore une semaine.

Sept jours.

Cent soixante-huit heures.

Dix mille quatre-vingts minutes.

Et des milliers, des milliers de pas.

Honnêtement, Buck avait espéré se tromper dans son estimation du temps qu'il leur faudrait pour atteindre la frontière. Maintenant, il espérait ne pas l'avoir *sous-estimé*, car Mandy et lui étaient impatients de sortir de cette jungle.

Son sac à dos était léger, car toutes les boîtes de conserve étaient vides. Ils survivaient grâce au gibier qu'il parvenait à piéger chaque nuit, et aux fruits comestibles qu'ils trouvaient dans la forêt tropicale.

Le seul à sembler totalement indifférent à cette longue marche, c'était Rain. Le chien débordait d'énergie, même s'il était squelettique et s'était mis à boiter depuis deux jours.

À leur grand soulagement, le chien les avait rejoints moins d'une journée après la traversée du ruisseau. Il était plus propre qu'avant, preuve qu'il avait dû se jeter à l'eau à un moment ou à un autre. À vrai dire, Buck était aussi soulagé qu'Amanda de le retrouver à virevolter autour d'eux pendant leur progression.

Buck et Mandy parlaient souvent de leur vie en Virginie. Désormais, il savait tout de son ancien poste d'enseignante, et de la raison pour laquelle elle avait préféré démissionner au lieu de demander un congé. Elle lui avait expliqué ce qui l'avait poussée à quitter la Virginie pour venir au Guyana faire du bénévolat à l'école et à l'orphelinat. Elle évoquait chaque enfant avec tendresse, et Buck était impressionné qu'elle les connaisse tous aussi bien, jusque dans leurs petites manies, leurs forces, leurs faiblesses, leurs craintes.

Elle était l'institutrice rêvée pour tous les enfants, et ceux dont elle s'occupait avaient beaucoup de chance de l'avoir comme enseignante et mentor.

De son côté, il lui avait raconté comment il était devenu pilote chez les Night Stalkers, et ce que cela signifiait pour lui. Il lui avait récité leur credo, et même raconté certaines missions menées avec ses coéquipiers. Le soir, alors qu'il la tenait dans ses bras, ils s'étaient aventurés sur des sujets plus délicats, comme la politique, la religion, ou encore la légalisation de l'euthanasie pour les êtres humains.

Buck n'avait jamais eu autant d'affinités avec une femme. Tout ce qu'il voulait, c'était ramener Mandy saine et sauve de l'autre côté de la frontière. Ils n'avaient rencontré aucun problème avec les rebelles, et depuis leur baignade dans la petite retenue d'eau six jours auparavant, il s'était relâché un peu, se sentant de plus en plus en sécurité à mesure qu'ils approchaient du Guyana.

Plus il passait de temps avec Mandy, plus il se sentait proche d'elle. Ils avaient condensé une année de découverte mutuelle en une semaine et demie. Buck en savait déjà plus sur elle qu'il n'en aurait jamais appris en fréquentant quelqu'un chez lui, de manière occasionnelle.

Résultat : il était encore plus sûr de vouloir construire un avenir avec elle. Il voulait la présenter à ses amis, l'intégrer à sa vie à Norfolk.

Mais ce jour-là, il se sentait... bizarre. Ils approchaient de la frontière, il en était certain. Pourtant, son instinct lui indiquait que plus ils se rapprochaient, plus c'était dangereux. Si les rebelles avaient le moindre doute sur la présence de quelqu'un dans la jungle, la meilleure manière de les retrouver – et de remettre le grapin sur eux – serait de leur tendre un piège juste avant qu'ils franchissent la frontière.

Mandy était silencieuse depuis des heures, comme si elle percevait la tension dans l'air. Ou peut-être était-elle simplement trop épuisée pour lancer un nouveau sujet de conversation.

— Parle-moi de tes parents, lui demanda Buck. Tu m'as dit qu'ils étaient morts quand tu avais dix-sept ans, dans un accident de voiture provoqué par un chauffard alcoolisé ? Si tu peux en parler sans que ce soit trop douloureux, bien sûr.

— Ça ne me dérange pas. Ils me manquent encore plus que je ne l'aurais cru. Enfin... au début, évidemment, j'étais anéantie. Et avec le temps, la douleur n'a pas disparu. Elle est juste différente. Aujourd'hui, je suis surtout triste à l'idée que mon père ne connaîtra jamais mon futur mari... si j'en ai un. Et je ne peux pas appeler ma mère pour lui demander le temps de cuisson d'une dinde, ou pour qu'elle m'apprenne à recoudre un bouton. Ce sont des broutilles, mais...

— Non, pas du tout, l'interrompit Buck. C'est tout à fait normal. Et tu as toutes les raisons de pleurer leur absence.

— Merci. Mes parents étaient formidables. J'ai eu une enfance heureuse. J'ai grandi à Richmond. On était une famille de classe moyenne, mais j'avais tout ce qu'il fallait pour pratiquer un sport et participer à des activités. J'étais en terminale quand ils ont été percutés par ce type... tellement saoul qu'il ne s'est même pas rendu compte qu'il roulait à contresens sur l'autoroute. Ils sont morts sur le coup, et avec le recul, c'est presque un soulagement, parce que l'idée que l'un d'eux ait pu souffrir est insupportable.

— Qu'est-ce qui est arrivé au chauffard ?

Elle pinça les lèvres.

— Il avait des fractures, une commotion cérébrale, et ne se souvenait de rien... Du moins, c'est ce qu'il prétendait. Son permis lui a été retiré, et il a été condamné à quelques années de prison, mais bien sûr, il a été libéré avant la fin de sa peine, comme toujours. Personne ne purge la totalité de sa peine. J'étais obsédée par lui, je suivais tout ce qu'il faisait. Et un soir, il y a environ cinq ans, il a volé une voiture devant un bar où il s'était mis une cuite monumentale. Il neigeait, et il s'est planté. Cette fois, il n'a tué que lui, Dieu merci.

Buck resta bouche bée. Il ne savait littéralement pas quoi dire.

— Pardon, je sais que ça semble cruel.

— Non, pas du tout, répliqua-t-il fermement. C'est humain. Pour ce que ça vaut, je suis vraiment désolé.

— Merci.

— Tu as parlé d'une collecte de fonds...

— Oui. En plus du procès contre ce type, que mon avocat commis d'office a gagné pour moi, la communauté a été formidable. Ils ont récolté beaucoup d'argent pour m'aider à payer mes études et mes frais en général, parce qu'ils avaient pitié de moi. J'en ai économisé une bonne partie, et quand j'ai vu passer l'annonce pour le Guyana sur les réseaux sociaux, j'avais assez d'argent pour quitter mon travail, payer six mois de loyer, et venir ici. J'avais besoin de savoir si je voulais continuer dans l'enseignement. Et ça a marché : j'ai retrouvé la passion, mais auprès de plus jeunes enfants. Il faudra que je mette à jour mon certificat, mais ça ne devrait pas être trop compliqué. Je serai toujours reconnaissante d'avoir vécu cette expérience... excepté l'enlèvement, bien sûr.

— Évidemment, acquiesça Buck en riant doucement.

Il admirait énormément cette femme. Elle avait une vision tellement rafraîchissante du monde. Quand les choses ne se passaient pas comme elle le voulait, elle ne s'apitoyait pas sur son sort. Elle changeait de direction et continuait d'avancer. Il aimait ça. Beaucoup.

— Et toi ? Parle-moi de ta famille, l'encouragea-t-elle.

Buck n'avait aucun problème avec sa demande.

— Ma sœur est une petite peste, commença-t-il avec un sourire, ce qui fit rire Mandy. Elle est plus âgée que moi, et quand on était gamins dans le Kansas, elle adorait me donner des ordres et me martyriser. On avait un de ces abris anti-tornade dans le jardin. Tu sais, comme dans *Le Magicien d'Oz*, avec une trappe et un escalier pour descendre. Sauf que le nôtre était sombre et humide. Il empestait le moisi et la charogne. Un jour, Natalie m'a dit qu'elle avait quelque chose de génial à me montrer, et quand j'ai descendu les marches devant elle, elle a refermé la porte à clé de l'extérieur. J'ai entendu son éclat de rire hystérique pendant qu'elle s'enfuyait en courant. Je me suis mis à pleurer, j'ai frappé contre la porte, mais elle m'a laissé là. Ça m'a semblé durer des heures, même si selon elle, ce n'était qu'une vingtaine de minutes.

— Pourquoi elle t'a laissé sortir ?

— Parce que ma mère avait dit qu'elle voulait nous emmener manger une glace, mais qu'elle ne me trouvait pas.

Mandy ricana. Buck adorait ce son. C'était léger, spontané, et une fois de plus, il souhaita pouvoir l'entendre chez lui, quand ils seraient en sécurité, installés devant la télévision, ou en train de savourer un bon repas.

— C'est typique d'une grande sœur. Elle était aussi protectrice, ou simplement pénible ?

— Protectrice, répondit Buck sans hésiter. Quand j'étais en CM2, il y avait une fille qui prenait un malin plaisir à me harceler. Je ne sais pas pourquoi. Ma sœur était au collège, juste à côté de l'école primaire, et elle venait me chercher à la fin de la journée pour qu'on rentre ensemble à la maison. Un jour, elle est arrivée pendant que cette fille, Lena, s'en prenait à moi. Natalie a foncé droit sur elle et elle l'a poussée violemment. Aujourd'hui, elle aurait eu de gros ennui pour ça, à juste titre, mais à l'époque, il n'y avait pas autant de surveillants à l'extérieur après les cours. Elle a dit à Lena de toujours rester à au moins trois mètres de moi, et que si elle s'approchait encore une fois, elle le regretterait. Évidemment, elle a dit ça en secouant le poing devant elle. C'était théâtral, et je ne pense pas qu'elle aurait frappé qui que ce soit, mais la menace a suffi, et Lena m'a laissé tranquille.

— C'est génial.

— Oui. Mes parents étaient extrêmement fiers quand j'ai intégré les Night Stalkers, mais Natalie a refusé d'assister à la remise de diplôme, et elle m'a ignoré pendant plus d'un an. Quand j'en ai eu marre, j'ai pris l'avion pour Washington afin de la confronter et de comprendre son problème. Elle a fini par admettre qu'elle avait peur pour moi. Elle s'était renseignée sur les Night Stalkers, et elle ne supportait pas l'idée que je mette ma vie en danger. Elle m'a dit qu'elle ne voulait pas que son petit frère meure, et que c'était pour ça qu'elle avait pris ses distances.

— Oh... c'est plutôt touchant.

— Peut-être. Mais je lui ai dit qu'elle faisait sa chieuse.

— Nash ! Tu n'as pas osé ! s'écria Mandy.

— Si. Je lui ai dit de se ressaisir, que je pouvais très bien mourir demain en traversant la rue. Elle aussi. La vie n'offre aucune garantie. Il faut vivre chaque jour comme si c'était le dernier. Et j'en avais marre qu'elle m'écarte de sa vie. Je voulais pouvoir parler à ma nièce et à mon neveu, je voulais faire partie de leur vie, même si je ne vivais pas dans le même État.

— Ça a marché ?

— Oui, mais seulement au bout d'une conversation de cinq heures, durant laquelle je lui ai expliqué à quel point je suis prudent, que je sais ce que je fais, que j'ai eu des heures et des heures d'entraînement – que j'en aurai toujours – et que mes coéquipiers sont des pros. J'ai répondu à toutes ses questions... Du moins, à celles auxquelles j'avais le droit de répondre. À la fin, on était tous les deux lessivés, mais elle a fini par admettre qu'elle était contente que je fasse ce que j'aime, même si c'est dangereux, et elle m'a avoué qu'elle était fière de son petit frère.

— Je suis contente pour vous deux.

— Merci.

— Tes parents vivent toujours au Kansas ?

— Oui. Je ne comprends pas pourquoi. Il fait froid, c'est plat, et venteux.

— Je ne serais pas contre un peu de froid en ce moment, plaisanta Mandy.

— Moi non plus, approuva Buck.

Pendant qu'ils parlaient de leur famille, elle marchait à ses côtés, et il lui avait pris la main... ce qui lui faisait du bien. Elle était moite, certes, mais c'était agréable. De toute façon, la sueur était le cadet de ses soucis. Ils n'étaient pas à leur avantage pour l'instant, mais leur expérience commune leur avait permis de balayer toutes les futilités qui parasitent souvent le début d'une relation. Un peu de sueur, ce n'était rien, après tout.

Ils n'avaient pas réitéré cet incroyable baiser qu'ils avaient partagé dans l'eau, mais Buck n'arrêtait pas d'y penser. Il ne s'était jamais senti aussi proche d'une femme. Ils avaient la même complicité que celle qu'il partageait avec ses coéquipiers, avec Obi-Wan... à part la dimension physique, bien sûr. Ensemble, ils vivaient une expérience intense, et ils avançaient côte à côte pour s'en sortir, exactement comme ses compagnons pilotes et lui. Ce n'était pas une question de vie ou de mort – du moins, plus depuis qu'ils avaient échappé aux rebelles sur la zone d'extraction et en s'échappant du camp – mais c'était tout aussi fort.

— Je veux que tu les rencontres, lâcha Buck. Ma famille.

Quand Mandy lui adressa un regard plein de tendresse, il sut qu'il avait pris la bonne décision.

— Ma mère va t'adorer. Elle voudra tout savoir sur tes élèves, sur ce qui t'a poussée à choisir l'enseignement. Mon père, lui, se contentera de hocher la tête et de lancer d'une voix bourrue un truc du genre : *tu es trop bien pour mon fils*.

Elle éclata de rire.

— Et ma sœur essaiera sûrement de t'embarquer dans ses combines pour faire tourner son petit frère en bourrique. Elle sera ravie d'avoir une complice pour mettre le bazar dans ma vie. L'an dernier, à Halloween, elle a débarqué chez moi déguisée en Bigfoot – le costume complet, de la tête aux pieds – et m'a plaqué au sol. J'ai failli mourir de peur.

Buck décida que dorénavant, sa mission dans la vie serait de rendre cette femme aussi heureuse qu'elle semblait l'être à cet instant, alors qu'elle riait aux éclats.

— Elle a l'air marrante.

— Natalie *est* marrante..., acquiesça Buck. Quand elle n'est pas insupportable.

Il s'apprêtait à enchaîner avec une autre anecdote sur sa sœur quand Rain surgit des buissons devant eux, et ancra ses pattes au sol en grognant.

Toute trace d'amusement disparut aussitôt. Ce n'était pas le chien errant qu'ils avaient appris à connaître. Jusqu'ici, Rain n'avait émis que quelques gémissements et de petits jappements.

Mais à présent, il montrait les crocs et poussait des grognements vraiment menaçants.

— Doucement, mon grand, dit Buck en poussant Mandy derrière lui.

Il ne savait absolument pas ce qui arrivait au chien, mais il n'allait pas risquer que Mandy se fasse mordre.

— Qu'est-ce qu'il a ? murmura-t-elle.

— Je ne sais pas.

Ils étaient dans une impasse. Le chien ne bougeait pas, et ne réagissait pas au ton apaisant de Buck. Il n'avait pas l'air décidé à s'arrêter de grogner.

— On va continuer d'avancer, dit Buck à l'animal d'une voix douce.

Comme s'il comprenait, Rain secoua violemment tout son corps, et fit un pas vers eux.

Buck recula en entraînant Mandy avec lui. Le manège se répéta plusieurs fois : Rain avançait lentement, tête basse, en grognant, et eux reculaient.

Puis, soudain, Rain bondit sur la droite, faisant sursauter Buck. L'espace d'une seconde, il crut que le chien allait se jeter sur eux.

Buck s'avança d'un coup, espérant échapper à l'animal auquel il s'était pourtant attaché... mais Rain n'avait aucune intention de les laisser filer. Il revint aussitôt devant eux et grogna de plus belle.

Confus et frustré, Buck resta immobile, sans savoir quoi faire. La dernière chose dont ils avaient besoin, c'était une morsure de chien – surtout celle d'un animal qui n'avait certainement jamais été vacciné, et pouvait transmettre toute sorte de maladie.

Rain repartit vers la droite... puis s'arrêta et se retourna vers eux, laissant échapper un petit gémissement.

— Je crois... qu'il veut qu'on aille par là, avança Mandy, hésitante. Il veut qu'on le suive ?

Buck inclina la tête, exactement comme Rain quand il semblait réfléchir.

— En fait, je crois bien que oui.

Pour en avoir le cœur net, Buck fit un pas en avant. Cette fois, il ne fut pas surpris quand Rain se remit à grogner et se plaça devant lui pour l'empêcher d'avancer dans cette direction.

Mais quand Buck fit un pas vers la droite, Rain dressa les oreilles, prit aussitôt les devants, et se retourna comme pour leur dire : *oui, suivez-moi*.

Buck regarda tour à tour le chien, le chemin qu'ils empruntaient, puis la boussole accrochée à la fermeture éclair de sa combinaison. Jusque-là, ils marchaient vers l'est, droit vers la frontière. Mais Rain voulait les faire bifurquer plein sud, ce qui rallongerait encore leur périple vers le Guyana.

À ce stade, tout ce que Buck voulait, c'était sortir de cette foutue jungle. Et il savait très bien que Mandy pensait la même chose.

Mais il n'avait aucun doute non plus sur une chose : Rain essayait bel et bien de leur dire quelque chose. Il n'était pas satisfait du chemin qu'ils suivaient depuis des heures.

Le chien n'était pas toujours là quand ils marchaient. Parfois, ils le voyaient trottiner à côté d'eux, ou les suivre à distance. De temps en temps, il passait même devant. Il leur arrivait de ne pas le voir pendant une journée entière, mais il était toujours là au réveil, à attendre avec impatience ce que Buck avait réussi à attraper pour le repas.

Malgré cette discussion ridicule avec Mandy sur le fait qu'ils partageaient leurs précieuses calories avec le chien, aucun d'eux n'avait cessé de le faire.

À deux reprises, Rain avait même contribué à leur repas en

rapportant une petite souris et un écureuil. La première fois, c'était un choc, mais Buck avait fait cuire la souris et l'avait donnée entière au chien. Mandy jurait que l'animal avait affiché un fier sourire en attendant patiemment son repas. La seconde fois, cela leur parut presque normal de faire cuire un rongeur offert par leur compagnon à quatre pattes.

Mais le chien qui se tenait devant eux à cet instant n'avait plus rien à voir avec celui qu'ils connaissaient. Ses muscles tremblaient, comme s'il était sur le point de bondir. Il remuait nerveusement les oreilles, et relevait sans arrêt le museau pour flairer les environs.

Le regard oscillant entre Rain et le chemin, Buck prit une décision. Le chien leur avait fait confiance en leur permettant de l'approcher et de lui donner à manger. Buck ferait de même en retour. Si Rain ne voulait pas qu'ils aillent vers l'est, ce serait bête de continuer dans cette direction. Ils allaient certainement devoir la reprendre à un moment, mais rien ne les empêchait d'aller vers le sud pour l'instant ; par précaution.

— Viens, dit Buck à voix basse en reprenant la main de Mandy.

La progression à travers les arbres était lente, mais Rain ne s'éloignait jamais assez pour qu'ils perdent sa trace. D'ordinaire, le chien filait devant, et réapparaissait seulement de temps à autre pour vérifier leur position. Cette fois, il avançait délibérément à leur rythme et les guidait où il voulait qu'ils aillent. Il ne sortait jamais de leur champ de vision... et surtout, il ne les quittait pas des yeux.

Buck sentait que Mandy était tendue, et regrettait de ne pas avoir les mots pour la rassurer. Il ignorait ce qui passait par la tête du chien, mais aussi fou que cela puisse paraître, il faisait confiance à ses instincts.

Ils marchèrent une vingtaine de minutes, et juste au

moment où Buck envisageait de reprendre vers l'est, il entendit un bruit incongru.

Rain dut l'entendre aussi, car il rabattit les oreilles en émettant un grognement sourd. Cette fois, heureusement, ce n'était pas contre eux. Le chien regardait un point fixe sur la gauche.

À l'est.

Buck attira Mandy derrière un grand amas d'arbres, et s'accroupit avec elle. À sa grande surprise, Rain vint les rejoindre et se coucha juste à côté. Il était en alerte, les yeux rivés sur quelque chose que Buck ne pouvait pas voir.

— C'est... des gens ? murmura Mandy.

— On dirait bien, répondit Buck.

— Ça pourrait être les gentils.

Mais elle ne semblait pas vraiment sûre de ce qu'elle avançait.

— J'en doute. Regarde Rain.

Le chien tremblait tellement que c'en était presque inquiétant. Et ce n'était pas parce qu'il avait froid. Buck posa prudemment la main sur sa tête.

— Calme, mon grand, murmura-t-il, surpris que l'animal accepte son geste.

— Il a peur, constata Mandy. Il est terrifié.

— Oui.

Tapis derrière les arbres, ils entendirent des hommes passer. À en juger par leurs voix, ils étaient deux. Ils n'étaient pas assez près pour qu'ils puissent les voir, mais leur conversation résonnait clairement dans la jungle soudain plus silencieuse. Ils parlaient espagnol, une langue que Buck comprenait grâce à ses cours au lycée et à l'université.

— C'est débile. On n'a aucune preuve qu'il y a toujours quelqu'un dans le coin.

— C'est vrai. Je me fiche de ce que dit Carlos, on perd notre temps.

— Si un de ces morveux a été assez idiot pour rater l'hélico, il n'aurait jamais survécu tout seul jusqu'ici.

— Et si cette garce était là aussi ? Avec un adulte, les enfants ont plus de chances de s'en sortir.

— Vraiment ? Elle ne savait pas du tout ce qu'elle faisait. Tu te souviens du trajet jusqu'au camp ? Elle était pathétique.

Les deux hommes éclatèrent de rire. En les entendant parler de Mandy, Buck sentit la colère monter en lui, mais il la maîtrisa. Pas question de faire une bêtise maintenant. Ils touchaient presque au but.

— Combien de temps on va encore devoir surveiller la frontière ? Bon sang, on ne sait même pas où ils vont essayer de passer... si quelqu'un essaie.

— Aucune idée. Carlos a dit qu'on devait rester, alors on reste.

— Ça craint !

— Je confirme.

Leurs voix s'éloignèrent peu à peu de l'endroit où Mandy et Buck s'étaient cachés. Mais le danger semblait immense. Impossible de savoir combien d'hommes patrouillaient dans la jungle, ni combien de temps ils resteraient.

La seule bonne nouvelle, c'était que les rebelles ne savaient pas vraiment ce qu'ils cherchaient. Et ils avaient l'air persuadés que s'il y avait eu des retardataires, il s'agissait d'enfants, ou peut-être de Mandy avec l'un d'entre eux. Cela pouvait jouer en leur faveur.

Buck regarda Rain. Le chien semblait un peu moins tendu, mais toujours en alerte.

— Tu le savais, hein, mon grand ? murmura-t-il.

Rain leva les yeux vers lui comme s'il comprenait parfaitement.

— Bon chien. Tu es le meilleur. Si je pouvais, je te filerais un steak entier, rien que pour toi.

— Nash ?

Buck perçut la peur dans la voix de Mandy, et après avoir caressé une dernière fois la tête du chien, il se tourna vers elle.

— Ils nous cherchent, devina-t-elle.

— Non. Ils ne savent absolument pas *qui* ils cherchent, ni même s'il y a quelqu'un à chercher. Ils sont là juste au cas où. Ça joue en notre faveur, même s'il faut rester prudents. Et comme ils patrouillent dans cette zone, on doit être tout près du Guyana. De toute façon, Rain nous alertera s'il y a quelqu'un dans les parages.

Ces paroles semblèrent apaiser Mandy. Ses épaules se relâchèrent un peu.

— Si on avait continué dans la même direction... on serait peut-être tombés nez à nez avec eux, hein ?

— On ne peut pas en être sûrs, mais je pense que oui.

Lentement, Mandy lâcha la main de Buck pour s'agenouiller de l'autre côté, près de Rain. Elle se pencha et l'embrassa sur la tête. Buck ne pouvait voir que de l'adoration pour elle dans le regard du chien. Il comprenait parfaitement : il ressentait la même chose.

— Merci, Rain. Tu as été parfait. Tu es tellement malin et courageux. Tu ne savais pas comment on allait réagir à tes grognements, mais tu ne voulais pas qu'on aille par-là, hein ? Alors tu nous as poussés à changer de chemin. Tu es le chien le plus intelligent du monde !

Elle le caressait tout en parlant, et Rain se cambra sous sa main ; il ne tremblait plus du tout.

Mandy prit une profonde inspiration et leva les yeux vers Buck.

— Et maintenant ?

— On continue, en suivant Rain.

— J'ai dit qu'il était intelligent, mais...

Mandy couvrit les oreilles du chien avant de continuer, ce qui amusa Buck.

— Mais on peut vraiment lui faire confiance pour nous mener à la frontière ? Et s'il nous emmenait vers l'ouest, là d'où il vient ?

Elle était tellement craquante. Buck toucha la petite boussole accrochée à sa combinaison.

— J'ai une boussole, tu te rappelles ?

— Ah oui.

Elle caressait de nouveau la tête de Rain.

— En plus, là d'où il vient, il n'était clairement pas heureux. Surtout s'il était avec les rebelles qui ont rejoint le camp le matin où les enfants ont été sauvés. Tu as vu comment il tremblait en entendant ces deux types ?

— C'est vrai. Nash ?

— Oui ?

— Je l'emmène avec moi. Je ne peux pas le laisser ici.

Buck n'était pas vraiment surpris. Le fait d'être incapable d'abandonner le chien ressemblait beaucoup à la femme qu'il admirait et désirait.

— D'accord.

— D'accord ? s'étonna-t-elle en inclinant la tête de manière adorable.

Elle avait les joues sales, une égratignure sur le front à cause d'une branche qu'elle n'avait pas esquivée assez vite, et les cheveux en bataille. Buck n'avait jamais vu une femme aussi belle.

— Oui. Je ferai tout mon possible pour t'aider. Il y aura sûrement de la paperasse, des vaccins, des licences, des certificats... mais on trouvera une solution.

Elle le regarda fixement un instant, puis se jeta contre lui par-dessus Rain.

— Merci.

— Pas besoin de me remercier. Je me suis moi-même beaucoup attaché à ce petit bonhomme.

Elle s'écarta, au grand regret de Buck. Il aimait la sensation de son corps contre le sien.

— Oh, tu voulais le ramener chez toi ?

— Il m'aime bien, mais toi, il t'adore, répondit Buck en secouant la tête. Il est à toi. Mais je ne serais pas contre un droit de visite.

Le sourire de Mandy illumina son visage.

— Bien sûr.

Cela paraissait presque normal de parler de droit de visite pour un chien, comme si l'issue de leur escapade dans la jungle allait de soi. Et pour Buck, c'était le cas. Il était hors de question qu'ils échouent si près du but. Il ramènerait Mandy et Rain sains et saufs de l'autre côté de la frontière, même s'il devait y laisser la vie.

Pourtant, il n'avait aucune envie de mourir. Il avait encore trop de choses à vivre. Par exemple, apprendre à connaître la femme qui se trouvait près de lui sans avoir à trouver de quoi manger, ni à se soucier des rebelles ou d'autres créatures mortelles tapies dans cette foutue forêt tropicale.

— Je crois que c'est le moment de partir vers l'est, déclara-t-il. Je ne sais pas dans quel périmètre les rebelles patrouillent, mais comme ils viennent de passer, on a une fenêtre pour leur glisser entre les doigts.

Mandy hocha la tête.

— Je te fais confiance. On fera tout ce que tu dis. Moi, je n'y connais rien.

— C'est faux. Tu t'en sors très bien. C'est même toi qui as allumé le feu hier soir.

— Ah oui, c'est vrai, dit-elle en esquissant un sourire.

— Oui. Bientôt, tu seras Jane de la jungle.

Elle pouffa de rire.

— Pas tout à fait.

Buck sourit intérieurement, étonné d'éprouver autre chose que le besoin urgent de sortir de cette jungle. Il n'avait pas prévu de passer près de deux semaines à traverser cet enfer humide, mais il en garderait quelques bons souvenirs avec Mandy.

— Alors, Rain ? La voie est libre ? demanda-t-il au chien couché entre eux.

Le chien se redressa, les regarda tous les deux, flaira les environs, puis s'ébroua avant de s'élancer vers l'est. Il se retourna aussitôt, comme pour dire : *vous venez ?*

— On dirait que c'est bon, dit Buck.

Il se leva et tendit la main à Mandy.

— Qu'en penses-tu ? On se tire d'ici ?

— Tu crois qu'on va passer la frontière aujourd'hui ? demanda-t-elle en saisissant sa main pour se relever.

— Ça en a tout l'air, si l'on en croit ces rebelles.

— Alors qu'est-ce qu'on attend ? Allons-y ! s'exclama Mandy avec enthousiasme.

Cette fois, Buck resta sur le qui-vive. Au moindre signe de danger, il chercherait un abri. Mais il savait que Rain les préviendrait bien avant qu'il puisse voir ou entendre quoi que ce soit. Ce chien venait sans doute de leur sauver la vie.

S'il ne les avait pas forcés à changer de direction, ils seraient probablement tombés sur les rebelles. Buck lui devait tout, et il se promit de faire en sorte que Rain puisse rejoindre Mandy en Virginie. Le chien devrait peut-être attendre au Guyana que les autorisations et les formalités administratives soient réglées, mais Buck veillerait à ce qu'il soit confié à quelqu'un de responsable, qui le traiterait comme il le méritait.

Pour un homme qui avait toujours été fier de mener une vie très ordonnée et sans complication, Buck en accumulait quelques-unes. Il s'en voulut de penser ainsi... mais il n'y avait aucun doute : sa vie était sur le point de changer.

Il ne vivrait plus uniquement pour son travail. Il voulait donner une chance à sa relation avec Mandy. Mais leur avenir était pour le moins incertain. Elle avait encore des obligations à remplir ici, au Guyana ; et lui, bien sûr, avait ses propres responsabilités. Mais Mandy valait bien tous les efforts qu'il allait devoir fournir pour entretenir le lien qu'ils avaient commencé à tisser dans la jungle.

9

––––––

La traversée de la frontière fut d'une banalité presque décevante. Amanda ne réalisa même pas qu'ils étaient bel et bien de retour au Guyana jusqu'à ce qu'ils tombent sur un chemin de terre avec un panneau indiquant la distance jusqu'à Baramita, une petite ville près de la frontière vénézuélienne.

— Est-ce qu'on... on a réussi ? balbutia-t-elle.

— On dirait bien, répondit Nash en souriant. Mais on n'est pas encore tirés d'affaire. Les rebelles ont déjà franchi illégalement la frontière pour vous enlever, toi et les enfants. Ils pourraient recommencer.

Ce qu'il disait, Amanda y pensait déjà. Elle n'arrivait pas à penser à autre chose. Il lui restait encore environ trois mois avant la fin de son contrat avec l'école, mais l'idée de rester la terrifiait. Elle se disait que la sécurité serait renforcée pour protéger tout le monde, mais... et si ce n'était pas suffisant ? Et si les rebelles, furieux d'avoir perdu leur butin – les garçons, les filles, elle-même – revenaient plus nombreux et mieux armés ? Ils ne referaient pas les mêmes erreurs. Cette fois, ils sépareraient sans doute les enfants dès leur retour de l'autre côté de la

127

frontière... et les hommes à qui les fillettes avaient été promises les emmèneraient immédiatement.

Elle frissonna. Et bien sûr, Nash le remarqua.

— Qu'est-ce qui ne va pas ?

— Rien, répondit-elle machinalement.

— Ne fais pas ça. Parle-moi, Mandy.

Il avait raison. Après tout ce qu'ils avaient traversé ensemble, c'était un manque de respect de se refermer sur elle-même.

— Je pensais simplement... à ce qui se passerait s'ils revenaient.

— Je suis sûr qu'à l'école, ils ont pris les mesures néces-saires pour assurer la sécurité de tout le monde, la rassura Nash.

— Oui.

— On verra bien une fois là-bas. Et tu te sentiras mieux après une douche et un bon repas.

— Comment on va faire pour rejoindre l'école ? Je ne sais même pas où on est.

— En auto-stop, répondit Nash en souriant.

Mais cela n'apaisa pas Amanda.

— Ce n'est pas... dangereux ?

— Dans des circonstances normales, si. Mais on est au Guyana, je suis armé, et on a Rain... Je pense qu'on s'en sortira.

— Quelqu'un nous prendra avec Rain ? On n'a pas vrai-ment l'air... dignes de confiance.

Nash éclata de rire.

— Tu veux dire qu'au bout de deux semaines à crapahuter dans la jungle, on ressemble à des prisonniers en cavale ?

— Oui, c'est ça.

— Fais-moi confiance, Mandy.

C'était bien le problème. Elle n'était plus la femme naïve qui était arrivée en Amérique du Sud pour enseigner aux enfants. Elle s'était retrouvée en plein cauchemar, dans une véritable lutte pour la survie. Cela faisait peut-être un mois qu'elle avait été kidnappée... Elle avait l'impression d'avoir changé du tout au tout. Elle n'était même pas sûre de pouvoir à nouveau regarder quelqu'un sans suspicion.

Ils marchaient le long du chemin, et c'était presque grisant de ne plus être dans la jungle. Certes, il y avait encore des arbres de part et d'autre, mais le simple fait de marcher sur un véritable chemin donnait un sentiment de liberté. Mais en même temps, c'était un peu étrange. Ils étaient plus exposés. Rain avait l'air d'être du même avis : il longeait le chemin en restant à couvert sous les arbres.

Amanda se surprit à craindre que le chien ne veuille pas les suivre jusqu'à l'école. Cette idée la bouleversa. Elle ne voulait pas le quitter, et passer ses journées à se demander s'il allait bien. Il était resté à leurs côtés depuis leur rencontre avec les rebelles qui patrouillaient à la frontière... mais après tout, elle ignorait s'il accepterait d'abandonner le seul foyer qu'il avait connu.

Le vrombissement d'un moteur résonna soudain. C'était tellement incongru qu'Amanda eut du mal à l'identifier. Elle avait passé des semaines à s'habituer aux sons de la jungle – la pluie, les oiseaux, les animaux. Le bruit d'un moteur lui semblait presque étranger.

Nash, de son côté, n'hésita pas une seconde. Il leva le pouce, et à sa grande surprise, un vieux pick-up gris cabossé s'arrêta. Le conducteur le dévisagea, interloqué.

— Merci de vous être arrêté, lui dit Nash. On a besoin d'un coup de pouce.

— Vous êtes Amanda Rush ? demanda l'homme avec un accent prononcé, les yeux écarquillés au point de la mettre mal à l'aise.

— Pourquoi cette question ? s'enquit Nash d'un ton beaucoup plus ferme qu'auparavant en se plaçant aussitôt devant Amanda.

Amanda sentit Rain se blottir contre elle, comme s'il était prêt à bondir pour la défendre. Elle se sentait rassurée d'être dans ce cocon protecteur, entre Nash et le chien, mais sa curiosité était piquée au vif : comment cet homme connaissait-il son nom ?

— Je sillonne cette route tous les jours en espérant vous trouver ! s'exclama le conducteur. On a reçu un message de Desmond Williams, à l'orphelinat. On nous a dit que vous étiez portée disparue, et qu'un pilote Américain aussi. On nous a demandé de rester attentifs. Et vous voilà ! C'est bien vous, pas vrai ?

— C'est moi, répondit-elle avant que Nash n'ait le temps de répondre. Merci beaucoup de nous avoir cherchés.

— Ça alors ! Je n'aurais jamais cru tomber sur vous. La jungle avale les gens et refuse de les recracher. Allez, grimpez à l'arrière, je vous ramène à l'école. On y sera en un clin d'œil.

— Mon chien peut venir aussi ? demanda Amanda.

L'homme regarda l'animal. Il eut l'air surpris, mais haussa les épaules.

— Ça ne me dérange pas.

C'était le moment de vérité. Fallait-il monter ou pas ? Elle ne se souvenait pas qu'on lui ait demandé son nom au camp. Les rebelles avaient peut-être entendu les enfants, mais ils l'appelaient tous Mandy. Cet homme disait sûrement vrai.

Elle regarda Nash pour savoir ce qu'il en pensait.

Il avait l'air méfiant, mais pas trop, ce qui était un énorme soulagement.

Il se plaça entre elle et le conducteur pour l'aider à monter à l'arrière du pick-up, puis il la rejoignit.

Rain resta sur la route, l'air confus... et inquiet. Il avait les yeux rivés sur eux, comme s'il hésitait à les suivre.

— Allez, Rain, l'encouragea Amanda en tapotant sa cuisse. Tout va bien. Tu viens avec nous. Allez, saute !

Rain jeta un dernier regard autour de lui avant de bondir. Amanda éclata de rire en tendant les bras pour attraper le chien, qui se jetait littéralement sur elle. Elle bascula en arrière avec un chien sale et puant, tandis que Nash veillait à ce qu'ils ne tombent pas du pick-up.

— Prêts ? demanda l'homme depuis la cabine.

Nash lui fit un signe de la main.

Amanda se redressa, tendue, observant attentivement la direction que prenait le pick-up. Elle était prête à sauter immédiatement s'il rebroussait chemin vers la frontière.

Mais ils filaient bien dans l'autre sens. Amanda se détendit enfin.

— On a réussi, dit-elle juste assez fort pour que Nash l'entende.

— Oui, acquiesça-t-il.

Tandis qu'ils roulaient vers l'école, où tout avait commencé, Amanda serra Rain contre elle, le menton posé sur sa tête. Elle avait des sentiments mitigés quant à ce qui l'attendait. Non pas qu'elle voulait retourner dans la jungle, mais ces deux semaines avec Nash et Rain avaient installé une routine rassurante. C'était prévisible, contrairement à l'avenir.

Comme s'il lisait dans ses pensées, Nash passa un bras autour de ses épaules. Elle se blottit contre lui et ferma les yeux. Avec cet homme à ses côtés, elle se sentait plus forte. Ce qui n'était pas raisonnable : il repartirait sûrement dès leur arrivée. Son copilote devait être inquiet, tout comme le reste de son équipe. Il avait sa propre vie, ses responsabilités.

Les choses allaient changer entre eux. Elle espérait simplement qu'il était sincère en lui disant qu'il voulait la revoir en Virginie. Il avait peut-être parlé sous le coup de l'émotion, et une fois revenu à la réalité, il regretterait d'avoir été si impulsif.

Les choses allaient changer entre eux, et elle ne pouvait qu'espérer qu'il était sincère lorsqu'il lui avait dit qu'il la reverrait à son retour en Virginie. C'était peut-être quelque chose qu'il avait dit sous le coup de l'émotion, et une fois revenu à la réalité et à sa vie, il regretterait peut-être d'avoir été si impulsif. Cela lui ferait de la peine, mais elle préférait le savoir tout de suite plutôt que d'être menée en bateau, ou qu'il sorte avec elle brièvement par sens du devoir.

Nash Chaney était un homme d'honneur. S'il disait quelque chose, il le faisait. Elle n'en doutait pas. Mais elle ne voulait pas être un boulet, une promesse à tenir.

Elle l'aimait bien. Beaucoup, même. Elle repensait sans cesse au baiser qu'ils avaient échangé. Il était intense, c'était le plus beau qu'elle avait jamais reçu. Ils n'avaient pas recommencé, mais Nash lui avait montré son affection autrement... en lui tenant la main, en lui laissant toujours le premier morceau de viande cuite, et bien sûr, en la prenant dans ses bras chaque nuit pour dormir.

Mais pour finir, elle n'y pouvait rien. Elle ne pouvait contrôler que ses propres actes. Et pour l'instant, tout ce qu'elle pouvait faire, c'était suivre le mouvement. Les choses allaient s'arranger... ou pas. Point final.

Chaque chose en son temps. Pour l'instant, elle voulait juste voir comment les choses allaient se passer une fois de retour à l'école. Elle était impatiente de revoir les enfants, de s'assurer qu'ils allaient bien.

Le pick-up ne roula pas longtemps avant de ralentir. En reconnaissant la route qui menait à l'école et à l'orphelinat, Amanda ne put s'empêcher de sourire.

Ils avaient réussi. Contre toute attente, elle était de retour là où son cauchemar avait commencé.

À mesure que le pick-up s'engageait sur le chemin cahoteux, des silhouettes commencèrent à sortir de l'école et du bâtiment voisin, où les enfants mangeaient et dormaient tous les jours.

Elle sourit de plus belle, à tel point qu'elle avait mal aux zygomatiques. Le pick-up s'arrêta, et Nash descendit aussitôt avant de lui tendre la main pour l'aider. Une fois au sol, elle vit tous *ses enfants* courir vers elle.

Elle remarqua vaguement que Rain avait aussi sauté du pick-up, mais toute son attention était portée sur les enfants. Michael ouvrait la marche avec un aussi grand sourire que le sien. Andrew, James, Natasha, Sandra... Tout le monde était là.

Elle les regarda tour à tour, et constata qu'il n'en manquait aucun.

Michael se jeta sur elle, et faillit la faire tomber. Seule la main ferme de Nash dans son dos l'en empêcha. Puis il s'écarta, et elle fut happée par une nuée d'enfants. Elle éclata de rire en les sentant s'accrocher à elle comme pour s'assurer que c'était bien réel, qu'elle était saine et sauve.

Ils parlaient tous en même temps, l'assaillaient de questions, lui racontaient leur aventure en hélicoptère. Leur joie, leur soulagement étaient contagieux, et Amanda sentit à nouveau cette étincelle s'allumer en elle. C'était sa vocation : enseigner. Former et guider les enfants pour qu'ils tirent le meilleur d'eux-mêmes. Elle n'était pas auprès d'eux depuis très longtemps, mais ils comptaient déjà énormément pour elle.

Elle fit de son mieux pour s'intéresser à chacun d'entre eux, leur dire à quel point ils avaient l'air en forme, les féliciter pour leur intelligence et leur sang-froid. Comme toujours, ils s'imprégnèrent de ses louanges.

Ils avaient des tas de questions, mais elle n'était pas encore prête à y répondre, et ne savait pas vraiment quoi dire. Elle se contentait de leur répéter qu'elle allait bien. Elle était fatiguée, sale et morte de faim, mais bien vivante.

En parcourant à nouveau les enfants du regard, Amanda

réalisa qu'il en manquait une : la petite Bibi. En cherchant autour d'elle, elle aperçut quelques adultes qui se tenaient à l'écart, observant les retrouvailles, le sourire aux lèvres. Desmond était là et souriait, lui aussi, tout comme les trois autres enseignants.

Blair était là aussi, et tenait Bibi dans ses bras. La petite fille de quatre ans n'était pas contente. Elle se tortillait pour essayer d'échapper à l'étreinte de la femme, mais la directrice ne la lâchait pas. Malgré son âge avancé, elle semblait avoir encore assez de force pour maîtriser la fillette.

Et elle ne souriait pas. Elle avait l'air... choquée. Amanda pouvait la comprendre. Après tout, ils n'avaient pu prévenir personne de leur retour. Ce qu'elle ne comprenait pas, en revanche, c'était pourquoi Blair refusait de laisser Bibi venir la saluer.

Son attention fut détournée de la directrice de l'orphelinat par Joseph, qui voulait connaître le nom du chien.

Rain se tenait un peu à l'écart, près de Nash, visiblement très inquiet face à toute cette agitation.

— Il s'appelle Rain, répondit Amanda. Il nous a trouvés dans la jungle, et il est devenu notre fidèle compagnon. Il nous a sauvé la vie plus d'une fois en nous prévenant que les méchants étaient dans les parages, et en nous poussant à changer de direction.

— Et cet homme ? demanda Natasha.

— C'est Nash, l'un des pilotes d'hélicoptère qui est venu nous sauver.

— Je suis vraiment désolé de t'avoir dit que James avait disparu, lâcha Michael d'un air triste.

Amanda le serra fort dans ses bras.

— Ce n'est pas grave. J'apprécie que tu aies veillé sur tout le monde.

— Mais tu as raté l'hélicoptère ! lança-t-il, les larmes aux yeux.

— Regarde-moi, Michael. Écoutez tous. Vous m'écoutez ?

Ils hochèrent tous leurs petites têtes en même temps.

— Je vais bien. Je m'en suis sortie, c'est ce qui compte. Je préfère de loin avoir vécu cette expérience parce que tu t'es inquiété pour ton camarade qu'avoir pris le risque d'abandonner quelqu'un. Tu as fait ce qu'il fallait, Michael. Je suis fière de toi. Je suis fière de vous tous.

— Très bien, la récréation est finie, déclara Blair. Nous sommes très heureux que Mlle Mandy soit de retour, mais il est temps de retourner en classe. Laissons-lui un peu d'air. Vous la reverrez plus tard, après les cours.

Amanda chercha Bibi du regard, et constata qu'elle avait disparu. Elle supposa qu'un autre enseignant l'avait déjà ramenée en classe. Elle était déçue. Bibi était l'une de ses préférées. Elle s'était attachée à Amanda dès son arrivée, et ne l'avait pratiquement plus quittée.

Les enfants commencèrent à regagner leurs salles de classe, mais Michael s'approcha de Nash et lui tendit la main.

— Merci d'avoir protégé Mlle Mandy et de l'avoir ramenée ici.

Nash serra solennellement la main du garçon.

— Elle m'a protégé aussi. C'était un travail d'équipe.

Michael sembla d'abord un peu surpris, puis acquiesça.

— Oui, elle est plutôt cool, lança-t-il avant de rejoindre ses camarades en courant.

Une fois les enfants partis, Blair s'approcha.

— Je suis contente que vous soyez de retour.

Amanda fut surprise par l'accueil plutôt froid de la directrice. Elles n'avaient jamais été très proches, mais elles avaient partagé de nombreuses soirées au calme, à parler des enfants, de leur projet pour les aider, et des espoirs de Blair pour l'avenir.

La directrice lui avait confié ce qui lui manquait le plus de sa vie aux États-Unis, et elle avait même avoué qu'elle envisageait d'adopter un ou deux orphelins, sans jamais préciser lesquels.

Mais la femme qui se tenait devant elle à présent n'avait rien à voir avec celle qui lui faisait des confidences nocturnes. Sa voix était neutre, et elle était presque... agacée ? Ça n'avait aucun sens.

— J'imagine que vous avez besoin de vous rafraîchir. Je ne vous retiens pas. Les autorités voudront également vous interroger sur votre expérience, et prendre votre déposition. Je vais les appeler pour les prévenir de votre retour.

Elle se tourna vers Nash.

— Votre ami sera prévenu également. Il n'est pas reparti. Il attend à la base voisine. Je suis sûre que vous voudrez le rejoindre dès que possible. Je vais vous trouver un moyen de transport.

— Merci, répondit Nash.

— Vos affaires sont dans la réserve, annonça Blair à Amanda. Je suis désolée, mais on ne savait pas si vous alliez revenir et... c'était trop dur pour tout le monde de les voir dans votre chambre, donc on les a mises ailleurs.

Amanda fut prise de court. Elle n'était pas partie *si* longtemps. Et le fait qu'ils aient supposé qu'elle ne reviendrait pas... ça lui faisait mal.

Même si sans Nash, effectivement, elle aurait sans doute connu un autre destin.

— Mandy va m'accompagner à la base, déclara Nash.

Amanda le regarda, surprise.

— Comme cette opération a été approuvée par le vice-président en personne, elle va devoir raconter sa version des faits dès que possible. Ce sera aussi moins perturbant pour les enfants. Ils ne verront pas les policiers et les militaires défiler ici pour lui poser des questions.

— Vous avez raison, c'est sans doute préférable, admit Blair avant de regarder Rain avec dégoût. Et de toute façon, ce chien ne peut pas rester. Il doit être porteur de centaines de maladies différentes. Ce n'est pas sain pour les enfants. Je suis contente que vous soyez revenue, Amanda. Venez me voir une fois rentrée de la base, on discutera de votre contrat de bénévolat, et des tâches que vous assumerez jusqu'à votre départ.

Sur ce, Blair tourna les talons et se dirigea vers l'école.

Amanda la suivit du regard, interloquée.

— Waouh, fit Nash. C'était... spécial.

Amanda acquiesça.

— Quelque chose ne va pas. Elle ne s'est jamais comportée comme ça avec moi.

— Elle est peut-être dépassée par les événements.

— Est-ce qu'il faut vraiment que je vienne avec toi pour raconter ce qui s'est passé ?

— Tu préfères rester ici ?

L'idée d'être séparée de Nash lui faisait mal au cœur. Elle s'était beaucoup habituée à sa présence. Il allait bien falloir qu'ils se quittent un jour, bien sûr, mais elle avait envie de retarder ce moment autant que possible.

— Pas vraiment. Mais je peux récupérer mes affaires d'abord ? Si elles sont déjà empaquetées, ça ne devrait pas prendre trop de temps.

— Bien sûr. Je vais m'en occuper.

Amanda baissa les yeux vers Rain, qui s'était posté près d'elle après le départ des enfants.

— Tu n'as pas des centaines de maladies, n'est-ce pas, mon grand ? murmura-t-elle.

L'idée de devoir se séparer de ce chien auquel elle s'était

attachée lui brisait le cœur. Et elle ne comprenait pas les paroles de Blair concernant son *contrat de bénévolat*. Il lui restait environ trois mois. Elle en avait déjà passé trois ici, puis un mois dans la jungle. Peut-être que Blair voulait simplement discuter de ça, et établir si ce mois dans la jungle comptait ou non.

Elle ne comprenait pas non plus cette histoire de *tâches* à assumer jusqu'à son départ. Elle était là pour enseigner. Allait-elle faire autre chose ? Si oui, pourquoi ? Que ferait-elle ici, à part passer la journée avec les enfants ?

Son esprit s'emballait. Tout lui semblait étrange, mais elle n'avait plus la force de réfléchir. Elle était morte de faim, et elle voulait surtout que Nash rejoigne son copilote. Obi-Wan devait être aussi inquiet pour Nash qu'elle l'était pour les enfants.

C'était donc une priorité. Ensuite, elle pourrait manger comme quatre et dormir trois jours de suite – après une longue douche bien chaude, évidemment. Mais avant tout, elle allait devoir raconter son enlèvement, et tout ce qu'elle avait vécu.

Les prochaines heures s'annonçaient intenses, mais Amanda décida de ne pas y penser. Une chose après l'autre, c'était tout ce qu'elle était capable de gérer. De toute façon, Nash serait là.

C'était un peu effrayant de voir à quel point elle s'était mise à compter sur lui. Ce n'était pas une mauvaise chose en soit, c'était juste... nouveau. Et elle savait qu'il lui faudrait se débarrasser de cette habitude. Bientôt, ils reprendraient chacun leur chemin.

Tandis qu'ils attendaient leur véhicule pour la base, Amanda ferma les yeux et s'appuya contre Nash. Cet homme avait été son roc. Ils s'étaient rencontrés dans d'affreuses circonstances, mais elle ne regrettait rien, parce que ça l'avait menée à lui. Pour combien de temps, elle n'en savait rien. Cependant, chaque minute passée avec lui était précieuse, car elle savait mieux que quiconque à quel point l'avenir pouvait basculer d'un instant à l'autre.

Le chemin qu'elle croyait suivre s'était déjà transformé tellement de fois ces dernières semaines et ces derniers mois que désormais, elle ignorait où elle allait, et comment y parvenir.

Tout ce qu'elle pouvait faire, c'était s'accrocher et espérer que tout s'arrangerait.

10

Dès qu'il aperçut Obi-Wan, Buck afficha un grand sourire. Son ami avait une mine affreuse, comme s'il n'avait pas dormi depuis des semaines. Ce que Buck comprenait très bien, car il n'avait pas fermé l'œil non plus.

L'homme qui les avait conduits jusqu'à la base n'avait pas dit grand-chose pendant le trajet, et en entrant sur le parking du bâtiment où ils avaient préparé le plan pour sauver Mandy et les enfants, Buck se sentit enfin soulagé.

La scène à l'orphelinat l'avait mis mal à l'aise. Il ne savait pas pourquoi exactement, mais quelque chose clochait. C'était la raison pour laquelle il avait annoncé que Mandy viendrait avec lui. Elle n'en avait certainement pas besoin, mais il se refusait à la laisser dans cet environnement un peu hostile.

Elle semblait partager son sentiment, puisqu'elle avait accepté sans hésiter. Si elle n'avait pas ressenti ce malaise, elle n'aurait jamais voulu quitter les enfants qu'elle aimait tant. Surtout ceux avec qui elle avait noué un lien encore plus fort au cours de leur séquestration.

— Buck ! s'exclama Obi-Wan avant de se jeter dans ses bras et de lui donner quelques tapes dans le dos.

Ça faisait du bien. Buck n'était pas du genre à refuser les marques d'affection. Peut-être parce qu'au sein de sa famille, ses parents s'étaient toujours embrassés et étreints ouvertement, ou parce que sa sœur n'avait jamais hésité à l'enlacer pour lui dire qu'elle l'aimait. En tout cas, il répondit à l'accueil enthousiaste de son ami.

— Tu sais que le colonel va te passer un savon pour ce petit numéro, hein ?

Buck grimaça. Oui, il s'en doutait. Les Night Stalkers n'étaient pas censés quitter leur appareil. Il avait reproduit la même erreur que Casper, et les conséquences pour ce dernier avaient été désastreuses.

— Au moins, mon hélico n'a pas explosé, répondit-il avec un petit rire.

— C'est vrai. Laryn t'en sera reconnaissante : elle a déjà assez de mal à remettre le nouvel appareil de Casper en état. Si elle en avait un deuxième à réparer en même temps, je pense qu'elle démissionnerait sur-le-champ. Je suppose que c'est Amanda Rush ?

Buck se retourna vers Mandy, qui était restée un peu en retrait pour le laisser retrouver son ami. Il lui tendit la main, et à sa grande satisfaction, elle la saisit et le laissa la tirer vers lui.

— Oui. Mandy, voici Obi-Wan, mon copilote... et l'un des meilleurs pilotes d'hélicoptère au monde.

— Obadiah Engle, se présenta son coéquipier en lui tendant la main.

Mandy la serra en esquissant un léger sourire.

— Je crois que je comprends pourquoi on vous appelle Obi-Wan.

— Oui, parce que je pilote mes hélicoptères comme des chasseurs stellaires, plaisanta-t-il en lui rendant son sourire.

— Il adore *Star Wars*, donc ça joue certainement. Mais apparemment, quand il s'est présenté au centre de recrutement, l'officier a buté sur son prénom. Il a dit : *Obi-quoi ?* D'autres gars qui s'engageaient en même temps ont cru entendre Obi-Wan. Deux d'entre eux se sont retrouvés dans son peloton d'entraînement, et ils l'ont présenté à tout le monde sous ce surnom.

— C'est resté, confirma Obi-Wan, toujours avec un grand sourire.

Puis son sourire s'estompa.

— Vous allez bien ? J'ai fait de mon mieux pour convaincre le colonel de m'autoriser à survoler la zone avec la caméra thermique, mais apparemment, notre premier vol a déjà froissé pas mal de monde au Venezuela. On nous a prévenu que si un autre hélicoptère entrait dans l'espace aérien sans autorisation, ce serait considéré comme un acte de guerre.

— Merde..., grommela Buck.

— Oui... mais je n'allais pas partir sans toi. Je savais que tu t'en sortirais dans cette jungle, il fallait juste te laisser un peu de temps. Je suis sûr que le colonel Burgess appréciera que tu ne te sois pas fait capturer, et que tu ne lui aies pas infligé une tonne de paperasse pour te rapatrier.

Son ami plaisantait, mais son inquiétude était palpable. Il lui tapota l'épaule.

— Je suis désolé, dit-il à voix basse. Désolé de t'avoir laissé gérer tout ça.

Obi-Wan haussa les épaules.

— Pas de souci.

— Et je suis désolée d'avoir forcé Nash à quitter son poste, ajouta Mandy.

— J'ai entendu ce qui vous a poussé à repartir. Sur le moment, j'étais furieux, et je ne comprenais pas ce qui vous était passé par la tête. Mais après avoir appris toute l'histoire, j'ai compris.

— J'ai mis Nash en danger. J'ai mis *tout le monde* en danger.

Obi-Wan haussa les épaules.

— Maintenant, vous êtes là, saine et sauve. C'est tout ce qui compte. Parfois, le chemin est semé d'embûches, mais l'important, c'est d'arriver au bout. Et vous l'avez fait.

Buck appréciait la délicatesse de son ami, qui évitait d'en rajouter et d'alourdir le sentiment de culpabilité de Mandy.

— Bon, j'imagine que vous rêvez d'une douche et d'un bon repas, reprit Obi-Wan. Buck, tu as toujours la même chambre. Amanda, on a une couchette pour vous dans le même couloir. On se retrouve au réfectoire dans une heure ? Ça vous laisse le temps de vous débarrassez de l'odeur de la jungle, je la sens d'ici...

À ces mots, il leur lança un clin d'œil.

— Parfait.

— Et il doit bien y avoir un feu quelque part pour brûler vos fringues. À ce stade, elles doivent tenir debout toutes seules.

Au grand soulagement de Buck, Mandy pouffa de rire.

— Viens, lui dit Buck. Apparemment, Obi-Wan se lance dans le stand-up. Ne quitte pas ton vrai boulot, mon pote. Nous, on a rendez-vous avec une douche bien chaude.

Buck tenait toujours la main de Mandy, et il se fichait pas mal de ce que les autres pouvaient penser. Après ce qu'ils avaient traversé ensemble, il voulait qu'elle sache qu'il était sérieux en lui disant qu'il comptait la revoir en Virginie.

De plus, l'idée d'être séparé d'elle lui semblait... insupportable. Ces derniers jours, ils avaient passé chaque minute ensemble, sauf quand il vérifiait ses pièges.

— Oh, c'est un chien ? s'étonna Obi-Wan. On dirait un croisement entre un loup et un paresseux.

Buck réalisa qu'il avait complètement oublié Rain. Il était tellement absorbé par ses retrouvailles avec Obi-Wan qu'il était descendu du véhicule sans même penser au pauvre animal.

Rain attendait au milieu du parking, l'air un peu perdu, assis près d'une des valises de Mandy qu'ils avaient récupérées à l'orphelinat.

Mandy lâcha la main de Buck et s'accroupit.

— Viens ici, Rain.

Le chien s'approcha immédiatement en trottinant, et se laissa caresser.

— C'est Rain, annonça Buck à son copilote. Il nous a trouvés quand on était dans la jungle, en quelque sorte. Il a jugé qu'on valait mieux que les enfoirés de rebelles qui le maltraitaient. Et les olives qu'on lui donnait l'ont conforté dans ce sens.

— On ne peut pas le laisser dehors, déclara Mandy d'un ton inquiet. Il ne comprendrait pas. Il risque de se sentir rejeté, et de partir...

— On ne va pas le laisser ici, bien sûr. Il va venir avec nous. Ça ne posera pas de problème, hein ? lança Buck à son ami en haussant un sourcil pour appuyer sa demande.

Obi-Wan secoua immédiatement la tête.

— Vous faites sensation ici, Amanda. Surtout depuis que tout le monde a appris ce que vous avez fait en croyant qu'un enfant avait disparu. Même si vous vouliez accueillir King Kong dans votre dortoir, je suis sûr que personne n'y verrait rien à redire.

Buck vit les épaules de Mandy se relâcher quand elle apprit qu'elle pouvait garder le chien – qui avait joué un rôle si important dans leur épreuve – avec elle.

— Tu sais, Rain nous a sauvé la vie, précisa-t-il à son ami. Il nous a empêchés de retomber entre les mains des rebelles. Il s'est mis à faire un tel cirque qu'on a changé de direction.

Obi-Wan haussa les sourcils.

— C'est vrai, insista Buck. On se dirigeait tout droit vers deux rebelles qui patrouillaient à la frontière, au cas où leurs soupçons étaient fondés, et que quelqu'un n'était pas monté à bord de l'hélicoptère. Rain a piqué une crise et nous a poussés à changer de direction. Il savait qu'ils étaient là, et s'il n'avait pas insisté pour qu'on fasse demi-tour, on se serait retrouvés nez-à-nez avec eux.

— Hmm. Raison de plus pour qu'il reste avec vous. Je vais raconter l'histoire à tout le monde, ça évitera les problèmes. Mais... ça me fait mal de poser cette question... que va-t-il devenir quand on partira ? Amanda, vous pourrez le garder à l'orphelinat ?

— J'aimerais bien, mais je ne pense pas que Blair sera d'accord. Je ne sais pas encore ce que je vais faire. J'espère pouvoir le ramener avec moi aux États-Unis. Je vais devoir trouver un vétérinaire, obtenir des autorisations, et il y a sûrement d'autres démarches.

— C'est un sacré veinard, répondit Obi-Wan avec un léger sourire. Je vais voir ce que je peux faire. Il doit bien y avoir un vétérinaire dans le coin, ou quelqu'un pour l'accueillir d'ici votre départ...

— Oh, merci beaucoup ! s'exclama Mandy.

— Mon meilleur ami est devant moi, le sourire aux lèvres, et il n'a pas l'air d'avoir souffert de son séjour dans la jungle, au contraire... il a l'air plus heureux que jamais. Donc c'est la moindre des choses. On se retrouve au réfectoire dans une heure.

Obi-Wan leur adressa un petit signe de tête avant de s'éloigner vers le bâtiment principal. Buck, Mandy et Rain prirent la direction opposée, vers un petit immeuble de deux étages destiné à l'hébergement en cas de besoin. Buck tenait toujours la main de Mandy, et portait sa valise de l'autre.

— Tu crois que ça pose problème qu'il vienne avec nous ? demanda Mandy. Il va s'y faire ?

— Je pense qu'il ira où tu iras, la rassura Buck.

Effectivement, dès que Buck ouvrit la porte du bâtiment, Rain se précipita à l'intérieur comme s'il avait toujours vécu là. Il les suivit jusqu'à l'escalier qui menait à l'étage.

— Je ne sais pas où Obi-Wan t'a casée, mais si tu veux, tu peux déjà prendre une douche dans ma chambre. Prends ton temps, je resterai dehors.

— Merci. J'avoue que l'idée qu'on parte chacun de notre côté ne me plaisait pas vraiment. Je ne devrais sûrement pas te le dire, ça risque de te faire peur, ajouta-t-elle en rougissant.

— Ne t'inquiète pas, la rassura Buck. Je ressens exactement la même chose.

Il était soulagé qu'elle partage ses sentiments. Il ne savait pas comment se résoudre à repartir en Virginie en la laissant au Guyana, mais il verrait cela en temps voulu.

Il la conduisit dans la chambre où il avait séjourné avant de partir en mission, qui était exactement comme il l'avait laissée. Il posa la valise sur le lit, puis se tourna vers Mandy.

En regardant la femme qui se tenait timidement au milieu de sa chambre, avec le chien hirsute collé à sa jambe, il eut le sentiment que son avenir était là, devant lui. À trente-sept ans, il n'avait jamais rencontré une femme dont il ne pouvait pas se passer. Il se promit de ne pas tout gâcher, alors qu'un sentiment de justesse l'envahissait.

— Tu... tu veux bien m'aider avec Rain ?

— Bien sûr.

Buck ne savait pas ce dont elle avait besoin, mais il était prêt à tout pour lui rendre service.

— J'aimerais le débarrasser de toute cette boue et cette saleté, mais je ne sais pas comment il va réagir, dit-elle en regardant le chien avec inquiétude.

— Je ne suis pas toiletteur, mais à mon avis, il va falloir lui couper un peu les poils pour enlever les nœuds... Je vais chercher une paire de ciseaux. En attendant, prépare la salle de bain. Il doit rester une serviette, et il y a du savon. Je vais essayer de dégoter autre chose.

Mandy hocha la tête.

Buck n'était pas du tout surpris que Mandy pense d'abord à s'occuper du chien. C'était sa personnalité, tout simplement : gentille et généreuse, jusqu'au bout. C'était sûrement pour cela qu'elle était si bonne enseignante, et que les enfants de l'orphelinat étaient attachés à elle.

Il quitta la pièce et revint quelques minutes plus tard. Si nécessaire, il aurait pu utiliser son KA-BAR pour couper les poils emmêlés du chien, mais par chance, il tomba sur un officier guyanais qui sortait de l'une des chambres avec une paire de ciseaux. Sans hésiter, ce dernier lui fournit aussi une pile de serviettes.

Lorsque Buck revint dans la chambre, il entendit Mandy parler doucement et calmement à Rain. Elle lui disait combien il se sentirait mieux une fois propre. Qu'il se sentirait comme un chien tout neuf. Buck poussa la porte de la salle de bain... et sourit devant le spectacle qui s'offrait à lui.

Mandy était assise par terre, avec Rain entre les jambes. Elle le caressait, et tous deux semblaient apprécier ce moment rien qu'à eux.

— J'ai ce qu'il faut, annonça Buck en se sentant presque de trop.

Comme s'il avait exactement compris ce que Buck ressentait, Rain se leva et vint se blottir contre sa jambe. Buck se baissa et caressa vigoureusement le chien.

— Tu ne vas pas nous mordre, hein, mon pote ? Enfin... quand on va te mettre sous la douche et te débarrasser de toute cette crasse...

— Bien sûr que non, répondit Mandy en se levant et en riant. Il est trop gentil pour faire une chose pareille.

Buck n'en était pas si sûr. Il était presque certain que le chien n'avait jamais mis la patte dans une douche auparavant.

— Comment on s'y prend ? demanda-t-il.

— Pour le laver ? On va dans la douche avec lui et on ouvre le robinet, répondit-elle, comme si c'était une évidence.

— Si je peux me permettre, la cabine n'est pas si grande. Je ne suis pas sûr qu'il y ait assez de place pour nous trois.

Mandy se contenta de hausser les épaules.

— On va improviser. Je vais m'assoir avec Rain, et toi, tu t'occuperas du jet d'eau.

Heureusement, la cabine était équipée d'une pomme de douche amovible, reliée à un long tuyau.

Mandy retira ses chaussures, entra dans la douche tout habillée, puis ouvrit le robinet. Quand l'eau froide la frappa, elle poussa un cri aigu, puis éclata de rire.

Buck ne put s'empêcher de sourire. Si un mois plus tôt, quelqu'un lui avait dit qu'il se retrouverait ici, à prendre plaisir à regarder une femme dans sa douche, vêtue d'un short sale et d'un T-shirt crasseux, en compagnie d'un chien errant couvert de boue, et qu'il s'apprêtait à la rejoindre avec sa combinaison de vol dans le même état, il lui aurait ri au nez. Et pourtant, c'était le cas. Et il savourait chaque seconde.

— Ça y est, l'eau est chaude, dit Mandy. Fais-le entrer.

Buck poussa le chien soudain hésitant dans la petite cabine, puis entra à son tour avant de refermer la porte. Il avait raison, l'espace était très restreint. Mandy s'assit sur le carrelage et prit Rain dans ses bras.

— Tout va bien. Je sais que ça te fait peur, mais tu t'en sors très bien. Je te promets que ça va te faire du bien. Fais-nous confiance, mon grand.

La toilette de Rain prit bien plus de temps que Buck ne l'aurait cru, mais à la fin, il se sentait plus proche de Mandy que jamais. Prendre soin d'un autre être vivant avec elle avait quelque chose... d'intime. Ensemble, ils rassurèrent le chien, et coupèrent les nœuds trop tenaces. La quantité de saleté qui s'écoula dans le siphon était impressionnante.

Une fois sa toilette terminée, Rain avait l'air complètement différent. Son pelage n'était pas couleur chocolat comme Buck le croyait, mais d'un beau marron clair.

Comme ils avaient dû couper beaucoup de poils, ceux qui restaient partaient dans tous les sens... un peu comme les cheveux de Mandy. À vrai dire, à cet instant, ils se ressemblaient beaucoup, ce qui fit rire Buck. Il dut expliquer à Mandy pourquoi il riait. À son grand soulagement, elle rit aussi, et ne fut pas vexée par la comparaison.

Quand ils ouvrirent enfin la porte, Rain bondit dehors, manifestement soulagé que son calvaire soit terminé. Il s'ébroua vigoureusement, projetant des gouttelettes d'eau dans la petite salle de bains. Mandy ricana, et une fois de plus, Buck se sentit transporté dans un monde parallèle : une femme qui riait, une pièce qui sentait le chien mouillé, de l'eau partout... et lui, encore habillé, debout dans sa propre douche.

— Je vais le sécher et te laisser prendre une douche, dit-il à Mandy en sortant de la cabine.

Sans hésiter, il saisit la fermeture de sa combinaison de vol et s'en débarrassa rapidement, la laissant en boule sur le carrelage. Il garda le dos tourné pour ne pas embarrasser Mandy – étant donné l'érection plus qu'évidente sous son boxer. Il retira son débardeur sale, prit quelques serviettes dans la pile, puis ouvrit la porte.

Rain sortit aussitôt de la pièce, suivi de Buck.

Dès que la porte se referma derrière lui, il poussa un long

soupir. Il avait très chaud, même en sous-vêtements. La présence de Mandy lui faisait ressentir toutes sortes d'émotions qu'il n'avait jamais éprouvées auparavant. Aucune n'était négative, mais elles étaient toutes très fortes. Car Buck savait sans l'ombre d'un doute que sa vie avait changé à jamais, et tout cela à cause de la femme qui se trouvait de l'autre côté de la porte.

— Viens ici, Rain. Je vais te sécher et te mettre à l'aise. Je te promets de me dépêcher de prendre ma douche pour qu'on puisse te trouver à manger. Quelque chose de mieux que de l'écureuil et des olives. Il va aussi falloir te trouver une laisse et un collier. Quelqu'un va sûrement protester si tu te promènes sans. Mais ce n'est pas si terrible. Tu verras.

À son tour, il s'était mis à parler au chien comme s'il pouvait le comprendre. À vrai dire, avec la manière qu'avait Rain de le regarder droit dans les yeux, Buck avait l'impression que c'était le cas.

Le bruit de la douche derrière la porte qu'il venait de fermer suffisait à faire frémir son sexe. Savoir Mandy de l'autre côté était une torture... L'imaginer en train de se déshabiller, et de laisser l'eau couler sur sa peau tandis qu'elle passait un gant de toilette sur son corps... Mais c'était aussi une source de satisfaction : il avait pu lui offrir ce dont elle avait besoin pour se sentir propre à nouveau.

Buck ne s'était jamais vraiment considéré comme un protecteur au sens strict du terme. Pourtant, il ne pouvait nier l'immense sentiment de fierté qui l'envahissait.

Après avoir séché Rain du mieux qu'il pouvait, il resta debout au milieu de la petite chambre, les yeux fermés, et respira lentement en attendant de pouvoir prendre une douche à son tour.

Ils n'étaient plus poursuivis par qui que ce soit. Ils n'avaient pas à craindre de se faire mordre par une araignée, ou d'être piqués par des insectes au milieu de la nuit. Et bientôt, ils auraient le ventre plein. Les choses avaient bien mieux tourné qu'il ne l'aurait cru...

Alors pourquoi, au fond de lui, ce léger sentiment de malaise persistait ? C'était vraiment déroutant.

Là avec... vous... Amanda...

plaine par des insectes au milieu de la nuit. Et bientôt ils
avaient le genre plan. Les deux avaient plan apoli, longue
qu'il ne l'aurait cru.

— Alors pourquoi, au-delà de lui, se figer sûrement de
finistère passant ? C'était sans derogram...

11

Amanda aurait aimé ne jamais sortir de la douche. C'était littéralement la meilleure douche de sa vie. Elle s'était savonnée trois fois, avait lavé ses cheveux deux fois – rapidement. Elle prenait quelques minutes supplémentaires pour rester sous l'eau chaude, les yeux fermés, et savourer de ne plus devoir être sur ses gardes. Elle était en sécurité. Nash l'attendait dans l'autre pièce, et veillait à ce que personne ne vienne l'interrompre. Rain était hors de danger, et propre.

Le sourire aux lèvres, elle ouvrit les yeux, et ferma le robinet. Nash devait prendre sa douche aussi, et elle ne voulait pas le faire attendre plus longtemps. Elle s'essuya, se sentant beaucoup plus légère, et heureuse de ne plus être recouverte de crasse. Cette sensation fut décuplée lorsqu'elle put enfiler une culotte, un short et un T-shirt propres.

Elle avait l'impression d'être une tout autre personne qu'un mois plus tôt, quand elle était en train d'enseigner en toute innocence avant d'être kidnappée.

Elle ouvrit la porte de la salle de bain en s'attendant à voir Nash piaffer d'impatience. Mais elle aurait dû s'en douter : il se fichait pas mal du temps qu'elle passait sous la douche. En fait, il ne l'attendait pas du tout. Il était allongé sur le lit une place avec Rain contre lui, la tête du petit chien posée sur sa poitrine.

Tous deux dormaient à poings fermés.

Amanda ne voulait pas jouer les voyeuses, mais elle était incapable de quitter des yeux l'homme avec qui elle avait passé les deux dernières semaines. La barbe soigneusement taillée qu'il arborait quand ils s'étaient rencontrés avait poussé ; elle était plus longue et broussailleuse. Il avait les cheveux en bataille, de la crasse sur le visage, et ne portait rien d'autre qu'un boxer moulant. Apparemment, c'était ce qu'il portait toujours sous sa combinaison de vol.

Amanda se sentait coupable de ne pas avoir immédiatement détourné le regard, ou de ne pas l'avoir réveillé, mais elle ne pouvait s'empêcher de le contempler. Il lui avait dit qu'il ne mesurait qu'un mètre soixante-quinze, ce qui n'était en moyenne pas très grand pour un homme, mais selon lui, c'était la taille idéale pour un pilote : il pouvait se glisser dans les cockpits les plus étroits tout en restant mobile. Et son corps était parfaitement proportionné.

Malgré sa taille moyenne, elle avait remarqué dans ce ruisseau de la forêt tropicale qu'il était généreusement doté au niveau de l'entrejambe.

Même endormi, il en imposait. Et maintenant qu'elle était en sécurité, Amanda se permit de ressentir certaines choses qu'elle avait refoulées pendant leur périple dans la jungle, quand elle craignait d'être pourchassée.

Elle était fortement attirée par cet homme ; et pas seulement physiquement. Il était magnifique, cela ne faisait aucun doute, mais c'était plus que cela. C'était aussi sa façon de parler à Rain, le fait qu'il n'hésite pas à donner une partie de leurs précieuses provisions au chien errant, sa manière de prendre soin d'elle et de la protéger du moindre danger. Son sens de l'humour, son affection manifeste pour sa famille et ses amis, son optimisme. Elle ne comprenait pas pourquoi aucune femme ne se l'était déjà accaparé.

Comme s'il avait senti son regard, Nash ouvrit brusquement les yeux, et la surprit en train de le fixer des yeux. Amanda rougit aussitôt, feignant d'émerger tout juste de la salle de bain.

— C'est ton tour, lança-t-elle en désignant la pièce derrière elle. J'ai fait en sorte de ne pas utiliser toute l'eau chaude.

Il esquissa un sourire, comme s'il savait très bien qu'elle l'avait reluqué. Il ne chercha pas à se couvrir. Pourquoi l'aurait-il fait ? Il devait savoir à quel point il était séduisant. Il hocha simplement la tête et balança ses jambes du matelas.

— Désolé, je me suis endormi. Je voulais juste m'allonger un moment, et Rain m'a rejoint. L'instant d'après, je rêvais d'une montagne de frites et d'un énorme steak.

Amanda sourit.

— Oh, ça a l'air paradisiaque.

— Je comptais préparer une couchette par terre pour Rain, mais il en a décidé autrement, dit-il d'une voix enjouée.

— Il n'est pas idiot. Il a peut-être passé sa vie dehors, mais qui peut résister au confort d'un matelas, aux couvertures douillettes, et à la chaleur d'un être humain contre qui se blottir ? répondit Amanda.

Elle réalisa immédiatement qu'elle parlait autant d'elle-même que du chien. Soudain, une pensée lui traversa l'esprit : pour la première fois depuis leur rencontre, elle ne dormirait pas dans les bras de Nash. Elle était heureuse d'être saine et sauve, d'avoir survécu à la jungle, mais beaucoup moins à l'idée de passer la nuit seule. Avant, ça ne l'avait jamais dérangée, mais maintenant, c'était différent. Après tout ce qu'elle avait vécu, la solitude lui faisait peur.

— Je ne serai pas long, déclara Nash. Ensuite, on ira manger quelque chose. Tu crois que ça ira pour Rain jusqu'à notre retour ? On va sûrement lui apporter quelque chose de plus appétissant que des olives en conserve.

— Je ne sais pas, répondit Amanda. Il adorait ces olives. Et je suis sûre que ça va aller. On dirait qu'il pourrait rester des heures sur ce lit. Mais... il a le droit ?

— Je te garantis que personne ne le chassera une fois qu'ils sauront ce qu'il a fait là-bas. Donne-moi cinq minutes, je reviens.

Dès que Nash disparut dans la salle de bain, Amanda s'assit sur le lit, et sentit la chaleur de ses cuisses sur le matelas. Rain se réveilla – s'il avait vraiment dormi – et se blottit contre elle. Elle le caressa distraitement, le regard dans le vide, aux prises avec ses sentiments pour Nash.

Elle s'exposait à une nouvelle déception amoureuse, mais elle ne pouvait s'empêcher d'imaginer un avenir avec lui. Il semblait l'apprécier, et lui avait proposé une sortie à son retour en Virginie... mais ils n'étaient plus isolés dans la jungle. Elle avait l'intuition que les choses changeraient quand il retrouverait sa vie normale et ses amis.

Elle se souvint de Sandra Bullock dans le film *Speed*, qui disait qu'une relation qui débutait dans des circonstances extrêmes ne durait jamais.

Mais bon sang, elle avait plus qu'envie de mettre cette théorie à l'épreuve.

Manifestement, elle était restée perdue dans ses pensées plus longtemps qu'elle ne l'aurait cru, car Nash sortait déjà de la salle de bain. Sans surprise, elle le trouva encore plus attirant. Il sentait bon le frais, et sa barbe était soigneusement taillée. Son pantalon cargo épousait ses cuisses musclées, et son T-shirt vert olive moulait ses larges épaules.

— Prête ? J'ai une faim de loup. Au sens figuré, bien sûr, ajouta-t-il en souriant.

En voyant son sourire, Amanda eut encore plus envie de lui, ce qu'elle n'aurait pas cru possible.

— Prête ! répondit-elle aussi joyeusement qu'elle pouvait.

Elle refusait de s'attarder sur autre chose que l'instant présent. Ce qui devait arriver arriverait. Si Nash décidait qu'il préférait une relation amicale, elle allait devoir s'y faire. Pour l'heure, elle n'avait qu'une envie : se remplir le ventre.

Elle prit le temps de dire à Rain d'être sage, lui promit de revenir avec une énorme assiette pour lui, puis elle suivit Nash jusqu'à la petite cafétéria. À cette heure avancée de l'après-midi, l'endroit était presque désert, mais ils purent chacun se servir une grande assiette bien garnie.

Ils mangèrent rapidement, sans beaucoup parler, trop occupés à calmer leur faim. Ils avaient presque fini quand Obi-Wan fit son apparition.

— Où est passé ton sens du timing ? plaisanta Nash. Je suis sûr de ne pas avoir cassé ma montre dans la jungle. Tu es en retard.

Mais Obi-Wan ne rit pas. Il n'esquissa même pas un sourire.

Amanda se crispa. Cela ne présageait rien de bon.

— Le colonel a reçu un appel de Blair Gaffney, la directrice de l'école. Elle veut parler à Amanda dès qu'elle sera de retour.

Il lui lança un regard, l'air compatissant.

— Elle a dit que ta présence là-bas la mettait mal à l'aise, poursuivit-il. Elle a peur que les rebelles viennent se venger.

Amanda fronça les sourcils, et sentit le repas qu'elle venait de prendre se transformer en bloc de béton dans son ventre.

— Mais ce qui compte pour eux, ce sont les enfants, n'est-ce pas ?

Obi-wan hocha la tête.

— C'est ce qu'on supposait aussi.

— Il y avait d'autres enseignantes là-bas, et ils ne les ont pas emmenées, protesta Amanda, sans vraiment savoir pourquoi elle discutait. Franchement, si je m'étais précipitée vers l'autre porte comme elles, ils ne m'auraient sans doute pas emmenée non plus.

— Apparemment, Blair pense qu'ils pourraient mal réagir en apprenant que vous leur avez échappé dans la jungle. Ils considèrent cette zone comme leur territoire. Elle craint qu'ils veuillent marquer le coup. Elle préfère que tu ne finisses pas ton contrat.

Amanda ne fut pas vraiment surprise. Blair lui avait déjà dit qu'elle voulait parler de son contrat à son retour.

Elle avait des sentiments très mitigés. Les enfants allaient lui manquer terriblement... mais honnêtement, l'idée de rester dans l'école où elle avait été enlevée, là où avait commencé son terrible calvaire, ne l'enchantait guère.

— D'accord. Que va-t-il se passer maintenant ?

— Tu dois faire ta déposition auprès du colonel Khan, expliqua Obi-Wan. Donne-lui un maximum de détails sur ce qui a été dit, sur les hommes qui vous ont enlevée. Ensuite, on te ramènera à l'orphelinat pour que tu puisses parler avec Blair et récupérer tes affaires.

— J'imagine qu'il va falloir que je prenne un billet d'avion, et que je rejoigne l'aéroport près de la capitale.

— J'en ai déjà parlé à notre colonel... Il a donné son accord pour que tu rentres avec nous.

Amanda regarda fixement Obi-Wan.

— Comment ça ?

— Étant donné que l'opération de sauvetage a été lancée officiellement pour toi, la raison même de notre présence ici, tu es autorisée à repartir avec nous, précisa Obi-Wan.

Tout s'enchaînait beaucoup trop vite. Amanda avait la tête qui tournait. S'était-elle vraiment réveillée dans la jungle le matin même ?

— Oh, mais... je n'ai pas eu le temps de m'assurer que Rain

serait pris en charge, d'aller voir un vétérinaire, d'obtenir les papiers nécessaires pour le ramener aux États-Unis !

Obi-Wan acquiesça d'un signe de tête et leva une main pour la rassurer.

— J'espère que tu ne m'en voudras pas, mais j'ai déjà pris les devants. Dès que j'ai appris que Blair voulait que tu partes – quelle vieille peau ingrate – j'ai eu le sentiment que le chien serait ta première préoccupation... et les enfants aussi. Le colonel Khan a accepté de poster certains de ses soldats à l'école, en plus de la sécurité renforcée mise en place par Blair, pour s'assurer que les rebelles ne tentent pas d'enlever les enfants une deuxième fois.

Les yeux d'Amanda s'embuèrent. Elle ne savait même pas pourquoi ça la touchait à ce point. Peut-être parce que tout changeait à une vitesse vertigineuse. Ou parce qu'elle pensait avoir encore quelques mois pour réfléchir à son avenir avant de rentrer aux États-Unis.

Jusque-là, Nash n'avait pas dit grand-chose, mais sa main reposait sur le genou d'Amanda, lui apportant son soutien sans un mot. Sa présence la réconfortait et lui donnait de la force alors que sa vie était en train de basculer.

— Tu peux nous laisser quelques minutes ? demanda Nash à son ami.

— Bien sûr. Si vous avez fini, je vais débarrasser vos plateaux. Je vous rejoins plus tard devant le bureau du colonel. Je vais voir ce que je peux faire pour accélérer la procédure concernant Rain, et obtenir les documents nécessaires.

— Tu peux vraiment faire ça ? s'enquit Amanda malgré elle.

— J'ai l'air de plaisanter ? répliqua Obi-Wan avec un sourire arrogant avant de s'éloigner avec les plateaux vides.

— Tu peux nous préparer une barquette à emporter pour Rain ? demanda Nash.

Sans se retourner, Obi-Wan inclina le menton en guise de réponse, puis s'éclipsa.

Nash se tourna vers Amanda et lui prit les mains.

— Dis-moi tout, Rebel. Tu paniques ? Qu'est-ce que je peux faire pour toi ?

— C'est juste que... ce matin encore, on était dans la jungle, souligna-t-elle pour exprimer le fond de sa pensée.

— Oui, c'est vrai. Effectivement, ça semble un peu irréel. Avec tout ce que je viens d'engloutir, quelque chose me dit que je vais avoir mal au ventre. Comment tu te sens à l'idée que ton séjour ici soit écourté ? On devrait se battre contre ça ? Tu es bénévole, tu n'as pas vraiment de contrat, rien de contraignant légalement... mais je suis sûr qu'on peut faire quelque chose pour que Blair reconsidère sa décision.

Amanda fut touchée par le fait qu'il s'inclue dans cette affaire. Elle avait toujours dû se débrouiller seule, sans alternative, et cela faisait un bien fou de ne pas se sentir isolée.

— Honnêtement ? Je pense que je suis prête à partir. Les enfants vont me manquer terriblement. J'ai même pensé à en adopter un ou deux. Ça peut paraitre fou, étant donné que je n'aurai pas de travail aux États-Unis, et que je suis célibataire. Mais avec un peu de chance, le temps que les formalités administratives soient réglées, j'aurai trouvé un emploi.

— Ce n'est pas fou. Je n'ai aucun mal à l'imaginer.

— Je me suis vraiment attachée à Bibi. Elle n'a que quatre ans, et sa vie est déjà tellement difficile. J'avais envie de l'emmener avec moi, de lui montrer que le monde n'est pas aussi horrible qu'elle doit le penser après avoir perdu ses parents et atterri à l'orphelinat. Et peut-être aussi Michael. Il est plus grand, donc les chances d'adoption sont plus minces. Mais il est brillant, et adorable.

— Ce n'est pas parce que tu pars que tu ne peux pas les adopter, souligna doucement Nash.

Il avait raison. Pour une raison quelconque, Amanda pensait qu'elle perdrait sa capacité d'adoption en même temps que son poste de bénévole. Mais c'était faux. Ce serait sûrement plus compliqué à distance, mais Blair et Desmond seraient peut-être rassurés de connaître la personne qui allait accueillir les enfants.

— Oui. Je vais y réfléchir, mais tu as raison.

— Et Rain... Si Obi-Wan n'obtient pas les autorisations nécessaires pour le ramener tout de suite, ça te va si on le laisse ici ? On trouvera quelqu'un de confiance pour s'occuper de lui.

— Est-ce que j'ai vraiment le choix ? On ne peut pas le faire passer clandestinement à la frontière.

Nash haussa un sourcil.

— On peut faire ça ?

Il rit légèrement.

— Ce ne serait pas très malin, mais si c'est la seule condition pour éviter que tu sois effondrée, que tu sombres dans la dépression, et que tu finisses en ermite dans ton appartement, j'en suis capable.

Amanda se surprit à rire alors qu'elle était au bord des larmes quelques minutes auparavant. Cet homme avait le don de lui montrer le bon côté des choses.

— J'ai vraiment, vraiment envie de l'emmener avec nous. Je pense qu'il serait perdu et terrifié si on le laissait ici. Mais je comprends que ce ne soit pas forcément possible, alors tant qu'on le confie à quelqu'un qui prendra soin de lui, je m'en remettrai.

— Très bien. Et enfin... tu es d'accord pour repartir avec nous ? Le voyage va être long, et en hélicoptère, ce n'est franchement pas le plus confortable. On a un réservoir supplémentaire, et si besoin, on peut ravitailler en vol. Mais encore une fois... ce n'est pas le moyen de transport le plus agréable.

— Ça me va très bien, le rassura Amanda. Elle aurait voulu

lui avouer qu'elle se sentait plus à l'aise avec lui et Obi-Wan que toute seule, mais elle jugea suffisant de lui dire qu'elle n'avait rien contre le vol en hélicoptère.

— Parfait. Allons donner à manger à Rain. Ensuite, on ira voir le colonel Khan. Tu lui raconteras ton histoire, puis on retournera à l'école pour que tu puisses discuter avec Blair et dire au revoir aux enfants.

— J'imagine que si elle a emballé mes affaires, ce n'était pas seulement pour éviter aux enfants de garder de mauvais souvenirs, hein ? avança Amanda.

— On dirait bien.

— Je n'arrive pas à y croire. Je pensais vraiment que Blair était en train de devenir une amie. Je sais qu'elle a plus de soixante-dix ans et que je n'ai même pas trente ans, mais je croyais qu'on s'entendait bien. Apparemment, je me suis trompée. Je suis prête. Allons-y.

— Si tu as besoin de faire une pause, n'hésite pas à le dire. Le colonel peut paraître un peu bourru, mais c'est quelqu'un de juste, et un bon chef.

— D'accord.

Nash se pencha vers elle et posa son front contre le sien.

— Je suis fier de toi, Mandy. Ça n'a pas été facile, mais tu t'en es sortie à merveille. Encore un petit effort, et tu seras de retour chez toi, saine et sauve. Toute cette histoire ne sera plus qu'un souvenir.

— Tout ? s'écria-t-elle.

Elle rougit aussitôt en réalisant à quel point elle semblait désespérée.

Nash se recula et glissa un doigt sous son menton pour l'obliger à le regarder dans les yeux.

— Pas tout. Au cas où tu te poserais la question, je n'ai pas changé d'avis, je veux toujours sortir avec toi quand on sera rentrés en Virginie.

Un immense soulagement fit presque tourner la tête d'Amanda.

— Moi aussi, répondit-elle timidement.

Il lui sourit.

— Tant mieux. J'avais peur que tu changes d'avis, maintenant qu'on est sortis de la jungle, et que tu ne dépends plus autant de moi.

Il avait peur *qu'elle* change d'avis ? Certainement pas. Mais elle devait admettre que cela la réconfortait qu'il ne soit pas aussi sûr de ce qui se passait entre eux qu'il le laissait parfois paraître.

— Pas question, le rassura-t-elle.

En guise de réponse, il se pencha vers elle et l'embrassa brièvement. Il lui effleura simplement les lèvres, mais ce petit geste balaya une grande partie de ses doutes. Il ne regrettait pas ses paroles. Il ne prenait pas de distance. Au contraire, il avait l'air de vouloir se rapprocher d'elle encore plus. Et Amanda n'y voyait aucun inconvénient.

— Allez, on y va. Avec un peu de chance, après ton entretien avec le colonel, Obi-Wan aura des nouvelles à propos de Rain.

— Tu resteras avec moi pendant que je parle avec lui ?

— Tu veux que je reste ?

— Oui.

— Alors je resterai.

— Merci.

Amanda n'aimait pas se sentir aussi dépendante. Ça la déstabilisait. Mais pour une raison qu'elle ignorait, au lieu de se sentir en totale sécurité comme à son arrivée à la base, elle avait maintenant l'impression qu'un nuage noir planait au-dessus de sa tête.

En sortant du réfectoire aux côtés de Nash, main dans la main, elle avait au moins le sentiment de ne pas être seule. Si le ciel lui tombait sur la tête, Nash serait là pour l'aider à se relever. C'était peut-être prématuré, mais il avait non seulement prouvé qu'elle pouvait compter sur lui, mais aussi qu'il serait présent si les choses tournaient mal. Elle n'espérait qu'une chose : que cela continue. Parce qu'elle avait soudain l'impression que la vie n'avait pas fini de lui jouer des tours.

12

— C'est pourquoi, tout bien considéré, je pense qu'il vaut mieux que vous écourtiez votre séjour ici, et que vous rentriez dès maintenant aux États-Unis.

Amanda était assise dans le petit bureau de Blair, et l'écoutait lui expliquer pourquoi, en gros, elle la renvoyait. Elle ne remettait pas en question ses qualités d'enseignante, ni ses relations avec le reste du personnel ou avec les enfants. Non, c'était simplement une mesure de précaution... Du moins, c'était ce que Blair affirmait.

Mais Amanda ne pouvait s'empêcher de penser qu'il y avait autre chose derrière tout cela. Blair ne soutenait jamais son regard plus de quelques secondes. Elle tripotait des papiers et les déplaçait nerveusement pendant qu'elle parlait. Ça n'avait aucun sens, et si Amanda était en partie soulagée de rentrer chez elle, le fait que Blair ne cherche même pas à la convaincre de rester et qu'elle ne montre aucune compassion pour ce qu'elle avait vécu lui faisait l'effet d'une gifle.

Ce n'était pas comme si Blair la payait, en dehors du gîte et

164

du couvert. Elle était là en tant que bénévole. Donc son licenciement semblait... étrange.

Une question lui vint alors à l'esprit.

— Vous avez entendu quelque chose que l'armée ignore à propos du retour éventuel de ces hommes ? demanda-t-elle.

— Bien sûr que non. Mais mieux vaut prévenir que guérir, n'est-ce pas ? Quand ils apprendront que l'Américaine qu'ils ont enlevée les a bernés, qu'elle s'est échappée, et qu'elle a réussi à rejoindre la frontière, ils seront sans doute encore plus déterminés à revenir vous chercher.

Comment pourraient-ils l'apprendre ?

— Quoi ?

— Vous avez dit : quand ils l'apprendront. Comment pourraient-ils le savoir, à moins que quelqu'un de l'école ne leur dise ? Pourquoi quelqu'un ferait ça ? Et *comment* ?

— Bien sûr, je voulais dire *si*, rectifia Blair. Personne ici n'a de liens avec des gens dangereux comme ceux qui vous ont enlevée.

Mais maintenant qu'Amanda avait cette idée en tête, elle ne pouvait plus s'en défaire. Y avait-il une taupe parmi ses collègues ? Quelqu'un qui informerait les ravisseurs qu'elle était de retour, et que s'ils voulaient mettre le grappin sur elle, il fallait faire vite, car elle était sur le point de repartir ?

Cela lui collait la chair de poule, et soudain, elle n'eut plus qu'une envie : ficher le camp.

Toute cette situation était révoltante, mais elle n'allait pas se mettre à genoux pour rester là où elle n'était pas la bienvenue. S'il y avait la moindre chance qu'elle mette l'école, les enfants et le personnel en danger, elle préférait partir.

Mais il lui restait un sujet à aborder avec Blair avant de rejoindre Nash, qui devait s'impatienter derrière la porte. Elle avait demandé à parler à Blair seule. Même si Nash était présent quand elle avait tout raconté au colonel, elle devait mener cette discussion-là par elle-même. Ses affaires étaient déjà rassemblées et chargées dans la voiture que Nash avait empruntée pour la ramener à l'école. Il ne lui restait plus qu'à parler à Blair, et à dire adieu aux enfants. Et Amanda le savait, cela lui briserait le cœur.

— J'aimerais vous parler d'adoption. Évidemment, ce n'est pas le moment idéal, étant donné que je m'en vais bientôt, mais je vais déposer une demande dès mon retour en Virginie. Je voulais vous prévenir, pour que vous ne soyez pas surprise en recevant mon dossier.

— Vous voulez adopter un enfant ? s'enquit Blair d'un ton sec. Lequel ?

Une fois de plus, Amanda fut surprise par sa réaction. Elle pensait qu'elle serait ravie. Elles avaient déjà évoqué à plusieurs reprises à quel point ce serait formidable que certains enfants puissent trouver une famille, si seulement il y avait davantage de familles américaines disposées à offrir un foyer à ces gamins.

— Eh bien, Bibi et moi sommes devenues très proches. J'aimerais beaucoup qu'elle devienne ma fille, et continuer à être son enseignante, son amie... et sa maman. Et je pensais aussi à Michael. Je sais qu'il est plus grand, ce qui rend son placement plus compliqué, mais il mérite d'avoir une vie plus stable.

Blair fronçait tellement les sourcils qu'Amanda craignit qu'elle fasse une attaque sur-le-champ. Tout son corps semblait tendu, comme prêt à se briser au moindre geste de travers.

— Je vois.

C'était tout. Juste deux mots.

Amanda choisit de laisser planer le silence. Elle refusait de le rompre, curieuse de voir la réaction de Blair ; si elle allait essayer d'adoucir cette atmosphère lourde et tendue.

— Dans ce cas, j'attendrai votre demande.

Amanda était déçue par cette femme qu'elle admirait tant.

Elle ignorait pourquoi Blair semblait s'opposer à l'idée qu'elle adopte un ou deux enfants, mais le ton de sa voix laissait clairement entendre que si Amanda déposait une demande, la directrice ferait tout pour la discréditer auprès des instances chargées de l'avenir des enfants.

Cela n'avait aucun sens. Aucun.

Mais Amanda se souvint comment Blair avait retenu Bibi à son retour, plus tôt dans l'après-midi, refusant de lâcher la petite fille pour qu'elle puisse venir la saluer.

Cette femme voulait-elle garder Bibi pour elle ? Si oui, pourquoi ne pas le dire, tout simplement ?

Amanda était plus confuse que jamais, mais pour l'instant, elle n'avait pas l'énergie de chercher à comprendre pourquoi Blair agissait de cette manière. Elle voulait rentrer chez elle, prendre de la distance avec ces doutes, cette ambiance bizarre dans un endroit où elle se sentait pourtant très à l'aise, et qui maintenant lui semblait pesant. Elle se demandait si quelque chose lui avait échappé jusque-là. Était-elle simplement trop naïve pour s'en rendre compte ?

Blair était-elle impliquée dans quelque chose de louche ? Était-elle plus qu'une simple directrice d'orphelinat ?

Elle chassa aussitôt cette pensée de son esprit. Il était impossible qu'une femme de soixante-douze ans, veuve, avec son allure de grand-mère, mette sciemment en danger les enfants qu'elle avait pris en charge. Impossible.

— Je vais dire au revoir aux enfants, déclara Amanda sans demander la permission. Merci de m'avoir offert ce poste de bénévole. Je vous souhaite le meilleur, à tous. Vous recevrez ma demande d'adoption d'ici quelques semaines.

Sur ces mots, Amanda se leva, adressa un signe de tête à Blair, puis se dirigea vers la porte, la tête haute. Elle n'avait rien à se reprocher, et elle en voulait à la directrice de lui donner l'impression de quitter les lieux sous un nuage de soupçons.

Elle s'était mise en danger pour aider ces enfants. Pourquoi Blair agissait comme si elle était responsable de leur enlèvement, et qu'il valait mieux qu'elle s'en aille ?

À la seconde où elle ouvrit la porte, elle tomba sur Nash. Il fronçait les sourcils, l'air inquiet.

— Ça va ? demanda-t-il doucement.

— Non. Mais ça ira. Je veux aller voir les enfants.

Il hocha la tête, lui prit la main, et l'accompagna à travers le couloir jusqu'à la porte qui menait à l'extérieur. Les enfants devaient être au réfectoire, en train de dîner. Ensuite, ils auraient du temps libre pour jouer, puis une heure consacrée aux devoirs avant les tâches ménagères et le coucher.

La demi-heure qui suivit fut un calvaire pour Amanda. Elle fit de son mieux pour garder le sourire, rassurer les enfants en leur disant qu'elle allait bien, et que tout irait bien pour eux aussi. Elle leur expliqua qu'elle devait rentrer, mais qu'elle les aimait tous. Elle promit de leur écrire – même si elle doutait que Blair leur transmette ses lettres.

Quelque chose avait changé à l'école, Amanda le sentait. Mais l'innocence de ces enfants restait la même. Elle avait été un peu ébranlée par l'enlèvement, mais heureusement, tout s'était bien terminé. Ils avaient été secourus grâce à un vice-président compatissant, qui avait envoyé Nash et Obi-Wan les secourir.

Amanda préférait ne pas imaginer ce qui leur serait arrivé sans cette connexion particulière du vice-président avec le Guyana. Le colonel Khan aurait peut-être essayé de les aider, mais en raison des relations tendues entre le Guyana et le Venezuela, il était pieds et poings liés.

Elle avait eu de la chance, tout comme les enfants. Amanda avait l'impression de les abandonner. C'était une sensation atroce.

Quand elle eut fini d'embrasser tout le monde, elle était

épuisée. Bibi s'était accrochée à elle, en larmes, la suppliant de rester... puis de l'emmener avec elle. Michael était venu à la rescousse d'Amanda en emmenant la fillette de force. Le regard triste et déçu du jeune garçon faillit faire craquer Amanda sur place.

Elle sortit du dortoir en retenant ses émotions de justesse. Mais à peine installée dans la voiture, quand la portière se referma sur elle et que Nash mit le contact, les larmes se mirent à couler. Tandis qu'ils s'éloignaient, elle préféra ne pas se retourner, et éclata en sanglots.

* * *

Buck ne supportait pas ça. Mandy avait pleuré sans s'arrêter durant tout le trajet du retour à la base. Elle avait encore pleuré quand Obi-Wan les avait accueillis, et pendant qu'ils transportaient ses affaires jusqu'au hangar, où l'on préparait l'hélicoptère en vue de leur départ le lendemain. Elle avait pleuré en retrouvant Rain, après que Buck l'avait prise par la main pour l'accompagner jusqu'à sa chambre.

Il n'avait même pas envisagé de l'emmener dans la chambre qui lui avait été assignée, et de la laisser pleurer seule. C'était hors de question.

Elle pleurait encore en sortant de la salle de bain, vêtue d'un T-shirt trop grand qu'elle portait manifestement pour dormir. Elle ne sanglotait plus, mais ses yeux restaient noyés de larmes.

Rain avait gémi plusieurs fois, visiblement inquiet, mais Buck ne trouvait pas les mots pour le rassurer. À vrai dire, il ne savait pas quoi dire à Mandy pour soulager sa peine. Tout ce qu'il pouvait faire, c'était être là pour elle, lui faire comprendre qu'elle n'était pas seule.

Dans sa chambre, le lit était minuscule, mais après tout, ce n'était pas pire que les endroits où ils avaient dormi dans la jungle. Buck la mit sous les draps, puis se glissa derrière elle, passa un bras autour de sa taille, et la serra contre lui, sans rien dire, tandis qu'elle pleurait encore.

Rain, bouleversé, grimpa sur le lit avec eux, se roula en boule, et posa la tête sur les pieds de Mandy.

— Je suis désolée, murmura-t-elle.

— Chut. Tout va bien, répondit Buck.

— C'est juste que... je ne pensais pas que ce serait aussi douloureux de leur dire au revoir. Mais après tout ce qu'on a vécu ensemble... je crois qu'ils ont l'impression d'avoir fait quelque chose de mal, et que ça m'a poussée à partir.

— Je suis sûr que non, la rassura-t-il.

— Ce qui fait le plus mal, c'est de ne pas savoir ce que Blair va leur raconter. Elle était... tellement froide. Je ne sais même pas si c'est le mot juste, mais c'était comme si j'étais assise en face d'une parfaite inconnue. Et j'imagine que pour l'adoption, c'est foutu.

— Pourquoi ?

— Elle n'avait pas du tout l'air réceptive quand je lui ai dit que j'enverrais une demande.— Vraiment ? C'est dingue. Après tout, le but d'un orphelinat, c'est justement que les enfants retrouvent une famille.

— On pourrait le croire. Nash ?

— Oui, Rebel ?

— Je crois que... Je n'ose même pas le dire à voix haute... mais si elle avait quelque chose à voir avec tout ça ?

— Avec quoi ? demanda Buck, sans trop savoir de quoi elle parlait.

— L'enlèvement.

Son premier réflexe aurait été de contredire Mandy, de la rassurer en lui affirmant qu'il était impossible que cette directrice âgée de soixante-douze ans ait pu commettre un acte aussi abominable.

Mais honnêtement... il ne la connaissait pas. Si Mandy pensait que c'était envisageable, il voulait écouter ses arguments avant de se faire une opinion.

— Pourquoi elle mettrait la vie des enfants en danger ? Et un membre du personnel a été tué dans cette histoire. Ça n'a aucun sens.

— Je sais. Mais la femme à qui j'ai parlé aujourd'hui n'avait rien à voir avec celle que j'ai connue. Elle ne montrait aucune émotion. Comme si elle était... vide. Et quand je lui ai dit que j'envisageais d'adopter Bibi... Tu sais, la plus petite ? J'ai vu une lueur dans ses yeux qui m'a fait froid dans le dos. Je crois qu'elle veut garder Bibi pour elle.

— Alors quoi, elle aurait organisé l'enlèvement de plus de vingt gamins par... jalousie ?

Buck sentit Mandy se figer contre lui.

— Je ne te contredis pas, se reprit-il rapidement. J'essaie juste de comprendre. Je me fais un peu l'avocat du diable. Parfois, avec mon équipe, c'est comme ça qu'on prépare les missions. On imagine les scénarios possibles.

— Désolée. Seulement... il y a autre chose. Blair m'a expliqué qu'il valait mieux que je parte, parce que quand les rebelles apprendront que j'étais dans la jungle et que j'ai réussi à leur échapper, ils reviendront se venger.

— Ce n'est pas impossible, admit Buck de façon rationnelle.

— Oui, mais elle a dit *quand*. Et pas *si*. Comment ils pourraient le savoir, à moins d'avoir un lien avec l'école ?

Cette fois, ce fut au tour de Buck de se figer. Elle n'avait pas tort. C'était suspect.

— Et si elle avait demandé aux rebelles de venir enlever certains des enfants ? Au sein du personnel, ce n'est un secret pour personne qu'elle n'aime pas beaucoup les plus grands. La plupart du temps, ils ont l'air de l'agacer. Je n'y avais pas prêté attention, parce qu'elle les confiait aux autres et restait avec les petits. Mais le jour de l'enlèvement, les classes étaient réunies pour un cours spécial sur l'art. En temps normal, il n'y aurait eu que huit enfants dans cette salle – ceux de dix ans et plus. Six garçons, et deux filles.

— Pourquoi elle aurait fait une chose pareille ? s'enquit Buck, de plus en plus inquiet.

Bien sûr, rien ne prouvait que Blair était impliquée. Mais il ne pouvait pas ignorer les soupçons de Mandy.

— Pour se débarrasser des plus grands ? Pour faire de la place aux plus petits ?

— Mais les enfants grandissent. Ceux qu'elle adore aujourd'hui auront bientôt quelques années de plus.

— Je m'en rends compte, mais... bon sang ! Je n'en sais rien.

— Et toi ? Tu devais être là ce jour-là ?

— Oui. Je travaillais principalement avec les plus grands.

— Dans ce cas... et si elle ne voulait pas se débarrasser des enfants... mais de toi ? souligna Buck dans le silence de la chambre.

Comme Mandy ne répondait pas, il poursuivit :

— Tu as dit toi-même qu'elle était particulièrement attachée à Bibi, mais que la petite s'était attachée à toi. Ça l'a peut-être mise en colère, et elle a demandé aux rebelles de venir à l'école pour t'enlever *toi*. Avec quelques-uns des plus grands, pour que ça semble crédible.

Mandy secoua la tête.

— Ils m'ont ordonné de partir avec le reste du personnel. J'ai refusé.

Mais Mandy n'avait pas l'air convaincue elle-même...

Buck l'incita à se mettre sur le dos. Il était maintenant penché au-dessus d'elle. Elle avait les yeux rouges, et les joues couvertes de larmes. Ses cheveux étaient en bataille, ce qu'il trouva attendrissant.

— Ferme les yeux. Repense à ce jour-là. Je sais que c'est difficile... C'était le chaos. Repense à ce que tu as entendu, à ce que les rebelles ont fait. Mais cette fois, en gardant à l'esprit tes soupçons à l'égard de Blair. Revoie la scène sous un nouvel angle.

Elle obéit, ferma les yeux, et repensa à cette journée en fronçant les sourcils.

— Ils ont fait irruption dans la salle de classe, et nous ont tous terrorisés. Ils ont braqué des fusils sur nous. Ils ont ordonné aux enfants de se mettre d'un côté, et aux adultes de l'autre. Ensuite, ils se sont mis à séparer les garçons et les filles. Ils...

Elle hésita un instant, puis laissa échapper un bref halètement.

— L'un d'eux est venu vers moi, reprit-elle. J'étais avec Bibi, entre les adultes et les enfants. Bibi pleurait et refusait de me lâcher. L'homme m'a attrapée par le bras et nous a poussées toutes les deux vers la porte. Ensuite, c'était la confusion totale. Barry a essayé de se jeter sur l'un des hommes, et ils l'ont abattu, ce qui a encore plus affolé les enfants. Ils se sont tous mis à crier. Les rebelles ont paniqué, et ils ont commencé à pousser tout le monde vers la sortie. Tous les enfants. Le type me tenait toujours par le bras. Il me tirait, mais il n'avait même pas besoin. Je l'ai suivi de mon plein gré. Je ne voulais pas abandonner les enfants.

— Ils ont essayé d'emmener d'autres bénévoles ?

— Non. Ils se sont tous enfuis par une porte latérale dès que les enfants se sont mis à crier.

— Et Blair était là ?

— Non, mais ce n'est pas surprenant. Elle n'enseignait pas

tous les jours. Elle devait être dans son bureau, dans l'autre bâtiment.

Mandy ouvrit les yeux et fixa Buck du regard.

— Si elle a vraiment organisé tout ça, qu'est-ce qu'on va faire ? On n'a aucune preuve. Rien ne prouve que j'étais la cible, ou qu'elle voulait se débarrasser des plus grands.

Buck ne supportait pas cette situation. Il ne supportait pas que Blair ait blessé Mandy en la renvoyant sèchement. Et maintenant, Mandy soupçonnait quelque chose d'encore plus grave : qu'une femme qu'elle connaissait et en qui elle avait confiance l'avait peut-être trahie de la pire manière. Mais ils n'avaient rien de concret, et Buck ne voyait pas vraiment ce qu'ils pouvaient faire.

— Demain, on rentre en Virginie. Je contacterai mes amis, et on verra si quelqu'un peut enquêter sur ce qui se passe ici.

— J'ai peur pour les enfants.

Buck n'était pas du tout surpris. Mandy était surtout inquiète pour eux, avant de se soucier du fait qu'elle-même avait pu être visée.

— On trouvera une solution, et si Blair est impliquée dans cette histoire, on fera en sorte qu'elle paie pour ce qu'elle a fait, dit Buck de manière la plus diplomate possible.

— Ça craint, soupira Mandy.

— Oui.

Elle leva les yeux vers lui.

— Je me sens mieux, maintenant. Merci de m'avoir ramenée ici. Je ne me souviens pas vraiment du trajet depuis l'école. J'étais trop bouleversée. Je peux aller dans ma chambre. Je suis sûre que tu préfères que je ne squatte pas la moitié de ce minuscule matelas.

— À vrai dire, j'aime bien que tu sois là, avoua Buck. Et après tout ce que tu viens de dire, je préfère t'avoir près de moi... au cas où.

— Tu crois qu'elle tenterait quelque chose maintenant ? Juste avant notre départ ?

— Aucune idée. Mais je ne veux prendre aucun risque. J'imagine mal quelqu'un réussir à entrer pour t'atteindre, mais on ignore toutes les connexions que cette femme a pu établir depuis qu'elle est ici.

— Je suis sûre que je serai bien, juste au bout du couloir, dit doucement Mandy.

— Tu as envie de partir ? demanda Buck, soudain mal à l'aise. Je t'étouffe ?

— Non ! C'est juste que... je ne veux pas être un fardeau, admit-elle.

Buck posa une main sur sa joue et se pencha jusqu'à effleurer ses lèvres, sans les toucher. — Tu n'es pas un fardeau. Au début, peut-être, avant de vraiment te connaître, tu n'étais qu'un *objectif*. Une mission. Mais dès que j'ai vu la peur dans tes yeux et que tu m'as posé la question pour James, ça a changé. En voyant à quel point tu t'inquiétais pour cet enfant, à quel point tu étais altruiste... ça a changé ma vision des choses. Et puis, je me suis habitué à dormir avec toi dans mes bras. J'ai l'impression que ça va être difficile de reprendre mes anciennes habitudes.

— Je n'ai pas envie de partir.

Buck combla la courte distance qui les séparait encore, et l'embrassa. Le baiser était doux, léger. Ce n'était pas vraiment le genre de baiser qu'il voulait, mais il ne voulait pas la mettre sous pression, ni profiter de sa vulnérabilité.

— Dors, Rebel. Demain, la route sera longue. Ce sera bruyant, inconfortable, et quand on arrivera en Virginie, tu seras impatiente de nous dire au revoir, à Obi-Wan et à moi.

— J'en doute fort, murmura Mandy.

— Mets-toi sur le côté pour qu'on puisse tenir tous les deux sur ce matelas.

Elle obéit aussitôt, et en se blottissant contre elle, Buck se sentit comme à la maison.

Rain poussa un soupir d'agacement, et sauta du lit pour rejoindre la pile de couvertures que Buck lui avait laissée. Il les gratta avec ses pattes avant jusqu'à ce qu'elles soient à son goût.

— Nash ? fit Mandy au bout d'un moment.

— Oui ?

— Je suis contente que Blair m'ait virée. Je veux rentrer. Je ne me sens plus en sécurité ici.

Buck avait le cœur serré.

— Je vais te ramener, Mandy. Dès que possible.

— Même si ces dernières semaines ont été horribles et que je n'ai jamais eu aussi peur, même si j'étais sale, morte de faim, dévorée par les moustiques... je ne changerais rien. Parce que sans ça, je ne t'aurais pas rencontré.

Cette fois, Buck sentit l'émotion le gagner à son tour.

— Merci d'être venu me chercher, poursuivit-elle. Merci de ne pas m'avoir laissée seule là-bas. Merci d'être un homme honorable. Merci de veiller sur moi, de t'occuper de moi, de me protéger. Je ne suis pas toujours aussi faible, je te le promets.

— Ce n'était pas de la faiblesse, Mandy. Tu n'étais pas dans ton élément. Et tu aurais pu rendre ce périple dans la jungle insupportable. Au lieu de ça, tu as fait de chaque moment une sorte d'aventure. Tu fais une bonne partenaire. On forme une bonne équipe.

Il ne disait pas cela simplement pour lui faire plaisir. C'était la vérité. La situation avait été périlleuse, mais elle avait suivi toutes les instructions sans hésiter, ce qui lui avait permis d'assurer leur sécurité et de les ramener de l'autre côté de la frontière.

— Et je ne changerais rien non plus, ajouta-t-il. Parce que te rencontrer a changé ma vie.

Il le pensait vraiment. À cent pour cent. Il ignorait totalement de quoi l'avenir serait fait, mais il espérait de tout son cœur qu'elle en ferait partie.

À la surprise de Buck, il entendit un léger ronflement provenant de la femme qu'il tenait dans ses bras.

Un petit rire lui échappa. Elle s'était littéralement endormie au milieu de la conversation.

— Je ferai tout ce qui est en mon pouvoir pour que tu ne regrettes jamais de m'avoir rencontré. À partir de maintenant, ta vie ne sera faite que de bonnes choses. Je te le promets.

Il la serra contre lui, savourant le confort d'un vrai lit, la fraîcheur de la climatisation, et le soulagement de ne plus avoir à craindre d'être surpris en pleine nuit par un fusil braqué sur eux.

Demain serait un autre jour, avec de nouveaux défis. Mais plus vite il s'envolerait avec Mandy, mieux ce serait. Ils entamaient un nouveau chapitre, et Buck était bien décidé à être à ses côtés à chaque étape.

13

Nash avait raison. Voyager dans son hélicoptère n'avait rien à voir avec un vol en avion de ligne. Au début, c'était excitant. Amanda n'était jamais montée à bord d'un hélicoptère, et c'était plutôt cool d'observer Nash et Obi-Wan aux commandes. Mais rapidement, cela devint ennuyeux et inconfortable. Elle n'avait pas sa tablette, ni de musique à écouter. Elle était simplement assise sur un siège ferme à l'arrière de l'hélicoptère, le regard perdu dans le vide.

Cependant, cela lui laissait tout le temps de réfléchir. À son séjour au Guyana. À la situation avec Blair. Aux enfants et à leur enlèvement. Au temps qu'elle avait passé avec Nash dans la jungle. À tout. Amanda se dit qu'au fond, elle avait eu beaucoup de chance : la chance d'avoir eu l'occasion de tout quitter pour venir enseigner en Amérique du Sud ; la chance que Nash l'ait retrouvée avant les rebelles ; la chance qu'il ait pu subtiliser des provisions dans le camp sans être vu ; la chance que Rain soit tombé sur eux, et qu'il ait décidé de rester ; et la chance que Nash soit l'homme qu'il était. À sa place, d'autres auraient profité de la situation. Des hommes peu recommandables, qui

178

auraient exigé des compensations sexuelles en échange de leur protection.

Mais quand ils atterrirent en Virginie, Amanda n'avait qu'une envie : descendre de cet hélicoptère. Et Rain semblait partager le même sentiment.

En regardant le chien, Amanda ressentit un immense soulagement. D'une manière ou d'une autre, Obi-Wan et ses contacts avaient réussi à obtenir les documents nécessaires pour que Rain puisse entrer sur le territoire. Un vétérinaire était venu à la base navale pour lui faire les vaccins nécessaires, et signer les papiers. Amanda ignorait le coût de l'intervention, mais Obi-Wan avait refusé catégoriquement qu'elle le rembourse à leur arrivée en Virginie.

Désormais, Rain était l'heureux propriétaire d'une laisse et d'un collier, même s'il n'avait pas l'air d'apprécier. De toute évidence, il n'en avait jamais porté. Toutefois, fidèle à son caractère calme et dévoué, il n'avait pas cherché à enlever son collier. Il se contentait de lever ses grands yeux bruns vers Amanda, et de pousser de longs soupirs.

Quand la porte de l'hélicoptère s'ouvrit, l'appareil était stationné sur une sorte de piste. Amanda aperçut des bâtiments un peu plus loin, dont l'un ressemblait au hangar de la base au Guyana.

Mais ce fut le groupe de personnes qui s'affairaient autour de l'hélicoptère qui attira son attention.

Elle supposa qu'il s'agissait des amis de Nash ; ses collègues pilotes.

— Buck ! Content de revoir ta sale tronche !

— Il était temps que tu sortes de la jungle et que tu te remettes au travail !

— Bravo d'avoir sauvé ces gosses, beau boulot !

— Merci de ne pas avoir détruit mon bébé.

Cette dernière remarque venait d'une femme aux cheveux

bruns coiffés en chignon au niveau de la nuque, vêtue d'une combinaison. Et si Amanda ne se trompait pas, elle avait une clé à molette coincée dans une poche le long de sa cuisse. C'était sûrement Laryn, la mécanicienne.

Amanda l'apprécia immédiatement. Elle ignorait pourquoi, mais cette femme dégageait une aura sympathique.

— Salut tout le monde ! lança Nash avec un grand sourire. Ça fait du bien d'être de retour.

Il se tourna vers Amanda, et sans raison particulière, elle paniqua intérieurement. D'ordinaire, elle était plutôt à l'aise avec les gens. Elle savait se débrouiller au milieu d'un groupe d'adultes, mais elle était bien plus à l'aise avec les enfants. Et là, il s'agissait des meilleurs amis de Nash. Elle ne voulait pas le décevoir. Ses cheveux étaient sûrement encore en bataille, le vol l'avait éreintée, et elle aurait préféré les rencontrer en se sentant plus en confiance. Après tout ce qui s'était passé, elle était encore un peu... déphasée.

Mais quand Nash lui tendit la main pour l'aider à descendre de l'hélicoptère, elle s'apaisa. Il ne ferait rien qui puisse la mettre dans l'embarras. D'ailleurs, d'après ce qu'elle savait de ces hommes, et de Laryn, ils ne portaient aucun jugement. Du moins, elle l'espérait.

Une fois qu'elle eut les deux pieds au sol, il lui lâcha la main, mais c'était pour attraper Rain. Le chien se laissa faire sans protester. Il avait bien changé depuis qu'ils l'avaient rencontré dans la jungle. Là-bas, il était plus craintif. Rain regarda autour de lui avec méfiance, puis se réfugia contre la jambe d'Amanda.

Nash ne lui reprit pas la main, mais ne s'éloigna pas d'elle pour autant.

— Tout le monde, voici Amanda Rush. Mandy. C'est pour elle qu'on est allés au Guyana. Et c'est donc en partie grâce à elle que tous ces enfants sont rentrés sains et saufs à l'orphelinat, et à l'école où elle enseignait.

— Salut !

— Enchanté.

— Ravi que vous soyez saine et sauve.

— Et le chien ?

Amanda sourit.

— C'est Rain. Il nous a trouvés dans la jungle et il nous a suivi. Sûrement parce qu'on lui donnait des olives... et aussi parce qu'il n'avait nulle part où aller.

— Il est adorable ! s'exclama Laryn en s'accroupissant pour se mettre au niveau de Rain. Salut, mon chien ! Tu es le meilleur chien du monde, pas vrai ? Tu aimes les olives, hein ? Je te comprends, c'est délicieux !

— Pourquoi tu ne me parles jamais comme ça ? se plaignit l'homme à côté d'elle en souriant. Avec ce ton mielleux ?

Laryn se releva et le fusilla du regard.

— Parce que tu te demanderais directement ce qui m'arrive, et si j'ai perdu la tête.

— Elle n'a pas tort, approuva un autre homme. Avec un animal, ça paraît normal. Mais si elle faisait ça avec toi... là, ça deviendrait bizarre.

Tout le monde éclata de rire.

Laryn s'approcha d'Amanda.

— Bienvenue chez vous, Mandy. On est tous désolés pour ce que vous avez enduré, mais ces gamins ont eu beaucoup de chance de vous avoir à leurs côtés.

— Merci, répondit Amanda, soudain timide à nouveau.

Elle n'était pas très à l'aise dans ce cadre inhabituel.

— J'ai toujours voulu avoir un chien, poursuivit Laryn en reportant son regard sur Rain. Un beagle. Je voudrais l'appeler Waffles. Je ne sais pas pourquoi, j'ai toujours trouvé que c'était un super nom pour un chien. Mais je suis trop souvent absente à cause du boulot. Ce ne serait pas juste.

— Je serais ravie de garder votre chien si besoin, proposa Amanda sans réfléchir.

Elle ne savait pas vraiment pourquoi elle disait cela. Elle ignorait totalement ce que l'avenir lui réservait, et elle venait à peine de rencontrer cette femme. Elles ne s'apprécieraient peut-être même pas avec le temps.

Les yeux de Laryn se mirent à pétiller, et elle regarda l'homme à ses côtés.

— T'as entendu, Tate ? Elle a dit qu'elle garderait le chien.

— Je suis juste à côté, bien sûr que j'ai entendu, répondit l'homme en regardant Laryn avec tendresse. On en reparlera plus tard. Je m'appelle Casper.

Il tendit la main vers Amanda, qui se souvint alors qu'il s'agissait du chef d'équipe.

— Enchantée.

— Voici Pyro, mon copilote. Et Chaos, et Edge, ajouta-t-il en désignant les autres. Je vous donnerais bien leurs vrais noms, mais vous ne vous en souviendriez sans doute pas. Ils n'y répondraient sans doute pas non plus, vu qu'ils utilisent leurs noms de code depuis un bail.

— Kylo Mullins, Arrow Porter et Roman Aldrich, répliqua Amanda du tac au tac. Et vous devez être Tate Davis. Vous avez un frère jumeau qui est Navy SEAL. Et Obi-Wan s'appelle Obadiah Engle. Nash m'a tout raconté à votre sujet. Il fallait bien passer le temps dans la jungle. En plus, je retiens bien le nom des gens. C'est essentiel quand on est enseignante.

Tout le monde resta bouche bée, comme si elle venait de réciter les huit cents premières décimales de pi.

— Bon, si on arrêtait de bavarder et qu'on rentrait ? lança Nash. J'aimerais bien ramener Mandy chez elle.

Ils se confondirent tous en excuses, et se mirent aussitôt en route vers le grand hangar. Alors qu'ils s'éloignaient, Nash se pencha vers Amanda.

— Ça va ?

Cela lui rappela la jungle ; cette manière de veiller constamment sur elle. Sa sollicitude lui fit l'effet d'une couverture chaude autour des épaules après une tempête de neige.

— Ça va, le rassura-t-elle.

— Ils sont un peu bruyants tous ensemble, mais chacun d'entre eux te donnerait sa chemise si tu en avais besoin.

Elle hocha la tête. D'après tout ce que Nash lui avait raconté sur ses amis et ses collègues, ils formaient une équipe très soudée. Ça faisait partie des choses qu'elle aimait chez lui.

En baissant les yeux vers Rain, elle remarqua qu'il tournait la tête dans tous les sens pour observer son nouvel environnement. Il restait collé à elle, la laisse détendue, sans chercher à s'enfuir malgré les bruits inquiétants des avions et les éclats de voix. Une fois de plus, elle se demanda ce qu'il avait bien pu vivre, et comment il pouvait accepter autant de choses sans broncher. La plupart des chien errants qu'elle connaissait était nerveux, incapables de s'adapter aussi vite. Rain était unique, et Amanda remercia encore Obi-Wan d'avoir tout arrangé pour qu'il puisse entrer sur le territoire sans trop de complications.

L'heure suivante passa à toute vitesse. Nash devait faire son rapport à son colonel, et pendant ce temps, elle resta avec Laryn et Casper. Le couple s'avéra drôle et bienveillant. Ils se chamaillaient gentiment, et étaient manifestement follement amoureux l'un de l'autre. Laryn reparla de son envie d'avoir un chien, mais elle insista : il fallait que ce soit le bon. Elle ne voulait pas un chien de race, ni un chien acheté chez un éleveur. Elle voulait un chien qui avait besoin d'un foyer, ce qui toucha Amanda encore davantage.

Puis Nash revint, et un immense soulagement l'envahit. Toutefois, intérieurement, elle grimaça. Si elle était heureuse de le retrouver après seulement une heure d'absence, qu'en serait-il au moment où il la quitterait pour de bon, devant son appartement ?

Elle préféra ne pas y penser, ne pas songer à quel point elle s'était attachée à lui... à quel point elle s'était habituée à sa présence.

C'était sûrement tout à fait naturel, après tout ce qu'ils avaient traversé ensemble. C'était son roc, il lui avait littéralement sauvé la vie. Jamais elle n'aurait pu regagner le Guyana sans lui. Et maintenant, après avoir passé chaque minute de chaque jour à ses côtés pendant tout ce temps, elle allait devoir le regarder retourner à sa vie normale, comme si la sienne n'était pas en train de se disloquer.

Elle assumerait. Elle ne voulait surtout pas qu'il se sente coupable de reprendre sa routine habituelle. Et puis, elle avait Rain. Elle ne serait pas seule. Le chien veillerait sur elle, peut-être pas de la même manière que Nash, mais il la préviendrait si quelque chose clochait. Du moins, elle l'espérait. Elle comptait peut-être un peu trop sur lui. Mais il était malin. *Très* malin. Après tout, il leur avait bien fait comprendre qu'il ne fallait pas suivre le chemin qui les aurait menés tout droit aux rebelles.

— À quoi tu penses si profondément ? demanda Nash en la conduisant chez elle.

Elle avait beaucoup à faire : prévenir son propriétaire qu'elle était rentrée plus tôt que prévu, vérifier que toutes les factures avaient bien été payées pendant son absence, faire les courses, laver le linge, trouver un vétérinaire pour Rain, l'enregistrer auprès de la mairie, chercher un emploi.

Tout cela lui parut soudain écrasant. Mais elle ne voulait

pas que Nash pense qu'elle n'était pas capable de se débrouiller. Elle était adulte. Elle s'en sortirait très bien.

— Dire qu'il y a encore peu de temps, on arpentait la jungle, on dormait par-terre, et on mangeait les animaux que tu réussissais à piéger. C'est fou.

— C'est vrai. La vie peut basculer en un clin d'œil. Je l'ai appris au cours de mes années de vol. C'est dingue. Mais j'ai aussi appris qu'il fallait se laisser porter par le courant. Vouloir lutter contre ça, c'est comme frapper un mur de briques : à part une main cassée, ça ne t'apporte rien, et ça n'ébranle pas le mur le moins du monde.

Amanda rit. C'était une bonne analogie.

Mais en arrivant sur le parking de son immeuble, une sensation étrange la submergea. Elle avait l'impression d'être partie la veille, et pourtant, cela lui semblait une éternité. Elle n'était plus la même femme qu'à son départ, et cela accentuait ce sentiment de déséquilibre.

Nash porta les trois sacs qu'elle avait emmenés au Guyana, et l'accompagna jusqu'à l'entrée de son bâtiment. Ce n'était déjà plus l'heure du dîner, et ses voisins avaient toujours été discrets, ce qui expliquait sans doute pourquoi elle ne croisa personne en montant les escaliers avec Nash, et en traversant le couloir jusqu'à sa porte.

Mettre la clé dans la serrure lui sembla irréel. Même si elle l'avait fait un nombre incalculable de fois, c'était comme si c'était la première, à cause de tout ce qu'elle avait vécu depuis.

Nash entra et posa ses sacs derrière la porte. Amanda détacha la laisse de Rain et se tourna vers Nash. Elle avait envie de lui demander de rester, mais il devait avoir autant de choses qu'elle à faire. Et maintenant que le moment était venu de se dire au revoir, elle ne savait plus quoi lui dire.

— J'ai ton numéro, je t'enverrai un SMS pour prendre de tes nouvelles.

Amanda avait la bouche sèche. Elle avait du mal à déglutir. Elle hocha la tête.

— Ça ira ?

Elle acquiesça de nouveau.

Elle voulait qu'il lui promette de l'appeler bientôt pour le fameux *rencard*, qu'il lui dise *à demain*. C'était ridicule, puisqu'ils seraient sans doute très occupés dans les jours et les semaines à venir.

Elle avait aussi envie de lui dire à quel point elle était reconnaissante... combien il allait lui manquer... lui demander de ne pas partir. Mais elle ne dit rien. Elle se contenta de le regarder, luttant pour ne pas pleurer.

Nash fit un pas vers elle et posa une main derrière sa nuque. Son cœur s'emballa. Elle voulait ce baiser. Elle en avait besoin.

Mais il ne l'embrassa pas. Il posa simplement ses lèvres sur son front avant de reculer.

Elle fut envahie par la déception. C'était fini. Il allait franchir cette porte, et oublier la femme étrange et impulsive qu'il avait dû poursuivre jusqu'au fin fond d'une foutue jungle parce qu'elle avait eu la mauvaise idée de fuir l'hélicoptère venu la sauver au lieu de se précipiter vers lui.

— Tu es une femme extraordinaire, Amanda Rush. Grâce à toi, je suis un homme meilleur. Je t'enverrai un SMS bientôt, répéta-t-il.

Puis il disparut, la laissant seule dans son appartement silencieux, à la dérive. Perdue.

Et terriblement seule.

Alors, les larmes se mirent à couler ; elle ne put rien faire d'autre que s'assoir par-terre dans son vestibule, et pleurer. Elle *détestait* pleurer. Elle n'était pas du genre à fondre en larmes pour un rien. Mais elle était épuisée, et elle sentait encore l'odeur de la jungle malgré cette douche divine dans la chambre de Nash, à la base navale du Guyana. Les bruits autour d'elle étaient si différents de ceux auxquels elle s'était habituées qu'à nouveau, elle se sentait hors de son élément.

Rain poussa doucement son bras du museau, et Amanda serra aussitôt le chien contre elle. Il se mit à lui lécher le visage comme pour essuyer ses larmes, mais elles continuaient de couler.

Amanda ne savait pas combien de temps elle était restée assise là, mais au bout d'un moment, les fesses engourdies, elle comprit qu'il fallait se ressaisir.

Ce n'était pas son genre. C'était une femme forte et indépendante. Elle prit une profonde inspiration, et se redressa lentement. Ce n'était pas en pleurant qu'elle changerait la situation. Et ça ne l'aiderait certainement pas à déballer ses affaires, ni à s'occuper de toutes les tâches qui l'attendaient.

Elle baissa les yeux vers Rain, qui étonnamment, n'était pas parti explorer son nouvel environnement. Il était resté sagement à ses côtés.

— Qu'en penses-tu, mon grand ? Tu veux voir ta nouvelle maison ?

Comme s'il comprenait chaque mot, le chien pencha la tête et émit un gémissement sourd.

Amanda s'essuya le visage en riant légèrement.

— Je dois te trouver de quoi manger. Et t'aménager une couchette. Et une centaine d'autres choses. Mais d'abord... la visite guidée.

Une heure plus tard, Amanda était allongée dans son lit, Rain contre son flanc. Sa présence était réconfortante, et lui rappelait les nuits où Flash s'endormait contre elle. Évidemment, cela rendait son absence encore plus cruelle, mais elle refusa de se remettre à pleurer.

Le vibreur de son téléphone sur la table de chevet faillit la faire mourir de peur. Elle n'avait pas entendu ce fichu appareil depuis si longtemps. Elle ne s'en était presque pas servi au Guyana, et elle ne voyait pas qui pouvait bien lui envoyer un message.

Elle saisit l'appareil et regarda fixement l'écran.

Nash.

Il lui avait envoyé un SMS. Au bout de quelques heures seulement. Peut-être avait-il oublié de lui dire qu'elle devait se rendre à la base navale pour une formalité quelconque. Peut-être qu'elle devait assister à une réunion après l'intervention du gouvernement et des Night Stalkers pour la sauver, elle et les enfants.

Amanda retint son souffle, et ouvrit le message.

Nash : *Mon appartement paraît bien vide. Enfin, il l'est, vu qu'il faut que j'aille faire des courses. Mais c'est bizarre, sans toi.*

Tous les muscles de son corps se relâchèrent. La confirmation qu'elle n'était pas la seule à ressentir quelque chose était un cadeau inestimable. Nash n'était pas obligé de l'admettre. La plupart des hommes ne l'auraient pas fait. Ils n'auraient pas voulu s'exposer ainsi pour une femme qu'ils venaient de rencontrer. Mais entre elle et Nash, grâce à tout ce qu'ils avaient traversé, les choses n'avaient rien à voir avec une relation *normale*.

Amanda : *Pareil pour moi. Il y a Rain, mais il ronfle tellement fort qu'il réveillerait un mort.*

Nash : *LOL. J'imagine. Il s'habitue quand même ?*

Amanda : *Oui. Je dois lui acheter de la nourriture pour chien,* même si je suis sûre qu'il préférerait continuer à manger des olives et les bestioles chassées dans la jungle.

Nash : *Pas vraiment pratique ici, à Norfolk... pour les bestioles de la jungle, je veux dire.*

C'était sympa de plaisanter, de bavarder, de se remémorer les souvenirs.

Nash : *Après mon départ, je me suis rendu compte que je n'avais pas dit la moitié de ce que je voulais. Je ne t'ai pas demandé si tu étais toujours d'accord pour sortir avec moi. Pour un vrai rencard, qui n'implique pas de dormir dans la boue et de marcher sous la pluie. J'aimerais t'emmener dîner, goûter de bons petits plats que je n'aurai pas à chasser et à dépiauter moi-même. Je ne t'ai pas dit à quel point j'étais fier de toi, de ta façon de gérer tout ça. Je ne t'ai pas dit combien c'était dur pour moi de quitter ton appartement. Je suis désolé, Rebel. J'ai merdé. Mais je ne pouvais pas te laisser là-dessus. Je crois que j'avais juste peur que maintenant qu'on est rentrés, tu ne veuilles plus me revoir. Que tu mettes tout ça sur le compte des circonstances exceptionnelles, et que tu reprennes tes esprits.*

Amanda était abasourdie par ce qu'elle lisait ; que Nash s'ouvre ainsi, de manière aussi franche. Il était vraiment différent de tous les hommes qu'elle avait rencontrés jusque-là.

Nash : *Au fait, je dicte mes messages. Je ne tape pas aussi vite sur le petit clavier du téléphone.*

. . .

Amanda éclata de rire, et réveilla Rain d'un coup.

— Désolée, mon grand. Je ne voulais pas te réveiller. Rendors-toi.

Elle lui caressa le dos pour l'apaiser, et sentit ses muscles se relâcher aussitôt. Étonnamment, deux secondes plus tard, le chien ronflait déjà. Sa capacité à dormir en toutes circonstances était bluffante.

Nash : *Mandy ? Je t'ai fait peur ? Tu regrettes d'avoir accepté un rencard ? Parce que si c'est le cas, je ne te forcerai jamais à rien.*

Elle s'empressa de répondre.

Amanda : *Non ! J'étais juste très émue par ta gentillesse. J'adorerais sortir avec toi un de ces jours.*
Nash : *Demain ?*
Amanda : *Oui !*
Nash : *Je dois aller travailler demain matin, j'ai encore des rapports à rédiger... des comptes rendus d'intervention. Il faut que je fasse un rapport détaillé sur tout ce qui s'est passé.*
Amanda : *Tu vas avoir des ennuis ?*
Nash : *Je ne pense pas. Je suis un Night Stalker. On s'en sort avec des trucs que les autres ne peuvent pas se permettre.*

Au moins, il était honnête. Un peu arrogant aussi, certes, mais comme elle avait déjà profité de ses talents, elle n'allait pas le lui reprocher.

. . .

Nash : *Je passe te prendre vers 17 h ? Ça te laissera le temps de faire quelques courses, et sans doute un million d'autres petites choses. Ça te va ? J'aimerais t'emmener à l'Anchor Point. C'est un bar, mais on y mange très bien. J'ai envie de leurs frites. Elles sont à tomber.*

Amanda : *Parfait.*

Et ça l'était. Soudain, toutes ses craintes s'envolèrent. Elle aurait dû être gênée que le simple fait qu'un homme lui propose de sortir avec elle la remette d'aplomb... mais Nash n'était pas n'importe quel homme. Ils avaient vécu une épreuve hors norme, tissé des liens qu'elle n'avait jamais connus avec un autre. Elle n'allait pas se culpabiliser d'avoir envie d'être avec lui, et de le revoir aussi vite.

Nash : *Je devrais peut-être te prévenir... quand mon équipe apprendra qu'on va à l'Anchor Point, ils risquent de rappliquer. Juste parce qu'ils adorent cet endroit, et qu'ils ont envie de te connaître. Si ça te pose problème, on peut aller ailleurs. Ou je peux leur dire de ne pas venir.*

Amanda : *J'ai très envie de voir où tu traînes avec tes amis. Et j'aimerais aussi faire leur connaissance... si ça ne te dérange pas.*

Nash : *Pas du tout. Merci d'être si cool avec ça.*

Amanda : *Peut-être qu'ils me raconteront des dossiers sur toi. LOL*

Nash : *Oh mince... je vais peut-être reconsidérer mes plans. Ha ! Si tu as besoin de quoi que ce soit demain, envoie-moi un message.*

Amanda : *D'accord.*

Nash : *Bonne nuit.*

Amanda : *Bonne nuit.*

. . .

Elle resta un instant à contempler l'écran, le sourire aux lèvres, puis reposa son téléphone sur la table de chevet. La journée avait été longue, étrange, pleine de hauts et de bas. Tout à coup, elle avait les paupières trop lourdes pour lutter. Amanda eut à peine le temps d'apprécier le confort de son lit et de son oreiller avant de sombrer dans le sommeil.

14

Buck avait dû faire appel à toute sa volonté pour ne pas envoyer un message à Mandy toutes les heures. Le temps s'étirait à l'infini, et cela le rendait fou. Il avait des tas de choses à faire, mais seule Mandy occupait ses pensées. C'était bizarre de ne pas l'avoir à ses côtés. Après avoir été si proches pendant des semaines, la laisser seule chez elle avait été une véritable torture.

Il ne lui avait pas dit *tout* ce qu'il voulait lui dire, raison pour laquelle il lui avait envoyé ce long message la veille au soir. Heureusement, elle semblait toujours vouloir sortir avec lui. Il craignait d'avoir tout gâché.

La réunion du jour avec le colonel Burgess s'était passée comme prévu. Le colonel n'avait pas apprécié que Buck ait désobéi au protocole en quittant son hélicoptère, mais après avoir entendu les circonstances, il avait fini par accepter son acte, à contrecœur. Ce qui l'intéressait bien plus, c'était d'entendre parler des contacts établis avec l'armée guyanaise, et il avait même informé Buck que le vice-président en personne l'avait appelé pour être tenu au courant des résultats de la mission.

Le colonel l'avait averti qu'il devrait sûrement faire un rapport au vice-président, ce qui ne posait aucun problème à Buck. C'était surprenant que l'homme s'intéresse à ce point au sort de Mandy et des enfants, mais il lui en était extrêmement reconnaissant.

S'il ne s'était pas rendu en Amérique du Sud, il n'aurait peut-être jamais rencontré Mandy. À présent, elle occupait presque toutes ses pensées. Buck se sentait comme un adolescent avec son premier coup de cœur. Toutefois, ce qu'il éprouvait pour Mandy n'avait rien d'un simple coup de cœur. C'était plus profond. Il avait l'impression d'avoir trouvé son autre moitié. C'était étrange, d'autant que tout cela s'était produit si vite... mais ce n'était pas désagréable du tout.

Honnêtement, si Casper n'avait pas fini par ouvrir les yeux après tant d'années, et n'avait pas réalisé que Laryn et lui étaient faits l'un pour l'autre, Buck aurait peut-être été plus réticent à s'engager avec Mandy. Mais son chef d'équipe avait mis en lumière tout ce que les autres laissaient passer. Certes, sa situation était différente. Laryn les accompagnait presque toujours en mission, en tant que chef mécanicienne responsable de l'entretien des hélicoptères. Mais ça ne l'empêchait pas de s'inquiéter pour Casper chaque fois qu'il grimpait dans un cockpit, que ce soit depuis un porte-avions ou depuis les États-Unis.

C'était le respect et l'amour entre eux qui avaient prouvé à Buck qu'une véritable relation était possible.

Il était donc plus que déterminé à voir jusqu'où les choses pouvaient aller avec Mandy.

Il avait un tas de choses à régler, mais il avait tout mis de côté pour son premier rencard avec Mandy. Au départ, il avait prévu de l'emmener dans un endroit spécial et chic. Elle le méritait bien, après tout ce qu'ils avaient traversé. Mais pour leur première sortie, il avait finalement décidé qu'un endroit simple serait préférable, et son endroit préféré au monde pour aller manger, c'était l'*Anchor Point*. C'était un petit restaurant sans prétention, mais comme il l'avait dit à Mandy la veille, on y mangeait très bien. Surtout les frites. Leur assaisonnement les rendait incroyablement croustillantes et délicieuses.

Comme prévu, quand ses amis avaient appris qu'il l'emmenait là-bas, ils s'étaient tous invités. Ça ne le dérangeait pas. Il voulait que Mandy apprécie ceux avec qui il travaillait, autant qu'il voulait qu'ils apprécient Mandy. C'était très important pour lui que les personnes qu'il aimait le plus au monde s'entendent bien, car une fois que ses compagnons de vol acceptaient quelqu'un dans leur cercle, c'était pour de bon. Vous étiez inclus dans leurs taquineries, leurs blagues, leurs histoires. C'était leur manière d'être. Ils travaillaient dur, ils s'amusaient beaucoup, et ils étaient d'une loyauté sans faille.

Il avait donc rendez-vous avec Mandy et ses cinq meilleurs amis. Ce serait comique si ce n'était pas si ridicule. Buck était content de l'avoir prévenue qu'ils risquaient d'être là, et soulagé qu'elle ne s'en formalise pas.

Il s'arrêta devant l'immeuble de Mandy à 16 h 50, et la vit sortir avec Rain. Dès que le chien l'aperçut, il se mit à gémir et tira sur sa laisse, poussant Mandy à lever les yeux. En un clin d'œil, son expression neutre se transforma en pure joie, ce qui fit fondre Buck. Il adorait sa manière de le regarder à cet instant.

Elle lâcha la laisse de Rain, et le chien fonça droit sur lui. Il avait presque l'air de sourire en courant. Arrivé devant Buck, il fit quelques tours en gémissant, ce que Buck interpréta comme de la joie. Puis il roula sur le dos pour que Buck lui gratte le ventre.

Il obéit à son ordre tacite en riant. Il s'accroupit, et caressa le chien surexcité.

— Je crois qu'il aime bien sa nouvelle vie, déclara Mandy d'un ton pince-sans-rire.

— Il s'habitue ? demanda Buck.

— Comme s'il avait toujours été un chien d'appartement pourri-gâté, confirma-t-elle. Qui pourrait deviner qu'il y a quelques semaines, c'était un chien errant et craintif qui vivait dans la jungle, méfiant envers les humains, et à l'affût du moindre bruit ?

Buck se releva.

— C'est parce qu'il a confiance en toi. Il sait que tu ne le mettrais jamais dans une situation qui pourrait lui faire du mal. Et tout a commencé avec une boîte d'olives.

Mandy sourit.

— Je l'aime tellement. C'est fou, parce que je ne me voyais pas du tout avoir un chien, et maintenant, je n'imagine pas ma vie sans lui. Même s'il monopolise mon lit.

— Ah bon ? s'étonna Buck. Il dormait toujours en boule quand on était dans la jungle.

— Je sais. J'étais la première à être surprise. Mais la nuit dernière, je me suis réveillée frigorifiée parce qu'il avait tiré les couvertures et s'était allongé dessous de tout son long.

Buck éclata de rire.

— Maintenant, c'est sûrement trop tard pour le faire dormir par terre, hein ?

— Sans doute, admit Mandy. Mais il est peut-être temps que je m'achète un lit plus grand.

Tout à coup, l'esprit de Buck s'emballa. Il imaginait Mandy allongée sur un lit king-size, en train de l'attendre entièrement nue. C'était ridicule, car ils n'avaient échangé qu'un baiser, mais c'était quand-même ce qu'il désirait. Ardemment.

— Il faut que je le remonte et que je prenne mon sac à

main, lança-t-elle, inconsciente des pensées charnelles qui traversaient l'esprit de Buck.

— Tu crois qu'il tiendra le coup pendant ton absence ?

— Oui. Je suis sortie plusieurs fois dans la journée, et chaque fois que je revenais, il était sagement assis devant la porte. Il n'avait rien mâchouillé dans mon appartement. Pas un pipi ou un caca par-terre non plus. C'est incroyable. Et je ne sais pas comment il devine le moment où je vais arriver. Je sais juste qu'il n'est pas resté planté là toute la journée, parce qu'il y a une empreinte sur le canapé à l'endroit où il a dormi.

Buck haussa les épaules en se dirigeant vers le bâtiment avec elle.

— C'est comme quand il savait qu'il ne fallait pas prendre le mauvais chemin, j'imagine. L'instinct.

— Oui. Il est malin, acquiesça Mandy en se baissant pour caresser la tête du chien.

Elle ne mit pas longtemps à récupérer ce dont elle avait besoin. Après avoir dit au revoir à Rain en lui demandant d'être sage, ils repartirent vers le parking.

— Tu veux que je conduise ? proposa-t-elle en désignant son vieux Volvo XC60.

— Tu as récupéré ta voiture aujourd'hui ? J'aurais pu t'aider. Ou l'un des gars.

— Je sais, mais ce n'était pas compliqué. J'ai appelé un taxi et je suis allée au garage. J'avais payé à l'avance, alors ils m'ont remboursé le temps que je n'ai pas utilisé. J'avais besoin de ma voiture, et je ne voulais déranger personne.

— Tu ne dérangeras jamais personne, répliqua Buck d'un ton ferme. Ni moi, ni mes amis.

— Merci. Mais sincèrement, c'était plus simple pour moi de gérer ça toute seule.

Buck s'arrêta au milieu du parking et se tourna vers Mandy. Il remarqua qu'elle avait fait un effort pour s'apprêter. C'était presque comme découvrir une autre femme, lui qui s'était habitué à la voir les cheveux en bataille, sans maquillage, et couverte de crasse. Il la trouvait déjà jolie dans la jungle, et elle l'était tout autant ainsi. C'était sa personnalité qui la rendait belle, pas son apparence. Mais il appréciait qu'elle ait pris soin de le faire, d'autant qu'il avait fait la même chose pour elle.

Il se rappela ce qu'il voulait dire avant d'être distrait.

— Tu n'es plus seule. Je comprends ce que tu ressentais avant, sans parents, sans frères et sœurs, sans amis proches. Mais maintenant, tu m'as *moi*. Et par défaut, tu as aussi tous mes amis. Je suis sûr qu'ils deviendront bientôt tes amis aussi. Je serais ravi de t'aider quand tu en auras besoin, tout comme j'espère que tu seras ravie de le faire quand j'en aurai besoin. Je ne t'ai pas invitée à sortir ce soir parce que je veux une aventure, Mandy. Il y a quelque chose en toi qui te différencie des autres femmes avec qui je suis sorti. Je suis impatient de voir où cela nous mènera. Et les gens qui ont une relation sérieuse n'hésitent pas à demander de l'aide, ni à tendre la main quand ils ont besoin de quelque chose. Et ça va dans les deux sens. Je veux aussi quelqu'un sur qui je peux compter.

— Ça me plairait bien, répondit-elle doucement.

— Parfait. Et pour répondre à ta question, c'est moi qui conduis ce soir. Je ne te ramènerai pas trop tard, promis. On va devoir rentrer pour voir comment Rain s'en sort. Même s'il a été sage aujourd'hui, il ne faut pas tenter le diable.

Buck était conscient d'employer souvent le pronom on quand il parlait avec Mandy... mais ça ne le gênait pas. Ça lui semblait normal.

— Oui. Je me sentais mal de le laisser, mais j'ai presque fini les courses que j'avais à faire. Les plus urgentes, en tout cas. Au moins, j'ai de quoi manger à la maison. Même pour lui. J'ai pris plusieurs marques de croquettes, au cas où.

— Mandy, ce chien devait manger de la terre ou des

charognes quand il n'attrapait pas de gibier. Crois-moi, il ne fera pas le difficile avec tes croquettes.

— Peu importe, marmonna-t-elle.

Buck rit.

— En tout cas, je suis content que tu aies refait le plein. Moi, je n'ai pas eu le temps, entre les réunions et toutes les questions qu'on me pose à propos de ce qui s'est passé...

— Oh... quand on rentrera, je te donnerai de quoi manger, au moins pour demain matin, s'exclama Mandy d'un air inquiet.

Une fois de plus, son cœur tendre sauta aux yeux de Buck.

— Avec plaisir, répondit-il en ouvrant la portière côté passager de sa Subaru Outback.

Elle lui sourit en s'installant, et il attendit qu'elle ait bouclé sa ceinture avant de refermer la portière et de contourner le véhicule pour rejoindre le siège conducteur.

— Je voulais aussi te prévenir que j'ai demandé à quelqu'un de se renseigner sur Blair, lui annonça-t-il pendant le trajet.

— Ah bon ?

— Oui. Je sais que tu tiens à adopter Bibi et Michael, et vu le comportement étrange de Blair et nos soupçons concernant le raid à l'école, j'ai préféré lancer les recherches tout de suite.

— À qui tu as demandé ?

— Il s'appelle Tex. C'est un ancien SEAL, et une véritable bête en informatique. S'il y a quelque chose à découvrir, il le trouvera.

— D'accord. Mais même s'il trouve quelque chose, ça ne changera rien, souligna-t-elle calmement.

— Tu as raison. Mais si elle est impliquée dans cet enlèvement, je ferai tout pour qu'elle soit expulsée du pays. Les enfants ne sont pas en sécurité, ni les gens qui travaillent pour elle.

— C'est vrai.

— Je ne sais pas ce que ça donnera, mais je voulais que tu le saches. S'il y a des informations compromettantes à dénicher, Tex les trouvera.

— Merci.

— Inutile de me remercier. Je ne connais pas ces enfants aussi bien que toi, mais j'ai vu de mes propres yeux combien tu les aimais. Quand tu as cru que James avait disparu et que tu es partie le chercher, au risque de te mettre en danger. Quand tu leur as dit au revoir à l'école. Quand tu m'as confié avec douleur que tu doutais que Blair appuie ta demande d'adoption.

Elle lui adressa un petit sourire, et Buck lui prit la main, soulagé et heureux qu'elle n'hésite pas à entrelacer ses doigts avec les siens.

— En plus, poursuivit-il pour détendre l'atmosphère, si cette garce a quelque chose à voir avec la centaine de piqûres d'insectes que j'ai sur les fesses à force d'avoir dormi par terre dans la jungle, je vais me venger.

Mandy éclata de rire.

— Quoi ? Toi, tu n'as sûrement rien sur les fesses, puisque je te protégeais pendant qu'on dormait. Les miennes étaient exposées, et apparemment, elles attiraient toutes les créatures suceuses de sang de la forêt tropicale.

Mandy rit de plus belle.

— D'accord, mais toi, tu n'as pas de piqûres sur la poitrine, comme moi. Parce que je protégeais la tienne toutes les nuits.

Aussitôt, Buck sentit son entrejambe réagir. Il pensa à la poitrine de Mandy, et s'imagina en train d'embrasser chacune des piqûres dont elle parlait. Merde, il devait se calmer. Ce soir, il n'était pas question de sexe. Il s'agissait de la présenter à ses amis, de la mettre à l'aise, de la découvrir autrement, en dehors du drame des deux dernières semaines.

— C'est vrai. Alors, on est quittes ? demanda-t-il.

— Je ne suis pas sûre, mais je vais dire oui pour l'instant, répondit-elle, toujours le sourire aux lèvres.

Heureusement, le temps qu'il se gare sur le parking de l'*Anchor Point*, il avait réussi à contrôler sa libido. Le parking était complet, et il dut se garer tout au fond. C'était ennuyeux, car cette partie n'était pas éclairée, et il savait qu'il ferait noir comme dans un four au moment de repartir.

Il retrouva Mandy devant la voiture, et cette fois, ce fut Mandy qui lui prit la main tandis qu'ils se dirigeaient vers l'entrée. Buck se sentit pousser des ailes.

Ils rejoignirent le reste de l'équipe dans un coin au fond du bar, et ses amis firent aussitôt de leur mieux pour que Mandy se sente à l'aise. Ils voulaient tout savoir d'elle : où elle travaillait avant, ce qu'elle comptait faire maintenant qu'elle était de retour en Virginie, comment étaient les enfants dont elle s'occupait au Guyana, comment elle était devenue enseignante... C'était un peu comme un interrogatoire, mais mené de façon tellement amicale que cela ne semblait pas la déranger, d'autant qu'elle répondait patiemment à leurs innombrables questions.

Ils en posèrent tellement qu'elle n'eut pratiquement pas le temps de poser les siennes en retour. D'ailleurs, elle le leur fit remarquer plus tard dans la soirée.

— J'ai l'impression que vous me connaissez très bien maintenant, mais moi, je ne vous connais pas du tout, se plaignit-elle.

Elle avait bu deux bières, qui semblaient lui monter directement à la tête malgré le copieux repas qu'elle avait pris avant. Elle avait les joues roses, et au fil de la soirée, elle avait passé la main dans ses cheveux à plusieurs reprises, ruinant la coiffure soignée qu'elle avait au début. Elle ressemblait de plus en plus à la femme que Buck avait connue dans la jungle, ce qui lui plaisait énormément.

— Tu nous connais, rétorqua Edge. Je suis le joli garçon, Chaos est le maladroit, Pyro a le meilleur sens de l'orientation, Obi-Wan est le charmeur, Casper est le cerveau, et Buck est le beau gosse américain typique.

Tout le monde éclata de rire.

— Et moi, je suis quoi ? demanda Laryn.

Elle était restée plutôt discrète, se contentant de rester assise à côté de Casper, de boire de l'eau avec son repas, puis de siroter la même bière pendant deux heures. Mais Buck était persuadé qu'elle observait attentivement. Elle protégeait autant les hélicoptères qu'elle bichonnait que ceux qui les pilotaient.

— Toi, tu es notre *véritable* chef, répondit Edge d'un air sérieux. Sans toi, on ne serait rien.

— Exactement, approuva Laryn avec un sourire.

Buck se cala dans son siège, satisfait. Il aimait ces gens plus que tout. Grâce à eux, il adorait son travail, il se sentait en sécurité dans les pires conditions de vol, et il savait qu'il pouvait compter sur eux pour n'importe quoi. L'arrivée de Laryn dans leur cercle restreint était une excellente chose. Elle adoucissait un peu leurs caractères bien trempés, et leur apportait une autre vision des choses.

— Il se fait tard, je suis fatiguée, annonça Laryn en se levant. Je vais passer aux toilettes avant de rentrer. Mandy, tu viens avec moi ?

— Bien sûr.

Buck se crispa. Ça ne le dérangeait pas que Mandy accompagne Laryn, mais il redoutait ce qu'elle pourrait lui dire. Laryn avait tendance à être cash, et si elle n'aimait pas Mandy, elle risquait de lui faire de la peine. Et c'était la dernière chose que Buck souhaitait.

— Je reviens. De toute façon, il faut que je rentre pour m'occuper de Rain, ajouta Mandy.

Buck hocha la tête, puis il suivit des yeux les deux femmes qui se frayaient un chemin vers les toilettes.

— Je n'ai jamais pigé pourquoi les femmes vont toujours pisser en binôme, grommela Chaos. Elles ont des cabines, ce n'est pas comme si elles pouvaient se tenir par la main et chanter *kumbaya* en même temps...

— Question de sécurité, répondit Casper en haussant les épaules.

— Il ne se passe jamais rien à l'*Anchor Point*, répliqua Pyro. C'est un bar sûr.

— Aucun bar n'est complètement sûr, rétorqua Obi-Wan.

— C'est vrai, acquiesça Edge. Sur le parking, il fait un noir d'encre.

— Tu crois que Laryn va être cool avec Mandy ? demanda Buck en regardant Casper.

— Bien sûr. Pourquoi ?

— C'est juste qu'elle dit toujours ce qu'elle pense. J'adore ça, mais Mandy essaie encore de se réadapter à la vie ici, aux États-Unis. Elle vivait dans une région très rurale au Guyana. Et puis, elle a passé tout ce temps dans la forêt tropicale. Je ne veux pas qu'elle se sente...

— Détends-toi, Buck, l'interrompit Casper. Laryn l'aime bien. Elle dit que c'est une dure à cuire.

— Vraiment ?

— Oui. Elle a ajouté que si elle avait survécu à tout ce qu'elle a traversé, elle avait forcément sa place. Et que si elle t'avait supporté aussi longtemps, elle ne pouvait être qu'exceptionnelle.

Tout le monde éclata de rire, mais Buck s'en fichait. L'important, c'était que Laryn semblait apprécier Mandy.

Il prit une profonde inspiration, et termina son verre d'eau. Il avait arrêté la bière depuis plus d'une heure, non pas parce qu'il était ivre, mais parce qu'il conduisait, et qu'il ne ferait jamais rien qui puisse mettre Mandy en danger. De plus, il voulait être parfaitement alerte dans ce foutu parking au moment de partir.

— J'ai entendu dire que tu avais appelé Tex aujourd'hui, lança Chaos pour changer de sujet. Il a trouvé quelque chose sur cette fameuse Blair ?

Buck leur avait donné un aperçu de la situation au Guyana, et de ce qui s'était passé après le retour de Mandy à l'école. Ses coéquipiers étaient inquiets, et avaient convenu que Tex était le mieux placé pour éclaircir toute cette affaire.

— Pas encore. Il a besoin d'un peu de temps. Il a beaucoup de choses à gérer en ce moment, et après ce qu'il a traversé avec sa femme, il essaie de lever un peu le pied. Il dit qu'il n'arrêtera jamais d'aider les gens, mais qu'il veut prendre un peu ses distances avec les connards qu'il côtoie au quotidien.

— Ce qu'il a vécu était horrible, murmura Edge.

Un silence s'installa. Ils savaient tous ce qui était arrivé à Tex. Il avait été kidnappé, et ils avaient eux-mêmes contribué à la rançon. Heureusement, il avait assez d'amis suffisamment compétents pour se mettre aussitôt en action et retrouver ses ravisseurs, ainsi que l'endroit où il était séquestré.

— Bref, il m'a dit qu'il me tiendrait au courant. Il m'enverra tout ce qui pourrait être utile par e-mail, précisa Buck.

— Bien. Si tu as besoin de quoi que ce soit, n'hésite pas à nous le faire savoir, ajouta Casper d'un ton ferme. On est une équipe. On se serre les coudes.

— Je sais, et j'apprécie.

— C'est normal, répondit Obi-Wan. C'est notre manière de fonctionner.

— Bon, j'y vais, lança Pyro. À demain, les gars.

— Moi aussi, déclara Chaos.

— Je ferais mieux d'y aller aussi, renchérit Edge en se levant.

Bientôt, il ne resta plus que Casper et Buck à table, à attendre les filles.

— Détends-toi, Buck. Elles ne vont pas tarder. Ensuite, tu pourras rentrer chez toi et passer un moment seul avec Mandy. Désolé d'avoir gâché ton rencard, mais on voulait connaître un peu mieux la femme qui te fait tourner la tête. Et pour info... je l'aime bien. On l'aime tous.

Buck hocha la tête. Il n'avait pas besoin de l'approbation de son chef d'équipe pour sortir avec Mandy, mais malgré tout, ça le soulageait qu'il soit là.

Il ne put s'empêcher de jeter un regard vers le couloir qui menait aux toilettes. Il devait bien admettre qu'il avait hâte de faire exactement ce que Casper venait de suggérer : passer enfin un moment seul avec la femme qui l'obsédait tant.

15

Amanda était nerveuse.

Elle avait passé une soirée formidable. Les amis de Nash étaient drôles, chaleureux, et elle s'était sentie accueillie et intégrée. C'était comme si elle les connaissait depuis des années, et pas seulement depuis quelques heures. Elle aimait leur façon de se disputer pour payer les consommations. Elle aimait le fait qu'ils aient été sincèrement inquiets en apprenant que Nash l'avait suivie dans la jungle. Elle aimait leur simplicité.

Elle avait effectué quelques recherches sur les Night Stalkers plus tôt dans la journée, et elle était plus qu'impressionnée. En lisant les exploits de ces pilotes extraordinaires – qui avaient déjà sauvé quantité d'hommes, de femmes et d'enfants, sans parler des soldats qu'ils transportaient – elle avait mesuré encore davantage ce que Nash avait fait en venant la secourir.

Car qui était-elle, au fond ? Personne. Une simple enseignante qui avait paniqué et commis une erreur idiote en courant vérifier qu'un enfant n'avait pas disparu, sans vérifier sa présence à bord de l'hélicoptère. Pourtant, il ne lui avait jamais fait sentir qu'elle avait eu tort. Il avait tout fait pour qu'elle se sente en sécurité. À ses yeux, ce n'étaient pas ses talents de pilote qui faisaient de lui quelqu'un d'exceptionnel, mais sa compassion, sa personnalité, son besoin de servir, et son désir farouche de protéger les autres.

Amanda l'aimait bien. Beaucoup, même. Et maintenant qu'ils étaient de retour aux États-Unis, sains et saufs, et qu'il lui avait envoyé ce message, il lui était de plus en plus difficile de cacher ses sentiments, et son désir.

L'entendre dire qu'il ne voulait pas d'une simple aventure ne faisait qu'attiser ce désir.

Est-ce qu'elle serait bête de se jeter à son cou ? Certaine-ment. Cependant, son envie ne diminuait pas. Assise à côté de lui dans le bar, le regarder plaisanter avec ses amis, l'entendre rire, sentir sa main sur sa cuisse, son pouce effleurant sa peau inlassablement... Tout cela ne faisait que renforcer ses sentiments.

Nash Chaney était un homme bien. Et elle avait besoin de lui. Vraiment.

La soirée s'était déroulée à merveille. Le seul point d'inter-rogation restait Laryn. Amanda l'aimait bien, tout autant que la première fois qu'elle l'avait rencontrée. Mais ce soir, elle s'était montrée discrète, concentrée. Elle avait également une incroyable capacité à ne rien laisser transparaître sur son visage. Amanda n'arrivait pas à la cerner.

Enfin... sauf quand elle regardait Casper. L'amour qu'elle portait à cet homme sautait aux yeux, et il le lui rendait au centuple. C'était magnifique à voir.

Quand elles allèrent aux toilettes ensemble, tout se passa normalement. Mais en se lavant les mains, Laryn lança d'un air presque anodin :

— Les Night Stalkers ne sont pas censés quitter leur hélico.

Amanda attrapa une serviette en papier, puis se tourna vers elle en s'essuyant les mains.

— Je sais. Nash m'en a parlé.

— Tate a fait la même chose avec moi, sauf qu'un SEAL serait mort s'il n'y était pas allé.

Amanda hocha la tête. Nash lui avait raconté comment Laryn avait été kidnappée sous le nez de Casper, parce qu'il l'avait laissée seule dans l'hélicoptère en Turquie pendant qu'il aidait Pyro à évacuer deux SEALs blessés.

— Pour Buck, c'était grave, reprit Laryn. Très grave. Il aurait pu être sanctionné. Perdre son grade, son salaire. S'il a eu l'impression qu'il ne pouvait pas faire autrement, c'est que quelque chose dans cette situation l'a touché comme jamais auparavant.

— C'était intense. Il y avait des enfants et les rebelles arrivaient, répondit Amanda, sans trop savoir où Laryn voulait en venir.

— C'était ridicule de t'enfuir.

— Oui, admit aussitôt Amanda. C'était ridicule.

Elle n'était pas vexée. Laryn avait raison.

— Mais Buck n'a pas été très malin non plus en abandonnant son hélico. Alors ne crois pas que tu es la seule à avoir fait une erreur ce jour-là.

— Merci. Nash m'a dit la même chose.

— J'ai toujours su qu'il était intelligent, avoua Laryn avec un léger sourire. Mais je dois dire que je suis impressionnée. Tu pensais qu'un enfant avait disparu, et tu n'as pas hésité à partir à sa recherche.

Amanda hocha la tête.

— J'aurais dû m'assurer que James n'était pas là avant de partir en courant.

— Peut-être. C'est facile de juger après coup. Tate aurait dû m'emmener avec lui, au lieu de me laisser seule dans l'hélico. Et je n'aurais jamais dû partir en mission avec lui ce jour-là, même si je ne regrette pas, parce que ses instruments ne marchaient plus, et que j'ai réussi à les réparer en vol. Chacun de nous aurait pu agir autrement, mais on ne l'a pas fait. Ce qui est arrivé est arrivé.

Amanda acquiesça de nouveau.

— J'aime beaucoup Buck, poursuivit Laryn. Il est comme un frère pour moi. Je n'ai pas envie de le voir souffrir. Et je sais que c'est ridicule de te demander quelles sont tes intentions, parce qu'après tout, ça ne regarde que vous. Mais je veille sur ces hommes depuis des années, et je ne peux pas arrêter de m'inquiéter pour eux.

— Ça ne me dérange pas. Je suis contente qu'il ait quelqu'un pour veiller sur lui et les autres. Moi aussi, je l'aime bien. Il est différent de tous les hommes que j'ai connus.

Laryn acquiesça à son tour.

— Plus intense, c'est ça ?

— Oh oui.

— Et autoritaire. Arrogant. Protecteur.

— Oui, tout ça à la fois. Mais je ne l'aime pas seulement parce qu'il m'a protégée dans la jungle. C'est sa personnalité, sa gentillesse. Son... Je ne sais pas. Tout ? Ce que je sais, c'est que quand je suis avec lui, je me sens... exister. Comme jamais auparavant.

— Je comprends. Tate me fait le même effet. D'après le peu que je sais de toi, je t'aime bien, Mandy. Je pense que tu es bien pour Buck. Je voulais juste m'assurer que tu ne te faisais pas d'illusions. Son travail est difficile. Ils partent parfois à la dernière minute, sans savoir combien de temps ils seront absents. Il ne peut rien te dire à propos de ce qu'il fait... Secret défense. Et son métier est extrêmement dangereux. Tu sais beaucoup de choses sur les Night Stalkers ?

— Un peu. J'ai fait des recherches aujourd'hui.

— Bien. Mais ça ne te dit pas tout. Crois-moi, ce que ces hommes font là-bas est complètement fou. Leur manière de manœuvrer les hélicoptères est impressionnante... et effrayante. Tu crois que tu pourras supporter ça ? D'être souvent seule ? De le voir partir, et mettre sa vie en danger ?

— Oui, répondit Amanda avec conviction. Je n'ai pas besoin d'un homme pour être heureuse. J'ai très bien réussi à m'en passer, jusqu'à présent. Je veux faciliter la vie de Nash, pas la compliquer. Il me manquera énormément quand il sera parti, mais j'ai confiance en ses compétences, et en celles de ses amis, pour le maintenir en sécurité autant que possible. Et tu seras là pour t'assurer que son hélicoptère ne s'écrase pas.

— Tout à fait.

— Merci pour ce que tu fais, Laryn. Nash m'a parlé de toi avec beaucoup d'admiration. Il sait combien ses coéquipiers et lui malmènent leurs appareils – on en a parlé dans la jungle – et il est impressionné par ton calme quand ils reviennent de mission avec leurs hélicos *un peu amochés* – selon ses propres termes.

Laryn ricana.

— Un peu amochés ? Oui, on peut dire ça comme ça.

Elle soupira.

— Je suis chiante, hein ? Je n'ai jamais voulu être comme ça. De quel droit je t'interroge sur tes sentiments pour Buck ? Ça doit t'agacer…

— Pas du tout, la rassura Amanda. Je trouve ça adorable que tu tiennes assez à Nash pour t'assurer que je ne cours pas seulement après son corps de rêve.

Laryn éclata de rire.

— Ils sont bien bâtis, pas vrai ? Tous autant qu'ils sont. C'est une équipe de beaux gosses, c'est certain.

— Totalement.

Les deux femmes échangèrent un sourire.

— Bon, j'espère que tu ne m'en veux pas terriblement de m'en mêler. Je tiens à dire que j'aimerais beaucoup passer du temps avec toi sans les garçons. Enfin, si ça te tente.

— Oh, oui ! répondit Amanda sans hésiter. Je n'ai pas beaucoup d'amies ici. Je traînais un peu avec les profs de mon ancienne école, mais tu sais ce que c'est quand tu changes de boulot... Les gens que tu considérais comme tes amis disparaissent peu à peu, et tu réalises que vous n'étiez pas si proches que ça.

— Je connais ça. Ça m'est arrivé aussi, même si c'est moins fréquent, vu que je travaille surtout avec des hommes. Je n'ai pas beaucoup d'amies non plus, et toi, tu me plais bien. Tu as l'air plutôt terre-à-terre, et tu ne fais pas de chichis, contrairement à certaines filles qui ne cherchent qu'à coucher avec un militaire pour le frisson. Ou celles qui veulent un père pour leurs gosses, juste pour toucher une pension pendant dix-huit ans.

— Beurk ! Il y a des femmes qui font ça ? demanda Amanda. Pas étonnant que tu aies voulu t'assurer que j'avais de bonnes intentions.

— Allez, viens, on y retourne. Je suis sûre que Buck doit être mort d'inquiétude.

— Pourquoi ? s'enquit Amanda.

Laryn sourit.

— Parce qu'il veut sûrement t'avoir pour lui tout seul, maintenant qu'on a gâché votre rencard. Et aussi parce qu'il se demande sans doute ce que je suis en train de te raconter.

— Tu as des anecdotes croustillantes sur lui ?

— Oh que oui.

— Alors il faut absolument qu'on se revoie.

Laryn riait encore lorsqu'elles sortirent des toilettes, et Amanda aperçut Casper et Nash qui les attendaient au bout du couloir.

Laryn rejoignit aussitôt son homme, et Amanda adressa un sourire timide à Nash en s'approchant de lui.

— Tout le monde est parti ? demanda Laryn.

— Oui, répondit Casper. Ça va ?

— Ça va. Super. Tout va bien. Pas vrai, Mandy ?

— Oui, confirma Amanda avec un sourire sincère.

— Génial. Tu lui as raconté toutes nos histoires embarrassantes ? demanda Casper.

— Pfff, fit Laryn en levant les yeux au ciel. On était juste en train de faire pipi. Allez, mon beau, ramène-moi à la maison.

Il suffit d'un regard échangé entre eux pour que Casper passe un bras autour de sa taille et l'entraîne rapidement vers la sortie en lui murmurant quelque chose à l'oreille. Amanda ne se vexa pas qu'ils ne disent pas au revoir. Si Nash lui murmurait à l'oreille ce qu'il avait envie de lui faire une fois rentrés, elle oublierait sans doute toute politesse, elle aussi.

— Salut, dit Amanda en arrivant à hauteur de Nash. Désolée si on a été longues.

— Pas du tout. Tu es sûre que ça va ?

— Bien sûr. On a juste appris à mieux se connaître.

Nash haussa un sourcil, sceptique.

— Sérieusement. Je l'aime beaucoup. Elle est directe, c'est super.

— Elle ne t'a pas fait peur ? Et ce premier rencard, entourés de mes potes... ça ne t'a pas donné envie de me rayer de ta vie ?

Amanda prit son courage à deux mains et fit un pas vers lui. Il passa aussitôt un bras autour de sa taille et la serra contre lui.

— Pas question. Tu es coincé avec moi, Nash. Aussi longtemps que tu le voudras.

— Tant mieux, parce que je vais le vouloir très longtemps.

Amanda sentit l'érection de Nash contre son ventre, et tout le désir qu'elle essayait de contrôler l'envahit d'un coup. Ses tétons durcirent, elle eut des frissons, et elle se blottit un peu plus contre lui. Ils se regardèrent longuement avant qu'il ne baisse la tête.

Il l'embrassa. Là, en plein milieu de l'*Anchor Point*. Comme s'ils étaient seuls au monde. Des décharges électriques jaillirent de ses lèvres et descendirent directement entre ses cuisses. Amanda se mit à se trémousser dans ses bras. Elle en voulait plus. Elle en avait besoin.

— Trouvez-vous une chambre ! lança quelqu'un, hilare.

Amanda sursauta.

— Doucement, l'apaisa Nash.

Il tourna la tête et cria :

— Va te faire foutre !

Amanda éclata de rire. Il avait l'air tellement contrarié. Elle non plus n'était pas ravie qu'on interrompe l'un des meilleur baisers de sa vie, mais elle n'avait pas envie non plus de se donner en spectacle devant l'ensemble du bar.

— Allez, on s'en va, dit Nash.

Il la fit pivoter contre son flanc et l'entraîna vers la sortie. Dehors, il faisait nuit noire. Casper et Laryn n'étaient plus là. Combien de temps avaient-ils passé à s'embrasser ?

Nash l'accompagna jusqu'à sa voiture et lui ouvrit la portière. Une fois Mandy installée, il fit le tour pour se mettre au volant. Quelques instants plus tard, ils étaient en route. Amanda passa la langue sur ses lèvres, où elle pouvait encore sentir le goût de Nash. Son excitation s'était calmée une seconde... pour revenir aussitôt.

— Tu veux monter voir Rain quand on arrivera chez moi ?

— Bien sûr, répondit-il sans hésiter.

Amanda se dit qu'elle était une adulte responsable, et qu'elle n'avait pas besoin de tourner autour du pot. Elle devait simplement dire ce qu'elle voulait.

— Et comme tu n'as pas pu faire les courses aujourd'hui, et que moi si, au lieu de te donner quelque chose pour demain matin, tu restes, et on prend le petit déjeuner ensemble ?

Elle retint son souffle en attendant sa réponse.

— Sois claire sur ce que tu me demandes, Mandy, répondit

Nash sérieusement. Je ne veux pas qu'il y ait le moindre malentendu.

— C'est toi que je veux, lâcha-t-elle, plus assurée qu'elle ne l'était en réalité. Tu m'as manqué la nuit dernière. La chaleur de ton corps dans mon dos. Mais c'est plus que ça. Je veux tout de toi, Nash. Je veux ta peau contre la mienne. Je veux te sentir si profondément en moi que nous ne fassions plus qu'un. Je veux tout.

En voyant le regard qu'il posa sur elle, empli de désir, elle faillit lui sauter dessus là, dans la voiture.

Mais il ne dit rien, et reporta son attention sur la route... ce qui la rendit un peu nerveuse. Jusqu'à ce qu'elle remarque ses jointures blanches, sa mâchoire qui tremblait, et l'érection sous son pantalon.

— Nash ? murmura-t-elle. Ça va trop vite ?

— Non, répondit-il d'une voix rauque. J'essaie juste de ne pas jouir dans mon pantalon.

Amanda sourit, soulagée.

— Alors tu restes ?

— Oh, je reste, dit-il fermement. Et je vais *tout* te donner. Tu ne le regretteras pas, je te le promets.

— Bien sûr que non, répondit-elle.

Le trajet jusqu'à chez elle sembla beaucoup plus court qu'à l'aller. Ils ne parlèrent pratiquement pas, savourant la perspective de ce qui allait suivre.

Nash se gara.

— Je viens t'ouvrir.

Quelques secondes plus tard, il ouvrait sa portière. Il lui prit la main et la serra si fort qu'ils coururent presque jusqu'à l'immeuble.

— Il faut sortir Rain, rappela Amanda, surtout pour se retenir de sauter sur Nash une fois à l'intérieur.

— Je sais. Je m'en occupe. Il fait nuit. Pas prudent.

Ses phrases étaient hachées, comme s'il avait du mal à garder le contrôle. C'était grisant d'avoir secoué cet homme au point de lui faire perdre ses mots. C'était incroyable.

Quand elle ouvrit la porte de son appartement, Rain était de nouveau assis dans l'entrée, attendant son retour.

— Salut, mon grand, lança-t-elle joyeusement.

Il remuait frénétiquement la queue, mais ce n'est que lorsqu'elle s'accroupit et lui dit *viens là* qu'il bondit sur elle et faillit la renverser.

— Il a l'air soulagé que je sois rentrée, constata Amanda en tentant d'éviter ses coups de langue.

Le chien qui se trouvait devant elle était complètement différent de l'animal terrifié qu'ils avaient rencontré dans la jungle. C'était fou de voir ce qu'un peu d'amour pouvait changer.

Rain se tourna vers Nash, toujours en remuant la queue.

— Tu as besoin de faire pipi ? demanda Nash au chien en accrochant la laisse. Allez, viens.

De toute évidence, il était pressé d'en finir... mais Amanda avait hâte qu'il revienne, elle aussi.

— Tu veux un en-cas ? demanda-t-elle avant qu'il sorte.

— Oui, répondit-il. Toi. Je reviens vite.

Un frisson parcourut Amanda en entendant sa voix chargée de promesses. À peine la porte refermée derrière eux, elle fila dans sa chambre. Elle n'avait pas prévu que la soirée finirait ainsi, mais elle ne le regrettait pas une seconde. Elle espérait juste que ce qui allait suivre serait à la hauteur de leurs attentes.

16

Buck n'avait jamais été aussi excité de sa vie. Il avait l'impression que son sexe allait exploser dans son pantalon. Il n'arrivait pas à croire que Mandy l'ait invité à passer la nuit chez elle. C'était un rêve devenu réalité, et il était impatient de retourner chez elle pour enfin réaliser tous ses fantasmes.

Il ignorait complètement ce que Laryn et Mandy avaient pu se dire dans les toilettes, et au fond, ça n'avait pas d'importance, tant que cela ne poussait pas Mandy à prendre ses distances. Mais apparemment, c'était l'inverse. Et il en était infiniment reconnaissant.

Il n'avait pas menti dans son message de la veille. Son appartement lui semblait affreusement vide. Et il n'avait quasiment pas dormi. C'était incroyable à quel point il s'était habitué à dormir avec elle dans ses bras.

En regardant Rain, qui prenait tout son temps pour trouver un endroit où faire ses besoins, Buck pensa à la vitesse à laquelle les choses avaient avancé entre Mandy et lui. Il n'avait pas eu de vraie relation depuis des années ; juste quelques aventures sans lendemain, mais sans aucune connexion, c'était donc plutôt gênant et maladroit.

Avec Mandy, ce serait bouleversant, il le savait. Elle l'avait touché au plus profond de lui-même, de la plus belle des manières, et il avait hâte de lui montrer à quel point elle comptait déjà pour lui.

Rain finit par lever la patte, puis retourna aussitôt vers la porte de l'immeuble. Ce chien était vraiment malin, et Buck était ravi qu'il ait pu rentrer aux États-Unis avec Mandy.

Il monta les escaliers en trottinant, et fut de retour devant l'appartement en un éclair. — Tu vas être sage ce soir, hein ? dit-il au chien avant d'ouvrir la porte. Tu dors par terre, et tu ne viens pas me piquer ma copine, d'accord ?

Bien sûr, Rain ne répondit pas, mais le regard d'adoration qu'il posait sur Mandy ne présageait rien de bon pour Nash, qui espérait avoir le lit – et Mandy – pour lui tout seul. Ça n'avait pas d'importance. S'il le fallait, il accepterait de partager sa place avec le chien, tant que ça ne l'empêchait pas de montrer à Mandy à quel point il appréciait qu'elle ait fait le premier pas en lui proposant de rester pour la nuit.

— Mandy ? appela-t-il après avoir fermé la porte à clé.

— Je suis dans ma chambre. La dernière porte à gauche ! cria-t-elle.

Le sexe de Buck palpita dans son jean. Merde, il avait envie de cette femme. Il se sentait trop à l'étroit dans ses vêtements, qui l'irritaient énormément. Tout ce qu'il voulait, c'était se déshabiller et prendre Mandy sauvagement. Mais il suivrait son rythme à elle. La dernière chose qu'il voulait, c'était lui faire peur.

À son grand soulagement, Rain s'installa sur un tas de couvertures dans un coin du salon, les froissant pour en faire une couchette convenable.

Buck se dirigea rapidement vers la chambre de Mandy, sans vraiment savoir ce qui l'attendait.

Ce qu'il découvrit le toucha encore plus.

Elle se tenait près du lit, l'air un peu hésitant et timide. Elle ne portait qu'un débardeur et une culotte. Ses cheveux étaient à nouveau en bataille, et elle avait enlevé le maquillage qu'elle avait mis pour leur rencard. Elle ressemblait à celle qu'il avait appris à connaître dans la jungle.

La seule source de lumière provenait de la lampe posée sur la table de nuit, près de son lit queen-size, de sorte que la chambre baignait dans une lumière tamisée. C'était parfait, car Buck voulait tout voir. Chaque centimètre carré de son corps remarquable.

Elle était mince, un peu maigre après leur séjour dans la forêt tropicale, mais il pourrait y remédier avec de bons repas copieux et nourrissants. Sa poitrine était parfaitement proportionnée à sa silhouette, avec les tétons les plus mignons qu'il ait jamais vus. Comment des tétons pouvaient-ils être si mignons ? Il n'en avait aucune idée, mais les siens l'étaient. Sa culotte blanche laissait deviner une toison taillée, mais pas rasée, ce qu'il préférait largement à l'aspect glabre.

Sans réfléchir, il retira son T-shirt d'un coup sec, et le laissa tomber négligemment sur le sol. Il avait envie de se déshabiller complètement pour se jeter sur Mandy, mais il savait qu'il risquait de lui faire peur.

— Comment tu préfères qu'on fasse ce soir ? demanda-t-il, reconnaissant à peine sa voix pleine de désir.

— Je ne comprends pas la question, répondit-elle en inclinant légèrement la tête.

— Tu veux que ce soit langoureux et romantique ? Beaucoup de baisers, de caresses, de mots tendres ? Tu veux mener la danse ? Tu veux que ce soit rapide et intense ? Que je me glisse en toi le plus vite possible – après m'être assuré que tu peux m'accueillir sans douleur, bien sûr – et que je t'emmène au septième ciel ? Je veux que ce soit parfait pour toi, Mandy. Et comme je ne sais pas ce que tu aimes, il faut que tu me le dises.

Elle passa la langue sur ses lèvres, les humectant, et Buck ne pensa plus qu'à une chose : les voir autour de sa queue. Il gouttait déjà, prêt à exploser. Elle allait lui faire perdre la tête, il n'en doutait pas.

— Je ne sais pas ce que je veux, ni comment. Tout ce que je sais, c'est que j'ai besoin de toi, plus que de l'air que je respire. Plus que de manger. Plus que tout. Et je t'accepterai comme tu viens. Langoureux et romantique, rapide et sauvage. Je n'ai pas peur de toi, Nash. Ni de ce qu'on va faire ensemble. J'aimerais que tu prennes les commandes, la première fois. Ça me soulagera de la pression. Dis-moi quoi faire. Ce que *tu* veux.

Mon Dieu... Elle n'avait pas idée de ce qu'elle venait de déclencher.

— Si à un moment tu veux qu'on ralentisse, il suffit de le dire. J'arrêterai immédiatement. Si tu veux simplement te blottir contre moi comme dans la jungle, ça me va aussi. Je suis là pour le long terme, je te l'ai déjà dit. On n'est pas obligés de faire quoi que ce soit ce soir, à part nous retrouver, maintenant qu'on est à l'aise et en sécurité.

— Je ne veux pas seulement qu'on se câline, répondit-elle avec une pointe d'exaspération dans la voix. Je veux que tu me prennes, Nash. J'ai envie de toi.

— Enlève ton débardeur et ta culotte, ordonna-t-il d'une voix rauque, sentant qu'il était à deux doigts d'exploser.

Elle obéit aussitôt, et retira d'un geste le tissu moulant, puis fit glisser sa culotte le long de ses jambes. Elle resta debout, un peu nerveuse, mais tête haute, telle la déesse qu'elle était aux yeux de Buck.

Buck se déshabilla en vitesse : baskets, jean, boxer, chaussettes… et se retrouva aussi nu qu'elle. Ils se dévisagèrent, et il en salivait presque.

Mandy était la plus belle femme qu'il ait jamais vue. Et pas seulement physiquement. Parce qu'elle avait osé lui demander ce qu'il voulait. Parce qu'elle lui faisait confiance. Parce qu'elle le désirait autant qu'il la désirait.

— Je dois m'allonger sur le lit ? murmura-t-elle.

— Non. Reste là.

Buck fit quelques pas en avant jusqu'à se retrouver juste devant elle, puis il tomba à genoux. En levant les yeux, il vit la confusion sur son visage, mais dès qu'il posa les mains sur ses hanches et les fit glisser pour saisir ses fesses, la confusion se mua en désir.

— Nash, souffla-t-elle.

Bon sang, il adorait entendre son prénom résonner sur ses lèvres. Ce soupir implorant.

Il passa la langue sur ses lèvres, avide de la goûter, de graver son parfum, son goût, sa chaleur dans son âme.

— Je vais te dévorer, Mandy. Te retourner la tête comme tu l'as fait avec moi. Je n'ai jamais rencontré quelqu'un comme toi et je ne rencontrerai jamais plus une personne comme toi. Je ne vais pas tout gâcher. Je te le promets.

— Je sais, dit-elle en posant une main sur sa tête, le regard chargé de tendresse, de… oui, presque d'amour

Cela le fit frissonner de la tête aux pieds.

Puis il se tut.

Buck resserra son étreinte sur ses fesses, et la tira vers lui tout en baissant la tête. Sa langue remonta le long de ses replis intimes, les séparant pour finir sur son clitoris, qu'il se mit immédiatement à sucer. Vigoureusement.

Elle se cambra entre ses bras, laissant échapper un petit gémissement, tandis que sa main se crispait sur sa tête, et que l'autre se posait sur son épaule pour l'agripper.

Il aurait voulu lui dire : *oui, tiens-toi bien, Rebel*. Mais ses lèvres étaient trop occupées.

Elle avait un goût exquis, et il se sentit immédiatement ivre. Il en voulait plus. Il avait besoin de la faire jouir, et de s'abreuver.

Tout en la dévorant, Buck expérimenta. Il cherchait à découvrir ce qui l'excitait le plus. Chaque femme était différente, et il adorait découvrir ce qui faisait vibrer la sienne. Il écarta brusquement une de ses jambes, élargissant ainsi sa position. Déséquilibrée, elle s'agrippa à ses épaules avec les deux mains.

Ses ongles s'enfoncèrent dans sa peau, et cette légère douleur l'excita encore plus. Buck leva les yeux vers elle tout en faisant vibrer son clitoris sous sa langue, et la vision de Mandy, perdue dans le plaisir, fit tressaillir sa queue. Ses tétons étaient durs comme la pierre, sa poitrine rouge vif. Elle avait la tête rejetée en arrière, et elle haletait alors qu'elle se rapprochait de plus en plus de l'extase.

Mais il avait besoin qu'elle le regarde. Il avait besoin qu'elle voie que c'était lui qui lui faisait ressentir cela.

— Regarde-moi, ordonna-t-il d'une voix rauque.

Elle obéit immédiatement, baissant la tête pour plonger dans son regard. Buck sortit délibérément sa langue, et la lécha une fois de plus, ravi de la voir frissonner. Puis il glissa un doigt en elle, lentement, tandis qu'il continuait de se concentrer sur son clitoris. Elle était étroite, mais humide, noyant son doigt jusqu'à la jointure pendant qu'il la pénétrait à un rythme régulier.

— Nash ! gémit-elle en se trémoussant contre son doigt.

C'était ainsi qu'il la voulait. Folle de désir, ne pensant qu'à une seule chose. Enfin... deux : lui, et son orgasme imminent. Il comptait bien la faire jouir inlassablement. Il avait *besoin* de la voir perdue dans un plaisir insensé, réduite à un état élémentaire où il n'y avait plus que des endorphines, et le besoin d'en avoir plus.

Il la maintint fermement tandis qu'elle se tordait dans tous les sens, et quand il sentit son corps se tendre, Buck accéléra le mouvement sur son clitoris, mémorisant précisément la pression qu'il lui fallait pour atteindre l'orgasme. Cela ne fut pas long, ce qui l'excita encore plus. Il la sentit jouir contre sa langue, tout autour de son doigt enfoui profondément en elle.

Elle était encore en train de jouir quand il se redressa d'un coup, la souleva, et la jeta sur le lit. Elle poussa un petit cri en atterrissant, mais se précipita immédiatement vers lui les bras tendus, et Buck sentit son désir atteindre un nouveau sommet.

Comme elle était beaucoup plus menue que lui, Nash n'eut aucun mal à la positionner comme il voulait. Il la retourna sur le ventre, la hissa sur les genoux, et replongea aussitôt la tête entre ses cuisses. Elle cria de plus belle et écarta les jambes davantage, lui laissant toute liberté. Sa poitrine collée au matelas et ses fesses en l'air : c'était charnel et incroyablement excitant. Buck en perdait la tête, il était fou de désir pour cette femme.

L'idée de la prendre ainsi le submergea, mais il ne voulait pas de ça ce soir. Il voulait la regarder dans les yeux, lire chaque pensée, chaque sensation quand il se glisserait en elle pour la première fois. Il voulait cette connexion-là, viscérale et émotionnelle.

Sa vie changeait à chaque seconde qui passait. À chaque coup de langue, chaque succion, chaque gémissement, elle s'imprimait dans son âme. Il savait déjà qu'il ne pouvait plus vivre sans elle, qu'il ne pourrait plus continuer à faire son travail sans savoir qu'elle l'attendait à la maison. C'était trop rapide, mais tant pis. Il s'en fichait.

— Nash, j'ai envie...

Sa voix s'éteignit.

Mais ces mots suffirent à lui faire reprendre le contrôle de son désir brûlant.

— De quoi as-tu envie ? Dis-moi, Rebel. Je ferai tout ce que tu veux.

— De toi. J'ai envie de toi.

— Je suis déjà là, sois plus précise, insista-t-il.

Il se montrait particulièrement dominateur, mais il ne pouvait s'en empêcher.

— Prends-moi, Nash ! Je te veux en moi.

Il la fit basculer avant même d'avoir assimilé ce qu'elle venait de dire. Elle se retrouva sur le dos, et lui au-dessus d'elle. Il se sentait invincible. Il n'avait jamais été très grand, et dans le passé, on se moquait même de lui à cause de sa taille. Mais ce soir, alors qu'il recouvrait le corps menu de Mandy, il ne s'était jamais senti aussi viril.

Juste au moment de se glisser en elle et d'entrer au paradis, une chose lui vint à l'esprit.

— Merde, attends, haleta-t-il en se retirant brusquement pour bondir du lit.

Mandy se redressa sur un coude, le regard troublé.

— Qu'est-ce que tu fais ?

— Un préservatif, lâcha-t-il en fouillant frénétiquement les poches de son pantalon.

Il trouva son portefeuille, sortit un préservatif, puis laissa tomber le reste sans réfléchir, avant d'arracher l'emballage avec les dents. C'était presque douloureux tellement il était excité, mais il déroula le caoutchouc sur son membre et retourna aussitôt sur le lit.

— Je prends la pilule, l'informa-t-elle alors.

En entendant cela, le sexe de Buck durcit encore, si c'était possible.

— Tant mieux, mais c'est seulement jusqu'à ce que je puisse te prouver que je n'ai aucune MST ou infection.

— Je te fais confiance, Nash.

— Et tu n'imagines pas ce que ça signifie pour moi. Mais je le garde quand-même.

— Tu n'as pas confiance en moi ? Je n'ai couché avec personne depuis des années, dit-elle avec une légère hésitation.

Il était en train de tout gâcher. Ils auraient dû avoir cette conversation avant d'aller aussi loin. Il se pencha vers elle et prit son visage entre ses mains.

— J'ai confiance en toi, affirma-t-il fermement. Je veux juste te prouver que je suis l'homme que tu crois que je suis.

— Je sais qui tu es, murmura-t-elle en saisissant ses poignets. Tu es l'homme dont je suis en train de tomber amoureuse.

— Bordel, souffla-t-il, transpercé en plein cœur par ses mots.

Elle était tellement courageuse de se livrer ainsi. Il brûlait de les lui rendre, mais il avait la gorge trop serrée. Il avait du mal garder le contrôle. S'il ne se reprenait pas, il allait jouir comme un adolescent.

Il appuya une main sur le matelas au-dessus de sa tête, puis dirigea l'autre vers sa verge. Il la serra fermement à la base pour repousser l'urgence.

— Écarte les jambes, Mandy. Ouvre-toi pour moi. Laisse-moi entrer.

Elle obéit aussitôt, attisant encore plus son désir. Il fit glisser son sexe entre ses plis humides, puis aligna le bout de son membre et le fit entrer en elle. C'était extraordinaire. Tellement étroit. Il lui fallut toute sa maîtrise pour ne pas plonger en elle d'un seul coup.

Mandy ne le regardait pas. Ses yeux étaient rivés entre leurs deux corps, là où ils n'étaient qu'à peine unis. Il adorait voir le désir fiévreux dans son regard, mais il voulait qu'elle *le* regarde.

Il porta une main à son visage et lui releva doucement le menton.

— Regarde qui est sur le point d'être en toi, Mandy. Celui qui remuerait ciel et terre pour te rendre heureuse, qui ferait tout pour te combler.

— Je te vois, Nash.

Elle disait vrai. Elle garda les yeux rivés sur lui tandis qu'il se glissait lentement dans son intimité.

Quand il fut enfin entièrement en elle, ils gémirent tous les deux.

Merde, elle était incroyable. Ses muscles se contractaient tout autour de lui comme un étau. Il ne pouvait plus bouger. Il ne *voulait* plus bouger. Il aurait voulu rester là pour toujours... ce qui, évidemment, était compliqué. Mais il n'avait jamais rien ressenti d'aussi intense. C'était bouleversant, et presque effrayant.

Mandy semblait comprendre, car elle l'enlaça et lui caressa le dos, des fesses jusqu'aux épaules, l'aidant à dominer cette émotion trop forte.

Finalement, son corps réclama son dû. Il recula les hanches, puis replongea en elle. C'était l'extase. *Elle* était l'extase.

Buck se redressa sur ses bras, et sans la quitter des yeux, il accéléra le mouvement. Chaque coup de reins lui donnait davantage l'impression d'être chez lui. Elle lui souriait douce-ment, mais il voulait qu'elle se perde dans ses émotions autant que lui. Elle appréciait manifestement ce moment, mais il avait envie qu'elle se sente comme quelques instants auparavant, qu'elle oublie tout, sauf son plaisir.

Il donna un coup de rein plus intense, et fut récompensé par un halètement.

— Tu aimes ça ?

— Mmh.

— Tu en veux plus ?

— Oui !

Il lui offrit ce qu'elle voulait. Buck accentua les va-et-vient, craignant d'abord de lui faire mal, mais il réalisa rapidement qu'elle adorait ses coups de reins vigoureux. Cependant, elle n'était pas complètement en extase. Pas encore.

Il se concentrait sur son plaisir, et ça l'aidait à maîtriser le sien. Elle serait toujours prioritaire. À plus d'un titre.

Il se redressa sur les genoux, et l'attira vers lui jusqu'à ce qu'elle le chevauche.

— Nash ! s'écria-t-elle en s'agrippant à lui pour garder l'équilibre.

Mais il la tenait fermement. Elle ne tomberait pas. Dans cette position, il ne pouvait pas plonger complètement en elle, mais il pouvait atteindre son clitoris. Aussitôt, il le caressa avec vigueur. Mandy se trémoussa de plus belle, haletante. Buck se pencha en avant et prit un téton dans sa bouche.

Elle était en extase. Elle se mit à se tordre sur lui, à le chevaucher du mieux qu'elle pouvait sous son étreinte. Il sentit son orgasme naître, et c'était encore plus érotique que ce qu'il avait fait auparavant avec les doigts. Il voulait vivre ça tous les jours.

— C'est ça, jouis pour moi, Rebel. Jouis sur moi. Donne-moi tout.

Elle lui donna tout. Elle le serra si fort que c'en était délicieusement douloureux. Son orgasme déclencha immédiatement celui de Buck. Il exulta dans le préservatif, et déversa jusqu'à son âme. Il n'avait jamais ressenti une libération aussi puissante. Il était accro à cette femme qui tremblait encore sur ses genoux.

Il la fit glisser doucement sur le dos et se retira à contre-cœur. Il était extrêmement frustré de quitter la chaleur de son corps, mais il ne fallait pas oublier le but du préservatif.

Mandy avait l'air comblée, apaisée, mais Buck n'en avait pas fini. Il glissa la main entre ses cuisses, et les yeux de Mandy s'écarquillèrent quand il recommença à effleurer légèrement son clitoris.

— Nash ?

— Encore une fois, Mandy. J'en ai besoin.

— Je ne pense pas pouvoir...

— Si, tu peux. Je le sais.

Elle n'avait pas l'air très convaincue, mais elle ne le repoussa pas, alors il continua. La vision de ses fluides s'échappant de son sexe était d'une obscénité enivrante. C'était lui qui l'avait mise dans cet état. Et il brûlait d'impatience de voir un jour leurs fluides mêlés.

Il n'en fallut pas beaucoup pour qu'elle reparte. Désormais, elle était hypersensible, et un simple effleurement suffisait à faire trembler ses cuisses et à emballer son cœur. Buck adorait apprendre à la satisfaire, à la maîtriser ainsi pour ne lui donner que du plaisir. Toutefois, il se jura de ne jamais utiliser ce savoir autrement ; seulement pour son plaisir.

Cette fois, son orgasme fut moins explosif, mais tout aussi beau à voir.

— Arrête ! le supplia-t-elle quand il continua à la caresser doucement ensuite.

Buck retira aussitôt sa main et la posa sur l'un de ses seins, qu'il recouvrit entièrement, savourant la fermeté de son téton au creux de sa paume.

Puis il glissa sur le côté, collé contre elle de la hanche à la poitrine, et joua distraitement avec une mèche de ses cheveux ébouriffés. Il attendit qu'elle reprenne son souffle et qu'elle rouvre les yeux.

Quand ce fut le cas, l'amour qu'il perçut dans son regard était une leçon d'humilité. Et cela l'effrayait. Car Buck n'était pas sûr de mériter un tel amour ; de *la* mériter.

— Salut, dit-elle avec un sourire un peu timide.

C'était incroyablement mignon.

— Salut, répondit-il. Ça va ?

— Très bien.

— Ce n'était pas trop ? Je n'étais pas… trop ? s'enquit-il, incertain.

Il venait de vivre la meilleure expérience de sa vie, mais il ne savait pas ce qu'il en était pour elle.

— C'était parfait, murmura-t-elle.

Buck se détendit. Ouf, merci.

— Je vais voir Rain, et jeter ce préservatif. Ne bouge pas. Je reviens tout de suite.

— Je ne crois pas pouvoir bouger, même si ma vie en dépendait, marmonna-t-elle.

Buck sourit en se levant du matelas à contrecœur, nu comme un ver. Il fit ce qu'il fallait dans la salle de bain, puis jeta un bref coup d'œil dans le salon. Rain ronflait sur le tas de couvertures.

De retour dans la chambre, Buck vit que Mandy avait quand-même bougé : elle s'était recouverte d'un drap. Il fut un peu déçu, mais il comprenait. Ils en étaient encore au début. Il ne fit aucun commentaire, et se glissa contre elle sous le drap. Elle se mit sur le côté, et il se blottit immédiatement derrière elle, comme dans la jungle. Il y avait quelque chose de tellement naturel là-dedans.

Ils restèrent silencieux pendant un moment, puis Buck murmura :

— Moi aussi, je suis en train de tomber amoureux de toi.

Il n'avait pas eu la force de le dire un peu plus tôt, mais il voulait qu'elle le sache.

Elle serra le bras qui l'enlaçait et soupira de bonheur.

Du moins, il l'espérait.

— Merci d'être là. Merci de ne pas avoir paniqué quand je t'ai demandé de rester.

— Pourquoi j'aurais paniqué, alors que c'est aussi ce que je voulais ? Je suis content que tu aies eu le courage de me dire ce que tu ressens. C'est grâce à ça qu'on en est là.

Quelques minutes plus tard, la respiration de Mandy se fit plus profonde. Il se contenta de la serrer contre lui. La vie de Buck avait changé pour le meilleur, et jamais il n'avait été aussi heureux de s'être porté volontaire pour partir en mission au Guyana.

Peu après, Il entendit le cliquetis des griffes de Rain sur le sol. Le chien entra, sauta sur le lit, tourna plusieurs fois sur lui-même, puis se coucha à leurs pieds dans un long soupir.

Buck sourit, reconnaissant que le chien ait attendu la fin de leurs ébats pour les rejoindre. Ça ne le gênait pas qu'il dorme avec eux ; après tout ce qu'il avait fait et enduré, il le méritait bien. Mais Buck fixerait une limite : pas question que Rain soit là quand ils feraient l'amour.

Il s'endormit, plus détendu et comblé que jamais. La vie était belle... et elle ne pouvait que l'être encore plus avec Mandy à ses côtés.

17

Amanda était sur un petit nuage. Son avenir était encore flou, mais avoir Nash dans sa vie était un bonus auquel elle ne s'attendait pas en prenant la décision de partir au Guyana. Une semaine s'était écoulée depuis leur retour, et ils s'étaient naturellement installés dans une routine confortable. La plupart du temps, Nash dormait chez elle à cause de Rain, mais une fois, ils avaient passé une nuit chez lui avec le chien.

C'était comme s'ils se connaissaient depuis toujours. Elle se sentait bien avec lui, et il prenait toujours soin d'elle. Il préparait le petit déjeuner tous les matins, et même s'il devait se lever tôt pour s'entraîner avec son équipe à la base navale et assister à diverses réunions, ce n'était pas un problème pour elle, qui avait toujours été du matin.

C'était également génial de dormir avec lui – vraiment dormir. Il était toujours aussi câlin que dans la jungle. Le sentir derrière elle pendant son sommeil lui apportait un réconfort qu'elle n'aurait jamais soupçonné avant.

Et le sexe ? C'était un gros avantage.

Elle aurait dû s'y attendre : Nash était plutôt dominant au

lit. Il la guidait, faisait d'elle ce qu'il voulait, et semblait avoir un don pour lui offrir des orgasmes à répétition. Ce n'était pas un problème, loin de là. Mais il s'assurait toujours qu'elle était avec lui à chaque instant, qu'il ne lui faisait pas mal, ou qu'il ne faisait rien dont elle n'avait pas envie.

Le plus surprenant, c'était qu'Amanda adorait le laisser prendre les rênes, ne pas avoir à réfléchir à la position, ni à se demander si Nash aimait quelque chose ou non. C'était une liberté inattendue. Cela lui permettait de savourer les sensations qu'il lui offrait, et d'être pleinement dans l'instant avec lui.

Mais il ne s'attendait pas non plus à faire l'amour tous les soirs, ce qui était agréable. Parfois, ils se contentaient de regarder la télévision avant de se blottir l'un contre l'autre dans le lit en parlant de tout et de rien. Cela lui rappelait la jungle, quand ils discutaient pour tuer le temps.

Et il était formidable avec Rain. Il proposait de le sortir, et il avait même pris une journée pour l'emmener chez le vétérinaire. Ils avaient appris que le chien était en bien meilleure forme qu'on aurait pu l'imaginer pour un animal errant issu de la forêt tropicale. Le vétérinaire estimait qu'il avait environ trois ans. Il était maigre, mais grâce à ce qu'Amanda lui donnait à manger depuis son arrivée, il n'y avait rien d'alarmant.

Chaque jour, pendant que Nash rejoignait la base navale, Amanda passait son temps à chercher des options pour élargir ses compétences, afin de pouvoir enseigner à des élèves plus jeunes. Elle envoyait aussi des e-mails à certains de ses contacts dans les établissements locaux pour demander s'il y avait des postes à pourvoir. Mais ce n'était pas la bonne période de l'année : dans la plupart des écoles, le personnel était au complet. Ça n'avait rien de surprenant, mais c'était un peu frustrant quand même. Elle ne pouvait pas vivre éternellement sur ses économies.

Ce matin-là, Nash l'avait réveillée en plongeant la tête entre ses cuisses pour la faire grimper au septième ciel, avant de filer dans la salle de bain, hilare, avec une érection spectaculaire qu'il avait insisté pour soulager lui-même, car il voulait qu'elle se repose encore un peu. À présent, Nash était au travail, et Amanda installée à sa petite table de cuisine, devant son ordinateur portable.

Elle reprenait ses recherches sur la meilleure façon d'obtenir les diplômes pour enseigner aux plus jeunes, quand Rain, installé dans le panier que Nash lui avait ramené un jour, dressa soudain la tête.

Le chien se mit à grogner, un grognement sourd qu'Amanda n'avait entendu qu'une fois auparavant – dans la jungle, quand il les avait empêché de prendre le chemin qui menait tout droit aux rebelles.

Elle regarda Rain, surprise. Il avait quitté son panier pour se planter entre elle et le vestibule, et regardait fixement la porte en grognant de plus belle.

— Rain ? Viens ici, dit Amanda.

Le chien ne bougea pas d'un pouce.

Un frisson parcourut la nuque d'Amanda. Elle ignorait ce que Rain avait senti, mais s'il réagissait ainsi, ce n'était pas bon signe. Elle se leva, hésitante, sans savoir quoi faire.

Une seconde plus tard, quelqu'un frappa violemment à la porte.

Amanda sursauta, le cœur au bord de la rupture.

Rain aboya. Un son grave qui surprit Amanda presque autant que les coups à la porte. Elle n'avait jamais entendu Rain aboyer. Pas une seule fois. Le fait qu'il le fasse maintenant n'avait rien de rassurant.

— Amanda Rush ? Ouvrez la porte. Brigade des stups. Nous avons un mandat.

Quoi ?! La brigade des stups ? Un mandat ? Amanda était complètement perdue. Mais apparemment, les hommes à la porte n'avaient pas l'intention de partir. Et elle n'avait absolument rien à cacher. Elle aurait pu penser qu'ils s'étaient trompés d'appartement, mais l'homme avait prononcé son nom. Elle se précipita vers le vestibule, puis attrapa la laisse de Rain sur le crochet à côté des clés et de son sac à main. Elle l'accrocha rapidement au collier du chien, puis inspira profondément avant d'ouvrir la porte.

Trois hommes se précipitèrent dans le vestibule, obligeant Amanda à reculer de plusieurs pas pour leur laisser la place.

Rain alternait entre aboiements et grognements menaçants.

— Tenez votre chien, ou nous devrons éliminer la menace, lança fermement l'un d'entre eux.

Sous le choc, Amanda se plaqua contre le mur en tenant fermement la laisse de Rain. Deux hommes passèrent devant elle sans un regard et commencèrent à fouiller l'appartement, tandis que le troisième lui tendait un papier.

— Mandat de perquisition. Nous avons reçu un signalement selon lequel une grande quantité de cocaïne se trouverait dans cet appartement. Elle aurait été récemment introduite dans le pays. Vous avez bien travaillé et vécu en Amérique du Sud ?

— Euh... oui. Au Guyana. Mais je n'ai ramené aucune drogue avec moi, protesta Amanda. Je ne touche pas à ça.

— L'information était crédible, et compte tenu de l'endroit où vous avez passé ces derniers mois, le juge a signé le mandat. S'il y a quelque chose ici, on le trouvera. Veuillez sortir et nous laisser faire notre travail.

Amanda était complètement perdue et terrifiée. C'était la première fois qu'elle vivait une chose pareille. Elle serra le mandat dans sa main tandis qu'on l'escortait jusqu'à la porte. Elle ignorait quels étaient ses droits dans ce genre de situation. Pouvait-elle refuser ? Elle n'avait rien à cacher, mais elle se sentait tout de même violée.

— Je peux prendre mon téléphone ? demanda-t-elle, debout dans le couloir, essayant d'ignorer les rares voisins présents à cette heure de la journée qui ouvraient leurs portes pour jeter un œil.

— Pas maintenant, répondit l'agent.

Il ne prit même pas la peine de fermer la porte, et lui tourna simplement le dos.

Amanda baissa les yeux, gênée d'être encore en pyjama : un grand T-shirt et un vieux survêtement qu'elle avait enfilé en se levant. Elle était couverte, certes, mais pieds nus et sans soutien-gorge. Elle se sentait exposée, jugée, aussi bien par ses voisins que par ces trois hommes qui la prenaient pour une trafiquante.

Elle resta ainsi, dans le couloir, pendant plus d'une heure. Elle finit par s'assoir sur le sol en béton froid avec Rain sur les genoux en attendant que les agents aient terminé. Rain ne grognait plus, mais tous les muscles de son corps étaient tendus. De toute évidence, il faisait tout son possible pour la protéger. C'était touchant et triste à la fois.

Tout ce qu'Amanda voulait, c'était appeler Nash, mais les agents refusaient de lui laisser son téléphone. Ils ne voulaient pas non plus qu'elle retourne dans son appartement. Elle ne pouvait aller nulle part, car elle n'avait pas ses clés. Elle les voyait, pendues au crochet à l'intérieur, mais elle savait que si elle tentait de les récupérer, elle le regretterait aussitôt.

L'agent en charge de l'opération gardait un œil sur elle tout en supervisant ses collègues.

Les trois hommes finirent par sortir. Manifestement, ils avaient terminé leur fouille. Les deux agents qui avaient fouillé dans ses affaires passèrent devant elle sans lui adresser un regard. Leur responsable se contenta de hocher la tête et de partir sans s'excuser, ni lui expliquer qu'ils n'avaient rien trouvé, même si c'était évident : Amanda leur avait dit qu'elle n'avait rien ramené.

Amanda se sentait sale, et avait désespérément envie de prendre une douche. Elle referma la porte à clé derrière eux, et en découvrant l'état de son appartement, elle eut le souffle coupé.

Tout était sens dessus dessous. Depuis le couloir, elle avait entendu le bruit des casseroles et des objets renversés, mais quand elle le vit de ses propres yeux, son sentiment de violation fut décuplé.

Elle comprenait bien qu'ils étaient obligés de fouiller, car si elle avait vraiment eu de la drogue chez elle, elle ne l'aurait jamais laissée en évidence. Mais elle avait l'impression d'avoir reçu une gifle. Au moins, ils n'avaient pas éventré les coussins, ni le nouveau panier de Rain.

Le chien, toujours collé à elle, tremblait encore sous la tension. Évidemment, tout comme elle, il n'avait pas apprécié l'intrusion des agents.

Soudain, Amanda éprouva un besoin urgent de sortir, et se précipita dans sa chambre pour se changer.

La gorge serrée, elle découvrit ses tiroirs vides, et ses vêtements empilés sur le sol. Le matelas avait été retiré du sommier et calé contre le mur.

En retenant ses larmes, elle attrapa un soutien-gorge, un jean et un T-shirt, les enfila dans le couloir, puis retourna dans le salon. Son téléphone et son ordinateur étaient toujours sur la table. Elle saisit son portable, enfila une paire de tongs, récupéra son sac à main, et ramassa la laisse de Rain, toujours pendue à son collier.

Le chien l'avait suivie de pièce en pièce. Sans lui, Amanda n'aurait sûrement jamais tenu.

Son premier réflexe aurait été d'appeler Nash, mais à quoi

bon ? Il était au travail. Il ne pouvait pas accourir chaque fois qu'elle en avait besoin. Elle n'était pas blessée, ni en prison. Il ne lui était rien arrivé. Certes, elle avait eu peur, et elle se sentait humiliée, mais ce n'était rien comparé à ce qu'elle avait vécu dans la jungle.

Elle allait s'en sortir. Elle avait juste besoin d'air, de s'éloigner de son appartement pendant un moment.

Rain sauta sur le siège arrière de sa Volvo, et dès qu'elle s'installa au volant, il posa le museau sur son épaule. Amanda lui caressa la tête, mit le contact, puis quitta le parking.

Elle finit par s'arrêter dans un parc à l'autre bout de la ville. Il y avait de grands arbres, et une immense pelouse où les gens pouvaient courir, s'allonger au soleil, ou jouer au frisbee.

C'était ridicule de continuer à tourner en rond. Elle ignorait totalement qui avait bien pu avertir les stups qu'il y avait de la drogue chez elle. Cela n'avait aucun sens. Elle ne côtoyait pas grand monde, et comme elle ne travaillait pas encore, personne n'avait de raison de savoir où elle vivait. Les seules personnes qu'elle voyait régulièrement étaient Nash et ses amis.

Et elle ne croyait pas une seule seconde que l'un de ses coéquipiers, ou Laryn, aient pu faire une chose aussi ignoble.

Elle s'était creusé la tête pendant presque tout le trajet. C'était peut-être un voisin. Certains d'entre eux étaient au courant qu'elle était partie en Amérique du Sud. Ils étaient peut-être contrariés de la voir revenir. Peut-être que l'un d'entre eux espérait qu'elle reste là-bas pour récupérer son appartement. Il avait la meilleure vue. Mais elle avait du mal à croire que quelqu'un puisse aller jusque-là pour une raison aussi dérisoire.

Cela ressemblait à du harcèlement, tout simplement.

Les agents savaient qu'elle était au Guyana… précisément. Donc celui ou celle qui avait lancé cette accusation devait la connaître un minimum, suffisamment pour donner ce détail aux autorités, voire leur donner d'autres raisons de vérifier.

Amanda prit une grande inspiration, puis sortit de la voiture et ouvrit la porte arrière pour laisser Rain descendre. Il était enfermé depuis un bon moment. Ce parc était l'endroit idéal pour qu'il puisse se défouler. Elle ne craignait pas qu'il disparaisse : depuis leur rencontre dans la jungle, le chien ne l'avait pas quittée d'une semelle. Il savait qu'il était tombé sur quelque chose de précieux, et elle doutait fort qu'il prenne la fuite maintenant.

Lorsqu'elle l'encouragea à courir, il s'assit à ses pieds et la regarda fixement.

— C'est bon Rain. Tout va bien. Tu peux aller jouer.

Une fois de plus, Rain ne bougea pas d'un pouce.

Amanda soupira, puis se dirigea vers l'une des tables de pique-nique situées au bord de l'immense espace ouvert. Le parc était agréable. Elle n'était jamais venue ici, c'était un peu loin de son appartement, mais il offrait le calme dont elle avait besoin pour réfléchir.

Elle s'assit sur la table, posa les pieds sur le banc, et laissa son regard se perdre dans le vide, essayant de comprendre ce qui venait de se passer. Elle mourait d'envie d'en parler à Nash, mais elle ne voulait pas passer pour la petite amie collante. Elle n'était pas blessée, et ne se sentait pas vraiment menacée. Elle était juste embarrassée, et troublée.

Elle se promit de tout lui raconter à la fin de la journée. De toute façon, elle n'aurait pas le choix : dès qu'il allait mettre les pieds dans son appartement, il allait comprendre qu'il se passait quelque chose. Elle lui dirait ce soir, c'était sûr.

Plus elle réfléchissait à ce fameux tuyau que la brigade des stups avait reçu, plus elle soupçonnait quelque chose en particulier.

Un sentiment de malaise l'envahit...

Cette information pouvait-elle provenir des personnes qu'elle considérait comme ses amis au Guyana ? Étaient-ils fâchés qu'elle soit partie ? Comprenaient-ils seulement qu'elle n'avait pas eu le choix, que Blair l'avait en quelque sorte mise à la porte ?

Mais à quoi bon mentir en la dénonçant aux stups ? Elle était partie. Ils pouvaient être en colère ou bouleversés, mais rien de ce qui lui arriverait aux États-Unis n'aurait de conséquence pour eux ou pour l'école.

À moins que...

Elle refusait d'y croire. Mais c'était la seule explication logique.

La seule personne qui aurait eu un intérêt à la discréditer, à salir sa réputation, était celle qui savait qu'elle voulait adopter deux enfants de l'orphelinat. En faisant passer Amanda pour quelqu'un d'instable et d'inapte à devenir mère, elle trouvait là le moyen idéal d'anéantir toute demande d'adoption.

Était-ce exagéré de penser que Blair avait quelque chose à voir là-dedans ? Pas vraiment. Elle avait plus de contacts que les autres employés et bénévoles. Et elle n'avait clairement pas sauté de joie quand Amanda lui avait confié qu'elle envisageait d'adopter Bibi, la petite fille à laquelle Blair semblait si attachée.

Soudain, la colère balaya le doute et la confusion. Amanda n'avait aucune preuve, mais personne d'autre n'avait de raison de provoquer une descente des stups chez elle.

Elle décida de se confronter directement à elle, et sortit son téléphone portable de sa poche. Blair n'avouerait certainement rien, mais au moins, elle saurait qu'Amanda se doutait de quelque chose, et y réfléchirait peut-être à deux fois avant de recommencer.

Elle avait enregistré le numéro du bureau de Blair dans ses contacts, et elle cliqua dessus, impatiente de savoir si ses soupçons étaient fondés.

Au bout de quatre sonneries, quelqu'un répondit, mais ce n'était pas Blair.

— Desmond Williams.

— Desmond ? C'est Amanda. Pourquoi répondez-vous à la place de Blair ?

— Merci de votre appel, et de l'intérêt que vous portez à notre école. Oui, nous avons toujours besoin de dons.

Amanda fronça les sourcils.

— Vous m'avez entendue ? C'est Amanda Rush. J'appelle depuis les États-Unis.

— Je vous entends parfaitement. Et oui, des couvertures seront toujours les bienvenues. Tout comme la nourriture. De préférence, tout ce qui est non périssable.

Quelque chose clochait. Vraiment. De toute évidence, Desmond ne voulait pas qu'on sache qu'elle était à l'autre bout du fil. Blair ? Était-elle dans la même pièce, en train d'écouter la conversation ?

— J'appelle parce que la brigade des stups est venue chez moi aujourd'hui. Ils ont reçu un renseignement selon lequel j'avais importé une grande quantité de cocaïne. Ils savaient aussi que je revenais d'Amérique du Sud. Vous êtes au courant de quelque chose ?

— Non, mais ça ne m'étonne pas. Vous pouvez passer quand vous voulez avec vos dons. Nous serons ravis de vous recevoir.

— C'était Blair ? Qu'est-ce qui se passe, Desmond ? s'agaça Amanda.

Amanda était frustrée, et inquiète. Il se passait quelque chose, et elle ne pouvait manifestement pas obtenir de réponses de la part de Desmond à cause de la personne qui écoutait sa conversation.

— Les enfants vont bien ? demanda-t-elle, ressentant soudain le besoin de s'en assurer plus que du reste.

— Oui, les enfants vont très bien. Ils sont heureux et en bonne santé, grâce à des dons comme les vôtres.

Une sensation de soulagement fit vaciller Amanda.

— Je dois vous laisser, mais nous vous remercions pour votre générosité. Nous sommes une petite organisation, et nous avons besoin de toute l'aide possible.

— Si vous pouvez me rappeler plus tard, je vous en prie, n'hésitez pas, lança Amanda à la hâte. Je suis inquiète.

Desmond raccrocha sans répondre.

Jusqu'ici, Amanda avait résisté à l'envie d'appeler Nash, mais cet appel changeait tout. Elle n'avait pas les moyens de comprendre ce qui se passait. Nash, oui.

Rain gémit à ses pieds, comme s'il ressentait ses émotions fluctuantes. Amanda s'assit sur le banc et tendit la main pour le caresser.

— Tout va bien, Rain. Mais il se passe quelque chose à l'orphelinat. Je ne sais pas quoi. Je pense qu'ils ont besoin d'aide. Peut-être que les rebelles sont de retour, et qu'ils ont pris le contrôle. Je ne sais pas. Nash saura quoi faire.

Amanda sélectionna le numéro de Nash, et retint son souffle en espérant qu'il décroche.

Mais l'appel fut transféré vers la messagerie vocale.

Elle lui laissa un message évasif pour lui demander de la rappeler dès que possible. Rien de vital, précisa-t-elle, simplement quelque chose dont elle devait lui parler.

Sans vraiment savoir quoi faire d'autre pour le moment, Amanda décida de rentrer chez elle. Elle avait besoin de remettre de l'ordre. Plus elle y pensait, plus elle était impatiente de s'y mettre. Nash serait furieux de voir l'état dans lequel les agents avaient laissé l'appartement. Son instinct protecteur prendrait le dessus, et il risquerait de s'emballer. Elle voulait lui éviter de faire quoi que ce soit qui puisse nuire à sa carrière.

Elle fit monter Rain dans la voiture et reprit la route. Elle ne s'inquiétait pas que Nash ne l'ait pas encore rappelée : il l'avait prévenue qu'il serait parfois en réunion, et qu'il ne pourrait pas décrocher.

De retour devant son immeuble, Amanda laissa Rain faire ses besoins, récupéra son courrier, puis monta jusqu'à son appartement, bien décidée à ranger autant que possible avant le retour de Nash.

Elle accrocha ses clés et la laisse du chien près de la porte, jeta le courrier sur le plan de travail pour le trier plus tard, et décida de commencer par la cuisine.

Elle venait tout juste de remettre les casseroles et les assiettes à leur place quand son téléphone sonna.

Elle vit le nom de Nash s'afficher à l'écran, et fut immédiatement soulagée. Il allait l'aider à comprendre ce qui se passait, elle en était certaine.

— Salut, dit-elle en décrochant.

— Qu'est-ce qui se passe ? demanda Nash, la voix pleine d'inquiétude. Tu vas bien ? Rain va bien ?

Le fait qu'il s'inquiète aussi pour le chien la toucha profondément.

— On va bien. Tous les deux.

— Parfait. De quoi tu voulais me parler ?

Soudain, Amanda hésita à tout lui expliquer par téléphone.

— Comment s'est passée ta journée ? Tu rentres bientôt ?

Il marqua une pause.

— Mandy, parle-moi. Qu'est-ce qui se passe ?

Mince. Il avait deviné qu'elle essayait de gagner du temps.

— D'abord, je vais bien. Rain aussi. On est chez moi, et la porte est fermée à clé. Tout va bien.

— D'accord, maintenant je commence à paniquer. Est-ce que je dois dire à Casper que je ne peux pas assister à la dernière réunion et venir te rejoindre ?

Waouh. C'était encore plus touchant.

— Non. Mais pour tout t'expliquer, il faut que je reprenne depuis le début, et ce n'est pas la partie où j'ai besoin de toi. C'est la deuxième partie, d'accord ?

— D'accoooord, fit-il en allongeant le mot en signe de confusion.

— La brigade des stups est venue ici ce matin avec un mandat de perquisition. On les a informés que j'avais une grande quantité de cocaïne dans mon appartement.

— Pardon ?

Elle devait se dépêcher de lui expliquer avant qu'il n'explose.

— Ils sont entrés, ils ont fouillé, ils n'ont rien trouvé, et ils sont repartis. Tout va bien.

— Tout ne va pas *bien*, merde ! s'écria Nash. C'est quoi ce bordel ?

— Nash, je t'assure que je vais bien. Je remets juste un peu d'ordre dans l'appart, mais c'est un détail.

— Comment ça, un détail ?! Ils ont saccagé ton appartement ?

Évidemment, c'était ce qu'il retenait. Elle n'irait pas jusqu'à dire qu'ils l'avaient saccagé, mais il était clairement... en désordre.

— Nash, ce n'est pas pour ça que j'ai besoin de ton aide. Tu peux m'écouter une seconde ?

— Parle plus vite, Mandy. Je suis vraiment furieux, là...

Elle pouvait entendre à sa voix qu'il était à deux doigts de tout lâcher et de débarquer chez elle. Elle aurait adoré le voir, mais il fallait qu'il entende le reste.

— Je suis sortie prendre l'air pour me changer les idées, et essayer de comprendre qui aurait pu leur donner ce faux renseignement. Je ne connais presque plus personne à Norfolk, surtout pas quelqu'un qui me ferait une chose pareille. Alors j'ai pensé au Guyana. Les agents savaient que je revenais de là-bas. Une idée m'est venue à l'esprit, j'ai commencé à m'énerver... et j'ai appelé Blair.

— Blair...

Amanda n'était pas vraiment surprise par le dédain dans sa voix.

— Oui. Mais c'est Desmond qui a décroché. Et c'était bizarre, Nash.

— Pourquoi ?

— Il a fait comme si je voulais faire un don à l'orphelinat. Il ne répondait pas directement à mes questions, comme si quelqu'un écoutait la conversation. Peut-être Blair, mais j'ai peur que les rebelles soient revenus. J'ai demandé si les enfants allaient bien. Il a dit que oui, mais je suis inquiète. Tu pourrais en parler à ton ami, celui qui enquête sur Blair ? Pour voir s'il a trouvé quelque chose ?

— Je m'en occupe tout de suite. Tu es chez toi ?

— Oui.

— Ne bouge pas. Assure-toi que les portes sont bien fermées, et n'ouvre à personne, sauf à moi ou l'un de mes amis. Même si les stups reviennent, ou même si c'est le foutu président en personne, tu n'ouvres pas. Compris ?

Il était autoritaire, et ça l'effrayait un peu, mais Amanda acquiesça sans discuter.

— Promis.

— Bien. Je vais me renseigner, mais en attendant, je veux que tu sois en sécurité. Je vais en parler à Casper, et dès que j'aurai passé les coups de fil nécessaires, je te rejoins. J'arrive dès que possible.

— Fais attention à toi. Je vais bien, Nash. Je suis un peu secouée, mais ça va.

— Je suis désolé de ne pas avoir été là.

— Nash, tu ne peux pas être à mes côtés en permanence.

— Je sais, mais ça ne veut pas dire que je n'en ai pas envie. Je ne supporte pas que tu aies dû vivre ça toute seule.

— Rain était là.

— Tant mieux, mais un chien, ce n'est pas pareil qu'un Night Stalker en colère.

Il n'avait pas tort.

— Sois prudent au volant. Pas de contravention.

Amanda fut soulagée de l'entendre rire, même si de toute évidence, il était encore tendu.

— Promis. Je t'appelle si j'ai des infos avant de rentrer.

— Merci.

— À tout à l'heure.

— D'accord.

Nash raccrocha, et même si Amanda n'avait toujours pas de réponse, elle se sentait mieux maintenant qu'il s'occupait de l'affaire. C'était étrange de dépendre autant de quelqu'un, et elle n'aurait réagi comme ça avec personne d'autre. Elle avait toujours été très indépendante, elle n'avait pas le choix. Mais l'avoir à ses côtés, pouvoir l'appeler pour lui demander de l'aide, ou le simple fait qu'il se mette en colère et qu'il soit prêt à quitter son travail pour venir la rejoindre... c'était formidable ; comme si elle n'était plus tout à fait seule au monde.

Entre elle et Nash, les choses avaient évolué rapidement, mais cela lui semblait naturel. Leur périple dans la jungle avait accéléré leur relation. Et Amanda n'avait absolument aucun regret.

18

Dès que Buck eut raccroché, il composa le numéro de Tex. Il comptait laisser un message, mais à sa grande surprise, Tex répondit.

— *Tex à l'appareil.*

— C'est Buck. Nash Chaney. Je t'appelle au sujet du Guyana.

— *Justement, je comptais te joindre. Je poursuis mon enquête sur l'école, et j'ai trouvé quelques trucs bizarres. Enfin, je crois. D'abord, d'après des e-mails de bénévoles qui travaillent toujours là-bas, que j'ai piratés, il semblerait que Blair ait installé une des gamines chez elle. Je n'ai trouvé aucun document officiel indiquant qu'elle avait l'intention de l'adopter, mais peut-être que la petite avait du mal à se remettre de l'enlèvement...*

— Bibi ? demanda Buck.

Tex eut l'air surpris.

— *Oui... Comment tu sais ça ?*

— Elle est obsédée par cette fillette. Enfin, d'après ce que j'ai vu. Mais si je t'appelle, ce n'est pas pour ça.

Buck lui raconta rapidement ce qui était arrivé à Mandy ce

matin-là : le mandat de perquisition obtenu grâce à un soi-disant *tuyau* selon lequel il y aurait de la drogue dans son appartement. Il parla aussi à Tex de la conversation téléphonique avec Desmond.

— Elle a peur que les rebelles soient de retour, et qu'il y ait une prise d'otages à l'école. J'aimerais savoir si c'est le cas ou non, et si tout le monde va bien.

— *Je vais trouver d'où vient cette information, et je te tiens au courant. Ce ne sera pas difficile de pirater la base de données de la brigade des stups pour dénicher les informations sur l'appel. Pour le reste, ce matin, tout semblait normal à l'école. Les e-mails entre les membres du personnel circulaient bien, et les conversations téléphoniques aussi. Je n'ai pas d'images sur place, étant donné qu'ils n'ont pas de caméras de surveillance, mais d'un point de vue électronique, rien d'inhabituel. Je peux creuser davantage, et voir si mes contacts militaires peuvent aller jeter un œil.*

— Je t'en serais reconnaissant. Mandy aussi.

— *J'ai aussi trouvé des infos intéressantes sur la directrice.*

— Quel genre ?

— *Elle fait des allers-retours en hôpital psychiatrique depuis des années. Même avant la mort de son mari.*

— Pour quelle raison ?

— *Il n'y a pas de diagnostic précis, mais beaucoup de termes figurent dans son dossier : trouble de la personnalité, dépression, anxiété, schizophrénie, bipolarité... Les médecins ont tout évoqué.*

— Mais rien de concret ?

— *Non. Elle a reçu toutes sortes de traitements au fil des ans, mais après son départ pour le Guyana, autant que je sache, elle n'a rien pris.*

— Ça peut être problématique, murmura Buck, plus à lui-même qu'à Tex.

— *Je vais continuer mes recherches, et je te tiens au courant dès que possible. Je comprends qu'Amanda s'inquiète pour les enfants et pour ses collègues.*

— Merci beaucoup.

Tex raccrocha sans un mot. Même si Buck se sentait rassuré de savoir qu'il enquêtait, l'envie de vérifier de ses propres yeux que Mandy allait bien le tenaillait. Il n'arrivait pas à croire que les stups aient fouillé son appartement. Après ce qu'elle avait déjà enduré avec les rebelles, ça avait dû être un vrai traumatisme.

Il retourna dans la salle de conférence, où avec son équipe, ils passaient en revue des informations pour une mission à venir. Ils faisaient une pause, ce qui lui avait permis de consulter ses messages, puis de rappeler Mandy.

— Tout va bien ? demanda Obi-Wan.

— Non, il faut que j'y aille.

— Mandy ? s'enquit Pyro, inquiet.

— Oui.

Buck raconta une nouvelle fois ce qui s'était passé : la fouille de la brigade des stups, et les craintes de Mandy au sujet de l'école. Ses frères d'armes s'indignèrent aussitôt, ce qui ne l'étonna pas.

— Il y a autant de chances qu'il y ait de la drogue chez Mandy que chez Mère Teresa.

— Foutaises !

— Je parie qu'ils ont saccagé l'appartement.

— Tu veux qu'on vienne avec toi ?

Ses amis étaient les meilleurs. Voilà pourquoi il donnerait sa vie pour chacun d'eux : ils étaient toujours prêts à le soutenir.

— Elle dit que tout va bien. Elle est enfermée chez elle, donc pas besoin de renforts pour l'instant. Mais si c'est le cas, je vous appelle. Casper, je peux m'en aller plus tôt ?

— Bien sûr. On a presque fini, de toute façon. On te briefera demain.

— Merci.

— Et tiens-nous au courant, ajouta Casper d'un ton ferme. Si quelque chose se trame, on veut le savoir.

— Promis. Tex est en train de creuser l'affaire.

— Très bien. Mais tu sais qu'on est là. Et si Tex découvre des trucs louches au Guyana, je verrai avec le colonel si on peut se rendre sur place pour filer un coup de main.

— Merci, les gars, répondit Buck, soudain ému.

— Mandy et toi… vous êtes ensemble ? demanda Casper.

— Oui.

La réponse avait fusé sans hésitation.

— Alors elle est des nôtres, déclara Casper. Si quelqu'un s'en prend à elle, il s'en prend à nous tous. Et s'il faut que j'appelle mon frère pour que les SEALs interviennent, je le ferai. J'ai vécu l'enfer quand Laryn a été enlevée, et je ne souhaite ça à personne. Je ne dis pas que Mandy sera enlevée à nouveau, mais si quelqu'un la menace, on ne laissera pas l'histoire se répéter. Allez, file. Je te recontacterai plus tard.

Buck hocha la tête, puis quitta la salle. Il n'avait qu'une hâte : arriver chez Mandy, et constater par lui-même qu'elle allait bien. Durant tout le trajet, il réfléchit à ce qu'il ferait si Tex confirmait que les rebelles étaient retournés à l'école pour se venger, ou enlever à nouveau les enfants.

Il ne lui fallut pas longtemps pour arriver devant l'immeuble de Mandy.

Il monta les marches deux par deux jusqu'à son appartement, et frappa à la porte.

— Mandy ? C'est moi. Ouvre.

La porte s'ouvrit presque aussitôt, et Mandy se jeta dans ses bras. Buck eut l'impression de pouvoir respirer normalement pour la première fois depuis leur conversation téléphonique.

Il la serra fort contre lui, puis s'écarta pour la regarder de la tête aux pieds et s'assurer qu'elle allait vraiment bien.

— Je vais bien, confirma-t-elle doucement en devinant son manège. J'ai eu un peu peur sur le moment, je ne comprenais rien. J'ai dû rester dehors, en pyjama. Mais plus le temps passe, moins je suis confuse, et plus je suis en colère. Après tout, je suis enseignante, pas trafiquante. Comment quelqu'un a pu croire que j'avais quelque chose à voir avec la drogue ? Tu as des nouvelles de l'école ? Tout le monde va bien ?

— Tex s'en occupe. Il m'appellera dès qu'il aura du nouveau.

Derrière elle, Buck aperçut la chambre encore sens dessus dessous, et serra les dents. Une vague de colère le submergea de nouveau face à cette violation de son intimité.

— Ce n'est rien, le rassura Mandy en suivant son regard. Ce n'est pas si grave.

— Je vais m'assurer que celui qui a passé cet appel anonyme le regrette amèrement, grogna Buck, toujours en serrant les dents.

À sa grande surprise, Mandy pouffa de rire. Il reporta aussitôt son attention sur elle.

— Qu'est-ce qu'il y a de drôle ?

— J'ai pensé exactement la même chose, mais toi, tu as sans doute les moyens d'agir. Nash, tu aurais dû voir Rain. Il a aboyé ! Je ne savais même pas qu'il en était capable. Il a senti leur présence avant moi, avant même qu'ils frappent à la porte. Il a grogné, il s'est mis entre moi et la porte, et il a aboyé. J'étais bluffée.

Buck était à nouveau partagé. Il était fier du chien, mais furieux qu'il ait été obligé de la protéger. Elle n'aurait jamais dû se sentir menacée chez elle. Elle aurait dû être en sécurité dans son appartement, sans avoir à s'inquiéter que des gens entrent dans son espace personnel et envahissent sa vie privée.

— Bravo, mon grand, lança-t-il à Rain, qui était retourné dans son panier après l'avoir accueilli.

— Comment s'est passée ta matinée, à par cette histoire avec les stups ? Ta recherche d'emploi ? Ton certificat ? Tu as du nouveau ?

Buck faisait de son mieux pour contrôler ses émotions et contenir sa colère. Il voulait agir, mais tout ce qu'il pouvait faire pour l'instant, c'était attendre les informations de Tex. En attendant, il devait mettre Mandy à l'aise, et lui montrer qu'il maîtrisait la situation. Pour cela, il devait lui-même garder le contrôle.

— Pas vraiment. J'ai réduit la liste des écoles qui proposent des programmes en ligne, mais je n'ai trouvé aucun poste vacant.

— Et les remplacements ? demanda Buck en se souvenant qu'elle en avait parlé.

— Une prof avec qui j'ai travaillé m'a dit qu'une de ses amies, qui enseigne au CP, allait partir en congé maternité. L'administration cherche un remplaçant à long terme. Ce serait idéal, mais je ne suis pas sûre que ce soit une bonne idée.

— Pourquoi pas ?

— Parce que c'est à la base navale.

— Et ? s'enquit Buck, vraiment perplexe.

— Tu travailles là-bas.

— Et alors ?

— Je ne veux pas te gêner. C'est ton territoire.

Buck secoua la tête, exaspéré.

— En quoi travailler dans la même base que moi, c'est empiéter sur mon territoire ?

— Je ne sais pas, ça me semble... bizarre.

— Ce n'est pas bizarre. C'est parfait. On ferait du covoiturage, on économiserait de l'essence. Je pourrais passer te voir le midi. Franchement, ça me semble *idéal*.

C'était sincère. Avec n'importe quelle autre femme, il se serait peut-être dit qu'avoir quelqu'un si près de lui en permanence serait étouffant. Mais pas avec Mandy. Il aimait l'idée qu'elle travaille à la base navale. Ce n'était pas une garantie de sécurité absolue, mais c'était sûrement plus sûr qu'une école publique du coin.

— Vraiment ? Tu ne dis pas ça pour me faire plaisir ?

— Non.

— Alors j'appellerai peut-être demain pour voir si je peux déposer une candidature, ou au moins en parler à quelqu'un de l'administration.

— Bonne idée. Tu as mangé ?

Elle grimaça.

— Non, pas envie.

— Je peux nous griller du poulet, avec ce riz parfumé que tu aimes bien. Ça ne sera pas long.

— Ça marche. Je vais ranger la chambre pendant que tu cuisines.

— Non. On le fera ensemble après manger. Pour l'instant, assieds-toi et détends-toi. Tu as eu une journée difficile.

— Je peux t'aider.

— Je sais, mais tu peux aussi souffler un peu.

Mandy leva les yeux au ciel.

— Bon, d'accord. Je peux au moins ouvrir mon courrier pendant que tu t'échines à préparer le dîner ?

— Bien sûr.

Buck ne la lâcha pas pour autant. Il la serrait toujours dans ses bras. Il posa son front contre le sien.

— Je suis désolé que tu aies eu à subir ça aujourd'hui.

— Moi aussi.

— On va trouver une solution. Promis.

— J'espère.

Il l'embrassa. Un baiser tendre, censé lui prouver à quel point il tenait à elle.

Buck se força à mettre un terme au baiser avant qu'il devienne plus intense – il voulait en priorité lui faire à manger, et il avait faim aussi – puis se dirigea vers l'évier de la cuisine pour se laver les mains.

Mandy s'approcha du plan de travail et attrapa les lettres. Elle s'installa devant la table et commença à les parcourir.

Buck était en train de se sécher les mains quand il entendit Mandy étouffer un cri. En se retournant, il vit qu'elle regardait fixement une enveloppe, les yeux écarquillés.

— Qu'est-ce qu'il y a ?

Elle redressa la tête.

— Ça vient du Venezuela, répondit-elle en un souffle.

— Bordel…, murmura Buck. Qu'est-ce que c'est *encore* ?

Cette fois, sa voix avait monté d'un cran.

Toujours sous le choc, Mandy se sentait incapable d'ouvrir la lettre. Elle la tendit à Buck quand il s'approcha.

Il n'y avait aucune information sur l'expéditeur, et au recto, l'adresse de Mandy était tapée à la machine. Mais elle venait bien du Venezuela.

Buck hésita. Ce n'était sans doute pas prudent de l'ouvrir. Il valait mieux appeler les autorités au cas où elle contiendrait de la drogue ou quelque chose qui pourrait incriminer Mandy.

Mais c'était plus fort que lui. Il devait savoir s'il s'agissait d'une menace immédiate à l'encontre de la femme dont il commençait à ne plus pouvoir se passer, ou si c'était autre chose.

Il s'éloigna de la table au cas où il y aurait de la poudre à l'intérieur, sortit le couteau qu'il gardait toujours dans la poche de son pantalon cargo, puis ouvrit prudemment l'enveloppe. Il en tira une feuille de papier qu'il posa sur le plan de travail. Il la déplia en retenant son souffle.

Heureusement, il n'y avait rien d'autre que la lettre, courte et concise, également tapée à la machine :

On vous surveille.

On a des yeux partout.

On termine toujours ce qu'on a commencé.

On sera victorieux.

Buck avaient les mains qui tremblaient à cause des menaces. *Personne* ne menaçait sa femme. Pas question.

— Allez, on s'en va, déclara-t-il brusquement.

— Quoi ? Où ça ? Que dit la lettre ?

Buck ne voulait pas qu'elle la voie, ni que ces mots ignobles tournent en boucle dans sa tête, comme ils le faisaient déjà dans la sienne.

Mais avant qu'il n'ait pu remettre la lettre dans l'enveloppe, elle était déjà à côté de lui, penchée par-dessus son épaule. Elle manqua de s'étrangler à nouveau.

— Ça vient des rebelles ? Ceux qui m'ont kidnappée avec les enfants ?

— Je ne sais pas. Peut-être.

— Bon sang ! Comment ils ont eu mon adresse ?

— Je ne sais pas. C'est pour ça qu'on part. Celui qui a envoyé ça sait où tu habites. Va faire tes valises. Prends tout ce dont tu auras besoin pour au moins une semaine. Même si c'est une blague de mauvais goût ou une menace en l'air, je ne veux pas prendre le risque.

— Où allons-nous ?

— Chez moi. Personne ne connaît mon nom, ni mon adresse. Et même si c'était le cas, mon immeuble est plus sécurisé que le tien. Il faut sonner pour entrer. Tu resteras chez moi jusqu'à ce que Tex nous donne des infos, et qu'on y voie plus clair.

— Je ne veux pas te déranger, murmura Mandy.

Buck prit son visage entre ses mains.

— Tu ne me dérangeras *jamais*. Tu crois que je n'ai pas envie de t'avoir chez moi ? Dans mon lit ? Bien sûr que si.

— Mais tu ne t'es jamais plaint d'être ici.

— Évidemment, parce que c'est chez toi. Tu t'y sens bien. Mais les choses ont changé. Les circonstances ont changé. Je ne veux pas que tu risques ta vie en restant ici, Mandy. On pourrait aller à l'hôtel, mais tu seras plus à l'aise chez moi. Toi, et Rain.

— Je ne sais pas quoi dire.

— Ne dis rien. Va faire tes valises. Je vais rassembler les affaires de Rain. Prends aussi tout ce qui pourrait se périmer dans le frigo.

— Je n'aime pas ça. Enfin, j'adore être avec toi, mais je ne supporte pas qu'on me force à quitter ma maison, qu'on me menace, sans savoir ce qui se passe.

— Moi non plus. C'est pour ça que je vais trouver une solution, et régler ça.

Mandy se blottit contre lui et passa les bras autour de sa taille.

— Je ne veux pas que tu le regrettes, que te lasses de moi.

— Ça n'arrivera pas. Impossible. J'ai *envie* que tu sois là. Tu devrais l'avoir compris, vu que je squatte ton lit dès qu'on est tous les deux. Je ne me lasse pas de toi, Rebel. J'adore être avec toi, près de toi, en toi. C'est aussi pour ça que ça ne me pose aucun problème que tu travailles à la base navale. Ce qu'on vit ensemble, je ne l'ai jamais vécu avant. Plus je suis avec toi, plus j'en ai envie. Point final. Donc ce n'est pas une mauvaise chose. La raison pour laquelle tu viens me dégoûte, mais ça m'enchante que tu sois chez moi, dans ma douche, dans mon lit, dans ma cuisine, et que tes affaires se mélangent aux miennes. D'accord ?

— Si tu en es sûr..., répondit-elle, hésitante.

Le fait qu'elle ne proteste pas, qu'elle n'insiste pas pour

rester chez elle, qu'elle ne minimise pas les menaces de la lettre... Tout cela en disait long. Elle devait être morte de trouille, mais elle faisait semblant de contester parce que pour elle, c'était ce qu'il fallait faire. Buck ferait tout son possible pour qu'elle comprenne qu'il voulait sincèrement qu'elle emménage chez lui, et que ce n'était en rien une contrainte.

— J'en suis sûr, dit-il fermement.

— D'accord. Je ne serai pas longue.

Buck hocha la tête, puis la laissa s'éloigner. Il avait aussi du pain sur la planche : des coups de fil à passer, des affaires à préparer... Mais il prit un moment pour fermer les yeux et respirer. Ils s'en sortiraient. Il le fallait. Le contraire était impensable.

19

———

Amanda avait l'impression qu'un énorme nuage planait au-dessus de sa tête ; comme si quelque chose allait arriver. Pourtant, depuis qu'elle s'était installée dans l'appartement de Nash avec Rain, tout allait bien. C'était une drôle de dichotomie : attendre que le ciel leur tombe sur la tête tout en adorant la tournure que prenait sa vie.

Elle avait pris contact avec le directeur de l'école de la base navale, et il était ravi que le poste de remplaçante à long terme l'intéresse. Elle ne commencerait qu'un mois plus tard, et elle devait encore postuler, mais elle était presque sûre de le décrocher.

Elle s'était aussi inscrite à un programme en ligne pour améliorer ses compétences. Elle devait suivre quelques cours, mais le processus ne semblait pas trop compliqué, ce qui était un soulagement.

Rain s'était installé dans l'appartement de Nash comme s'il avait toujours été là. La seule différence, c'était que le chien ne quittait plus Amanda d'une semelle. Au lieu de dormir dans le salon, il avait désormais un second panier dans la chambre de

256

Nash. Quand elle se levait pour aller aux toilettes, Rain l'accompagnait, et s'asseyait devant la porte le temps qu'elle finisse. Dans le salon, ils avaient même dû installer son panier à un endroit d'où il pouvait la voir quand elle était dans la cuisine avec Nash. On aurait dit que le chien aussi sentait la tension dans l'air, qu'il s'inquiétait à propos de la lettre qu'Amanda avait reçue. Ou alors, il se souvenait encore que des inconnus étaient venus chez elle, et il s'attendait à ce qu'ils reviennent.

Avec Nash, tout allait mieux que jamais. Elle n'avait jamais vécu avec un homme auparavant, mais Nash s'avérait incroyablement facile à vivre. Il rangeait derrière lui, ne s'attendait pas à ce qu'elle fasse toutes les tâches ménagères – même si elle restait pendant qu'il travaillait – et il avait volontiers fait de la place dans son placard et sa commode pour ses affaires.

Mais malgré cette stabilité personnelle et professionnelle, Amanda ressentait toujours une certaine inquiétude. Depuis qu'elle avait reçu la lettre de menace, elle avait essayé de joindre quelqu'un au Guyana tous les jours, sans succès. Personne ne décrochait. Tex, l'ami de Nash, avait confirmé que tout avait l'air normal à l'école et à l'orphelinat. Aucune nouvelle attaque des rebelles, ni activité numérique inhabituelle. Il poursuivait ses recherches sur l'enlèvement d'Amanda et des enfants, mais pour l'instant, rien n'impliquait Blair.

Nash commençait à s'inquiéter, car son équipe de Night Stalkers s'apprêtait à partir en mission. Il ne pouvait pas dire où ni pour combien de temps, mais de toute évidence, il rechignait à partir alors que la situation d'Amanda restait en suspens. À vrai dire, elle n'avait pas envie qu'il parte non plus, mais ils n'avaient pas le choix. C'était son travail, et jamais elle ne lui demanderait de choisir entre elle et ce qu'il aimait faire.

Le seul point négatif, c'était qu'Amanda ne sortait pas de l'appartement sans Nash. Elle se sentait enfermée. Elle était reconnaissante d'avoir un endroit où se retrancher pendant que Tex enquêtait, mais elle avait tout de même l'impression d'étouffer.

Elle lisait des livres, jouait sur son ordinateur, commençait en avance les cours qu'elle devait suivre pour sa nouvelle certification, mais elle s'ennuyait. Et elle s'inquiétait pour son avenir.

Ce matin- là, après le départ de Nash au travail, une semaine après avoir reçu la lettre, et après s'être occupée quelques heures pour éviter de trop réfléchir, Amanda se dit qu'il était temps de passer son coup de fil quotidien au Guyana. Elle avait désespérément besoin de parler à quelqu'un – n'importe qui – pour comprendre ce qui se passait.

Sans vraiment espérer qu'on décroche, comme toutes les fois précédentes, elle sortait une friandise pour Rain du joli petit pot que Nash avait ramené quelques jours plus tôt, quand la sonnerie s'interrompit, et qu'une voix répondit.

— Allô ?

— Oh, mon Dieu, Desmond ? C'est Amanda.

— Mandy ? Oh ! Je suis tellement content de vous entendre ! Tout va bien ?

Il parlait à voix basse, mais Amanda fut soulagée que quelqu'un décroche, et que Desmond ne prétende pas s'adresser à une inconnue qui appelait pour faire un don. Avec un peu de chance, cela signifiait que personne n'écoutait, et qu'il pouvait parler librement.

— Oui, et vous ? J'essaie de joindre quelqu'un depuis des jours, et personne ne décroche. Qu'est-ce qui se passe ? Les enfants vont bien ? Je suis tellement inquiète pour tout le monde !

— Ça va mal, répondit Desmond.

Le ventre d'Amanda se noua.

— Blair, elle est… Je ne sais pas comment vous dire ça, mais elle est partie.

— Partie ? Partie où ? demanda Amanda.

— On ne sait pas. Attendez, laissez-moi reprendre depuis le début. Après votre départ, elle était complètement différente. On pensait que c'était parce qu'elle craignait le retour des rebelles, mais je ne crois pas que ce soit ça. Elle a cessé de prendre soin d'elle… de se laver, de laver ses vêtements, de sortir de sa chambre et de son bureau. Elle se mettait à marmonner toute seule, et ignorait complètement la gestion de l'école. J'ai pris le relais pour payer les factures et nourrir les enfants.

Il marqua une pause avant de reprendre :

— Ensuite, elle a installé Bibi dans sa chambre, et elle refusait que quiconque voie la petite. Elle prétendait s'occuper d'elle et lui faire elle-même la classe, mais les rares fois où quelqu'un a aperçu Bibi, elle avait l'air aussi négligée que Blair. On aurait dit un chien avec son os : possessive et agressive dès qu'on osait lui poser des questions. Elle est devenue lunatique, secrète, et franchement odieuse avec tout le monde, y compris les enfants.

— Seigneur, Desmond. Et maintenant, elle a disparu ? Où est Bibi ?

— Elle l'a emmenée avec elle. Elles ont disparu au milieu de la nuit. Elle n'a rien pris, ses valises sont toujours là, toutes ses affaires aussi. On est extrêmement inquiets pour la petite. Blair n'arrivait même plus à prendre soin d'elle-même avant de partir. Comment pourrait-elle s'occuper d'une fillette de quatre ans ?

— Elle a son passeport ?

— On pense que oui. On n'arrive pas à mettre la main dessus. On a aussi trouvé une copie de documents qu'elle avait remplis avec des signatures falsifiées, stipulant que Bibi lui appartenait légalement. On pense qu'elle essaie de quitter le pays. On a prévenu la police, mais ils n'ont pas l'air très motivés pour nous aider à découvrir où elles sont allées.

Le cœur d'Amanda battait à toute allure. Elle était paniquée, et se sentait totalement impuissante.

— Il y a quelque chose qui ne va pas chez Blair, poursuivit Desmond. Elle n'a pas toute sa tête. Juste avant de partir, c'était comme si elle ne me reconnaissait même pas, alors que je travaille avec elle depuis son arrivée ici. Mais Mandy... il y a autre chose.

— Oh non, quoi encore ? s'enquit-elle.

— Certains bénévoles l'ont entendue marmonner votre nom. Elle faisait les cent pas dans sa chambre en parlant toute seule. Ils l'ont entendue dire des choses comme : *Le plan aurait dû fonctionner. J'aurais dû savoir qu'ils allaient tout foutre en l'air. Mandy devrait être éliminée pour de bon. Bibi est à moi. Elle ne l'aura jamais.*

Amanda resta sans voix. Elle ne savait pas quoi répondre. Elle soupçonnait bien que quelqu'un de l'école était impliqué dans le kidnapping, mais avoir la confirmation que c'était Blair – la femme qui l'avait embauchée, avec qui elle avait eu tant de conversations personnelles – était bouleversant.

— Desmond, elle... elle ne va pas bien. Un ami de Nash a découvert que Blair avait fait plusieurs séjours en hôpital psychiatrique. Elle a peut-être arrêté son traitement ou fait une rechute.

Amanda lui répéta tout ce que Nash lui avait dit. Elle avait eu de la compassion pour cette femme, mais maintenant, en sachant qu'elle avait disparu avec Bibi... difficile d'éprouver de la pitié.

— Bon sang, jura Desmond. J'aimerais croire que Blair n'a rien à voir avec ce que ces pauvres enfants ont subi... mais après tout ce qui s'est passé, je ne vois pas d'autre explication.

— Et les autres enfants, comment vont-ils ? demanda Amanda, la gorge serrée.

— Ils vont bien. On leur a caché la plupart des détails. Mais je m'inquiète pour la suite. Sans directrice, on va peut-être devoir fermer. Je ne sais pas ce que les enfants vont devenir. Blair était instable, mais elle avait beaucoup de contacts aux États-Unis et même ici, au Guyana. Elle était douée pour collecter des fonds. Sans cet argent...

La voix de Desmond s'éteignit. Amanda ferma les yeux et s'affaissa sur l'une des chaises autour de la petite table de cuisine. Elle ne savait pas quoi dire. Comment rassurer Desmond ? Sans financement, l'orphelinat allait sûrement devoir fermer. Elle pensa à ce qui allait arriver à Michael, Sharon, au petit James et à tous les autres enfants, et les larmes lui montèrent aux yeux.

— Faites attention Amanda, l'avertit Desmond d'un ton grave. Si Blair est derrière votre enlèvement et voulait que vous disparaissiez pour de bon, vous pourriez être en danger.

— J'ai reçu une lettre de menace, avoua Amanda. Elle semble avoir été écrite par les ravisseurs. Elle a été postée au Venezuela.

— Ça pourrait venir de Blair. Comme je l'ai dit, elle est très secrète, et elle s'enfermait dans sa chambre ou dans son bureau avec Bibi. Elle connaît du monde. Si elle a organisé l'enlèvement, elle a sûrement des contacts là-bas. Ce ne serait pas compliqué pour elle de faire poster une lettre.

Merde, il avait raison. Mais c'était difficile d'imaginer que Blair la détestait au point de... vouloir la tuer. C'était complètement fou.

— Soyez prudente, insista Desmond. Blair peut être n'importe où, et même si la situation ici est incertaine, c'est aussi beaucoup plus calme depuis son départ. Les bénévoles et les plus grands enfants sont moins tendus.

— Je vais voir ce que je peux faire pour aider l'école, répondit Amanda. Organiser des collectes, peu importe. Les enfants ont besoin de cette école, de cet orphelinat. Ils ont besoin de stabilité, et vous leur avez apporté ça. Je trouverai un moyen.

Elle avait besoin de se concentrer sur autre chose que sur cette vieille femme qui avait perdu la tête, et voulait la tuer simplement parce qu'elle s'était attachée à sa chouchoute.

— Ce serait formidable, mais on explore aussi d'autres solutions. Il y a d'autres orphelinats, et on redouble d'efforts pour leur trouver un foyer. Ce ne sera pas facile, car il y a beaucoup d'enfants abandonnés, et beaucoup de familles sont déjà trop pauvres, mais on ne les laissera pas souffrir.

— Vous êtes quelqu'un de bien, Desmond. Et si vous preniez la direction de l'orphelinat ?

— Moi ? Oh, non, je ne crois pas...

Plus Amanda y pensait, plus l'idée lui semblait bonne.

— Pourquoi pas ? insista-t-elle. Vous avez décroché parce que vous êtes dans le bureau de Blair en train de faire son travail, pas vrai ?

— Il faut bien que quelqu'un le fasse.

— Exactement. Et vous le faites. Je vous rappellerai. Et si vous avez des nouvelles de Blair ou de Bibi, prévenez-moi.

— Bien sûr. Et vous aussi.

— D'accord. Faites attention à vous.

— On fera de notre mieux, répondit Desmond, avant d'ajouter à voix basse : Elle a vraiment perdu la tête, soyez prudente.

Amanda frissonna en entendant le ton grave de sa voix. Si un gaillard comme Desmond, un colosse de trente-huit ans, craignait une femme de soixante-douze ans, alors la menace était bien réelle.

— Je rappellerai bientôt, promit-elle.

Ils se dirent au revoir, et Amanda raccrocha.

Elle resta assise un long moment, à digérer ce qu'elle venait d'entendre. Ce fut le bruit d'une clé dans la serrure qui la ramena à l'instant présent. En levant les yeux, elle vit Nash entrer. Le retrouver fit disparaître en partie son anxiété. Elle n'était pas seule, et cela comptait beaucoup pour elle.

— Nash la regarda, assise à table.

— Qu'est-ce qui ne va pas ?

Comment pouvait-il aussi bien lire en elle en si peu de temps ? Elle n'en savait rien, mais c'était réconfortant.

— J'ai parlé à Desmond.

— Alors ? s'enquit Nash en posant les sacs qu'il portait sur le plan de travail.

Il s'accroupit près d'Amanda, et posa une main sur sa cuisse. Toute son attention était portée sur elle. C'était une sensation très grisante.

Elle lui raconta tout, sans rien omettre.

Il ne l'interrompit pas. Il se contenta de la regarder fixement, du début à la fin.

— Je veux les aider, dit-elle finalement. Je ne sais pas comment. Collecter des fonds, peut-être. Mais je ne sais pas par où commencer.

— On trouvera, répondit Nash. Et toi, ça va ? Je sais que tu admirais Blair avant tout ça.

Cette simple attention la toucha en plein cœur. Elle voyait bien sa mâchoire se contracter sous l'effet de la colère, mais il ne perdait pas son sang-froid, et se préoccupait d'abord d'elle.

— Je croyais qu'on devenait amies, mais j'imagine que j'ai eu tort.

— La maladie mentale peut transformer quelqu'un. Je ne pense pas que tu te sois trompée. Quelque chose a vrillé dans son cerveau. C'est sûrement pour ça qu'elle a balancé cette histoire de drogue. Pour te discréditer, au cas où tu lancerais une demande d'adoption. Il suffisait du moindre soupçon pour t'écarter.

— Peut-être...

— Je vais passer quelques coups de fil. Sa disparition est inquiétante. Et le fait qu'elle ait Bibi avec elle sans pouvoir prendre soin d'elle... c'est grave. Sans compter cette haine maladive qu'elle a l'air de nourrir contre toi. Il faut la retrouver.

— Je sais. Et si elle vient ici ? Elle connaît mon adresse, elle figure dans mon dossier. Et si elle a tapé cette lettre, ça veut dire qu'elle sait où je vis.

— C'est pour ça que tu es ici, avec moi, répondit Nash. Et si elle vient, on la trouvera. Tex est doué. Très doué. Il s'est plaint plus d'une fois du manque de caméras au Guyana, mais ici, aux États-Unis, il y en a partout. Si elle est entrée sur le territoire avec Bibi, il le saura.

— Nash, elle aurait pu entrer de plein de façons... en voiture, en bus, en bateau, en avion. Et on ne sait pas où elle pourrait tenter de passer la frontière. Il y a des milliers de caméras, il ne peut pas toutes les vérifier.

— Non, mais il peut cibler. Desmond a dit que son passeport avait disparu. Ça facilitera les choses. Dès qu'il sera scanné, ça laissera une trace.

— Mais Bibi n'a pas de passeport. Et si elles ont traversé illégalement ?

— Respire, Mandy. On ne sait pas. C'est pour ça que je veux appeler Tex. On va régler ça, je te le promets. Mon boulot, c'est de te protéger. Le sien, c'est de retrouver Blair. Et le tien, c'est de rester vigilante. Tu peux le faire ?

— Bien sûr.

— Parfait. Je vais me changer et l'appeler. Je reviens tout de suite.

Il se leva, se pencha pour l'embrasser, puis resta près d'elle et murmura :

— Je ne laisserai rien t'arriver. Je viens de te trouver, je ne vais pas te perdre maintenant.

Puis il s'éloigna vers la chambre.

Amanda ferma les yeux et fit de son mieux pour retrouver son équilibre, déjà bien ébranlé. Elle avait l'impression de ne plus savoir qui étaient ses amis, et qui voulait sa perte.

Rain gémit et posa son museau contre elle. Il s'était levé après le départ de Nash, et à sa manière de la regarder, elle ne voyait que de l'inquiétude dans ses yeux.

— Ça va, dit-elle en espérant qu'à force de le répéter, ça deviendrait réalité.

20

Buck avait du mal à contenir sa colère. Chaque mot prononcé par Mandy lui donnait envie de passer dix minutes seul avec Blair Gaffney. Il n'était pas du genre violent, mais savoir qu'elle était responsable de l'enlèvement, de la torture physique et mentale de vingt-trois enfants innocents, et qu'elle était peut-être en route pour la Virginie afin de se venger de Mandy, suffisait à lui faire perdre son sang-froid habituel.

Mandy prenait les choses extrêmement bien, et cela l'inquiétait aussi. Il savait à quel point elle adorait la petite Bibi, et imaginer la fillette à la merci de cette malade mentale était insupportable.

Il avait quitté Mandy précipitamment parce qu'il avait besoin d'être seul pour se contrôler et pouvoir réfléchir calmement et rationnellement quand il aurait Tex au téléphone. Car à cet instant, il était tout sauf calme.

Buck inspira profondément à plusieurs reprises, mais cela ne servit à rien. C'était un homme d'action, et tant qu'il ignorait où se trouvait Blair ni ce qu'elle préparait, il ne pouvait strictement rien faire.

Tex pourrait peut-être la retrouver, et leur permettre d'établir un plan : prévenir la police, les services sociaux, lancer une alerte enlèvement... Peu importe.

Il n'était pas vraiment sûr de lui en promettant à Mandy que Tex la retrouverait. Cet homme était doué, mais l'était-il à ce point ? Tous les arguments de Mandy tenaient debout. Trouver comment, quand et où Blair était entrée aux États-Unis – si tant est qu'elle l'ait fait – serait compliqué. Cela pouvait prendre des jours, voire des semaines.

Et Buck ne pensait pas avoir tout ce temps devant lui. Instinctivement, il était persuadé que Mandy était en danger, que Blair allait lui faire du mal. Ce qui n'avait aucun sens, car en quelque sorte, Blair avait gagné la compétition qu'elle s'était inventée autour de la petite Bibi. Mandy était partie, et Blair avait la fillette. Mais selon Desmond, une haine profonde envers Mandy rongeait l'esprit de la vieille femme. Et ce genre de haine ne disparaissait pas en un claquement de doigts. D'autant qu'apparemment, elle faisait une dépression nerveuse. Il était possible que ce soit la seule chose qui la maintienne debout.

Buck inspira de nouveau avant d'enfiler un jean et un T-shirt noir. Il avait besoin de prendre une douche, mais il ne voulait pas retarder davantage sa discussion avec Tex. Il voulait aussi retourner auprès de Mandy, s'assurer qu'elle allait vraiment bien. Ce dont il doutait fortement, mais il ferait tout pour que ce soit le cas.

Quelques minutes après être parti, il retourna dans le salon. Mandy était assise sur le canapé avec Rain en partie sur ses genoux. Ce chien était d'une intelligence redoutable : il avait bien compris que la femme qu'il vénérait avait besoin de réconfort.

Une idée lui vint à l'esprit : et s'ils obtenaient les papiers nécessaires pour que Rain devienne un véritable chien d'assistance ? Il était totalement en phase avec Mandy et ses émotions, et ils seraient tous deux rassurés qu'il puisse rester à ses côtés en permanence, surtout quand elle reprendrait l'enseignement. Buck ne savait pas vraiment comment s'y prendre, mais il avait bien l'intention de se renseigner dès que la situation s'apaiserait.

Nash s'approcha de Mandy, s'assit à côté d'elle, et passa le bras autour de ses épaules.

— Désolée, je n'ai rien préparé pour le dîner.

— Le dîner peut attendre. Je m'inquiète plus pour toi.

— Ça va. J'ai simplement... du mal à y croire.

— Je sais. Tu veux écouter ma conversation avec Tex, ou tu veux faire une pause ? demanda Buck.

— Je veux bien écouter, répondit-elle sans hésiter. Ça me rassurerait de savoir ce qui se passe.

— D'accord, on fait comme ça.

Buck sortit son portable et lança l'appel.

La sonnerie retentit deux fois avant que Tex décroche.

— *Salut, Buck. Je n'ai encore rien trouvé de concret sur un lien entre Blair et les rebelles, mais j'y arriverai. Je sais qu'il existe, ça me prend juste un peu plus de temps que prévu.*

— On a du nouveau, lui annonça Buck. Mandy est avec moi. Elle a eu Desmond Williams au téléphone aujourd'hui.

— *Dis-moi tout, lâcha Tex sans fioritures.*

Buck fit signe à Mandy de prendre la main. La deuxième fois qu'il entendit son récit, ce fut tout aussi déroutant et révoltant que la première. Mais il garda son calme, déterminé à se comporter comme l'homme dont Mandy avait besoin, et non comme le soldat en colère qu'il était au fond de lui.

— *Merde. Bon, première chose : ne t'inquiète pas pour l'école, je m'en occupe.*

Dans le silence qui suivit, on entendait distinctement le bruit du clavier à l'autre bout du fil.

— Comment ça ? s'enquit Mandy.

— *J'ai de l'argent. Assez pour faire tourner l'orphelinat et l'école pendant des années.*

— Oh, mais ce n'est pas pour ça qu'on appelle, protesta Mandy.

— *Je sais. Mais croyez-moi, j'ai largement de quoi financer un tas d'orphelinats. Et je ne vois pas de meilleure manière d'utiliser cet argent que pour l'avenir des enfants. J'ai vérifié : Desmond Williams est un homme bien. Il est compatissant, intelligent, et bon gestionnaire. Il ne va pas le gaspiller. Et quoi qu'il en soit, je veillerai à ce que ça n'arrive pas. Avec ça, il pourra recruter du personnel, construire plus de logements, et surtout, engager des agents de sécurité – ce qui est crucial vu la proximité avec la frontière. Passons maintenant aux choses plus compliquées... Je vais retrouver Blair, mais ça prendra du temps.*

— Combien de temps ? demanda Buck.

— *Je ne sais pas. Sûrement trop, en tout cas. Mais le fait qu'elle ait un enfant avec elle va jouer en ma faveur. Ça la rend plus repérable. Attendez... Hmm. Il ne semble pas qu'elle ait utilisé son passeport récemment.*

— Sans blague, vous pouvez savoir ça aussi vite ??

— *Bien sûr. Ce sont des données électroniques, il suffit de fouiller dans la base des douanes.*

Mandy regarda Buck avec de grands yeux, comme pour dire : *c'est quoi ce délire ?*

Il aurait voulu rire, mais ce n'était pas le moment.

— *Du moins, elle n'est pas entrée sous son vrai nom. Je vais continuer à creuser. L'hypothèse selon laquelle Blair serait derrière votre enlèvement tient debout. C'est tordu, mais logique. Elle a sans doute rencontré l'un des rebelles en personne, ce qui explique l'absence de trace électronique. Mais maintenant, je veux savoir qui est son contact, et s'il représente encore une menace pour les enfants à l'orphelinat. Parce que ça, ce serait inacceptable. Buck ?*

— Je suis là.

— *Je n'aime pas ça. Surtout, ne laisse pas Mandy toute seule. Emmène-là avec toi à la base navale. Elle attendra que tu aies fini ta journée. Avec Blair dans cet état, ce n'est pas prudent qu'elle reste dans ton appartement sans protection.*

Mandy fronçait les sourcils – et semblait sur le point de fondre en larmes.

— Je n'ai pas besoin d'une baby-sitter, rétorqua -t-elle doucement en fixant le téléphone des yeux.

— *Non, vous avez besoin d'un garde du corps, répliqua fermement Tex. Je sais, ça craint. Mais suite à mon enlèvement, je suis devenu hyper-sensible à ce genre de choses. Je veux que plus personne ne vive ça. Si Blair vous retrouve, ou si elle paie quelqu'un pour le faire à sa place, ce qu'elle va sûrement faire, vous êtes en danger. Cette femme vous hait. Elle n'a même pas besoin de raison valable, elle est instable. Vous devez être sous surveillance constante jusqu'à ce que je la localise. Elle pourrait être à Norfolk en ce moment, à votre recherche.*

— Je ne lui ai rien fait, murmura Mandy d'une voix tremblante. Tout ce que je voulais, c'était offrir un foyer à des enfants. Les aimer.

— *Je sais, dit Tex d'un ton plus doux. Et je suis convaincu que n'importe quel gamin serait chanceux de vous appeler Maman. Mais ça ne pourra pas vous arriver si vous n'êtes pas prudente. Ce ne sera pas pour toujours, c'est juste le temps que je la trouve. D'accord ?*

Buck détestait ça. Il détestait voir Mandy si bouleversée. Il ne supportait pas que quelqu'un en qui elle avait confiance lui gâche la vie à ce point.

— D'accord, acquiesça-t-elle au bout d'un long moment.

— Je vais voir si elle peut rester avec Laryn dans le hangar, déclara Buck. Si elle apprend que Mandy est en danger, elle va se transformer en véritable mère poule.

Tex ricana.

— *Ça marche. Tu as raison, je l'imagine déjà avec sa clé à molette à la main, prête à briser les rotules de quiconque oserait regarder Mandy de travers. Soyez prudents, et vigilants. Je vous tiens au courant.*

Il raccrocha.

Buck posa aussitôt son doigt sous le menton de Mandy et lui redressa doucement la tête. — Il ne va rien t'arriver. Tex va résoudre cette affaire, et moi, je te protègerai. Mas amis aussi. La vie va reprendre son cours, je te le promets.

Elle hocha la tête, puis laissa échapper un soupir.

— Est-ce que Rain peut venir avec nous ?

— Oui.

Il allait sans doute falloir obtenir l'accord du colonel, mais Buck s'en chargerait.

— Qu'est-ce que tu veux manger ce soir ?

Buck secoua la tête. Il ne voulait pas la laisser fuir ses émotions.

— On s'en fiche du dîner. Dis-moi ce dont tu as besoin.

— De ta présence. C'est de ça dont j'ai besoin.

— Alors c'est ce que tu auras. Viens là.

Buck prit Mandy dans ses bras, et se laissa tomber en arrière dans le canapé. Rain grogna légèrement, mais descendit de lui-même et regagna son panier. Il garda un œil sur Mandy pendant que Buck s'installait confortablement avec elle.

Il le mit sur le côté, puis s'allongea face à elle. Il lui faisait face, les mains de Mandy posées sur son torse.

— C'est agréable, admit-elle avec un petit sourire. D'habitude, je ne peux pas te voir quand on se blottit l'un contre l'autre.

Buck se promit de dormir comme cela plus souvent. Il ferait ce qu'il fallait pour donner à cette femme tout ce qu'elle voulait.

Ils discutèrent pendant plus d'une heure. Il lui posa des

questions sur Bibi, sur les autres enfants du Guyana, sur Desmond, puis sur ses parents, son enfance. Il y avait beaucoup d'histoires qu'elle avait déjà racontées dans la jungle, mais elles prenaient un sens nouveau maintenant qu'ils partageaient des sentiments plus profonds, et que Mandy n'était plus une simple *mission*.

Il parla aussi beaucoup. De sa sœur, de sa nièce, de son neveu, de ses parents. De son enfance au Kansas. Ça leur faisait du bien d'être normaux un moment, de ne pas parler de ceux qui détestaient cette femme au point d'avoir organisé son enlèvement, de cette personne qui, à cet instant précis, était peut-être en route pour semer encore plus le chaos dans la vie de Mandy.

Ce ne fut que quand son ventre gargouilla que Mandy insista pour qu'ils mangent quelque chose. Buck accepta, voyant qu'elle avait retrouvé un peu de stabilité ; que ce moment de calme, blottie contre quelqu'un qui ne lui voulait que du bien, l'avait réconfortée.

Ils se préparèrent rapidement un bol de ramen avec un œuf sur le plat, puis décidèrent d'aller se détendre au lit. Buck sortit Rain – il ne doutait pas une seconde que ce serait désormais sa mission – puis rejoignit la chambre.

Mandy était déjà installée, et l'attendait en lisant. Buck s'arrêta sur le pas de la porte et l'observa. Cela lui semblait si naturel de la voir ici. C'était comme si elle avait toujours fait partie de sa vie. C'était étrange, ils se connaissaient depuis si peu de temps. Mais les circonstances avaient accéléré les choses et resserré leur lien. Buck ne pouvait imaginer sa vie sans elle. C'était intense, mais juste.

Il se dépêcha de la rejoindre, et se glissa contre elle. Elle voulut poser sa liseuse, mais il l'en empêcha.

— Non, continue à lire. Je reste là.

Sa tête reposait sur son épaule, son bras autour de sa taille, une jambe sur l'une des siennes. Il sentait son parfum, la chaleur de son corps. Il se sentait heureux. Même ce silence partagé installait une intimité qu'il n'avait jamais vécue.

— Tu en es sûr ?

— J'en suis sûr.

Elle avait besoin de se perdre dans ses histoires qu'elle aimait tant, où les méchants perdaient toujours, et qui finissaient bien.

Buck ne pouvait qu'espérer qu'ils connaîtraient aussi un tel dénouement... ou commencement. Que Blair serait retrouvée, qu'elle se ferait soigner, que Bibi aurait une véritable chance. Et que Mandy et lui auraient droit à une fin heureuse.

Mais au fond de lui, Buck savait très bien que la vie ne se déroulait pas comme dans un roman. Tout ce qu'il pouvait faire, c'était protéger la femme qui se trouvait dans son lit, car il était persuadé que sans elle, sa vie serait sombre, froide et misérable.

21

Les jours suivants furent éprouvants. Non pas parce qu'Amanda passait son temps avec Laryn et ses mécaniciens dans le hangar de la base navale, mais à cause de l'incertitude et de l'attente. Chaque journée lui semblait interminable. Où était Blair ? Que faisait-elle ? Comment allait Bibi ? Amanda avait davantage de questions que de réponses, ce qui la rendait folle.

La veille, elle était tellement tendue que Flash s'était mis en tête qu'elle avait besoin de plusieurs orgasmes pour relâcher la pression accumulée. Quand il en avait terminé avec elle, Amanda n'était plus qu'une poupée de chiffon, incapable de penser à autre chose qu'à l'homme qui lui avait donné tant de plaisir.

Elle avait quand-même trouvé l'énergie de lui rendre la pareille en le prenant en bouche pour la première fois. Elle avait adoré ce sentiment de pouvoir, surtout au moment où elle avait l'impression de ne plus rien maîtriser dans sa vie. Le fait que Nash lui confie son plaisir lui avait rendu une forme de contrôle qu'elle n'avait pas ressenti depuis longtemps, et c'était pour cela qu'elle l'aimait.

Non... elle aimait Nash pour l'homme qu'il était. Il lui avait prouvé à maintes reprises qu'elle pouvait compter sur lui, qu'il ne la laisserait jamais tomber. Comment pouvait-elle ne pas l'aimer ?

Mais elle n'était pas prête à le dire à voix haute, de peur de tout gâcher.

Après tout, ils étaient toujours en pleine crise. Ce n'était peut-être pas aussi intense que lorsqu'ils étaient dans la jungle, mais il n'y avait toujours pas de conclusion en vue. Et tant qu'elle aurait besoin d'un garde du corps, comme disait Tex, Amanda refusait d'ajouter le moindre poids supplémentaire sur les larges épaules de Nash.

Ce matin-là, le stress avait refait surface, car ils n'avaient toujours pas plus d'informations sur Blair. La tension qui régnait dans le hangar n'aidait pas. Amanda observait Laryn en train de se disputer avec l'un de ses mécaniciens à propos d'une réparation qu'ils effectuaient sur l'hélicoptère de Casper. Apparemment, ce n'était pas la première fois qu'elle devait le faire en si peu de temps, et elle avait perdu patience avec ces nouveaux venus qui croyaient en savoir plus qu'elle.

Rain était couché aux pieds d'Amanda, qui était installée dans un fauteuil club étonnamment confortable qu'on avait apporté dans le hangar dès son deuxième jour sur place. Elle ignorait d'où il venait, mais elle supposait que Nash s'était débrouillé pour qu'elle puisse s'assoir confortablement pendant la journée.

Le chien, lui, était exemplaire : pas un bruit, pas un écart. Il restait toujours près d'elle. Il ne dormait presque pas, et regardait fixement quiconque s'approchait un peu trop. Pour un animal qui avait eu la vie dure, il était incroyablement sage. Il adorait Amanda autant qu'elle l'adorait.

Alors qu'elle s'ennuyait ferme – mais sans se plaindre, car tout le monde lui rendait service en l'accueillant ici – Amanda fut surprise de voir Nash entrer dans le hangar et se diriger vers elle.

Mais il ne souriait pas. Son visage fermé n'augurait rien de bon.

Amanda se crispa. Elle détestait ressentir cela en voyant l'homme qu'elle aimait. Elle avait hâte d'être au jour où une visite de sa part ne serait pas synonyme d'inquiétude.

— Qu'est-ce qu'il y a ? Tex les a trouvées ? demanda-t-elle en se levant.

Rain se leva aussi pour accueillir Nash, qui lui donna une petite tape distraite avant de se rapprocher d'Amanda.

— Il a trouvé Bibi.

— Vraiment ? Où est-elle ? Elle va bien ? On peut aller la voir ?

Mais Nash secoua lentement la tête en fronçant les sourcils d'un air grave.

— Elle est morte, Mandy, lui annonça-t-il doucement. Je suis vraiment désolé.

Il fallut un moment à Amanda pour assimiler ce qu'il venait de dire.

— *Quoi ?*

— Le corps d'une petite fille a été retrouvé dans un parc en Caroline du Nord, près de la frontière avec la Virginie. Elle était sous-alimentée, couverte de bleus, et le médecin légiste pense qu'elle est morte de froid. C'était il y a quatre jours. Elle n'avait pas de papiers d'identité, personne ne savait qui elle était. Tex a trouvé le rapport, et il a eu des soupçons. Il a envoyé une photo de son dossier. C'était bien elle.

Pendant de longues secondes, Amanda resta paralysée. Elle se sentait vide, comme détachée de son corps. Puis elle ferma les yeux, laissant lentement la nouvelle faire son chemin.

La petite fille qu'elle voulait adopter – si jolie, si intelligente, si gentille – ne grandirait jamais. Elle ne connaîtrait pas les nombreuses joies de la vie : la remise de diplômes, son premier emploi, ses premiers émois... L'amour.

Amanda avait le cœur brisé.

Un premier sanglot lui échappa, puis d'autres suivirent, incontrôlables. Les larmes se mirent à ruisseler sur ses joues.

Ce n'était pas *juste* ! Pas Bibi. Pas cette petite fille si merveilleuse...

Nash la prit aussitôt dans ses bras. Amanda s'effondra contre lui, appréciant le réconfort qu'il lui offrait. Elle enfouit son visage au creux de son épaule, les yeux fermés. Les larmes continuaient de couler, inondant Nash de son chagrin.

Mais elle garda les yeux fermés. Peut-être que si elle pouvait tout bloquer, les paroles de Nash ne seraient pas vraies.

— Pourquoi ? finit-elle par murmurer entre deux sanglots. *Pourquoi ?* Si Blair la voulait tant, pourquoi elle lui a fait ça ?

— Je ne sais pas, répondit Nash avec douceur. Mais si je devais deviner... Blair ne savait pas ce qu'elle faisait. Si elle traverse une crise mentale, elle ne pouvait pas s'occuper d'elle-même, et encore moins d'une enfant. C'est inexcusable, mais... j'essaie juste de comprendre comment ça a pu arriver.

Amanda se sentit flotter, comme si elle vivait une expérience extra-corporelle. Tout ce qu'elle voulait, c'était dormir pour ne plus penser à cette horrible nouvelle : elle ne verrait plus jamais le sourire de Bibi, elle ne l'entendrait plus jamais rire, elle ne tiendrait plus jamais sa petite main...

— On peut la récupérer ? demanda-t-elle dans un souffle. Je ne supporte pas l'idée qu'elle soit seule dans une morgue glaciale.

— Tex s'en occupe déjà. Si possible, on la fera rapatrier ici, et on organisera une cérémonie.

— Je veux... qu'elle soit incinérée, balbutia Amanda d'une

voix étranglée. J'avais emporté un cerf-volant au Guyana. Ça la fascinait. Sa manière d'être porté par le vent, de danser dans le ciel. Elle sautait, riait et tournait en rond, les bras grands ouverts, les yeux rivés sur le cerf-volant. C'est le souvenir que je veux avoir d'elle, Nash : libre et heureuse. Pas enterrée profondément sous terre.

— Alors, c'est ce qu'on fera, répondit-il.

Amanda resta blottie contre lui tandis que les souvenirs de la petite Bibi tournoyaient dans sa tête. La colère se mêlait à sa douleur. La vie était tellement injuste. Elle aurait dû avoir la chance de prendre son envol et de changer le monde, elle aussi.

Elle ignorait depuis combien de temps elle pleurait sur l'épaule de Nash, mais il ne la lâcha pas et la laissa déverser son chagrin.

Quand elle reprit enfin le contrôle, une terrible pensée lui traversa l'esprit. Elle redressa la tête, horrifiée.

— C'est *ma* faute, murmura-t-elle. Si je n'avais pas dit à Blair que je voulais adopter...

— Non, l'interrompit fermement Nash. Ne te mets pas ça sur le dos. Ce n'est en aucun cas ta faute. C'est celle de Blair, et de personne d'autre.

— Mais...

— Non, insista-t-il. Ce n'est jamais une erreur d'aimer un enfant. Jamais. Ce qui s'est passé est entièrement la faute de Blair. Point final.

Pour la première fois depuis qu'elle avait appris la nouvelle, Amanda regarda fixement l'homme auquel elle s'accrochait comme à une bouée de sauvetage.

Il avait l'air aussi bouleversé qu'elle. Triste, et en colère. Même s'il n'avait vu la petite Bibi que de loin quand ils étaient revenus à l'école après leur périple dans la jungle, il était dévasté. Cela en disait long sur lui. C'était un homme bien.

— Et maintenant ? murmura-t-elle d'une voix brisée, voulant le réconforter à son tour, mais sans savoir comment.

— On reste sur nos gardes. Blair est seule, à présent. Et la Caroline du Nord est beaucoup trop proche de Norfolk à mon goût. Comme Bibi est morte il y a quatre jours, Blair peut être n'importe où. Sans doute dans le coin. Elle a complètement perdu les pédales, on ne peut pas anticiper ce qu'elle fera.

— Si elle est dans un tel état, comment pourrait-elle réfléchir à une stratégie pour me retrouver ? souligna Amanda.

— Je ne sais pas. Mais je ne prendrai aucun risque. Je ne veux pas te perdre, Mandy. Je ne *peux* pas.

— Tu ne me perdras pas, murmura-t-elle.

— Bien sûr que non. On vivra vieux et heureux. On se baladera main dans la main, les cheveux blancs, en agaçant tout le monde avec notre bonheur. On fera des croisières, on contemplera le monde depuis le pont d'un bateau, on mangera comme des rois, on boira du bon vin, on dormira jusqu'à midi... C'est ce que je veux plus que tout. Avec toi.

— Moi aussi.

— Parfait. Alors fais attention. Reste vigilante, en permanence. Ne fais confiance à personne. C'est dur, mais Blair est capable d'engager quelqu'un pour t'enlever ou te faire du mal.

Amanda frissonna. Jamais elle n'aurait imaginé que cette femme brillante et bienveillante puisse finir en cavale, et provoquer la mort d'une petite fille qu'elle avait consacré sa vie à protéger. Et maintenant, elle voulait sa peau. C'était incompréhensible.

— Je suis prête pour une vie bien plus ennuyeuse, lâcha-t-elle en regardant Nash. Je trouvais mon quotidien d'enseignante pas très palpitant... mais aujourd'hui, je donnerais tout pour le retrouver.

— Je ferai tout ce qu'il faudra pour te le rendre, lui promit Nash.

Il la serra à nouveau contre lui. Amanda savoura cette tendresse, ce réconfort. Sans lui, elle se sentirait perdue, comme dans une barque sans rames sur un océan déchaîné.

Il inspira profondément, puis s'écarta légèrement.

— Casper m'a donné le reste de ma journée. Viens, je te ramène à la maison. Je te fais couler un bon bain chaud, tu finis le livre que tu viens d'acheter, je nous prépare quelque chose à manger, et on s'installe avec Rain devant un film. Ça te va ?

Cela semblait merveilleux. Mais Amanda se sentait coupable.

— Je croyais que ton équipe et toi, vous prépariez une mission ?

Nash haussa les épaules.

— C'est vrai, mais rien n'est plus important que toi.

— Je ne suis pas sûre que l'Oncle Sam serait d'accord, dit-elle d'un ton léger.

— Tu viens d'apprendre une terrible nouvelle, murmura Nash. Casper sait ce que ça fait. Il va gérer avec le colonel, et il me briefera ensuite.

— Tu vas avoir des ennuis ?

— Non. Le colonel Burgess est un homme juste. Exigeant, mais juste. Il n'y verra pas d'inconvénient.

— D'accord. Ce que tu proposes me semble parfait. Même si, pour être honnête, je me sens un peu paresseuse à l'idée de rester sans rien faire. Je n'ai pas l'habitude.

— Je pense qu'il était temps que tu lèves un peu le pied. Et puis quand tu reprendras les cours, tu rattraperas largement le temps perdu.

Il n'avait pas tort. L'enseignement était une activité extrêmement chronophage, qui la consumait entièrement.

Nash l'embrassa tendrement sur le front avant de lui prendre la main. Il attrapa la laisse de Rain, et ils se dirigèrent vers la sortie.

Amanda fit un signe de la main à Laryn, qui lui répondit en lui jetant un regard inquiet, puis se concentra uniquement sur la chaleur de la main de Nash. Elle savait que ce soir, et les jours à venir, elle s'effondrerait encore en pensant à Bibi.

Sa vie avait pris un tournant si étrange. Elle avait cru descendre du grand huit en sortant de la jungle, mais le manège continuait de plus belle, et ce ne semblait pas prêt de se terminer.

Amanda n'avait qu'un seul espoir : que Blair soit enfin retrouvée. Elle avait du mal à croire qu'avec son état mental, elle puisse rester dans l'ombre très longtemps. Quelqu'un finirait forcément par la reconnaître. Sinon, ce cauchemar en suspend continuerait, et c'était insupportable.

Elle ne voulait même pas imaginer ce qui se passerait si Blair n'était pas arrêtée avant que Nash parte en mission avec son équipe.

Un frisson la parcourut. Elle n'avait jamais craint la solitude auparavant, mais maintenant qu'elle connaissait Nash Chaney, sa protection et l'amour qu'il lui portait lui étaient presque indispensables. Et avec Blair toujours en liberté, toujours animée par la haine, se retrouver seule lui faisait extrêmement peur.

Un jour après l'autre, se répéta-t-elle. *C'est tout ce que tu peux faire.*

22

Buck n'aimait pas ça du tout. Deux jours s'étaient écoulés depuis qu'ils avaient appris la mort de la petite Bibi. Mandy tenait bon, mais il voyait bien l'anxiété et la tristesse dans son regard, dans sa posture, dans tout son être.

Il avait beau lui répéter de ne pas se sentir coupable, que rien de ce que Blair avait fait n'était sa faute, qu'elle n'avait aucun moyen de deviner sa maladie mentale quand elle avait parlé d'adopter Bibi... la mort de la fillette pesait lourd sur ses épaules. Buck aurait aimé pouvoir l'aider davantage, apaiser sa douleur. Mais tout ce qu'il pouvait faire, c'était la serrer dans ses bras toute la nuit, lui rappeler qu'il était là, et que Tex finirait par retrouver Blair.

Le problème, c'était qu'il n'avait aucune certitude que tout allait bien se dérouler. Il avait un mauvais pressentiment, comme si un danger rôdait tout près d'ici. Son instinct lui hurlait de mettre Mandy à l'abri, et de ne plus la laisser sortir tant que Blair n'était pas hors d'état de nuire.

Mandy était toutefois une personne sociable, extravertie. Pour s'épanouir, elle avait besoin d'être entourée. En présence

282

des autres, elle était dans son élément. Elle aimait s'occuper des gens, leur apprendre des choses.

Elle venait d'apprendre qu'elle avait décroché le poste de remplaçante à l'école de la base navale. Elle était ravie, mais elle commençait deux semaines plus tard, et compte tenu de la situation actuelle, c'était une pression supplémentaire.

Elle s'inquiétait pour les enfants. Si Blair n'était pas retrouvée d'ici là, seraient-ils en danger ? Et ses collègues aussi ? Blair pourrait-elle trouver un moyen d'entrer dans la base ? C'était peu probable, mais après tout, cela lui semblait tout aussi improbable de se faire enlever et séquestrer dans la jungle. Mandy savait mieux que personne qu'il ne fallait jamais prendre sa sécurité et celle de son entourage pour acquises.

Buck emmenait donc Mandy et Rain à la base navale tous les matins, et les laissait dans le hangar avec Laryn avant de partir en réunion.

C'était insupportable. Cette inquiétude constante lui pesait sur la poitrine et l'obsédait. Chaque seconde, il espérait que Mandy allait bien, et qu'aucune mauvaise nouvelle ne tomberait. Il avait parlé deux fois avec Tex ces derniers jours, mais il n'avait rien de concret à lui annoncer. Quelques pistes, mais rien de tangible.

C'était frustrant. Pourtant, Buck ne regrettait rien. Car changer le cours de ces derniers mois aurait signifié ne pas avoir Mandy dans sa vie. Aucune peur au monde lui ferait regretter cela. Il l'aimait.

Toutefois, c'était impossible de le lui dire pour l'instant. Il était trop tôt, et il ne voulait pas ajouter une émotion de plus à tout ce qu'elle traversait, ni la faire douter de leur relation si elle n'était pas encore prête.

Pourtant, Buck était sûr de ce qu'il ressentait. Chaque matin, il se réveillait avec Mandy dans les bras, et il remerciait le ciel. Elle aurait pu séduire n'importe quel homme. Elle était belle, intelligente, drôle, compatissante. Pourquoi avait-elle choisi de rester avec lui ? Il n'en avait aucune idée. Mais une chose était certaine : il ne voulait pas tout gâcher. Il était conscient de ce qu'il avait, et il était bien décidé à rendre la vie de Mandy meilleure.

Le moment viendrait où il trouverait les mots pour lui dévoiler ses sentiments, où il la présenterait à sa famille. Ses parents allaient l'adorer. Dès leur première rencontre avec elle, ils la kidnapperaient à leur tour et monopoliseraient tout son temps. Natalie se montrerait certainement un peu plus prudente, mais Mandy saurait la conquérir rapidement, elle aussi. Quant à sa nièce et son neveu, ils allaient être attirés par elle comme des papillons par la lumière. Elle avait un don avec les enfants, et ceux de sa sœur ne feraient pas exception.

Elle serait intégrée dans sa famille comme si elle en avait toujours fait partie, Buck en était persuadé. Mais il devait patienter pour ne pas la brusquer. Elle avait déjà été acceptée par son autre famille, les Night Stalkers. Le reste pouvait attendre encore un peu.

Elle s'était encore rapprochée de Laryn au cours de la semaine précédente. Chaque fois qu'elle faisait une pause, elle rejoignait Mandy et Rain, et gâtait le chien sans aucun scrupule. Mandy lui avait raconté qu'un après-midi, elles avaient parlé de ce que Laryn avait vécu en Turquie. Buck était surpris. À sa connaissance, elle n'en avait jamais autant parlé, même avec Casper. Le fait qu'elle se soit confié à Mandy comptait énormément.

Il supposait que c'était parce qu'elles avaient vécu des expériences similaires, un traumatisme commun. Il avait du mal à supporter le fait qu'elles aient traversé ça, mais il était soulagé de voir qu'elles s'entendaient si bien.

Ce samedi-là, au lieu de profiter d'une journée en tête-à-tête avec sa compagne, Buck avait dû assister à une réunion de dernière minute, juste après le déjeuner. De nouvelles informations venaient de tomber sur leur prochaine mission. Comme d'habitude, il avait emmené Mandy et Rain avec lui, et les avait laissés dans une salle de conférence déserte, non loin de celle où il se trouvait avec ses coéquipiers.

Il les avait rejoint quelques heures plus tard, et ils étaient rentrés directement chez lui. À présent, Mandy était assise sur son canapé, plus mutique qu'à l'accoutumée, et Buck était prêt à tout pour lui remonter le moral. Elle devait en avoir ras le bol d'être entre ces quatre murs, et de tourner en rond pendant qu'il était au travail. Elle préparait ses cours pour son futur poste, mais ça ne devait pas l'occuper tout ce temps.

Il venait de se décider à l'emmener dîner, quand son téléphone sonna.

Mandy leva les yeux d'un air inquiet. Il ne supportait pas que le moindre appel lui fasse imaginer le pire : qu'il doive partir en mission, ou qu'on leur révèle quelque chose de terrible concernant Blair.

— Allô ? Oui, elle est là. D'accord, ne quitte pas.

Il demandait à Buck de mettre le haut-parleur pour parler à Mandy. Buck aurait préféré savoir avant de quoi il s'agissait, mais il espérait qu'il avait enfin de bonnes nouvelles.

— *Tu m'entends ?* demanda Tex.

— Oui, on est là tous les deux, répondit Buck en attirant Mandy contre lui, les mains jointes sur son ventre, le menton sur son épaule.

Le téléphone était posé sur le plan de travail, et Buck le regardait fixement, comme si sa seule volonté pouvait obliger Tex à leur annoncer qu'il avait retrouvé Blair.

— *L'un des hommes impliqués dans ton enlèvement a été arrêté hier soir au Guyana, annonça Tex sans détour. Et il est passé aux aveux.*

C'était une bonne nouvelle. Buck reprit espoir.

— *En gros, ton instinct ne t'avait pas trompée, Mandy. Blair Gaffney était derrière le raid à l'école. Elle voulait que tu disparaisses. Elle a raconté à tout le monde que tu étais une personne horrible, que tu essayais de prendre sa place, et que tu montais tout le monde contre elle : les enfants, les employés et les bénévoles.*

Mandy haleta.

— C'est faux ! s'écria-t-elle.

— *Je sais,* répondit Tex calmement. *Mais vu son état mental, je pense qu'elle en était convaincue. L'homme, qui était sur le territoire illégalement, a dit que Blair avait ordonné qu'on t'emmène, et qu'elle avait accepté qu'ils prennent aussi les plus grands garçons en guise de paiement. Elle savait très bien qu'ils seraient enrôlés de force par l'armée rebelle. Il a expliqué que normalement, les enfants devaient être séparés, mais que lorsqu'ils sont arrivés, ils étaient tous ensemble. Alors ils les ont tous emmenés.*

— Mais au début, ils n'avaient pas l'air de s'intéresser spécialement à moi, protesta Mandy. Pas avant que l'un d'eux m'attrape. J'ai cru que c'était parce que je refusais de lâcher Bibi.

— *Je ne fais que rapporter ce qu'il a dit. Tout ce que je sais, c'est que Blair était derrière tout ça. En plus des garçons, elle a puisé dans les fonds de l'orphelinat pour les payer. Quand les enfants sont revenus, c'était le scénario parfait pour elle : l'orphelinat était à la fois victime et triomphant, et tu n'étais plus là. Mais ton retour a tout fait basculer, et elle a perdu le peu de bon sens qu'il lui restait.*

— Tu l'as retrouvée ? demanda Buck, écœuré d'apprendre que tout ce qu'ils soupçonnaient était vrai.

Tex soupira.

— *Non. Mais j'ai découvert comment elle est entrée dans le pays avec la petite. Elle a payé un passeur à un poste de frontière de Juarez. Elles ont traversé cachées dans un coffre, pendant un moment de forte affluence. Le fait qu'elles n'aient pas été découvertes tient de la simple malchance. Ensuite, Blair a acheté une voiture* d'occasion – encore avec l'argent volé à l'orphelinat – et s'est dirigée vers l'est.

— Alors tu sais dans quel type de voiture elle voyage, avança Buck, essayant désespérément de trouver un aspect positif à cet appel.

— *On sait dans quel type de voiture elle voyageait*, corrigea Tex. *Elle a été retrouvée abandonnée dans le parc où le corps de Bibi a été découvert.*

— Merde, marmonna Buck.

— *Blair s'est volatilisée*, reprit Tex. *Elle n'utilise pas de carte de crédit, et je suppose qu'elle a changé d'apparence. Mais je n'abandonne pas. Je vais la retrouver, Buck. Je te le promets.*

— Je sais.

— Merci, Tex, dit Mandy. J'apprécie vraiment ton aide.

— *Ne me remercie pas. Je n'ai encore rien fait. Mais cette garce ne va pas s'en tirer comme ça. Elle m'a mis en rogne. Tiens bon, Mandy. Son heure viendra. Je vous recontacte dès que j'ai du nouveau.*

Tex raccrocha, et Buck prit une profonde respiration. C'était ça, ou lâcher un chapelet d'insultes apprises auprès des SEALs et des Delta Force qu'il transportait régulièrement.

— On y va.

— Quoi ? s'enquit Mandy, perplexe.

— On sort, répéta Buck. On a besoin d'air, tous les deux. Tu deviens folle, et je te comprends. On doit arrêter de penser à cette garce pendant quelques heures.

Mandy se retourna dans ses bras.

— Tu es sûr que c'est prudent ?

— Je m'en assurerai, promit Buck. Rien d'extraordinaire, on va juste à l'*Anchor Point*. On pourra jouer aux fléchettes, boire une bière, manger un morceau, puis on rentrera. Ça te dit ?

— Super ! Nash, tu crois que j'ai fait quelque chose pour qu'elle me déteste autant ?

— Absolument pas. Voilà pourquoi tu as besoin de faire

une pause. Tu continues à croire que tu as une part de responsabilité, et je déteste ça. Tu es partie en Amérique du Sud avec les meilleures intentions. À l'orphelinat, tu t'es donnée à fond pour que chaque enfant se sente aimé et en sécurité. Ça n'avait rien de malveillant de t'attacher à Bibi. Parfois, des liens se créent, c'est tout.

— Comme nous.

— Comme nous, confirma Buck.

— Je n'arrive pas à croire qu'elle ait payé ces rebelles pour se débarrasser de moi, admit Mandy à voix basse. Et si tu n'avais pas été là, ça aurait marché.

Elle lui brisait le cœur. Buck lui releva le menton pour qu'elle croise son regard.

— Mais *j'étais* là. Et tu es là. Saine et sauve. Je vais faire en sorte que ça reste ainsi.

— Je sais.

— Vraiment ?

Elle hocha la tête.

— Tu as fait plus pour moi que n'importe qui dans ma vie, à part mes parents. Et ce n'était pas par obligation, parce que si c'était le cas, tu m'aurais dit au revoir dès qu'on a atterri en Virginie.

— Exactement.

Elle ouvrit la bouche, et Buck se prépara à entendre les mots dont il rêvait. C'était le moment idéal, et il avait hâte de lui rendre la pareille.

Mais au lieu de ça, elle déglutit et lui sourit.

Mince. Il espérait tellement qu'elle avoue enfin ses sentiments. Mais ce moment viendrait. Il en était sûr. Parce qu'elle l'aimait, il le savait déjà. Seulement, c'était effrayant de prononcer ces mots pour la première fois. Il en était la preuve vivante. Certes, il aurait pu prendre les devants, mais il ne voulait surtout pas la brusquer.

Il pouvait attendre. C'était un homme patient.

— Tu veux te changer ? demanda-t-il.

— On y va tout de suite ?

— C'est le moment ou jamais.

— D'accord. Je suis bien comme ça ? demanda-t-elle en baissant les yeux.

Buck prit son temps pour la regarder de la tête aux pieds. Elle portait un jean et un T-shirt violet à col en V. Elle était superbe, comme toujours.

— Tu es parfaite.

Elle lui adressa un petit sourire.

— Merci, Nash. Je sais que tu es un bon menteur, mais c'est adorable.

— Je ne mens pas, protesta-t-il. Et puis, on va à l'*Anchor Point*. Tu pourrais être en pyjama, personne n'y prêterait attention.

Elle rit.

— Je ne crois pas. C'est un bar, Nash. Les gens viennent pour draguer. Personne ne porte de pyjama, à moins que ce soit de la lingerie.

Elle n'avait pas tout à fait tort.

— Et Rain ? demanda-t-elle.

Buck regarda le chien, allongé dans son panier. Pour une fois, il dormait profondément, sûrement parce qu'il avait gardé un œil sur Mandy toute la journée. Il n'avait baissé la garde qu'une fois de retour à la maison. Il devait être épuisé.

— Rain ? Tu veux venir avec nous ? demanda Buck, comme si le chien pouvait comprendre ce qu'il disait – ce qui était sans doute le cas.

Le chien ouvrit les yeux et les regarda fixa. Buck saisit ses clés et les brandit.

— Tu veux venir avec nous ? répéta-t-il.

En guise de réponse, Rain soupira et ferma les yeux.

— Bon, je crois que sa décision est prise, dit Mandy en riant légèrement. On ne sera pas long. Deux ou trois heures. Sois sage.

Rain ne bougea pas d'un poil.

— Il est crevé, ajouta-t-elle tandis que Buck l'accompagnait vers la porte, la main dans son dos. Je me sens mal pour lui.

— C'est un chien extraordinaire. Je dois avouer qu'en le voyant dans la jungle, tout maigre et miteux, je n'aurais jamais cru qu'il serait aussi beau une fois propre et rassasié.

— C'est vrai. Ça prouve qu'il ne faut pas se fier aux apparences. Un peu comme avec Blair.

Merde. Il n'avait aucune envie qu'elle pense à cette garce maintenant. Cette vieille femme avait le don pour plomber tous les bons moments de Mandy.

— Allez. Il te faut un verre de vin.

— Oublie le vin. J'ai besoin d'une margarita. Ou d'un shot. Ou les deux.

Buck n'avait jamais vu Mandy ivre. Elle devait être hilarante.

— C'est moi qui conduis, tu peux prendre tout ce que tu veux.

— Parfait, répondit-elle avec un sourire malicieux. Tu ne m'en voudras pas ?

— Je n'ai encore jamais couché avec ma copine quand elle est un peu saoule. Je parie que ce sera génial. Alors non, ça ne me dérange pas.

Elle leva les yeux au ciel.

— Bien sûr que ce sera génial, puisque tu seras là.

— Continue comme ça, et tu vas certainement t'envoyer en l'air ce soir.

Mandy éclata de rire. Voir son visage s'illuminer valait tout l'or du monde. Buck se promit de tout faire pour maintenir cette femme heureuse et sereine.

* * *

Deux heures et demie plus tard, Buck ne pouvait s'empêcher de sourire. Mandy était toujours belle et gentille, mais ivre, elle était extraordinaire : rieuse, radieuse, et soucieuse que tout le monde passe un aussi bon moment qu'elle.

Elle complimentait toutes les serveuses à chaque passage. Elle leur disait qu'elle aimait leurs chaussures, leurs cheveux, leur manière de porter leurs plateaux avec aisance. Elle remerciait les hommes en uniforme pour leur service. Elle insistait pour donner un bon pourboire au barman chaque fois que Buck allait lui chercher un autre verre.

Bref, c'était le genre de personne ivre que tout le monde voulait avoir à ses côtés : amusante et insouciante. C'était génial de la voir sourire et profiter de la vie, surtout après les semaines éprouvantes qu'elle venait de passer. Buck n'avait pas l'habitude de boire pour oublier la douleur ou fuir les mauvais souvenirs – ça ne marchait jamais longtemps, il y avait toujours un retour de bâton. Mais le fait que Mandy soit complètement détendue, et qu'elle ne pense plus à Blair ni à la fillette qu'elle espérait adopter valait bien le mal de tête qu'elle aurait sûrement le lendemain.

— Tu sais ce qui aurait rendu cette soirée encore meilleure ? demanda-t-elle en s'appuyant contre Buck, le sourire aux lèvres.

— Quoi, Rebel ?

— Si tes amis avaient été là aussi.

— *Nos* amis, corrigea Buck.

Le visage de Mandy s'illumina.

— Oui, *nos* amis. Ils sont géniaux. Et pas seulement parce qu'ils veillent sur toi quand tu es en mission. Laryn aussi. Parce qu'ils sont *gentils*, et qu'ils te rendent heureux.

— C'est *toi* qui me rends heureux.

— Tant mieux. Parce qu'avec toi, je me sens complètement différente. J'ai l'impression de pouvoir tout faire.

— C'est le cas.

— Tu vois ? Tu es si gentil avec moi. Pourquoi ? Je suis un vrai désastre, Nash. Ma vie est un désastre.

— Parce que tu es toi, répondit Buck. Parce je vois mon avenir dans tes yeux. Un avenir dont je ne soupçonnais même pas l'existence avant que tu n'entres dans ma vie.

— Au début, tu me détestais. Ça t'agaçait de devoir me courir après.

Elle n'avait pas complètement tort.

— Je ne te détestais pas.

Elle esquissa un sourire en coin.

— Mais tu étais furieux.

Buck haussa les épaules.

— Peut-être un peu.

Mandy ricana.

— Un peu, oui..., répéta-t-elle en sirotant sa margarita.

C'était la troisième. Et même si Buck adorait la voir légèrement pompette, il ne voulait pas qu'elle devienne incohérente en rentrant. Il avait des projets. Il voulait la voir le chevaucher sauvagement. Et après qu'elle ait joui, il comptait la porter jusqu'à la table de la cuisine, l'allonger dessus, et se régaler une nouvelle fois.

Il avait fantasmé là-dessus l'autre matin, au petit déjeuner. L'idée lui avait traversé l'esprit d'un coup, et depuis, il ne pensait plus qu'à ça. Après un deuxième orgasme, il la prendrait sur la table, par derrière. La hauteur parfaite pour la posséder. Et comme toujours, elle adorerait chaque seconde.

— Est-ce que je veux savoir à quoi tu penses ? demanda-t-elle avec un sourire. Au sexe, pas vrai ?

— Je pense toujours au sexe quand je suis avec toi, avoua Buck.

— Pas dans la jungle. Ça, c'est dégoûtant.

Il haussa les épaules.

— Tu y pensais ?! s'exclama-t-elle. Nash ! On était crasseux, en sueur, épuisés...

— Tu es magnifique, Mandy. Comment j'aurais pu ne pas y penser ?

— Tu es bizarre, dit-elle en secouant la tête.

Cette fois, ce fut Buck qui éclata de rire. Il la prit par le bras, et elle tomba contre lui en riant.

— Fais gaffe, je vais renverser mon verre !

Il le lui prit des mains et le posa sur une table voisine. Ils regardaient deux marins s'affronter au billard, mais tout leur intérêt pour la partie avait disparu.

— Je pense à toi tout le temps, avoua-t-il. Quand je suis en vol, en réunion, en voiture, sous la douche. Surtout sous la douche. Je suis un sacré veinard, et je le sais.

— Nash..., soupira-t-elle en se laissant aller un peu plus contre lui.

— Je te l'ai déjà dit, ce n'est pas une passade, reprit Buck. Je suis là pour de bon. Tu es belle à en crever, Mandy, mais ce n'est pas que ça. D'accord, notre vie sexuelle est géniale, et j'y pense tous les jours. Mais c'est plus que ça. C'est ce bonheur que je ressens quand je suis avec toi. Cette sérénité. Comme si on se complétait. C'est d'un cliché absolu, et je nierai l'avoir dit si tu le répètes. Mais je voulais que tu le saches.

— C'est la plus belle chose qu'on m'ait jamais dite, murmura-t-elle. Et je suis trop ivre pour l'apprécier comme il faut, ou te dire quelque chose d'aussi génial. Alors je vais juste dire... que je ne sais pas ce que je ferais sans toi. Je t'ai dans la peau. Alors ne me quitte jamais, d'accord ?

Buck sourit.

— Ce n'est pas prévu.

— Bien. Mais tu comptes quand même me donner un ou deux orgasmes en rentrant, hein ?

Il sourit de plus belle.

— Oh que oui.

— Et me mettre dans la position que tu veux ? J'adore quand tu fais ça.

Elle laissa échapper un soupir rêveur.

— Je n'aurais jamais cru aimer être aussi petite, mais avec toi, je me sens féminine. C'est tellement sexy.

Cette femme allait avoir sa peau. À vrai dire, du haut de ses 1m75, c'était la première partenaire qu'il pouvait déplacer comme il voulait. Mais aucune autre n'était comme elle. Aucune ne faisait 1m50. Elle était faite pour lui. Ensemble, ils étaient parfaits.

— Tu aimes quand je prends le contrôle au lit ?

Elle acquiesça avec un sourire timide.

— Tu aimes quand je te mets où je veux et que je fais ce que je veux de toi ?

— Oui. Parce que ce n'est pas seulement toi qui fais ce que tu veux. Pas entièrement. Tu t'assures surtout que je prends du plaisir. Si tu ne te souciais pas de moi, ça n'aurait aucun intérêt. Mais là, oui.

Elle avait tout à fait raison. Buck ne ferait jamais rien qui puisse la blesser. Il prenait les devants parce qu'elle adorait ça et que ça l'excitait. Ça rendait leur vie sexuelle encore plus torride.

— Tu es prête à rentrer ? demanda-t-il.

Elle lui sourit.

— Je suis prête à rentrer avec toi, à avoir plusieurs orgasmes, et à m'endormir — ou m'évanouir, peu importe — dans tes bras. Oui, monsieur. J'ai tellement hâte.

Il était excité, prêt à la combler. Il l'aurait bien prise sur le siège de sa voiture s'il pouvait, mais ce ne serait pas prudent. Et jamais il n'exposerait leur intimité aux regards d'éventuels passants. Il n'était pas du genre voyeur. Sa compagne, il la voulait rien que pour lui. Le trajet du retour allait être interminable. Il avait hâte de découvrir ce que donnerait le sexe avec Mandy quand elle était ivre. Elle allait lui faire perdre la tête, il en était certain.

Il leur fallut vingt bonnes minutes pour enfin sortir du bar, Mandy tenant absolument à dire au revoir à tous ses *nouveaux amis* : le barman, les serveuses, les joueurs de billard... chacun eut droit à sa touche personnelle de Mandy.

Buck la tenait par la taille avec un immense sourire, quand il parvint enfin à lui faire franchir la porte. Les autres hommes le regardaient avec jalousie – non pas parce qu'il était *Night Stalker*, il en avait l'habitude – mais parce qu'il était avec Mandy. Et ce sentiment-là valait dix fois la fierté qu'il pouvait tirer de son métier.

Le parking s'était légèrement vidé depuis leur arrivée. La nuit était tombée, et Buck avait de nouveau été obligé de se garer au fond, sur la seule place libre qu'il avait trouvée en pleine heure de pointe. l'*Anchor Point* avait du succès, et pour cause. D'ordinaire, cette situation l'agaçait, mais ce soir, il n'était pas rassuré de marcher dans l'obscurité jusqu'à la voiture avec Mandy.

Il tourna la tête vers la porte du bar en se demandant s'il ne valait pas mieux la raccompagner à l'intérieur le temps qu'il aille chercher la voiture. Mais comme ils étaient déjà à mi-chemin, il décida que ce serait inutile, et reporta son attention sur leur trajet.

Seul le halètement de Mandy l'avertit avant que tout bascule.

En un clin d'œil, quelqu'un surgit de derrière une voiture et brandit quelque chose vers Mandy.

Il sentit le choc qu'elle reçut à la tête le traverser de la tête aux pieds, car elle était blottie contre lui au moment de l'impact.

Elle s'effondra aussitôt, et tandis que Buck luttait pour l'empêcher de s'écraser au sol, l'assaillant frappa de nouveau. Cette fois, ce qui semblait être un tuyau en métal manqua Mandy et atteignit Buck à l'épaule.

La douleur l'étourdit, et il relâcha son étreinte.

Mandy s'écroula au sol en gémissant.

Le choc de l'attaque, ajouté à la douleur, lui fit baisser sa garde, ce qui donna à l'agresseur une nouvelle occasion de frapper.

L'arme s'abattit, et les gémissements de Mandy cessèrent aussitôt.

Buck se mit en mouvement avant même de réfléchir. Les cours de karaté qu'il avait suivis adolescent lui revinrent instinctivement. Il n'avait pas pratiqué depuis ses dix-huit ans, mais la mémoire musculaire suffisait. D'un coup de pied, il éjecta l'objet métallique des mains de l'assaillant.

Sans faire attention à sa douleur à l'épaule, il enchaîna en portant un coup au niveau de la gorge avec la tranche de la main. Ce genre de prise était interdite en compétition, mais ce n'était pas un jeu. C'était une question de vie ou de mort.

Buck serra le poing, puis frappa l'agresseur au visage une fois qu'il fut tombé. Mais la personne ne bougeait plus. Elle gisait au sol, aussi immobile que Mandy.

L'attaque n'avait duré que quelques secondes. Pour Buck, cela avait semblé des heures.

Il ne prêta pas attention au sang qu'il avait sur la main et appela à l'aide tout en se précipitant vers la femme qu'il aimait, étendue sur le bitume. Du sang s'étalait déjà autour de sa tête, et le cœur de Buck s'arrêta net. Il avait promis de la protéger, et il avait échoué.

Elle avait été attaquée alors même qu'il la tenait dans ses bras.

Buck ne se le pardonnerait jamais.

— Mandy ! haleta-t-il en se penchant sur elle.

Il appliqua une pression sur sa blessure à la tempe, là où le sang semblait s'écouler le plus.

Heureusement, quelqu'un sortit du bar et accourut après avoir entendu son appel. Il appela les secours pendant que Buck suppliait Mandy de se réveiller, de rester avec lui.

En quelques minutes, l'ambulance et la police arrivèrent. Buck n'avait pas quitté Mandy des yeux depuis qu'il avait neutralisé leur agresseur. Celui-ci gisait toujours un peu plus loin, immobile.

Les secours insistèrent pour qu'il s'écarte, et lâcher Mandy fut l'une des choses les plus difficiles qu'il ait jamais faites. Elle resta au sol, inerte, entourée de cette foutue flaque de sang. C'était la vision la plus terrifiante de sa vie.

Une autre équipe de secours, qui s'occupait de l'assaillant, attira son attention. Buck fut stupéfait de constater qu'il s'agissait d'une femme. Une sans-abri, semblait-il.

En regardant mieux, il remarqua que c'était Blair.

La femme que Tex cherchait désespérément, celle contre laquelle il avait juré de protéger Mandy. Elle les avait retrouvés avant eux.

Le pied-de-biche dont elle s'était servi gisait à quelques centimètres de sa main.

Soudain la colère l'envahit. Mandy venait de prendre un foutu coup de pied de biche à la tête. Il avait relâché son attention, et Blair en avait profité.

Pendant qu'il regardait, abasourdi, les ambulanciers préparer Mandy pour le transport, Blair reprit conscience. Elle se mit aussitôt à hurler qu'on lui avait tout pris, à crier à l'injustice et à la vengeance. Comme ils l'avaient soupçonné, et comme Desmond l'avait confirmé, elle avait complètement perdu la raison. La Blair que Mandy avait connue n'existait plus.

Une fois qu'elle eut été examinée par les secours, Buck, impassible, observa les policiers la menotter et l'emmener. Il devait leur dire que Blair était recherchée pour maltraitance sur enfant et pour le meurtre de Bibi – ainsi que pour des crimes commis en Guyana. Mais pour l'instant, toute son attention était tournée vers Mandy.

Il suivit la civière jusqu'à l'ambulance, mais on l'empêcha de monter avec elle.

— Je suis désolé, monsieur, personne n'est autorisé dans l'ambulance.

Buck paniqua. Il devait monter ! Il ne pouvait pas la perdre !

Une main se referma sur son bras, et il se débattit pour la rejoindre.

— Doucement, Buck. Je t'emmène à l'hôpital.

Il se retourna, et vit Obi-Wan. Il cligna des yeux, perdu. Depuis quand était-il là ? Comment avait-il su ? Combien de temps les secours s'étaient-ils occupé de Mandy sur ce parking ? Tout lui semblait flou.

— Viens, je m'occupe de toi. Ils t'ont examiné ? Tu es blessé ?

Buck le regarda fixement sans répondre.

— Bon, on verra ça à l'hôpital.

Obi-Wan l'entraîna vers sa Jeep garée un peu plus loin.

Buck regardait droit devant lui tandis qu'Obi-Wan roulait à toute allure vers l'hôpital.

— Un barman m'a appelé. Je ne sais pas comment il a eu mon numéro, mais béni soit-il. Casper est déjà en contact avec les flics au sujet de Blair. Il leur parle de Bibi, et prend contact avec les enquêteurs en Caroline du Nord. Elle ne s'en tirera pas, Buck. C'est fini pour elle. Mandy est en sécurité.

Mais elle ne l'était pas. Elle venait de se faire fracasser le crâne avec un pied-de-biche ! Même si elle survivait, elle ne serait peut-être plus jamais la même.

Buck ne cessait de penser à son rire, à sa manière d'amuser tout le monde autour d'elle à peine une heure plus tôt.

Il laissa échapper un cri rauque à l'idée de perdre la personne la plus importante de sa vie.

Obi-Wan attrapa sa main, la serra comme un étau.

— Elle est solide, le rassura-t-il. Elle va s'en sortir. J'en suis sûr.

Buck n'éprouvait aucune gêne à tenir la main de son ami. C'était la seule chose qui l'empêchait de s'effondrer. Son ancre, comme il l'avait toujours été lors des missions les plus éprouvantes. Et maintenant, dans le pire moment de sa vie, il était là. Et ça lui donnait la force de continuer à respirer.

Quand ils arrivèrent à l'hôpital, Obi-Wan s'arrêta devant l'entrée.

— Vas-y. Je te rejoins dans une minute.

Dès qu'il lâcha la main de son copilote, Buck se sentit perdu, à la dérive.

Il arriva au service des urgences en titubant. Les portes automatiques s'ouvrirent, et il cligna des yeux en voyant qui l'attendait.

Pyro, Chaos et Edge étaient là. Mais ce fut Laryn qui l'entraîna vers le coin que les autres avaient manifestement réquisitionné dans la salle d'attente. Bientôt, Buck fut entouré des personnes dont il avait le plus besoin en cet instant.

— Casper arrive, annonça Laryn. Il est au téléphone avec Tex.

Buck hocha la tête. Mais ça n'avait plus d'importance. Blair avait été arrêtée. Tex pouvait passer à d'autres dossiers, aider d'autres familles, chercher d'autres personnes disparues.

Il ne pensait pas que Tex avait échoué, mais... il n'arrivait pas à se débarrasser de ce mélange de frustration, de colère, et de douleur. Blair avait vécu dans la rue, et personne ne l'avait su.

À présent, cela n'avait plus d'importance.

Elle avait réussi à blesser la femme qu'il aimait.

— Tu n'as pas l'air bien, constata Pyro. Tu es blessé ? Tu as vu un médecin ?

Buck le regarda sans répondre.

— Allez, viens. On va s'occuper de toi, comme ça tu seras en forme pour aller voir Mandy.

Aller voir Mandy. Oui, c'était tout ce qu'il voulait. Il suivit docilement Pyro jusqu'à l'accueil.

Il n'avait plus la notion du temps. On l'amena dans une salle, un médecin l'examina, mit son bras en écharpe, puis lui prescrivit des antidouleurs, qu'il refusa. Il voulait être lucide quand on l'autoriserait à voir Mandy.

Mais on le ramena en salle d'attente.

— Où est Mandy ? demanda-t-il, remarquant que Casper avait rejoint les autres.

— Ils l'ont emmenée au bloc, répondit Chaos à voix basse. Elle avait une hémorragie cérébrale, ils doivent réduire la pression dans sa tête.

Buck ferma les yeux et chancela.

— Il va tomber !

— Asseyez-le !

— La tête en avant !

On le força à s'asseoir, mais tout n'était plus que brouillard. Une opération ? Une hémorragie cérébrale ? C'était un cauchemar.

Une autre pensée lui traversa l'esprit.

— Rain ! s'écria-t-il en essayant de se relever.

Mais Edge et Pyro le maintinrent sur la chaise.

— On s'en occupe. On gère tout. Reste là pour Mandy.

Buck leva les yeux vers Casper, accroupi devant lui. Leur chef le regardait fixement. Lui aussi avait failli perdre Laryn. Lui aussi savait.

— Elle va s'en sortir ? demanda-t-il d'une voix rauque.

— Oui, répondit Casper sans hésiter. Ta compagne est coriace. Sinon, elle ne serait jamais partie au Guyana. Elle n'aurait pas survécu au camp des rebelles. Elle n'aurait pas traversé la jungle. Elle va s'en sortir, j'en suis sûr.

Buck savait que Casper n'était pas médecin. Mais ses mots lui faisaient l'effet d'un baume pour son esprit brisé. C'était exactement ce qu'il avait besoin d'entendre.

— Aie confiance, Buck. Fais confiance aux médecins, et à Mandy. Quand tu pourras la voir, parle-lui. Il faut qu'elle sache que tu es là, que tu ne partiras pas. Dis-lui combien tu tiens à elle. Donne-lui une raison de se battre.

Buck absorba chaque mot en hochant la tête. Il ferait tout pour que Mandy se relève. Il resterait à ses côtés, peu importe dans quel état elle se réveillerait.

L'image de son sourire en tête, Buck serra les poings. Mandy allait s'en sortir. Elle n'avait pas d'autre alternative.

23

Buck ignorait totalement l'heure qu'il était. Il ne savait même plus quel jour on était. Il savait seulement que Mandy ne s'était toujours pas réveillée. Elle avait survécu à l'opération, mais elle était toujours dans un coma artificiel. Les médecins voulaient laisser le temps à l'œdème de se résorber.

Mais chaque jour qui passait était un jour de plus en enfer pour Buck. Il ne mangeait pas beaucoup, et ne dormait clairement pas assez. Il ne pensait pas à son travail, à la prochaine mission, et il négligeait même le pauvre Rain. Heureusement, Laryn avait pris les choses en main, et avait emmené Rain chez elle pour le moment.

Buck ne pouvait se résoudre à quitter l'hôpital. Les infirmières et les médecins étaient habitués à sa présence, et lui permettaient de passer beaucoup plus de temps que permis dans la salle de soins intensifs où se trouvait Mandy.

Le bip des machines auxquelles elle était reliée n'était plus qu'un bruit de fond. Buck ne l'entendait presque pas. Toute son attention était concentrée sur Mandy. Dans ce grand lit d'hôpital, avec tous ces tubes reliés à son corps, elle semblait encore plus petite que d'habitude.

Il restait assis à côté d'elle pendant des heures, à lui parler en lui tenant la main.

Il parlait sans arrêt. Il lui racontait des histoires qu'elle avait déjà entendues. Il parlait de la météo, de Rain, de sa famille. De tout ce qui lui passait par la tête.

Et il lui disait combien il l'aimait. Il répétait ces mots à voix haute, inlassablement. Des mots qu'il aurait donné n'importe quoi pour avoir prononcés avant son agression. Il fallait qu'elle sache à quel point elle comptait pour lui, qu'il l'aimait plus que quiconque.

Mais plus Buck restait assis à côté d'elle, plus il se sentait découragé. Elle n'avait pas bougé. Elle n'avait même pas bronché. Les médecins disaient que c'était normal. Comme elle était dans un coma artificiel, elle ne pouvait que guérir, et c'était le but.

Ils disaient également que l'œdème s'était atténué, ce qui était un soulagement. Cependant, malgré ce que disaient les médecins, le fait qu'elle n'ait pas fait le moindre mouvement effrayait Buck.

Il était assis avec Mandy, comme d'habitude, quand Obi-Wan entra dans la chambre. Buck fut surpris de le voir, car normalement, l'unité de soins intensifs n'autorisait qu'un seul visiteur à la fois.

— Le médecin m'a dit que j'avais dix minutes, l'informa Obi-Wan. J'ai des nouvelles qui devraient vous intéresser, Mandy et toi. Et comme je savais que tu serais près d'elle, j'ai convaincu le médecin de me laisser entrer.

Buck hocha la tête. La présence de ses amis avait été un pilier pour lui. Il ne savait pas ce qu'il aurait fait sans eux. Casper avait parlé au colonel Burgess et obtenu une permission pour Buck, Laryn avait accueilli Rain sans poser de questions,

Obi-Wan et les autres avaient pris tour à tour le relais pour lui apporter de quoi manger et des vêtements propres, et le forçaient à prendre une douche dès qu'ils en avaient l'occasion.

— On est quel jour ? demanda Buck à Obi-Wan.

— Ça fait cinq jours que vous avez été agressés.

Buck cligna des yeux, surpris.

— Vraiment ?

— Oui.

— Waouh. J'ai l'impression que ça fait beaucoup plus longtemps.

— Ce n'est pas étonnant. Quoi qu'il en soit, Buck... Blair est morte, annonça Obi-Wan d'un ton neutre.

Buck ne ressentit pas le moindre regret. En fait, il était soulagé. *Heureux.*

— Qu'est-ce qui s'est passé ?

— Elle a été arrêtée pour suspicion de meurtre, et des dispositions ont été prises pour la transférer dans un établissement psychiatrique en Caroline du Nord. Il était évident pour tout le monde qu'elle n'était pas apte à subir un procès, et qu'elle souffrait d'une grave dépression nerveuse.

Buck grogna.

— Ça ne l'innocente pas, précisa rapidement Obi-Wan. Ça ne rend pas non plus son geste acceptable, loin de là. Elle n'allait pas être libérée de sitôt, même si elle était déclarée inapte pour un procès. Mais pendant son internement dans une clinique locale, elle a attaqué l'un des gardiens. Elle avait arraché un ressort de son matelas pour s'en servir comme arme. On a dû la taser, et apparemment, ça lui a provoqué une crise cardiaque. Elle avait beau être septuagénaire, elle avait la force décuplée des malades mentaux. Le Taser était la seule façon de la maîtriser.

Buck hocha la tête. Il était vraiment soulagé qu'elle ne soit plus là, que Mandy n'ait pas à s'en préoccuper si elle se réveillait... *Quand* elle se réveillerait. Mais à part ça, il ne ressentait rien.

— Tex se sent mal. Il veut te parler quand tu seras prêt.

Buck n'était pas sûr d'en avoir envie. Tout le monde avait toujours vanté les mérites du fameux expert en informatique. Cet homme avait fait des miracles pour Casper et Laryn. Il avait joué un rôle essentiel dans le sauvetage de Laryn qui était revenue de Turquie en vie, et presque indemne. Mais Mandy était devant lui, inconsciente, et Buck ignorait si elle serait toujours la même en se réveillant. Il ne blâmait pas vraiment Tex. C'était aussi sa faute. Mais il avait du mal à accepter qu'il n'ait pas pu localiser Blair avant qu'elle ne trouve Mandy.

— Elle était introuvable, Buck. Elle n'avait ni téléphone, ni voiture, ni carte de crédit. Elle a fait du stop jusqu'en Virginie, et elle traînait près de la base navale. Elle n'a jamais découvert où tu vivais, mais elle a pu parler à des gens, jusqu'à ce que quelqu'un lui dise que beaucoup de pilotes fréquentaient l'*Anchor Point*. Elle campait dans le parc à côté, et attendait que tu te montres pour pouvoir atteindre Mandy. Tex n'avait littéralement aucun moyen de la retrouver.

Buck le savait, mais cela n'apaisait pas la douleur. De toutes les personnes que Tex avait aidées, Mandy était l'une des rares qu'il n'avait pas pu sauver.

— Comment va-t-elle ? demanda Obi-Wan à voix basse.

Buck haussa les épaules.

— Pareil. Ni pire, ni mieux.

— Et l'œdème ?

— Le médecin dit qu'il diminue.

— C'est une bonne nouvelle.

— Oui.

— Ils vont réduire les médicaments pour la sortir du coma ?

— Si ça continue de bien évoluer, oui.

— Tu sais que ce n'est pas ta faute, n'est-ce pas, Buck ?

Les yeux de Buck se remplirent de larmes. Il ne voulait pas pleurer. Il voulait rester fort pour Mandy. Mais l'inquiétude dans la voix d'Obi-Wan eut raison de lui.

Obi-Wan lui prit la main et la serra fort. Il ne dit rien, il se contenta de rester debout à ses côtés, solide comme un roc, tandis que Buck pleurait en silence.

— Je l'aime, mec, lâcha Buck au bout d'un long moment. Et je ne lui ai jamais dit.

— Elle le sait, Buck.

— *Comment* ? Comment elle pourrait le savoir ?

— Parce que ça se voyait dans tes yeux chaque fois que tu la regardais. Chaque fois que tu lui préparais son petit déjeuner ou son dîner. Chaque fois que tu sortais Rain pour qu'elle puisse rester au lit cinq minutes de plus. C'était dans chaque petit geste. Ce ne sont pas les mots qui comptent, Buck, ce sont les actes. Et tu lui montres chaque jour que tu l'aimes. Et tu sais quoi ? Elle t'aime aussi. C'est évident pour nous tous.

Buck leva alors les yeux vers son ami.

— Tu crois ?

— Oui.

Buck inspira profondément, puis regarda de nouveau Mandy, allongée sur le lit, inerte. Obi-Wan avait raison. Il savait que Mandy l'aimait. Chaque jour, elle le lui montrait sans un mot, comme lui. Avec des gestes : sa manière de se blottir contre lui en dormant, le regard qu'elle lui lançait chaque fois qu'ils recevaient des nouvelles de Blair, sa façon de s'accrocher à lui en apprenant la mort de Bibi.

Buck regarda son ami.

— Je pensais à lui faire l'amour en rentrant, et je n'ai pas été assez attentif. Tu sais comme le parking de l'*Anchor Point* est sombre. Je me suis dit que j'aurais dû laisser Mandy à l'intérieur et aller chercher la voiture, et c'est là que Blair a surgi de nulle part.

— Si ce n'était pas arrivé ce soir-là, ce serait arrivé un autre soir. Blair était patiente, elle n'allait pas lâcher l'affaire. Tu pensais au sexe ? Et alors ? Ça ne fait pas de toi le responsable. Je t'ai entendu dire plusieurs fois à Mandy que ce qui lui est arrivé à l'école n'était pas sa faut, ni ce qui est arrivé à la petite Bibi. Que c'était Blair qui était entièrement coupable. Eh bien, c'est pareil pour toi. Blair est la seule responsable.

— J'essaie de me le répéter, mais au final, j'avais promis de la protéger, et elle a été blessée sous ma surveillance.

— La vie est étrange, Buck. Tu peux faire toutes les promesses que tu veux, elle trouvera toujours un moyen de te mettre un coup quand tu t'y attends le moins. Lâche prise, mec. Pour ton propre équilibre, pour Mandy. Elle aura besoin que tu sois solide quand elle se réveillera, et si tu continues à te flageller, tu ne pourras pas. Dis-moi une chose : tu crois que Mandy t'en voudra quand elle se réveillera ?

Buck n'eut même pas besoin d'y réfléchir.

— Non.

— Voilà. Alors laisse tomber. Concentre-toi sur sa guérison. Blair est morte, elle ne représente plus aucune menace. Tu ne peux pas vivre avec ce poids, et Mandy ne voudrait pas. Vous avez toute la vie devant vous. Tu veux la vivre avec des regrets, ou avec de la joie et de l'espoir ?

Obi-Wan jeta un coup d'œil à sa montre.

— Mon temps est écoulé. J'aimerais te dire de nous prévenir quand les médecins la sortiront du coma, mais... sache que Tex observe déjà la situation, et nous tiendra au courant.

— Comment ça ? demanda Buck en fronçant les sourcils.

— Comme pour tout le reste, par ses propres moyens. Je parie qu'il a piraté les dossiers de l'hôpital, quelque chose comme ça. C'est illégal, mais est-ce qu'il y a quelque chose de légal dans ce qu'il fait ? Je demanderai à Laryn de te donner des nouvelles et des photos de Rain. Mandy voudra sûrement les voir à son réveil.

Sur ce, Obi-Wan serra fort la main de Buck, puis la lâcha et sortit de la chambre.

Buck se retourna immédiatement vers Mandy, et lui prit la main. Il la porta à sa bouche et l'embrassa doucement.

— Tu as entendu, Rebel ? Blair est morte. Elle est sortie de nos vies pour toujours.

Il la regarda fixement, les larmes aux yeux.

— Je t'aime, tu m'aimes, Rain va bien. Tex est… Merde, il faut que je l'appelle. Ce n'était pas sa faute, je le sais. Mais au fond, j'avais besoin de reporter la faute sur quelqu'un, et c'est tombé sur lui. C'est injuste. Je vais me reprendre, je te le promets. Tu veux bien te réveiller pour m'engueuler et me dire d'arrêter mes conneries ?

Pour la première fois depuis des jours, Buck se sentit un peu mieux. La mort de Blair lui enlevait un poids énorme des épaules. Est-ce que ça faisait de lui un salaud ? Peut-être. Mais il n'allait pas perdre du temps à se flageller pour ça.

— Je t'aime, Amanda Rush. Tellement. Je vais t'épouser, on aura des enfants… soit biologiques, soit adoptés. Tu deviendras la prof du siècle, et on vivra heureux jusqu'à la fin de nos jours. Mais pour ça, il faut que tu te réveilles. Dès que le médecin réduira les doses qui te maintiennent endormie, ce sera sans danger. Je te le promets. Et cette fois, c'est du sérieux.

Buck était épuisé. Le médecin s'était dit satisfait de ses progrès. Il ne restait plus qu'à attendre de voir si son cerveau avait subi des lésions irréversibles suite aux coups portés par Blair. Mais pour la première fois depuis que Mandy s'était effondrée à ses pieds dans le parking, Buck sentit une lueur d'espoir.

Il y avait une chance qu'elle ne se souvienne de rien, qu'elle ne sache pas qui était *Buck*. Ce serait dévastateur, mais il était déterminé à ce qu'elle l'aime à nouveau. Il l'avait séduite une fois, il pouvait le refaire. Il avait juste besoin d'une chance pour y parvenir.

Et pour cela, elle devait se réveiller.

Il s'endormit le front posé sur sa main, et pour la première fois depuis des jours, il ne fit pas de cauchemars dans lesquels Blair faisait irruption dans la chambre pour finir le travail, ou dans lesquels le médecin lui annonçait d'un air grave que Mandy était morte dans son sommeil.

Cette fois, il rêva de leur mariage, avec Mandy à ses côtés. Son sourire… Son rire…

* * *

C'était le moment. Les médecins avaient suffisamment réduit la dose de médicaments qui maintenaient Mandy dans le coma pour qu'elle puisse se réveiller. Depuis un jour et demi, elle s'agitait dans son lit. Elle gémissait légèrement, et fronçait les sourcils dans son sommeil. Buck aurait même juré qu'elle lui avait serré la main quelques heures plus tôt, quand il le lui avait demandé.

Pendant tout ce temps, Buck avait continué à lui parler. À tel point que sa voix était rauque et enrouée. Si elle se réveillait et qu'on pouvait lui retirer le tube qui l'aidait à respirer, elle serait transférée dans une chambre normale, où tous leurs amis pourraient lui rendre visite. Et quelqu'un – certainement Tex – s'était même arrangé pour que Rain puisse entrer.

Mais d'abord, elle devait ouvrir les yeux, prouver qu'elle était toujours là, et toujours elle-même.

— Comment va-t-elle ? demanda le médecin en entrant dans la pièce.

Buck grimaça. Après le calme des dernières heures, sa voix lui semblait assourdissante.

— Mieux, je crois, répondit-il.

— Dans ce cas, essayons, dit le médecin.

Soudain, la chambre se remplit d'infirmières. Buck recula et saisit un des pieds de Mandy. Il n'avait jamais été aussi nerveux.

Le médecin se pencha sur Mandy et lui ordonna fermement d'ouvrir les yeux.

À la grande surprise de Buck, elle obéit. Elle ouvrit grand les yeux.

— Bravo, Mandy ! Vous m'entendez ? Serrez la main de l'infirmière si c'est le cas.

Buck regarda fixement la main droite de Mandy, et vit ses doigts se resserrer lentement sur ceux de l'infirmière.

— Excellent ! Je suis sûr que vous êtes confuse, et peut-être effrayée, mais nous allons retirer le tube qui est dans votre gorge, et qui vous empêche de parler. Vous allez avoir une sensation étrange, mais je vous promets que ce ne sera pas long.

Buck détestait voir Mandy dans cet état, mais il était extrêmement fier d'elle. Il lui serra le pied pour lui faire savoir qu'il était là, sans vouloir la distraire des instructions du médecin.

En quelques secondes, le tube fut retiré, et elle toussa légèrement.

— C'est fini, lui dit le médecin. Vous vous en êtes très bien sortie. Respirez profondément, très lentement. Bien. Il y a quelqu'un ici que vous aimeriez voir, je pense.

Il fit signe à Buck d'approcher.

Buck était mort de peur. Et si elle ne le reconnaissait pas ? Et si son cerveau était trop endommagé, et qu'elle n'était plus la Mandy qu'il connaissait ?

L'infirmière s'écarta pour le laisser passer, et Buck prit la main de Mandy en se penchant vers elle.

— Salut, Rebel, murmura-t-il. C'est merveilleux de revoir tes beaux yeux bleus.

Elle le regarda longuement, les yeux dans le vague.

Juste au moment où le monde de Buck menaçait de s'écrouler pour la deuxième fois en une semaine, elle cligna des yeux.

Puis elle articula :

— Nash.

Buck avait davantage pleuré cette semaine-là qu'au cours de toute sa vie, mais il ne ressentit aucune honte quand les larmes jaillirent de nouveau. Pas la moindre. C'étaient des larmes de joie, de pur bonheur.

— Oui, Mandy, c'est moi. Je suis tellement heureux que tu sois réveillée.

Ses doigts se refermèrent fermement autour des siens tandis qu'elle fermait les yeux.

Buck leva les yeux vers le médecin, inquiet.

Mais il avait un immense sourire sur le visage.

— Tout va bien. Elle est fatiguée. C'est tout à fait normal. Mais ce sont de bonnes nouvelles. Elle vous a reconnu. Elle va s'en sortir. Cela prendra peut-être un certain temps, elle aura besoin de rééducation, mais je n'ai aucune raison de penser qu'elle ne retrouvera pas rapidement son état normal.

Buck essuya ses joues avec ses épaules, refusant de lâcher la main de Mandy. Elle avait l'air mal en point. Ses cheveux avaient été rasés d'un côté pour l'opération, et elle était encore reliée à des tubes. Mais elle était en vie. Et elle savait qui il était. Ils pourraient s'occuper du reste au jour le jour.

24
___

Amanda était tellement heureuse de rentrer chez elle. Elle avait passé deux semaines à l'hôpital, puis deux autres en rééducation. Tout ce qu'elle voulait, c'était dormir dans son lit. Enfin... dans le lit de Nash, blottie contre l'homme qu'elle aimait, avec son chien adoré à ses pieds.

Elle s'était réveillée à l'hôpital sans aucun souvenir de ce qui lui était arrivé, ce qui était déconcertant, et plutôt effrayant. Mais Nash avait été à ses côtés presque tout ce temps. Grâce à lui, tout lui avait semblé plus supportable ; pas nécessairement plus facile, mais sa présence avait suffi à l'apaiser.

Il n'y avait pas que lui. Casper, Obi-Wan, Pyro, Chaos, Edge, Laryn... Ils étaient tous venus la voir. Ils passaient à l'improviste, restaient parfois une heure ou plus, d'autres fois seulement dix minutes. Mais elle était rarement seule. Cela signifiait beaucoup pour elle. Même s'ils n'avaient que peu de temps devant eux, ils prenaient la peine de passer. Elle était sûre qu'ils avaient mieux à faire, mais ils ne donnaient jamais l'impression d'être pressés, ou d'être venus par obligation.

Sa chambre était remplie de fleurs, et chaque fois qu'elle

ouvrait les yeux, cela lui rappelait les personnes qui espéraient la voir sur pied.

Il lui était difficile d'admettre ce que Blair lui avait fait. Le fait qu'elle soit encore en vie relevait du miracle.

Amanda avait encore des maux de tête de temps en temps, mais le médecin lui avait assuré qu'ils finiraient par s'atténuer, et qu'ils ne seraient plus aussi handicapants. Elle espérait qu'il disait vrai.

Ce jour-là, elle rentrait enfin. Elle n'attendait que ça. Les infirmières et les médecins du centre de rééducation avaient été formidables, mais elle n'aurait aucun regret à leur dire au revoir. Ce qu'elle attendait le plus, c'était de retrouver Rain. Nash l'avait amené plusieurs fois, et son gémissement plaintif à chaque visite lui brisait le cœur. Le chien avait l'air de comprendre qu'elle était blessée, et qu'il fallait être doux avec elle. Il se couchait simplement à ses côtés, la tête sur son épaule, et elle sentait son souffle chaud dans son cou. Il était content de se laisser caresser jusqu'à l'heure du départ.

Un bruit à la porte attira son attention. Nash était enfin arrivé.

Il lui avait été extrêmement difficile de ne pas lui demander de rester chaque nuit, ou d'être présent le plus possible dans la journée. Il avait déjà pris assez de congés, et il avait des obligations. Elle ne pouvait pas accaparer tout son temps, même si elle en avait très envie. De toute façon, elle était occupée à se démener pour retrouver sa mobilité, et marcher sans donner l'impression d'avoir enchaîné une semaine de beuverie.

Les nuits étaient les plus difficiles. Le lit d'hôpital semblait trop grand, la chambre trop vide. Mais ne plus avoir peur que Blair revienne finir ce qu'elle avait commencé avait largement apaisé ses cauchemars. Nash avait plus de séquelles de ce soir-là, ce qui pouvait se comprendre : elle n'avait aucun souvenir de l'agression.

— Salut ! lança-t-elle avec un grand sourire quand il approcha.

— Salut, répondit-il en se penchant vers elle.

Elle était déjà habillée et prête à partir. Il l'embrassa tendrement.

— Prête à t'évader aujourd'hui ?

— Plus que jamais, répondit Amanda avec conviction. Le médecin a dit qu'il signerait les papiers ce matin, donc j'espère qu'une infirmière va bientôt arriver.

— Génial. Rain est impatient que tu rentres, et moi aussi. Tu nous as terriblement manqué.

— J'ai hâte. Vous m'avez manqué aussi.

Ce n'était peut-être pas le moment idéal, mais Amanda avait beaucoup réfléchi – au Guyana, à Blair, à son hospitalisation, à ce qu'elle voulait dans la vie. Elle ne pouvait plus attendre. Elle voulait en parler à Nash. Avant de rentrer chez lui et de commencer sa nouvelle vie, elle devait éclaircir un point.

— Nash ? Je peux te demander quelque chose ?

— Tout ce que tu veux.

— Quand j'étais à l'hôpital, inconsciente, après l'opération... tu étais là, n'est-ce pas ?

— Bien sûr, répondit-il. Je n'ai pas quitté ton chevet. Pourquoi ?

— Tu me parlais ?

Nash était assis dans la chaise près du lit et lui tenait la main, comme il le faisait chaque fois qu'il lui rendait visite. C'était la première chose qu'il faisait, comme s'il ne pouvait pas attendre une seconde de plus. Elle adorait ça.

— Oui, sans arrêt. J'ai entendu dire que parfois, les personnes inconscientes ou dans le coma peuvent entendre ce qui se passe autour d'elles. Alors je te tenais la main, et je te parlais.

— De quoi ?

— De tout et de rien. Je voulais simplement que tu entendes ma voix, que tu saches que j'étais là.

— Je t'ai entendu. Je ne me rappelle pas vraiment ce que tu disais, mais je me souviens de ta voix, en arrière-plan. Elle me raccrochait à la réalité. Je sentais que quelque chose n'allait pas, mais tout était noir, et j'avais l'impression de me voir de l'extérieur. Mais ça m'a aidée de te savoir là, et de t'entendre.

— Tant mieux.

— Pourtant, je me souviens d'*une* chose plus distinctement.

— Quoi donc ?

Amanda déglutit. Ça pouvait se retourner contre elle, mais elle devait savoir si elle avait rêvé quelque chose qu'elle espérait de tout son cœur, ou s'il l'avait vraiment dit.

— Tu m'as dit que tu m'aimais. Enfin, j'hallucinais peut-être, s'empressa-t-elle d'ajouter. Mais ça m'a semblé tellement clair. Si jamais tu ne l'as pas dit, ce n'est pas grave. Mais maintenant, j'ai besoin de savoir. Parce que moi, je suis folle amoureuse de toi, et je ne pense pas pouvoir revenir vivre avec toi si tu ne penses pas pouvoir, un jour, m'aimer en retour.

Elle se dépêcha de prononcer ces derniers mots, car elle savait que si elle ne le lui disait pas maintenant, elle ne le ferait jamais. La dernière chose qu'elle voulait, c'était se retrouver dans son appartement froid et vide... mais s'il le fallait, elle s'y résoudrait. Car aimer cet homme sans être aimée en retour finirait par la détruire.

En guise de réponse, Nash se leva et se pencha à nouveau vers elle. Son visage n'était qu'à quelques centimètres de celui d'Amanda.

— Tu m'as entendu dire ça ?

— Je crois, répondit Amanda, un peu hésitante.

— C'est incroyable. Oui, je l'ai dit. Je le répétais sans cesse. Je t'aime, Mandy. Plus que tu ne pourras jamais l'imaginer. Quand tu t'es retrouvée à l'hôpital, ça a été le pire jour de ma vie. Et les jours suivants n'étaient pas beaucoup mieux. Je ne pensais qu'à une chose : je ne t'avais pas dit ce que je ressentais, et tu allais peut-être mourir sans savoir que tu es la personne la plus importante pour moi. Que sans toi, je ne pourrais pas continuer.

Un immense soulagement, mêlé de joie et d'amour, submergea Amanda. Elle attira Nash vers elle pour l'embrasser fougueusement. Elle aurait voulu prolonger ce baiser, aller plus loin, mais il s'écarta.

— Je ne vais pas me faire surprendre en train de t'embrasser à l'hôpital le jour où tu pars, dit-il avec un petit rire.

Elle fit la moue.

Il rit de plus belle, puis passa une main dans les cheveux d'Amanda.

— Je t'aime, Mandy. Tu es tellement forte. Le médecin a dit que c'était un miracle que tu te remettes aussi bien, et aussi vite.

— Moi aussi je t'aime, Nash. Merci d'avoir été là. Merci d'avoir pris soin de moi, de Rain... Je sais que ça n'a pas été facile.

— Je ferais n'importe quoi pour toi. Tu ne le savais pas ?

— Maintenant, oui.

— Je suis bluffé que tu m'aies entendu, murmura-t-il, comme s'il se parlait à lui-même.

Elle appuya la tête contre sa main.

— Je crois que c'est la seule chose qui m'a permis de tenir le coup. J'avais envie d'abandonner, de me laisser sombrer. Mais tu ne m'as pas laissée faire. Je ne voulais pas te décevoir. Et t'entendre me dire que tu m'aimais m'a redonné espoir, et une raison de me battre, car je t'aime aussi.

— Incroyable.

— C'est *toi* qui es incroyable. Je t'aime tellement.

— Ça fait un bien fou de le dire. J'aurais dû le faire plus tôt.

— Eh bien, maintenant que c'est fait, on peut aller de l'avant, dit-elle avec conviction.

— Oui, c'est vrai, acquiesça-t-il avec un sourire.

— Je ne veux pas vous interrompre, intervint un homme depuis l'embrasure de la porte.

Nash se retourna si vite qu'Amanda en eut presque le vertige. Elle remarqua qu'il se tenait bien droit devant elle, prêt à la protéger. Il lui faudrait sans doute un certain temps avant de relâcher sa vigilance, mais elle était décidée à l'aider à retrouver un peu de sérénité, à lui prouver que tout le monde n'était pas une menace.

— Je peux vous aider ? demanda Nash au nouveau venu.

L'homme ne bougea pas, interprétant correctement le langage corporel de Nash.

— Je m'appelle John Keegan. Vous me connaissez sous le nom de Tex.

Amanda écarquilla les yeux. Elle se souvenait de Tex. C'était lui que Nash avait contacté pour retrouver Blair ; celui qui avait alerté les autorités pour leur dire que la fillette retrouvée dans le parc était sûrement Bibi.

— Tex, le salua Nash presque froidement en inclinant la tête.

Amanda fronça les sourcils. Pourquoi était-il si distant ? Nash admirait cet homme. Il lui devait beaucoup.

— Je sais que tu n'es sûrement pas content de me voir, mais j'ai appris que Mandy sortait aujourd'hui, et je voulais venir lui dire en personne à quel point je suis soulagé.

Les deux hommes se regardèrent sans rien dire.

Amanda poussa un soupir d'exaspération.

— Merci d'être venu, Tex. Je suis ravie de te rencontrer. J'ai entendu beaucoup de bien à ton sujet.

Il la regarda, mais resta dans l'embrasure de la porte.

— Merci. Je crois savoir que tu vas bien, et que les séquelles de ta blessure sont minimes.

Nash ricana.

C'en était trop. Amanda n'aimait pas son attitude.

— Pousse-toi, Nash. Je veux lui serrer la main.

Nash s'écarta lentement, laissant à Tex la possibilité de s'approcher. Elle serra la main de cet homme sans prétention, apparemment capable de pirater n'importe quel appareil électronique.

— Merci encore d'avoir fait un don à l'orphelinat.

Tex hocha la tête.

— Et pour avoir découvert le lien entre Blair et les rebelles.

Il hocha la tête à nouveau.

— Et pour avoir identifié Bibi.

Il acquiesça une troisième fois.

L'atmosphère était tendue, et Amanda n'aimait pas ça.

— Et pour avoir trouvé le remède contre le cancer.

Tex commença à hocher la tête, puis lui lança un regard interrogateur.

— Je voulais juste m'assurer que tu suivais. Qu'est-ce qui se passe ? Nash, pourquoi tu réagis comme ça ? Tu me caches quelque chose ?

Tex regarda Nash, puis se tourna vers elle.

— C'est ma faute si tu as été agressée.

Amanda éclata de rire.

Les deux hommes semblèrent aussi surpris l'un que l'autre.

— Je ne me souviens pas de ce qui s'est passé, mais je suis à peu près sûre que ce n'est pas toi qui as jailli de l'ombre pour m'assommer avec un pied de biche.

Elle parlait peut-être un peu crûment, mais elle n'avait pas l'intention de tourner autour du pot. Ce qui était fait était fait. Elle était vivante, en bonne santé, et elle avait bien l'intention de le rester.

— Non, mais je n'ai pas réussi à retrouver Blair, et à m'assurer qu'elle ne représente plus une menace pour toi.

Amanda soupira. Ces hommes et leur complexe de supériorité. Ils avaient constamment besoin de jouer les protecteurs, même quand c'était tout bonnement impossible.

— Ce n'est pas ta faute, dit-elle d'un ton ferme. Ce n'est pas la faute de Nash non plus, ni à cause du bar. Pas plus que la mienne. C'est la faute de Blair. Tu l'as dit toi-même, elle était mentalement instable. Quelque chose a vrillé dans sa tête, et elle a perdu les pédales. Même si elle avait été mise en garde à vue, elle aurait sûrement trouvé un moyen de me faire du mal.

— Si elle avait été arrêtée, elle serait en prison pour avoir tué Bibi, rétorqua Nash. Elle n'aurait pas été dans ce parking, et tu n'aurais pas été blessée.

— Tu veux rejeter la faute sur les autres ? Très bien. C'est *ma* faute, et uniquement la mienne. C'est moi qui ai accepté ce poste au Guyana, où Blair m'a rencontrée. C'est moi qui ne me suis pas débattue quand j'ai été enlevée avec les enfants. C'est moi qui ai dit à Blair que je voulais adopter Bibi et Michael. Sinon, elle ne serait jamais partie avec Bibi, et elle n'aurait pas provoqué sa mort. Elle ne serait pas venue en Virginie, et ne m'aurait pas attendue sur le parking de l'*Anchor Point*.

— C'est ridicule, grommela Nash.

— Tu vas un peu loin, dit Tex au même moment.

— Ce n'est pas ridicule, ni exagéré. Aussi compétent que tu sois, Tex, tu n'es pas Dieu. Tu ne contrôle pas ce que font les autres. Il y a ce qu'on appelle le libre arbitre. Tu es peut-être très doué dans ton travail, mais parfois, il arrive des merdes, voilà tout. Blair passait sous les radars. Elle ne laissait aucune trace, n'avait pas de téléphone, ni de carte de crédit. Rien. On ne peut pas traquer un fantôme.

— J'aurais quand-même pu essayer, marmonna-t-il.

— Et tu *as* essayé, avec acharnement. Ça ne sert à rien de

ruminer. Tire parti de ce que tu as appris pour aider quelqu'un d'autre. Tu ne rends service à personne en te morfondant dans la culpabilité. Toi non plus, Nash. J'ai bien vu que tu t'en veux chaque fois que tu poses les yeux sur moi. J'adore ton instinct protecteur, mais tu ne peux pas être constamment collé à moi.

— J'étais avec toi cette nuit-là, protesta-t-il.

— Peu importe ! s'écria Amanda en faisant des grands gestes. Tu n'es pas Superman. Tu crois que je n'aurais pas culpabilisé si tu avais pris un coup sur la tête ? Tu crois que je n'aurais pas été dévastée de savoir que tu avais été blessé alors que c'était moi que Blair visait ? C'est déjà assez dur de savoir que Bibi est morte par ma faute.

— Non, c'est faux.

— Ce n'était pas ta faute.

Une fois de plus, les deux hommes parlèrent en même temps, tous deux bouleversés qu'elle puisse penser cela.

— Écoutez. Ces derniers mois n'ont pas été simples. Mais certaines choses – comme rencontrer Nash, tomber amoureuse, rencontrer ses amis – ont changé ma vie de manière extraordinaire. Il faut accepter les bons et les mauvais moments. L'un ne va pas sans l'autre. Si vous n'arrivez pas à mettre vos conneries de côté et à redevenir amis, ça ne va pas me plaire.

La fin de son petit discours était un peu faible, mais Amanda en avait assez. Elle avait dit ce qu'elle avait à dire, et elle espérait que cela suffirait à faire passer le message à ces deux militaires bornés et surprotecteurs plantés à son chevet.

— Je suis désolé, dit Tex à Nash.

Nash inspira profondément, puis hocha la tête.

— Merci pour tout ce que tu as fait.

La tension dans la pièce retomba légèrement. Pas totalement, mais Amanda savait bien qu'il ne suffisait pas d'un claquement de doigts pour que l'un ou l'autre s'assoit sur sa culpabilité et sa frustration.

— J'ai d'autres nouvelles, annonça Tex. À la fois bonnes et mauvaises.

Amanda se crispa. Nash se rassit sur la chaise et lui reprit la main. Sa présence inconditionnelle l'aida beaucoup à trouver du courage.

— J'écoute.

— Michael a été adopté. Je sais que tu voulais le ramener aux États-Unis, mais au Guyana, un couple sans enfant souhaitait adopter. Ils ont contacté Desmond, qui a vérifié leurs antécédents, et quand ils sont venus rencontrer les enfants, ils se sont tout de suite attachés à James et Patricia. Apparemment, Michael était toujours avec eux, attentif, protecteur. Finalement, ils ont craqué pour lui aussi. Ces trois enfants resteront donc dans leur pays natal avec leurs nouveaux parents, qui, par ailleurs, ont largement de quoi subvenir à leurs besoins.

— Oh, fit Amanda. C'est bien.

— Oui, mais je sais que tu t'étais attachée à Michael.

— C'est vrai. Mais tu sais quoi ? C'est une bonne chose qu'il reste au Guyana, dans sa culture. Et il a toujours été protecteur. Avec moi et *avec* les autres enfants. Je suis contente qu'il ait trouvé une famille.

Tex la regarda un instant.

— Tu es quelqu'un de bien, Amanda. Beaucoup de gens seraient déçus de ne pas pouvoir adopter l'enfant qu'ils ont choisi.

— Il y a beaucoup d'enfants dans le monde qui ont besoin d'un foyer. C'est vrai, je suis un peu triste de ne pas pouvoir offrir à Michael la vie que j'avais imaginée pour lui, mais ça ne veut pas dire qu'il n'aura pas une belle existence, et qu'il ne fera pas de grandes choses. Comme on vient de le dire, la vie est pleine de rebondissements. Chaque action nous oriente vers une voie différente. C'est ce qui m'a menée à Nash, et j'espère que Michael vivra des choses tout aussi merveilleuses.

— Intelligente, en plus, souligna Tex avant de se tourner vers Nash.

— J'espère que tu sais que je serai toujours là si tu as besoin de moi. Je comprends que tu hésites à venir me voir en cas de crise, mais je serai là pour toi ou tes amis.

— Merci, Tex.

Amanda savait que c'était sa manière d'accepter les excuses inutiles de Tex.

— Je vais y aller. Je suis content que tu te sentes mieux. Oh, et ce poste de remplaçante à long terme ? Il t'attend toujours, quand tu seras prête. J'ai contacté le directeur, et il est au courant de ta situation. Ils ont une autre remplaçante, mais elle ne souhaite pas rester aussi longtemps. Elle sera ravie de te céder la place quand tu seras rétablie. Et quand l'enseignante reviendra de son congé maternité, une autre partira à son tour, donc il espère que tu pourras prendre la relève.

— Oh ! Waouh, merci.

Tex hocha la tête, puis se dirigea vers la porte, et s'éclipsa.

Amanda se tourna vers Nash.

— Ça vient vraiment d'arriver ?

— Oui.

— Tu es vraiment réconcilié avec lui, ou tu as juste dit ça pour qu'il s'en aille ?

Nash soupira.

— Ça va me prendre un peu de temps, mais le fait qu'il soit venu, ça m'a aidé. Je ne lui en veux plus, et j'essaie aussi de me pardonner.

— Tant mieux, parce que si tu continues à te flageller pour ça, je vais mal le prendre. C'est terminé. On passe à autre chose. D'accord ?

— Ça me va. Tu veux des enfants ?

Amanda fut prise de court par ce brusque changement de sujet.

— Quoi ?

— Des enfants. J'imagine que oui, puisque tu étais prête à adopter Bibi et Michael. Tu es toujours aussi déterminée à adopter ? Tu ne veux pas qu'on les fasse nous-mêmes ?

Un immense bonheur la submergea, suivi d'un désir brûlant. Cela faisait longtemps qu'elle n'avait pas ressenti la moindre excitation sexuelle. Mais là, avec ce que Nash venait de dire, elle avait envie de s'y mettre tout de suite.

— Euh, oui. J'adorerais ça.

— Parfait. Moi aussi.

— Hmm... maintenant ?

Il éclata de rire.

— Non. On peut attendre un peu, s'installer, se marier, acheter une maison... Ce genre de choses.

— Attends... c'était une demande en mariage ? demanda Amanda.

— Pas encore. Je te fais juste part de mes intentions. Je veux passer le reste de ma vie avec toi. Fonder une famille. Vivre heureux pour toujours. Ma mère voudra organiser un mariage en grande pompe. Elle s'est éclatée avec celui de Natalie, et je sais qu'elle sera honorée si tu la laisses t'aider à organiser le nôtre. Elle t'adore déjà. Tu l'as conquise dès le premier coup de fil que je lui ai passé pour la mettre au courant. Et tu seras une mère formidable. Mais tu dois d'abord mettre de l'ordre dans ta carrière. Et la mienne n'est pas vraiment de tout repos en ce moment. On improvisera. Mais un jour, je sortirai une énorme bague et je te demanderai de devenir ma femme.

Amanda afficha un grand sourire.

— Et quand ce jour viendra, je dirai oui avec joie. Je t'aime tellement que ça fait presque peur.

— Je suis d'accord. Mais il y a quelque chose de si... beau là-dedans, n'est-ce pas ? De savoir que quelqu'un sera à tes côtés quoi qu'il arrive ?

— Absolument. Nash ?

— Oui, Rebel ?

— Tu trouves ça bizarre si je te dis que je suis contente d'avoir été kidnappée ?

— Oui.

— Nash ! Non, ça ne l'est pas.

— Tu me poses la question, je te réponds. Ne te réjouis jamais de ça. Tu peux te réjouir de notre rencontre, que ces circonstances m'aient mené à toi, mais tu ne peux pas te réjouir d'avoir été kidnappée. Je suis convaincu qu'on aurait fini par se rencontrer d'une manière ou d'une autre. On vit tous les deux ici, à Norfolk. Ça aurait fini par arriver. Et je suis convaincu qu'on aurait accroché aussi vite qu'au Guyana.

— Tu le penses vraiment ?

— Oui. Bon, je vais chercher une infirmière pour voir où en sont tes papiers de sortie. Tu dois être impatiente de sortir d'ici, et Rain doit trépigner lui aussi. Il monopolise le lit, et aucun de nous deux n'a bien dormi depuis ton départ.

— Attends, encore une chose.

— Oui ?

— J'ai parlé au médecin, et il a dit que je pouvais avoir des relations sexuelles dès que je me sentirai prête.

Nash la regarda avec tellement de désir qu'elle eut du mal à ne pas baisser les yeux.

— Et si je ne m'abuse, on n'a jamais passé cette nuit torride qu'on avait prévue en sortant du bar...

— Tu t'en souviens ? s'étonna Nash.

— Des bribes. Je me souviens que tu étais excité à l'idée de me faire l'amour alors que j'étais saoule.

— Bordel, lâcha Nash en remuant sur sa chaise pour ajuster son sexe dans son pantalon.

— Pas d'alcool pour moi pendant un certain temps. Ordre du médecin. Mais ça n'empêche pas le reste. Je veux découvrir

Nash dans toute sa splendeur dominatrice. Mais peut-être qu'on peut commencer doucement, et monter en puissance...

— Maintenant, je vais *vraiment* aller chercher une infirmière, marmonna Nash en se levant.

Amanda pouvait distinguer son érection, et elle pouffa de rire.

— Tu ne devrais peut-être pas te promener dans les couloirs dans cet état, dit-elle en désignant son entrejambe d'un signe de tête.

Nash se pencha vers elle et l'embrassa fougueusement.

— Je t'aime, ma belle. Merci d'être forte, d'avoir tenu bon, et d'être revenue vers moi.

— Je t'aime aussi.

À partir de maintenant, pas un seul jour ne passerait sans qu'Amanda dise à cet homme combien il comptait pour elle. Ils avaient failli se perdre, et elle ne voulait avoir aucun regret.

Elle se rallongea, et sourit en le regardant sortir de la pièce. Elle était impatiente d'affronter le reste de sa vie, tant que Nash serait à ses côtés. Cela ne serait pas toujours facile, la vie ne l'était jamais, mais ensemble, ils pourraient surmonter tous les obstacles.

* * *

Cela faisait deux mois que Mandy était rentrée du centre de rééducation, et qu'elle avait éclaté en sanglots sur l'épaule de Nash en découvrant qu'une fête avait été organisée pour son retour.

Et Buck n'avait pas pris un seul jour de ces deux mois pour acquis. Il repartait en mission avec les Night Stalkers le surlendemain, et il redoutait ce départ comme jamais.

Il savait pourquoi : il se sentait encore trop protecteur envers Mandy. Même si en réalité, il n'avait aucune raison de l'être. Désormais, elle travaillait tous les jours à son nouveau poste, et elle adorait ça. Rain restait à l'appartement toute la journée, et profitait de toute l'attention de Mandy quand elle rentrait. Ils avaient décidé de ne pas en faire un chien d'assistance. Après ses débuts compliqués dans la vie, il méritait de se la couler douce, et de passer ses journées à dormir.

Plus aucun danger ne les guettait, car si les rebelles avaient pris Mandy pour cible, c'était uniquement parce qu'ils avaient été payés pour le faire.

Le colonel s'était arrangé pour repousser toute mission jusqu'à ce que Mandy soit complètement remise. Cette pause avait également permis à Laryn de terminer son travail sur l'hélicoptère de Casper. Mais il n'y avait plus aucune raison de retarder leur départ. Ils avaient une mission à accomplir, et les Night Stalkers étaient indispensables.

Ils étaient plongés dans les préparatifs, et quand Buck rentra ce soir-là, il était plus de 20 h. Il avait échangé des messages avec Mandy toute la journée pour la prévenir qu'il serait en retard, et qu'il ne fallait pas qu'elle lui prépare à manger, car Obi-Wan avait commandé des plats à emporter pour l'équipe.

En franchissant la porte, il était impatient de déconnecter du travail.

— Mandy ? appela-t-il aussitôt.

— Je suis là ! répondit-elle depuis la chambre.

Comme toujours, Rain était assis dans le vestibule et attendait son retour. Ce chien avait vraiment le don de savoir quand ils allaient arriver. Après avoir reçu une caresse sur la tête, il trottina jusqu'au salon, et fit quelques tours sur lui-même avant de se coucher dans son panier.

En entrant dans la chambre, Buck s'arrêta net.

Mandy l'attendait sur le lit, vêtue d'un débardeur blanc moulant et d'un short, exactement comme la première nuit qu'ils avaient passée ensemble. Elle affichait un grand sourire, les cheveux en bataille – encore un peu court à l'endroit où ils avaient été rasés pour l'opération – et les joues rouges.

Elle tenait un verre à moitié rempli d'un liquide jaune pâle qui oscilla dangereusement quand elle tendit le bras en lançant :

— Bienvenue à la maison, chéri !

De toute évidence, elle avait déjà bu, et elle était ivre.

— Qu'est-ce que tu fais ? demanda-t-il en s'avançant et en lui prenant le verre des mains avant qu'elle ne le renverse.

En le portant à son nez, il reconnut l'odeur d'un *lemon drop*, mélange corsé de vodka, de jus de citron, de triple sec et de sirop.

Elle se mit à genoux et avança vers le bord du matelas. Quand elle fut assez près, elle posa les mains sur les épaules de Buck.

— C'est l'heure du sexe bourré, bébé !

En un clin d'œil, le sexe de Buck était dur comme la pierre. Sa femme était sexy à souhait, et manifestement prête pour la nuit de folie qu'ils s'étaient refusée ces derniers mois.

Maintenant qu'elle avait les mains libres, Mandy attrapa l'ourlet de son débardeur et le retira d'un geste. Elle souriait comme une gamine espiègle, agenouillée devant lui en culotte.

Buck la dévorait des yeux. Sa petite rebelle était celle dont il avait toujours rêvé sans le savoir, et il ne pouvait littéralement pas imaginer sa vie sans elle. Il avait l'impression de la connaître depuis toujours. Ils avaient traversé des épreuves terribles, mais elle avait prouvé à maintes reprises à quel point elle était forte.

— Alors ? le nargua-t-elle. Qu'est-ce que tu attends ?

Il n'en fallut pas plus à Buck pour sortir de sa torpeur. Il se déshabilla en vitesse et laissa sa tenue de travail en tas sur le sol sans y prêter attention, se concentrant uniquement sur la femme qu'il aimait.

Mandy éclata de rire, un son qui résonna au plus profond de son âme. Il avait failli perdre tout cela. La perdre *elle*. Il passerait le reste de sa vie à lui prouver combien il l'aimait, combien elle comptait pour lui.

Mais pour l'instant, il n'avait qu'une idée en tête : découvrir combien de fois il allait pouvoir la faire jouir avant qu'elle le supplie de la prendre.

Il s'avéra que la réponse était... une seule. Elle le suppliait déjà avant même son premier orgasme. Elle était encore joyeusement ivre, et riait entre deux gémissements. Elle lui répétait à quel point elle l'aimait, combien elle aimait ce qu'il lui faisait, le contact de ses mains sur son corps.

Ses mots l'excitaient tout autant, et Buck se surprit à sourire en la déplaçant dans différentes positions, selon son bon vouloir. Dans son état, elle se laissait faire, ouverte à tout. Elle était son alter ego, en tous points. Et encore une fois, Buck se sentit reconnaissant qu'elle soit là.

Saine et sauve, dans son appartement, et dans son lit.

Ils firent l'amour des heures durant, alternant entre orgasmes, câlins et rires. Finalement, l'ivresse se dissipa, et elle perdit la folie qui l'animait. Leurs ébats devinrent plus intenses, plus lents, plus profonds.

La dernière fois, elle était allongée sur le dos, les jambes autour de ses hanches, le regard plongé dans le sien. C'était plus intime que tout ce qu'ils avaient fait cette nuit-là.

— Je t'aime, lui dit-elle alors qu'il se glissait lentement en elle.

— Je t'aime aussi, répondit-il, la voix brisée par l'émotion.

Ensuite, alors qu'il la serrait dans ses bras et qu'ils reprenaient peu à peu leur souffle, Buck laissa échapper un soupir de satisfaction. Il l'avait fait rouler jusqu'à ce qu'elle repose mollement sur lui, la tête sur son torse. Son sexe était toujours plongé dans sa chaleur moite. Rien ne lui semblait plus naturel que de la tenir dans ses bras, sa douce respiration effleurant sa peau nue.

Elle allait lui manquer pendant son déploiement. Mais elle allait s'en sortir. Sa rebelle était forte, solide. De plus, entre l'école et l'obtention de son diplôme, elle allait être bien occupée.

— Je suis fière de toi, murmura-t-elle. J'ai tellement de chance de t'avoir.

Il lui appartenait. Elle le possédait, corps et âme. Il n'avait pas honte de l'admettre. Ni à lui-même, ni à ses amis, ni à l'armée, ni au monde entier. Il ferait n'importe quoi pour la femme qui était dans ses bras.

Buck s'apprêtait à le lui dire mot pour mot, mais un léger ronflement l'interrompit.

Il sourit. Sa Mandy pouvait s'endormir pratiquement n'importe où, en quelques secondes. C'était impressionnant.

Il se promit de le lui dire le lendemain matin... enfin, plus tard dans la matinée, puisqu'il était déjà bien plus de minuit. Il ne garderait plus jamais ce qu'il ressentait pour lui, pas après avoir failli rater sa première occasion de lui dire combien il l'aimait. Buck se détendit.

Avant de s'endormir, il repensa une dernière fois à quel point il était heureux. Même lorsque la vie était difficile, avec une femme comme Mandy à ses côtés, tout devenait plus simple.

ÉPILOGUE

Obadiah Engle, connu sous le nom d'Obi-Wan par ses amis et pratiquement tout le monde, avait un secret. Il le cachait à ses copilotes des Night Stalkers depuis quelques mois. Il n'avait pas honte, mais il savait que ses amis se moqueraient de lui sans pitié s'ils le découvraient.

Et ils *finiraient* par le découvrir, car il était impossible de garder un secret au sein d'un groupe aussi soudé que les Night Stalkers. Mais cela ne le dérangeait pas. Obi-Wan était prêt à leur révéler la vérité. Il n'aimait pas avoir des secrets, même ceux qui lui vaudraient quelques taquineries bienveillantes de la part de ses amis les plus proches.

Quand il avait consulté ses messages après être rentré de leur dernière mission, il était tombé sur un message de l'assistant réalisateur, du premier assistant réalisateur, de l'assistant de production, et de la scénariste. Tous avaient des questions, ou voulaient des précisions sur un point ou un autre.

Obi-Wan n'en revenait toujours pas d'être impliqué dans le dernier film de guerre d'Henry Grubbner, en tant que conseiller militaire. Les films de Grubbner avaient remporté plusieurs Oscars, et il était connu pour son réalisme extrême et ses tournages extrêmement difficiles. C'était un perfectionniste qui n'aimait pas la moindre critique et, par conséquent, qui mettait tout en œuvre pour que ses films collent le plus possible à la réalité.

Son dernier film en préparation racontait l'histoire d'un pilote des Night Stalkers qui s'écrasait derrière les lignes ennemies en Corée du Nord, et tout ce qu'il devait endurer pour atteindre la frontière et se tirer d'affaire. Le film s'inspirait librement de l'histoire vraie d'un pilote de chasse de l'armée de l'air qui vivait désormais dans le Maine, et refusait d'avoir *quoi que ce soit* à voir avec le film. Grubbner avait donc été contraint de changer le personnage principal en pilote d'hélicoptère, et de supprimer la mention *inspiré d'une histoire vraie*.

Au cours de la phase de préparation du film, le colonel Burgess avait été contacté pour savoir s'il connaissait des Night Stalkers qui seraient prêts à servir de consultants. Le consultant ne serait pas mentionné au générique, et n'aurait aucun rôle dans le film, afin de préserver son identité en raison du travail top secret qu'il effectuait pour l'armée et la marine.

Une chose en entraînant une autre, Obi-Wan avait été engagé pour venir sur le plateau, et s'assurer que tout était aussi authentique que possible : les uniformes, le jargon, les hélicoptères. Il avait même lu le scénario, et fait des suggestions.

Bien sûr, il était toujours contraint par son habilitation, et n'était pas autorisé à donner des détails sur les missions auxquelles il avait participé, ou sur d'autres secrets gouvernementaux. Mais jusqu'à présent, toute cette expérience avait été... intéressante. Maintenant que la phase de préproduction était terminée, les choses devenaient plus excitantes, car toute l'équipe de tournage était à Norfolk. Finalement, toute l'opération se déroulerait de l'autre côté de la Virginie, dans les Appalaches, pour tourner les scènes où le personnage principal tente de se mettre en sécurité sans se faire repérer. Les scènes avec les hélicoptères qu'Obi-Wan connaissait si bien.

L'un des messages vocaux l'informait également du calendrier du tournage, lui indiquant les moments où il devrait être présent sur le plateau pour observer et donner des conseils si nécessaire. Obi-Wan était impatient de voir comment tout fonctionnait, et de rencontrer Grubbner en personne. Bien sûr, l'assistant réalisateur l'avait prévenu qu'il ne parlerait pas beaucoup au réalisateur, car celui-ci serait très occupé. Mais il allait certainement rencontrer l'acteur qui jouait le pilote abattu dans le film, ainsi que les autres acteurs et toute l'équipe.

C'était un changement agréable dans la vie autrement ennuyeuse d'Obi-Wan à Norfolk. Il adorait son statut de Night Stalker, les missions qu'il accomplissait, mais il trouvait la vie de militaire célibataire un peu morne, dans une ville pleine d'hommes comme lui.

Maintenant que Casper et Buck s'étaient engagés dans des relations avec des femmes auxquelles ils étaient totalement dévoués, ils passaient moins de temps à traîner à l'*Anchor Point,* et avec les autres célibataires de l'équipe. Ce qui ne dérangeait pas Obi-Wan. Il ne se sentait pas du tout lésé. Mais il avait remarqué un changement dans la personnalité de ses amis. Ils étaient plus heureux. Plus épanouis. Et il voulait ce qu'ils avaient.

Il ne voulait pas de leurs *femmes*, bien sûr. Laryn et Mandy étaient tout aussi dévouées à Casper et Buck, et n'auraient jamais songé à les tromper. Non, il voulait cette intimité que ses amis avaient trouvée auprès d'elles.

Il était proche de ses collègues pilotes, mais c'était tout à fait différent.

Il chassa ces pensées de son esprit, conscient qu'il se sentait particulièrement mélancolique après avoir vu Mandy accueillir

Buck avec exubérance à la base dès leur arrivée sur le sol américain, et se dirigea vers la porte du hangar.

— Y a pas le feu ! s'écria Edge. Je croyais qu'on devait se retrouver à l'*Anchor Point* ?

Obi-Wan se retourna vers ses amis.

— Je ne peux pas. J'ai une réunion.

— Une réunion ? s'étonna Chaos. Avec qui ? On vient juste de rentrer.

Il était temps de révéler à ses amis le secret qu'il leur cachait. Il prit une profonde inspiration, puis leur annonça :

— Je suis consultant pour un projet en ville, au sujet des Night Stalkers.

Ses amis s'approchèrent et lui posèrent des questions.

— Quel projet ?

— Il y a un projet sur les Night Stalkers ? L'armée a donné son accord ?

— En quoi ça consiste exactement, ton travail de consultant ?

Obi-Wan se prépara à essuyer les railleries qui allaient suivre.

— C'est un film. On m'a demandé d'être leur conseiller militaire. J'ai travaillé avec le producteur, le réalisateur et la scénariste, et maintenant, le tournage va commencer. J'ai une réunion ce soir avec les acteurs principaux, puis je passerai autant de temps que possible sur le plateau une fois le tournage commencé.

Comme prévu, ses amis ne tardèrent pas à le taquiner.

— Ooooh, le m'as-tu vu !

— Tu vas nous quitter pour épouser une actrice célèbre ?

— Il n'a pas besoin de l'épouser, il va certainement passer un bon moment pendant qu'elle est là.

— Qui est le réalisateur ?

— On s'en fiche du réalisateur. Qui joue le rôle principal ? C'est quoi l'histoire ?

Obi-Wan sourit. Il adorait ces gars. C'étaient ses meilleurs amis, et il avait une chance incroyable de pouvoir travailler avec eux tous les jours.

Il leur dit tout ce qu'il pouvait, et lorsqu'il eut terminé, il fut surpris de voir que tout le monde prenait la nouvelle avec philosophie. Il s'attendait à ce qu'ils le taquinent beaucoup plus. Mais Casper et Buck étaient trop impatients de rentrer chez eux avec leurs copines, et les autres étaient probablement plus intéressés par un vrai repas et une bière à l'*Anchor Point*.

Leurs traditions de longue date étaient en train de changer. À une époque, personne n'aurait manqué la soirée à l'*Anchor Point* après une mission, mais le changement n'était pas une mauvaise chose.

— Amuse-toi bien, mais sois prudent, les avertit Pyro. Selon la rumeur, Carmen St. James est une garce.

Obi-Wan leva les yeux au ciel.

— Elle ne voudra rien faire avec moi. Je ne suis que le conseiller militaire.

— Peu importe, Obi-Wan, tu es canon, dit Mandy avec un sourire.

— Ouais, acquiesça Laryn. Si en te voyant elle ne décide pas que tu seras sa prochaine conquête, c'est une idiote.

— Merci pour votre confiance, mesdemoiselles, répondit-il en riant. Mais ça n'arrivera pas.

— Ah bon ?

— Bien sûr que non.

— Arrête de flirter avec ma copine, se plaignit Buck en serrant Mandy plus fort contre lui.

Mandy lui donna un coup de coude.

— Il ne flirte pas, Nash. Bon sang.

Buck sourit à son copilote et lui fit un signe de la main.

— Amuse-toi bien. Ne travaille pas trop.

— Promis, répondit Obi-Wan. Ce n'est pas ce genre de travail. Après la mission qu'on vient de terminer, c'est du gâteau.

— Les fameux derniers mots, marmonna Casper.

Pour une raison quelconque, Obi-Wan frissonna en entendant la remarque de son chef d'équipe. L'équipe avait déjà traversé trop d'épreuves avec Laryn et Mandy. Personne n'avait besoin d'autres drames pour le moment. Surtout pas lui.

— À demain pour le compte rendu, dit-il à ses amis.

— À plus tard.

— Salut.

— Amuse-toi bien !

Il était soulagé d'avoir révélé son secret, et de ne plus rien cacher à ses amis. Il s'attendait à ce qu'ils continuent à le taquiner parce qu'il fréquentait des gens riches et célèbres, mais à vrai dire, il se réjouissait de ce petit changement dans sa routine.

Qui sait ? Peut-être rencontrerait-il quelqu'un qui bouleverserait sa vie, comme Laryn et Mandy avec Casper et Buck. Ou peut-être aurait-il une chance de vivre une aventure torride avec l'une des femmes qui travaillaient sur le film.

Quoi qu'il en soit, le changement était une bonne chose. Et Obi-Wan s'en réjouissait.

* * *

Oh, Obi-Wan va rencontrer quelqu'un qui va bouleverser sa vie, c'est CERTAIN. Non seulement la bouleverser, mais aussi la chambouler dans le bon sens du terme. Mais bien sûr, vous savez que je ne rendrais jamais les choses trop faciles pour mon héros et mon héroïne.

Obi-Wan sera l'objet d'une attention peu flatteuse, et son affront reviendra le hanter, mais aussi Zita. Découvrez qui, quoi et comment dans Un ange pour Zita !

DU MÊME AUTEUR

<u>Autres livres de Susan Stoker</u>

<u>Les Anges Gardiens</u>

Un ange pour Laryn

Un ange pour Amanda

Un ange pour Zita (10 Feb)

Un ange pour Penny

Un ange pour Kara

Un ange pour Jennifer

<u>*Le Refuge*</u>

Un soutien pour Alaska

Un soutien pour Henley

Un soutien pour Reese

Un soutien pour Cora

Un soutien pour Lara

Un soutien pour Maisy

Un soutien pour Ryleigh

<u>*Le Fruit du Hasard*</u>

Le Protecteur

L'Aristocrate

Le Héros

Le Bûcheron

<u>**Forces Très Spéciales : Alliance**</u>

Un protecteur pour Remi

Un protecteur pour Wren

Un protecteur pour Josie

Un protecteur pour Maggie

Un protecteur pour Addison

Un protecteur pour Kelli

Un protecteur pour Bree (6 Jan)

<u>**Sauvetage à Eagle Point**</u>

Un sauveteur pour Lilly

Un sauveteur pour Elsie

Un sauveteur pour Bristol

Un sauveteur pour Caryn

Un sauveteur pour Finley

Un sauveteur pour Heather

Un sauveteur pour Khloe

<u>**Silverstone**</u>

Pour la confiance de Skylar

Pour la confiance de Taylor

Pour la confiance de Molly

Pour la confiance de Cassidy

<u>**Delta Force Deux**</u>

Un refuge pour Gillian

Un refuge pour Kinley

Un refuge pour Aspen

Un refuge pour Jayme

Un refuge pour Riley

Un refuge pour Devyn

Un refuge pour Ember

Un refuge pour Sierra

Hawaï : Soldats d'élite

Un paradis pour Élodie

Un paradis pour Lexie

Un paradis pour Kenna

Un paradis pour Monica

Un paradis pour Carly

Un paradis pour Ashlyn

Un paradis pour Jodelle

Mercenaires Rebelles

Un Défenseur pour Allye

Un Défenseur pour Chloé

Un Défenseur pour Morgan

Un Défenseur pour Harlow

Un Défenseur pour Everly

Un Défenseur pour Zara

Un Défenseur pour Raven

Ace Sécurité

Au Secours de Grace

Au Secours d'Alexis

Au Secours de Bailey

Au Secours de Felicity

Au Secours de Sarah

Forces Très Spéciales Series

Un Protecteur Pour Caroline

Un Protecteur Pour Alabama

Un Protecteur Pour Fiona

Un Mari Pour Caroline

Un Protecteur Pour Summer

Un Protecteur Pour Cheyenne

Un Protecteur Pour Jessyka

Un Protecteur Pour Julie

Un Protecteur Pour Melody

Un Protecteur pour l'avenir

Un Protecteur Pour Les Enfants de Alabama

Un Protecteur Pour Kiera

Un Protecteur Pour Dakota

Un protecteur pour Tex

Forces Très Spéciales : L'Héritage

Un Sanctuaire pour Caite

Un Sanctuaire pour Brenae

Un Sanctuaire pour Sidney

Un Sanctuaire pour Piper

Un Sanctuaire pour Zoey

Un Sanctuaire pour Avery

Un Sanctuaire pour Kalee

Un Sanctuaire pour Jane

<u>**Delta Force Heroes Series**</u>

Un héros pour Rayne

Un héros pour Emily

Un héros pour Harley

Un mari pour Emily

Un héros pour Kassie

Un héros pour Bryn

Un héros pour Casey

Un héros pour Wendy

Un héros pour Mary

Un héros pour Macie

Un héros pour Sadie

Un héros pour Annie

<u>**Autre**</u>

Un moment suspendu : Recueil de nouvelles

<u>**AUDIO**</u>

Un paradis pour Élodie

À PROPOS DE L'AUTEUR

Susan Stoker est une auteure de best-sellers aux classements du New York Times, de USA Today et du Wall Street Journal. Elle a notamment écrit les séries Badge of Honor: Texas Heroes, SEAL of Protection et Delta Force Heroes. Mariée à un sous-officier de l'armée américaine à la retraite, Susan a vécu dans tous les États-Unis, du Missouri jusqu'en Californie en passant par le Colorado, et elle habite actuellement sous le vaste ciel du Tennessee. Fervente adepte des fins heureuses, Susan aime écrire des romans où les sentiments laissent place au grand amour.

http://www.StokerAces.com

 facebook.com/authorsusanstoker

 x.com/Susan_Stoker

 instagram.com/authorsusanstoker

 goodreads.com/SusanStoker